Ib Michael

Prinz

Roman

Aus dem Dänischen von
Sigrid Engeler

Carl Hanser Verlag

Die Originalausgabe erschien unter dem Titel *Prins*
1997 bei Gyldendal in Kopenhagen.

Der Verlag dankt dem Danish Literature Information Centre
für die Förderung der Übersetzung.

1 2 3 4 5 05 04 03 02 01

ISBN 3-446-19983-7

Satz: Fotosatz Michel, Gießen
Druck und Bindung: Pustet, Regensburg
Printed in Germany

Für die Freundin meiner Seele

Inhalt

1. Kapitel,
worin ein Schiff zum Vorschein kommt

Es beginnt im Nebel. Ganz oben auf dem Erdball, dort wo kein Mensch es sieht, birst über weißen Meeresbuchten mit Getöse das Eis. Zwischen den Eisschollen scheint es meerblau auf, die Nacht, die ein halbes Jahr lang herrschte, während die Sonne unter dem Horizont stand, ist um. An den Rändern des Eises knackt es, Risse jagen darüber hin, da bricht ein Glasberg ab – groß wie ein Märchenschloß, mit Türmen und Zacken und Fenstern, die der Schnee lange bedeckt hatte – und sticht mit den heulenden Winden in See.

Der lange Tag ist zurückgekehrt.

Es schaukelt auf den Seen, die südwärts laufen, taumelt in Stürmen, die seine Seiten wieder blank spülen, während die Türme sich wie eine Ahle zuspitzen und tropfen unter einer Sonne, die sich jeden Tag ein Stück höher am Himmel erhebt.

Das Schloß ruht auf einem Fundament aquamarinfarbener Schatten. Als die Wärme mehr und mehr Fuß faßt, wird das Eis spröde. Das Wasser beginnt es zu unterlaufen, außen wie innen, kleine Lakunen entstehen, tröpfelnd wird es ausgehöhlt. Bei einer bestimmten Beleuchtung, wenn das Eis, Prismen bildend, das Licht aufspaltet, ähnelt es einer Kathedrale mit Glasmosaiken, mit runden oder hohen Fenstern. Oder es treibt langsam in der Strömung im Kreis und zeigt sich als Moschee mit Zwiebeltürmen.

Alles fließt, und die Sonne zieht ihre Bahn. Die Risse schlagen durch; begleitet vom Echo des Fjords, der nach mehr als einem halben Jahrhundert Schlafes den Eisberg freisetzte, kalbt er selbst. Im Innern des Kerns kommt eine Struktur zum Vorschein, ein dunkleres Muster, das an ein zerrissenes Spinnennetz in den Sälen des Schlosses erinnert.

Unbarmherzig schreitet das Abschleifen voran. Das Salz des Meeres, tagsüber die Sonne, die ständig steigenden Temperaturen. Wie andere Märchenschlösser ist es im Grunde porös; es zerrinnt ganz langsam von alleine, je näher es den bewohnten Gegenden kommt. Aber die Struktur im Kern steht, das Spinnennetz hängt jetzt an Leuchtern, das Schloß hat seine Form verändert, und es ragen keine Türme mehr unter dem Himmel empor.

Als es das Eismeer verläßt und die nordatlantischen Winde die Drift übernehmen, ist es nur noch ein Schatten seiner selbst, eine Formation aus Kristallen mit lauter scharfen Konturen.

Die verschwinden als nächstes. Von der Kathedrale zur Dorfkirche – vom Schloß zur Ruine – schreitet die Verwandlung zu runderen Formen voran. Der Eisberg neigt sich auf den Wellen auf und ab wie eine Flaschenpost aus jener Einöde, in der Männer und Hunde sterben. Im Innern des Glases nähert sich das Bild seinem Erscheinen. Es gleicht einem Schiff mit hundert Masten.

Siebenundneunzig davon verschwinden wieder; sie waren Spiegelungen im Kristall, Refraktionen des Lichts, Staubkörnchen und Unreinheiten im Innern der Materie. Aber drei bleiben übrig, und drei reichen für ein Schiff. Ein Schiff aus Holz mit umgestürzten Masten, die aufs Deck gesunken sind und in einem wilden Gewirr von zerrissenen Segeln und dem Tauwerk der Takelage daliegen.

Noch ruht es hinter Glas, aber das Glas trieft vor Nässe und schwindet Tag für Tag zu einer dünneren Scheibe. Einzelheiten zeigen sich.

Es sieht aus, als wäre ein Brandsturm über das Schiff gefegt. Die Kombüse ist zerschmettert, unter dem Besan liegt zerquetscht die Kajüte der Mannschaft, Ruderblätter ragen überall aus den Rettungsbooten hervor, die zu Wasser zu lassen kein lebender Teufel Zeit gehabt hatte. Rundhölzer und Klampen sind losgeschlagen, Davits umgeknickt und Seeventile unter der Takelage zerquetscht.

Man sieht keine Toten. Nur das Durcheinander, das sie in ihrer Umgebung hinterlassen.

Hinter den Luken herrschen die Leere und das Elfenbein, ein Sarg steht im Laderaum, am Mastfuß festgezurrt. Ich höre das Tuten eines Schiffes im Nebel, erwache, strecke mich und gähne herzhaft in dem engen Raum, der an eine Koje erinnert. Wir nähern uns einer fremden Küste. Mehrere Nebelhörner antworten einander im Wechsel.

2. Kapitel, worin die Zeit beginnt

Ich sehe einen Jungen. Schwer zu sagen, wie er alt er ist, denn ich verstehe nichts von Kindern; aber er ist in dem Alter, wo die Begeisterung groß ist und die Trauer niederschmetternd, wenn etwas kaputtgegangen ist. Der Strand ist voller Wind, und die Welt geht geradewegs durch ihn hindurch, wenn er durch die Wegbiegung mit Rosenhecke, Sandweg und Hof saust und plötzlich am Meer steht, außer Atem. Das ist die herrlichste Wegbiegung der Welt, die Arme zu Schwingen ausgebreitet, fliegt er durch sie hindurch.

Weiter weg, hinter dem Steilufer mit seinen Büscheln vom Wind zerzauster Grasfächer und dem Strandhafer, liegt das Leuchtfeuer. Das Feuer am Ende der Welt. Es ist nur eine fayenceblaue Haube, die über dem Steilhang mit den Sandverwehungen und Fuchsbauten hervorragt, Gucklöcher in dem weißgekalkten Turm und rundherum Glas, welches das Licht durch die Nächte trägt, in denen die Vögel immer weiter singen, und am Horizont der andauernde Tag schmaler wird.

Das Meer lähmt ihn. Es reißt die Beine unter ihm weg, ob es nun still und endlos daliegt, so weit das Auge reichen kann, oder gegen die Steilhänge und steinernen Deiche tost, die seine Zähne brechen. Ein Meer, das Seeleute frißt und ihre Seelen wie Eierschalen zerquetscht. Er kann es hören – auch wenn er in seinem Zimmer in dem Kojenbett schläft, mit Holz an Wänden und einem Fenster, das den weißen Himmel hereinläßt. Es braust mit fernem Donnern, wenn er das Ohr an die Wand legt. Er wohnt in einer Riesenmuschel, und auf dem Fensterbrett liegt seine Sammlung von Steinen, Muschelschalen und Schneckenhäusern.

Was das für ein Ort ist, weiß ich auch nicht, aber ich habe – zu meiner Zeit – viele gesehen, die ihm gleichen. Ein Fischerdorf mit Booten am Strand, Steinen, Rollhölzern und einer Winde, um die Boote auf den Strand zu ziehen. Gedreht wird die Winde mit einem Pfahl für die Grundnetze, der an Land getrieben wurde, weiß verwittert und mit Salzwasser getränkt, das sein Gewicht dem des Holzes hinzufügt. Es braucht einen Mann, der die Brust gegen den Pfahl stemmt, einen zweiten, der die Jolle gleichlastig hält, während sie über die Rollhölzer nach oben gleitet. Netze sind zum Trocknen aufgehängt, und wenn die Sonnenstrahlen in einem bestimmten Winkel auf die Fischkästen treffen, glänzt es hinter ihren Löchern auf wie von silbernen Münzen.

Die Sommerkleidung hat sich seit meiner Zeit verändert; Volants wehen um die Beine der Frauen, und Bänder flattern an ihren flachen Strohhüten. Die Herren gehen mit Stock und Weste an den Strand, die Uhrkette ist, aus der Tasche hängend, über den Bauch drapiert. An den Sommerabenden tragen sie helle Anzüge.

Der Junge ist es, der mich gefunden hat: ein Phantasiegeschöpf, wie es entsteht, wenn Kinder zu lange unter dem Vollmond spielen. Er führt lange Gespräche mit mir, wenn wir allein sind. Der Junge ist viel allein. Wir ähneln einander. Er hat mich mit einem furchtlosen Namen ausgestattet, mit Backenbart und einem Ring im Ohr. Ich bin überall auf der Welt gewesen und rage in der Welt der Männer hoch auf, einen Kopf größer als die meisten. Vor allem bin ich immer da, wenn er mich braucht.

Er ist ein Ferienkind. In einer Pension, die »Strandgaarden« heißt und in der ersten Reihe bei den Dünen unten zum Meer hin liegt. Er wohnt unterm Dach, in dem Giebelzimmer über dem Gang mit den Dienstbotenzimmern. Es ist das Wäschezimmer und ganz kahl. Hier steht seine Schlafkoje. Die Koje über ihm liegt voller Steppdecken. Unter ihm steht der Nachttopf. Der Rest sind Schränke und Kommoden, Laken, Bettbezüge und gefaltete Geschirrtücher. Dazwischen überall Tüten mit Naphthalin. Auf dem Fußboden aus rohen Bohlen liegen kleine Mörtelklumpen, die knirschen, wenn er darauf tritt. Der Staub macht ihm nichts aus – nicht, solange er in den Sonnenstrahlen vorm Giebelfenster tanzt.

Die Hofgebäude sind gelb getüncht, mit sonnenreifen Halmen gedeckt und von Heckenrosen umzäunt. In einem Flügel sind die Gästezimmer eingerichtet, mit Glockenblumen auf der Tapete, einer Marmorplatte auf dem Waschtisch und einer Ablage vor dem Spiegel. Über dem Spiegel ist der Rahmen wie eine griechische Vase gestaltet und mit Gold bemalt, in der Waschschüssel schwimmt Lavendel, der jeden Morgen gewechselt wird und den Raum mit säuerlichem Seifenduft erfüllt.

Im Hauptgebäude liegt der Speisesaal mit dem weißgestrichenen Flügel, der Küchenbereich und der Kapitänssalon in einem der angrenzenden Räume. Die Empfangshalle wird dominiert von einem großen venetianischen Spiegel, der Garderobe und einer Kommode. Die Kommode ist mit Veilchensträußen und roten Bändern bemalt, auf dem Garderobenständer hängen die Sommerhüte der Gäste. Auf der Glasplatte vor dem Spiegel liegen Kleiderbürsten, daneben hängt ein Schuhanzieher, und der Fußboden davor ist mit Stiefelknecht, Schirmständer und Galoschen vollgestellt.

Über dem Salon des Kapitäns liegt eine offene Veranda mit Meeresblick. Sie ist aus Holz gebaut, die Planken geteert. An sonnigen Tagen wirft das Geländer Blasen und erfüllt die Brise mit einem Duft von Harz. Die ganze Sommersaison über sind Deckstühle aufgestellt, und jeden Abend vor Sonnenuntergang müssen die Polster hereingeholt werden. Bei trübem Wetter haben wir die Veranda für uns allein. Dann sitzen wir auf den bloßen Deckstühlen und gucken auf unsere Füße, während wir uns Geschichten erzählen.

Ich kann ihm geradewegs in den Kopf hineinsehen, wenn er spricht. Es ist, als sei sein Schädel aus Glas, grünem Glas, wie die Kugeln, die die Fischer für ihre Netze verwenden. Er hat ein Schiff da drinnen. Eine Fregatte aus der Zeit, als sich Dampf und Segel im Wechsel ablösten. Man sieht das an dem hohen Schornstein, der mitten zwischen den Masten angebracht ist. Der Bugspriet erhebt sich mit Klüver, Fock und Möwenfedern. Wenn er sich ereifert, entzündet sich das Rigg im Geknister des Sankt-Helenen-Feuers und wird von einem bläulichen Knistern umlodert.

Ich erzähle ihm vom Hafen in Surabaya, wo die Schiffe Augen am Steven haben und deshalb Seeungeheuern gleichen, und die Straßen voll sind von Jungen seines Alters, die mit Rikschas umherlaufen. Ein Wort wie Sundastraße kann er stundenlang in der Luft hin- und her wenden, ohne müde zu werden, er kann auf Kommando die Vulkane Indonesiens aufzählen, im Dunkeln den Tafelberg umrunden, dort an Land gehen, wo die großen Meeresschildkröten ihre Eier im Sand versteckt haben.

Er lauscht den Rieseneidechsen auf Komodo, die einen Mann mit Haut und Haar verschlingen können, er ist mit mir beim Straßenzirkus in Shanghai, wo Kulis mit bloßen, sonnenrunzligen Oberkörpern lebende Schlangen schlucken und sie mit Feuerzungen wieder aus ihrem Schlund herausblasen, während sie sich selbst mit Fackeln liebkosen. Wir essen Fleisch an Spießen und tunken es in Schalen, wobei uns Erdnußmus und scharfe Peperoni ein Loch in den Hals brennen und uns selbst in Feuerschlucker verwandeln.

Er sieht einen Affen, der an ein winziges Brett gekettet ist, und verzweifelt über das Rasseln der Kette bei jeder seiner rastlosen Bewegungen. Als er ihn mit einer Banane füttern will, die in seiner Welt unbekannt ist, beißt der Affe ihn in die Hand, und er wirft die Frucht erschrocken von sich. Hinterher kann der Affe sie nicht erreichen. Der Ausdruck in seinen Augen bringt uns zum Lachen, während der Junge an seiner Wunde saugt und verwundert zum ersten Mal einen Anflug von Schmerz spürt, in den sich Freude mischt, wobei beide die gleiche Ursache haben.

Er ist mit mir auf Sansibar, wo der Duft des blühenden Gewürznelkenbaums über die ganze Insel zieht. Wo die Schwarzen »Jambo!« rufen und alte Männer mit schlohweißen Kräusellocken in die Kronen der Palmen klettern, geschwind wie die Affen, um Kokosnüsse herunterzuholen. Wo ich auf einen Thron gesetzt wurde, der aus dem Kiefer des Pottwals stammte, und einen der Rückenknochen als Fußbank bekam. Wo ich ins Reich der Delphine eintauchte und das größte Weibchen der Gruppe sich auf die Schwanzflosse stellte, den Schnabel öffnete und mir Laute zuschickte, die wie der Gesang der Sirenen durch das Wasser tönten. Ich streckte den Arm aus, und ihr Schnabel stubste an meinen Finger. In diesem Augenblick sprang der Funke von Gott zu Adam über, ich stieg auf und wurde ein Mensch wie kein anderer. Das war, ehe ich fiel, Malte, und mein Licht sich in Funken auflöste. Dann nannten sie mich den Teufel höchstselbst und mißverstanden mein Streben.

Er nickt und gähnt schwer, bald gleitet er von mir, und als ihn die Unruhe der Träume einholt, kann ich das Schiff hinter seinen Augenlidern aufleuchten sehen und wie es seinen bläulichen Schimmer annimmt. Ich bin mit meinem Echo allein und wache über seinem Schlaf, bis der Morgen dämmert.

Es gibt Nächte, in denen er sich plötzlich im Bett aufrichtet, noch schlafend schwingt er die Beine über die Bettkante und kommt dann selbst hinterher, die Schritte schlurfen mechanisch über den Fußboden. Der Junge ist Schlafwandler. Eines Nachts geht er durch die Verandatür, die ein Gast zu schließen vergaß, dorthin, wo sich der Garten mit Sand und Strandhafer vermischt, und auf dem gewundenen Pfad mit den Rosen hinunter zum Strand.

Ich folge ihm in gebührendem Abstand. Er ist bedrohlich nahe an der Brandung, in seinem blaugestreiften Schlafanzug eins mit der Dunkelheit, nur das Schiff schaukelt mit seinem spukhaften Licht auf den Wogen. Mit Augen, die nichts sehen, starrt er auf das Meer hinaus – bis das Leuchtfeuer kurz aufblitzt, und da geht ein Ruck durch die kleine Gestalt am Strand. Wie Gischt auf der Haut trifft mich das Gefühl in derselben Sekunde, ich stürze vor und greife nach seiner Hand.

Der Junge hat Salzwasser an den Wimpern, er ist jetzt wach

und hat Angst vor der Dunkelheit, die er eben durchquert hat. Dankbar wendet er mir sein Gesicht zu, erleichtert ist er erst, als ich ihn wieder unter der Decke habe und sie um seine Arme feststopfe. Die Augen fallen ihm zu. Am Morgen, wenn er erwacht, wird er sich nicht mehr an seinen nächtlichen Ausflug erinnern. Der wird mit seinen Träumen verschmelzen.

Die Tage verbringt er im Sand. Ihn schwindelt in dem hellen Licht am Strand. Sein Körper ist braun wie der eines Zigeuners, vom Herumtollen am Wassersaum ist seine Badehose naß. Er baut, sammelt Steine und Muscheln, klopft Wallgräben fest und leitet das Wasser in Kanäle, die er mit den Fingern ausgebuddelt hat. Er sammelt Stöckchen und versieht sie mit Fahnen aus Tang. Er fängt Krabben und setzt sie in Marmeladengläser, füttert sie mit Strandflöhen, und wenn der Tag zur Neige geht, setzt er sie wieder aus. Oder er legt Seesterne auf den Boden des Glases und hält es hoch, vor den Himmel. Während er sich langsam dreht und die Fußsohlen einen Kranz von Sonnenblumenblättern in den Sand pressen, hält er den Glasboden ans Auge und benutzt das Marmeladenglas als Sternenfernrohr. Aufgelöst in Licht sieht er die Galaxien im Raum herumwirbeln.

Seine Mahlzeiten nimmt er mit den Erwachsenen im Speisesaal der Pension ein. Dreimal am Tag schlägt Fräulein Oda – das Zimmermädchen – mit einem Filzklöppel auf den Gong und ruft die Gäste herbei. Höflich, aber im Kopf so weit weg wie ein Raumschiff, vergißt er die Hälfte ihrer Fragen, und den Rest beantwortet er so unbestimmt, daß sie ihn in Ruhe lassen und ihre Konversation, die keinen Anfang und kein Ende kennt, wieder aufgreifen. Sie ruft abwechselnd lauschende und sprechende Gesichter hervor, eine andere Funktion hat sie nicht.

Wenn neue Gäste in der Pension eintreffen, kann es vorkommen, daß die Witwe Svane aus der Küche herbeigerauscht kommt. Dann legt sie die Arme um ihn und stellt ihn den Neuankömmlingen vor: »Das ist Malte, mein Feriensohn!« sagt sie und drückt seine Nase an ihre Schürzentasche. Sie riecht nach Teig und Margarine. Es kommt vor, daß er Mehl auf Wangen und Kleider bekommt und hinterher abgebürstet werden muß.

Frau Svane hat die Pension von ihrem verstorbenen Mann übernommen. Sie kocht Kompott aus Beeren, Hagebuttenmarmelade, Fischterrine, Suppen und Braten. Stellt Schalen mit Dickmilch zum Frühstück hin, backt Schwarzbrot und verwendet die Krumen wieder, die mit braunem Zucker vermischt auf die Dickmilch mit der goldenen Haut gestreut werden, die bei ihm Übelkeit hervorruft. Er pflegt sie unter einer Puderzuckermischung zu begraben, ehe er schließlich die Augen zumacht und mit dem Löffel ein Loch in die Haut sticht.

Wenn er die Augen fest geschlossen hält, rutscht sie hinunter. Unter der Haut ist die Dickmilch weiß und glänzend. Der Löffel ist der Eisbrecher, und während die Eisschollen hochgepflügt werden, macht er mit dem Mund die Geräusche dazu.

Wenn es von einem wolkenlosen Himmel herabstrahlt, prescht er für den Rest des Tages hinter dem Sonnenrad her, und wenn das Licht ihn schwarzgebacken und die Brandung ihn umgeworfen hat, sucht er Zuflucht in der Höhle im Steilhang, um wieder Erdschatten zu bekommen und Gänsehaut.

Er hat einen Fuchsbau mit Jungen gefunden und bringt ihnen Essensreste, Hühnerbeine mit Papiermanschetten, Endstücke vom Schinken, wo die Kruste zwischen dem Garn, in das er eingeschnürt war, karamelisiert ist. Er kann das Bellen und Jaulen der Jungen hören, wenn sie ihre Schnauzen da drinnen im Dunkeln in die Leckerbissen stecken und knurrend nach dem Fell der anderen schnappen.

Er balanciert am Rand der Steilküste nach Hause, wo die Erde abgebröckelt ist und Grassoden bedrohlich überhängen. Tief unten rollt das Meer. Kleine Steine und Sand stürzen in die Tiefe, den Aufprall hört man nicht, nur das ferne Brausen des Meeres, und der Schaum auf den Wellen sieht von hier oben merkwürdig aus. Er geht mit der Zungenspitze im Mundwinkel; dann hält er inne, hebt langsam ein Bein und die Arme, während er – absichtlich – am Rande der Welt schwankt. Wenn er kurz davor ist zu fallen, schwillt das Dröhnen des Windes in dem einen Ohr an. Er weiß nicht, warum, aber er trägt das Herabstürzen in seinem Knabenbauch.

3. Kapitel, worin es regnet

Regentage verbringen wir im Kapitänssalon. Nicht, daß Sigurd Svane damals, als er sich auf Erden aufhielt, Kapitän war, aber er war ein großer Bewunderer der Seefahrer, und die Kachelofenstube richtete er mit Messinglampe, Windrose und Barometer ein. Als die Pension dann gut ging, kamen schwere englische Ledersofas und tiefe Sessel dazu, auf der Fensterbank ein Sextant sowie ein Aschenbecher, der wie ein Schiffssteuer geformt ist, mit einem Kranz aus Mahagoni ringsherum, in den ein Holzschnitzer zwischen gezackte Flaggen »Strandgaarden« geschnitzt hatte.

Seit seiner Zeit hat der Schreibtisch dort gestanden, die Dose für den Shag und das Pfeifengestell – Neues ist nicht dazugekommen. Gleichfalls auf ihrem Platz die Rolle mit dem Löschpapier, das Tintenfaß mit Kippdeckel und dem zweifachen, in das Silber gravierten S der Initialen. Mit diesen beiden S sieht er aus wie der Deckel eines Salzgefäßes.

Die Schreibunterlage hat Ränder aus Goldleder, die Schubladen sind mit Eisenrahmen verstärkt und abschließbar, hinter der rechten Schreibtischtür verbirgt sich ein Geldfach. Hier führt Frau Svane die Bücher, spießt Rechnungen auf eine Stahlspitze und schreibt neue aus. Sie wischt selber Staub, und jedesmal, wenn sie bei dem Segelschiffmodell in der Mitte des Bücherregals angelangt ist, hält sie inne und gibt ihrem Mann ein paar Worte mit auf den Weg. Im Tone leichten Plauderns über die großen und kleinen Dinge des Lebens – zumeist letztere. Zwischendurch schimpft sie auch mal. Das geschieht, wenn ihr die Dinge über den Kopf zu wachsen drohen.

Sigurd Svane ist so klein geworden, seit er gestorben ist. Er sitzt da unten und kriecht in der Kajüte zusammen, wenn seine Frau mit Orkanböen über seinem Kopf wettert. Ansonsten steht er mit weißer Marinemütze auf der Brücke; die Flüstertüte vorm Mund, dirigiert er seine Mannschaft rastlos um den halben Erdball herum, von Ceylon bis London Bridge. Das Schiff ist ein Modell von einem der Teeklipper, die das Jahrhundert berühmt gemacht haben.

Wir sitzen zwischen den Büchern im Salon, nehmen sie aber niemals aus den Regalen. Draußen rüttelt der Regen an den Fensterscheiben, und wenn der Wind darauf steht, kommt es vor, daß der Regen hereindrängt und kleine Pfützen zwischen den Topfpflanzen bildet.

Malte ist ein guter Zuhörer; man braucht nicht lange, um ihn in den Regenwald zu bringen, wo wir in Iquitos – der Perle des Amazonas – an Deck eines Raddampfers voll von schwingenden Hängematten und schwarzäugigem Volk stehen. Ich habe sowohl eine Pistole im Gürtel als auch ein Messer im Stiefelschaft, denn es geht wild zu, wenn das Blut in Wallung gerät.

Der Junge liebt den Augenblick, wenn der Raddampfer zum Stehen gekommen ist und nur von der Strömung weiter in den Dschungel hineingetrieben wird, während alle schweigen und verschreckte Blicke ans Ufer werfen. Der Fluß ist an dieser Stelle breit wie ein Meer; das andere Ufer liegt unterhalb des Horizonts.

Die Baumkronen hallen von Vogelgeschrei wider, in den grünen Schatten bewegen sich Menschen, in Erdfarben gekleidet. Haare und Gesichter sind mit einer roten Paste eingeschmiert, die aus den Samen von Hülsenfrüchten gewonnen wurde, gemischt mit Harz. Auf dem Rücken tragen sie lange Pusterohre, einen Köcher, jeder voller Pfeile mit einem Baumwollbüschel am Ende und die Spitze in teerbraunes Gift getaucht. Auf ihren verborgenen Pfaden im Wald, die nicht von den Wechseln des Wildes zu unterscheiden sind, folgen sie uns lautlos. Aber sie tun nichts. Sie behalten uns im Auge, sie mischen sich nicht ein. Die Welt, in der wir unterwegs sind, ist eine andere als ihre.

Wir werden von der Strömung erfaßt. Nach dem ersten Strudel geht es schneller und schneller, und während wir uns um unseren eigenen Kiel drehen, rasen wir vorwärts auf die Katarakte weiter unten am Fluß zu, während der Schiffer und seine Leute Öl schwitzen bei dem Versuch, die Maschine wieder in Gang zu bekommen. Der Besatzung wie den Passagieren ist klar, daß wir von den Klippen zerschmettert werden, falls es ihnen nicht gelingt. Das Flußufer wirbelt vor unseren Augen wie ein Kaleidoskop; es wird einem schwindlig und übel.

Der Regen kommt, es regnet Bindfäden, die den Fluß ansteigen lassen. Um uns herum rauscht das Wasser jetzt wie verrückt, mit einem Mal ist alles in Wolken ertränkt. Man hört keinen Donner, aber ein Blitz nach dem anderen zuckt über den Horizont, und den anderen Passagieren nach zu urteilen, ihren Gebeten und Schreien nach ist es die Sintflut, die ihre Schleusen geöffnet hat. Ich klammere mich mit den Nägeln an die Reling, verbissen und die Augen zu Schlitzen verengt in diesem Tropenguß. Er ist so plötzlich gekommen, daß ich noch nach Atem ringe.

Irgendwann wird mir klar, daß wir uns nicht länger um unsere eigene Achse drehen. Tatsächlich wächst das Gefühl, als habe uns eine sichere Hand unter dem Kiel gepackt und als steuerte sie uns in gleichmäßiger Fahrt durch die Wassermassen. Langsam wird mir bewußt, daß wir uns über dem Katarakt befinden, die brodelnden Felsenriffe sind verschwunden, so sehr ist der Fluß gestiegen. Man sieht die Stromschnellen, aber sie haben ihre Bedrohlichkeit verloren und stellen für den Dampfer keine Gefahr mehr dar.

Ich löse meinen Griff um die Reling. Wir haben noch immer keinen Maschinenantrieb und keine Rauchsignale aus dem Schornstein, und die Schaufelräder stehen still. Im Brückenhaus sehe ich den Kapitän mit den Armen fuchteln und wie er sich dann dem großen Sambo zuwendet, der sein Heizer ist. Er faßt ans Ruder und demonstriert damit, daß er die Steuerung verloren hat, oder genauer: Das Schiff steuert sich selbst. Die Passagiere, starr vor Schreck, schauen einer nach dem anderen von ihren Gebeten und Rosenkränzen auf, und während sie sich zum letzten Mal bekreuzigen, kommen sie auf die Füße. Das Unwetter hat nachgelassen, aber der Fluß, auf dem wir fahren, ist ein anderer. Wir sind durch die Wasserfälle hindurchgefahren, in eine andere Welt hinein...

Malte seufzt. Er weiß, was kommt.

Wir fahren einige Tage lang stetig auf Kurs. Geführt durch die dem Dahinströmen eigene Magie. Der Fluß steigt beständig, die Gegend gleicht jetzt dem Garten Eden, mit langschwänzigen Papageien, die sich von Baumwipfel zu Baumwipfel schwingen, dann abwechselnd ein Aufblitzen vom Gelb und Schwarz des Jaguars zwischen den Baumstämmen. Hier gibt es Affen und Rehe, Tapire und Hirsche, die auf Wiesen und Lichtungen äsen, während die Wildschweine die Erde aufwühlen.

Daß wir sie zwischen Bäumen sehen, die bis zur Krone im Wasser stehen, ist am sonderbarsten. Wir sehen Seerosenblätter, die einen Menschen tragen können, und tropische Blüten entfalten sich vor unseren Augen mit Farben und Staubgefäßen, die keine lebende Seele für möglich halten wird. Handtellergroße Käfer fliegen umher, auf dem Rücken das Bild eines Totenkopfs; des Nachts glühen die fliegenden Schädel grün. Rot und grün geschuppt schlingen Ranken sich an Ästen entlang, Mooskissen füllen Stellen aus, an denen früher der Himmel durchschien, Schmarotzerpflanzen quellen hervor, und am nächsten Tag hängen sie in Girlanden und bilden im Wald Vorhänge von undurchdringlicher Gotik.

Von unseren Hängematten aus betrachten wir die Verwandlungen Stunde um Stunde, Tag für Tag. Wir leben von den Bananen aus der Ladung, von Kokosnüssen, Reis und Maniok. Wie alle anderen an Bord bin ich von einer Stimmung ergriffen, die an einen Rausch gemahnt. Irgendwann werden zwischen den Bäumen Einhörner auftauchen, in der Dämmerung füllt sich die Luft mit weißen Nebelgebilden, die den Raddampfer in Schleier hüllen. Nachts werden wir von Irrlichtern über den stillen Spiegel des Flusses geleitet. Das Schiff, das durch das

Rohr des Schornsteins Kohlen aushustete und das mit seinen Schaufelblättern alles aufwühlte, neigt sich jetzt wie ein Schwan auf dem Wasserspiegel.

Die Ufer kommen näher heran, schließen sich zu einem Tunnel über unseren Köpfen. Wir umrunden eine Landspitze, und die Strecke verzweigt sich in Flußarme und Nebenflüsse, wir setzen unter einem Laubvorhang von Schlingpflanzen den Weg in das Herz des Urwalds fort, wo vor uns nur die Sage gewesen ist.

Wir träumen nicht länger von verwitternden Tempeln und Goldschätzen. Wir träumen von dem Unbekannten, von dem, für das unsere Phantasie nicht ausreicht. Wir erwachen eines Tages und entdecken, daß das Wasser wieder zu sinken begonnen hat. Vor uns breiten sich die Arme des Flusses aus, und auf Wogen schaukelnd, die jetzt ein klein wenig schneller laufen, nähern wir uns weiter vorn einer Biegung im Fluß. Das übermäßig helle Licht erhebt sich in weißen Regenbogen über dem Wasser, weiter kann das Auge nicht schauen.

Wir gleiten in die Flußbiegung und hinaus in ein anderes Licht. Welch ein Anblick! Wir versammeln uns an Backbord, und der Raddampfer, der nach einem Heiligen benannt ist, dessen Namen ich vergessen habe, krängt unter dem Gewicht von uns allen. Ein überirdisches Tschilpen – man muß sich den Ton eines Singvogels unter Wasser vorstellen – trifft unsere Ohren, schmilzt sich seinen Weg vor bis zum Lustzentrum unseres Körpers und läßt die Knochen wie vom Gesang der Sirenen widerhallen. Es kommt von einigen der langschnäbeligen Flußdelphine, die in den Zweigen der Bäume hängengeblieben sind, als der Fluß sank. Sie klappern mit ihren Schnäbeln wie phantastische Störche.

Und da sehen wir die Indianer zum ersten Mal. Sie sind mit einem aus Weiden geflochtenen Netz hoch oben in den Bäumen unterwegs; es sieht aus, als wollten sie die großen Singvögel befreien, die unter Wasser wohnen – und in den Märchen, die sie ihren Kindern erzählen. Einzelne Passagiere meinen, es ginge um das Fleisch, aber wozu dann die Netze? Und vom Meer her weiß ich, daß kein anständiger Mensch Delphine ißt. Da gibt es einen alten Pakt, dessen Ursprung wir vergessen haben.

Die Strömung dreht uns, wir lassen die Szenerie hinter uns. Bis zu den Ufern ist es wieder weit, wir liegen mitten im Flußlauf. Wir haben auch weiterhin Wasser auf allen Seiten, aber die Einheimischen fangen an zu schnuppern und sich Blicke zuzuwerfen. Was jetzt? Am Horizont ahnt man wimmelnde Energie, ein Summen von Lauten, die nicht zum Wald gehören. Hier fängt der Seemann in mir an, sich emporzurecken, um Ausschau zu halten. Zum ersten Mal während der ganzen Fahrt bin ich sprachlos.

Vorn spiegelt der Fluß ein weitverzweigtes Delta. Eine Stadt kommt in Sicht; Hütten auf Pfählen in einer den Marschen ähnelnden Landschaft, mit ausgehöhlten Kanus, an den Pfählen vertäut. Dahinter weiße Häuser, überirdisch weiß, aber das ist Iquitos, die Stadt, von wo wir aufgebrochen sind! Ich erkenne die Kathedrale mit dem Glockenturm wieder und höre in dem Moment die Leute von Deck und Brückenhaus rufen.

Nur steuern wir die Stadt von der anderen Seite her an, weiter flußaufwärts. Der Strom hat uns verschaukelt. Bis Sonnenuntergang bleibt eine Stunde, in der wir an dem Kai anlegen werden, von dem aus die Reise begann. Vielleicht beginnt sie morgen von vorn, vielleicht hat sie nie stattgefunden. Was ist schon Zeit? Und wer sind wir, die wir in verwandeltem Licht zurückkehren? Können wir das wissen, wenn die Glocken das Untergehen der Sonne einläuten und wir einen Ort im Strom erreicht haben, an dem wir schon zuvor gewesen sind?

Ich frage bloß, Malte. Du mußt nicht antworten.

Der Junge schaut weg. Sein Blick sucht die Konsole mit den englischen Tabaksdosen, hält, wie so oft schon, bei dem Indianerprofil inne. Draußen rauscht der Regen nieder, Strandhafer und Rosenhecke sind in Wolken ertrunken. In den Dünen ist der Sand grau geworden. Es sieht nach Dauerregen aus. Wir verlieren uns in Gedanken, und in Sofa und Sessel versunken, betrachten wir unsere Socken. Malte legt die Beine hoch.

Gleich darauf hält er Mittagschlaf, und ich decke ihn mit der Häkeldecke zu. Als das Schiff aufflammt und die Haut in seinem Gesicht aufleuchtet, weiß ich, daß er Antwort bekommen hat auf Fragen, an die er sich nicht mehr erinnern wird, wenn er aufwacht.

4. Kapitel, worin ein Seemann an Land treibt

Die Tage vergehen. Eines Tages ist der Fuchsbau verlassen und nur der Geruch geblieben. Der Junge versucht hineinzuleuchten. Er streicht ein Streichholz nach dem anderen an, aber verbrennt sich die Finger, ehe etwas in Sicht kommt. Es ist merkwürdig in der Erde, die Luft ist feucht und klumpt im Hals. Die Dunkelheit mit all dem, was man nicht sehen kann, weitet sich aus. Die Nasenlöcher ziehen sich zusammen, und die Pupillen werden größer.

Vogelschädel mit Schnäbeln, das Sammelsurium von Flügeln, Röhrenknochen, Schädeldecken und dazu ganze Tote mit Haaren und braunen Nägeln. Seine Finger stoßen auf etwas, einen rostigen Krampen im Lehm.

Den Jungen schaudert es. Spürt Sand im Kragen, als er den Kopf einzieht. Er trocknet die Finger im Gras, um das Glitschige loszuwerden, erhebt sich schnell und fällt beinahe wieder um, weil ihm schwarz vor Augen wird – Echo des Dunkels, das seinen Griff im Nacken nicht lockern will. Er fühlt sich in den betäubenden Gestank eines Hünengrabs getaucht, die Erde hat Kammern, in denen weiße Särge aufgestapelt stehen, und lediglich der Grabstein ragt empor wie ein Seezeichen.

Er geht auf dem Weg hoch zum Leuchtturm. Bürstet Jacke und Hose ab, um den säuerlichen Geruch loszuwerden, atmet stoßweise. Er bückt sich nach einem Stock und peitscht auf den Strandhafer ein; über den Kamm der Anhöhe geht eine Brise, und hätte er Augen wie ich, würde er einen Chor von Geistern sich ausbreiten sehen wie die Fächer der Gräser. Er wird ruhig, als er sich dem Leuchtturm nähert, bleibt beim Gartentor stehen, das mit Hagebuttenranken überwuchert ist. Er zögert ein wenig, ehe er die Klinke ergreift und das Tor öffnet. Der Leuchtturmwärter ist der Freund geworden, dem er sich unter allen Lebenden anvertraut. Er legt den Kopf in den Nacken und ruft zum Turm hinauf.

Kurz darauf kann er die Treppe knarren hören, ein Zögern am Türgriff.

»Bist du es, Malte?«

Der Junge nickt. Das Zögern dauert an, ehe die Tür aufgeht und der Leuchtturmwärter mit Stummelpfeife und Fischerjoppe in Sicht kommt. Mit Runzeln in den Augenwinkeln betrachtet er Malte, stößt dabei den Rauch in Ringen aus.

»Warum antwortest du nicht?«

Malte denkt nicht so. Die Wörter entstehen einfach innen in ihm, während er nickt. Hinterher glaubt er, er habe sie gesagt. Der Leuchtturmwärter Olesen streicht sich über seinen Kinnbart und tritt zur Seite, damit Malte sich hineinzwängen kann. Ein Riese in Holzschuhen, die Klampen an seinen Füßen machen den ganzen gewundenen Weg hinauf bis zur Turmspitze ordentlich Lärm. Bei einem Rundgang nehmen sie die großen Reflektoren in Augenschein. Malte darf die Ernte der Nacht an Insekten von den Scheiben des Lampenhauses abwaschen. Anschließend bekommt er in der Stube des Leuchtturmwärters Tee und Kekse, sie sprechen von alten Zeiten, als die Leute auf Lokkebakken mit Strandfeuern Schiffe anlockten, so daß sie auf den scharfkantigen Felsen Schiffbruch erlitten.

Seeleute, die an Land getrieben wurden, erschlug man mit Bootshaken und Keulen, die Schiffe wurden geplündert. Die entseelten Leiber wurden an den Steilhängen versteckt, und in Vollmondnächten kann man hören, wie sie ächzen, ehe sie ihre Löcher verlassen und sich als Nebelfetzen über den Wogen des Meers zeigen. Ein Dunst, der schwer vom richtigen Nebel zu unterscheiden sein kann, und der – wenn er bei einem über die Türschwelle gekrochen kommt – dem Hause schon vor dem nächsten Neumond Krankheit und Unglück bringt. So sagte man damals. Der Leuchtturmwärter behauptet, das sei Gerede, Nieselregen sei Nieselregen, und das Gartentor schlägt: Die Toten bleiben in ihren Gräbern, und da ist schon mehr als ein bißchen Nebel nötig, um ihn um den Verstand zu bringen.

Der Junge nickt wieder und denkt sich seinen Teil. Da ist er wieder, der Spiegel, der ihn in zwei teilt. Olesen mag ja glauben, er sei mit ihm einig, aber in Wirklichkeit klebt Maltes wiederholtes Nicken an Bildern, die er mit sich trägt, aus dem Fuchsbau, wo der Schädel eines Portugiesen und ein abgebrochener Bootshaken dieselbe Sprache sprechen. Der Leuchtturmwärter hat die Pfeife beiseite gelegt und ißt bedächtig das Teegebäck, das er in den Tee getunkt hat. Das fühlt sich gut an, selbst wenn Malte noch alle seine Zähne hat. Der Kristallzucker bekommt glatte Ränder, das Gebäck wird weich und schwammig, und die Vanillekringel sind erst ganz innen beim Loch knusprig. Malte schluckt; durch das Teegebäck schmeckt seine Angst vor Gespenstern süß.

»Und, Malte, was hast du sonst so getrieben?«

Der Junge spuckt ein bißchen Tee zurück in die Tasse. Die Zunge verweigert die Antwort. Bei uns ist es die Stille, die spricht, aber in der Stube beim Leuchtturmwärter bekommen die Wörter ihr Recht. Er sagt nichts von der Höhle, erzählt statt dessen vom Besuch am Vormittag, als er mit unterwegs war bei der Runde über die Höfe, um Eier und Gemüse zu besorgen.

»Darf ich das Schiff sehen?«

Das ist ein festes Ritual, mit dem Malte jede seiner überstürzten Erzählungen abbricht. Der Leuchtturmwärter klappert zum Regal und nimmt das Schiff herunter. Er hat es selbst gebaut, in einer Flasche, die blau und mit Lack versiegelt ist. Man sieht die Steilküste mit dem Leuchtturm, einen kleinen Bootssteg, der ins Wasser hinaus ragt, und das Wohnhaus, in dem sie sitzen. Das Meer ist angemalter Kitt, und der Himmel hinter dem Schiff ist mit weißen Pinselstrichen angedeutet. Das sind die Wolken. Das Schiff füllt den Rest aus. Ein Vollschiff mit Ankerwinde und Strickleitern aus Sternzwirn, die sich vor den Masten wie Spinnweben ausbreiten.

Der Leuchtturmwärter zeigt ihm einen Pinsel, bei dem die Haare im Winkel gebogen sind, so daß er innen in der Flasche malen kann. Dann gehen sie zusammen hinaus in die Werkstadt, wo Olesen ein Schiff auf der Helling hat. Er klebt Schornstein und Schaufelräder an den Rumpf, ehe er es durch den Flaschenhals einführt und das Rigg mit einem geschickten Ziehen an den Schnüren aufrichtet. Das Schiff ist frisch gestrichen und aus Balsaholz gebaut. Es duftet nach Leim, und Malte strahlt, denn es ähnelt zum Verwechseln dem Flußdampfer vom Traumdelta.

Die Flasche ist bauchig, im Glas sind Blasen, die die Details verzerren und, wenn er die Augen zusammenkneift, die Wellen auf- und abwogen lassen. Vor dem Schornstein sitzt eine richtige Dampfpfeife, und unter dem Bugspriet ist eine Galionsfigur angebracht, eine Meerfrau. Malte nimmt alle Einzelheiten mit heißhungrigen Augen auf, er sieht, wie der Leuchtturmwärter den Stöpsel in die Flasche steckt und diesen sorgfältig mit einem Schnitzmesser abschneidet, wobei er mit dem Daumen den Flaschenhals dreht. Er greift nach einer Stange Lack, wärmt sie mit seinem Feuerzeug an, bis sie Blasen schlägt. Drei heiße Tropfen fallen auf den Korken. Am Schluß nimmt der Leuchtturmwärter einen Klotz und preßt ihn auf die Versiegelung, bis sie fest ist.

Er blinzelt Malte zu, und hält den Klotz noch ein wenig darauf. Dann entfernt er ihn wieder. Malte lehnt sich vor, um zu schauen; ein Ausruf entfährt ihm. Ein »M« ist in dem roten Lack zu sehen, und der Leuchtturmwärter reicht ihm das Schiff.

»Es ist deines«, sagt er und steckt sich die Pfeife an, »wenn du es haben willst!«

Das letzte kommt zusammen mit den Tabakrauchwolken aus seinem Mund. Als er das sagt, hat er Schlitzaugen. Malte ist stumm. Er nimmt die Flasche entgegen, mit dem Boden zuerst, wägt sie in seinen Händen. Er schließt die Augen und öffnet sie wieder. Der Dampfer liegt im Gegenlicht hinter den runden Glaswänden; er balanciert ihn vorsichtig auf seinen Handflächen und beginnt, Laute zu bilden, während er das Schiff schaukelt. Erst ein Zischen, dann ein Stammeln, das schließlich den Weg über seine Lippen findet und zu einem »Dankeschön« wird. Er steht, die Füße verdreht, im Sägemehl

Als Malte nach Hause rennt, hält er ein glänzendes Ei im Schoß, und die Wolken fliegen unter seinen Füßen. Er stürmt durch die Dünen, und ich darf überhaupt nicht daran denken, was passiert, wenn er jetzt fällt und die Schale zerbricht. Aber als alter Seemann weiß ich, je stärker man mit dem Glück stürmt, desto besser trägt es. Auf diese Weise habe ich ja selber Flügel bekommen.

Wir landen gleichzeitig in den Deckstühlen; er in seinem und ich in meinem. Wir sind alleine mit der Aussicht aufs Meer; kein anderer wird von ihr Gebrauch machen, denn der Wind hat gedreht und bläst die Wolken in Richtung Land. Es ist warm. Ein Gewitter liegt in der Luft, und die Schwalben fliegen tief, aber die Luft ist wie Balsam.

Er zeigt mir das Schiff in der Flasche und will sofort hören, daß er so, genau so, aussah, der Raddampfer, der im Herzen des Amazonas umhertrieb, gesteuert von einer Flußnymphe. Wohlweislich behalte ich die Erinnerung daran, daß es ein Seelenverkäufer war, für mich.

Wir reden nicht von den Wolken; wie sie gebildet werden, sehen wir mit den gleichen Augen, und in unseren Gehirnen werden sie zu Rauch, während der Wind sie vorantreibt. Sie verbreitern sich nach oben hin; geordnet von der Fächerform des Lichts bilden sie Muschelschalen am Himmel. Die Sonne ist hinter Wolken verborgen, der Horizont ist eins mit dem Meer, und der Strich, der unsere Welt teilt, ist in perlengrauem Dunst verwischt. Aus dem Dunst bildet sich eine glühende Kugel, während der Tag zur Neige geht.

Plötzlich ist es Abend. Diese letzte Stunde verfliegt mit den Schwüngen der Schwalben, und hinter dem »Strandgaarden« breiten sich Felder mit Getreide und Mohn aus. Auf der Meeresseite wird ein Rumoren laut. Die Reihe der Grundgarnpfähle erstreckt sich jetzt weit zum Horizont hin, wo das Licht in einem dunkleren Ton abnimmt. Die Stille des Meeres verstärkt das Geräusch des Donners, der mit den Wolken heranrollt, vom Blitz ist nichts zu sehen, es gibt nur diesen Druck auf der Brust. Den gleichen Druck, der die Brandung hat abflachen und den Flug der Insekten zur Erde hat sinken lassen.

Nach der Hitzewelle des Tages ist es frisch. Der Junge spürt meine Nähe, aber nicht meine Unruhe. Ich weiß ja, was sich anbahnt, er wartet nur auf den ersten Blitz, so daß er die Sekunden bis zum Donnerschlag zählen kann. Der Anblick und das Geräusch scheiden die Wasser; vom gleichen Ort kommen sie jeweils mit der ihnen eigenen Verspätung. Das Erstaunen darüber habe ich ihn an einem frühen Morgen gelehrt, als die Fischer die Grundgarnpfähle einrammten. Er sah den Schlag in tiefster Stille geschehen, bevor das Geräusch wie ein Echo seines Anblicks folgte.

Vorauswissen basiert auf dem gleichen Prinzip – alle Zeit ist nur das Echo von etwas, das schon stattgefunden hat. Genauso ist es mit dem Licht – es ist wie Wellen auf dem Meer. Die einzelnen Partikel bewegen sich nicht von der Stelle; das Licht hat mit anderen Worten keine Geschwindigkeit. Es ist nur die Echowirkung einer ursprünglichen Ursache! Für jemanden wie mich hat das Universum – mit seinen Sternenhaufen, Spiralnebeln und in Lichtjahren gemessenen Entfernungen – die Größe eines Stecknadelkopfes. Das sollst du nur wissen, Malte. Das ist nichts, das dich glücklich macht.

Trotzdem verstehst du genug, um Freude zu fühlen, wo andere Trauer empfinden. Dein Schiff kann entzweigehen, eines Tages ist die Flasche zerbrochen und der Geist draußen. Dann kannst du dich Sindbad nennen und Seefahrer, während du Berechnungen anstellst, wie das Ei der Ewigkeit zerbrechen wird.

Der Junge nickt. Er hört nicht hin. Und ehe der Donner losbricht, hat ihn der Gong zum Abendessen gerufen. Ich bin alleine zurückgeblieben mit meinen brodelnden Gedanken, die im Regen ertränkt werden, als sich die Wolken schließlich teilen. Es gibt keinen Grund zu zählen, weil der Donner direkt über dem Hof ist und sich mit Klirren in den Scheiben der Verandatür festsetzt, während gleichzeitig der Schein die Sprossen aufblitzen läßt.

Ich bin aufgesprungen und wandere auf und ab, drücke mich am Treppengeländer herum wie ein unruhiger Köter, während am Himmel ein Blitz den nächsten jagt und die Landschaft mit Schlagschatten erhellt. Ich kann sie im Wasser einschlagen sehen, über das Meer spähend in Richtung auf das, was kommen wird. Es riecht nach verbranntem Schwefel. Der Junge hat gegessen und liegt in seinem Bett, als das Unwetter weiterzieht und zu einem immer weiter entfernten Grummeln wird.

Die Wolken reißen auf. Vollmond. Als öffnete man eine Muschel und fände die Sonne verwandelt in eine Perle aus kühlem Licht. Es weht dort draußen, wie in Rillen läuft das Wasser aufs Land zu. Und während sich der Junge unruhig in seiner Koje wälzt, im Schlaf laut spricht und die Bettdecke wegtritt, steht sein Schiff auf der Fensterbank zwischen Muschelschalen und Steinen und sammelt Mondenschein. Ich bereite mich auf eine lange Nacht vor.

Die Hundewache hat begonnen.

Stunden sind vergangen, mein Schatten krümmt sich über das Geländer, von der Veranda aus spähe ich in die Nacht. Ein guter Ausguck ist das erste Gebot für einen Seemann, pflegte mein Freund, der Kapitän, immer zu sagen. Der Wind fegt um meine Stirn und drängt sich mit kühlendem Hauch unter die Bogen der Augenbrauen. Als der Strahl des Leuchtfeuers im hohen Bogen über die seidene Fläche des Meeres huscht, sehe ich es zum ersten Mal flüchtig aufblitzen. Weit draußen in der offenen See, wo die Rillen zur Dünung angeschwollen sind, die in Richtung Land läuft, taucht der Sarg auf. Man könnte glauben, es sei eine gekenterte Jolle, die kieloben treibt. Der Dekkel wölbt sich, Reflexe im Lack spiegeln die Sterne des Weltalls, als das Vorderteil auftaucht und mit den Wellen vorwärts getrieben wird.

Der Sarg, der unter den versilbernden Reflexen schwarz wirkt, krängt im Meer. Wasser ist eingedrungen und verleiht ihm Schlagseite. Ruckweise treibt er aufs Land zu, und jedesmal, wenn der Strahl des Leuchtfeuers über ihn hinweghuscht, ist er der Küste ein winziges Stück näher gekommen. Er nimmt an Umfang zu und verdrängt den Rest der Welt – so lange habe ich gewußt, daß er unterwegs war.

Details sind nur in den Momenten sichtbar, wenn der Lichtstrahl des Leuchtturms den gekenterten Mahagonisarg erhellt. Ein Kreuz ist als Hochrelief in den Deckel geschnitzt. Wenn die Dünung des Meeres über das Kreuz hinwegwäscht, nimmt es die Form der Welle an und ähnelt einem Seeungeheuer, das aus der Tiefe emporgestiegen ist. Der Junge hat sich in der Koje aufgerichtet; unruhig sitzt er in dem engen Raum und lauscht in die Dunkelheit hinaus.

Scharrend läuft der Sarg auf Grund. Draußen bei den ersten Sandbänken bleibt er hängen, wogt und schaukelt über Fels, Muscheln und Blasentang. Es ist Niedrigwasser, bis auf die Binnenseen liegt die Küste bloß, und die Erde hat heute nacht viele Monde. Die spiegeln sich in den Pfützen. Als sich der Junge an der Verandatür zeigt, die Haare stehen ihm von dem Alptraum zu Berge, streiche ich ihm über die Stirn, bis seine Augen zufallen. Ich geleite ihn durch die Räume, die im Dunkeln liegen, zünde in der Koje eine Schlaflampe an und helfe ihm die Trittleiter hinauf.

Auf dem Fallreep sehe ich mich nach einem Stofftier oder etwas anderem um, das ich ihm in den Arm drücken kann – ich entscheide mich für das Kissen, er drückt es bis zur Bewußtlosigkeit fest an sich, während seine Atemzüge sich immer wieder verändern. Bald sind sie lang und keuchend, dann kommen sie zurück, stoßweise, dazu tritt er mit den Füßen. Ich bleibe bei ihm, bis er zur Ruhe gekommen ist.

Herrgott, das ist nur ein Aufschub, aber das ist aller Schlaf. Bis zum letzten.

Der Wind läßt die Verandatür klappern. Er hat vergessen, sie hinter sich zu schließen. Die Treppe knarrt, als ich mich hinunterschleiche, hinaus in den Vorgarten. Ich zögere am Gartentor; sähe mich jetzt jemand, müßte er glauben, ich sei ein Gespenst. Aber niemand wandert durch die Nacht. Ich biege auf den Pfad hinunter zum Kirchhof ab und verschwinde in der Kapelle.

Über dem Kirchhügel bricht der Tag an.

Der Junge ist beim ersten Hahnenschrei auf. Wie der Wind ist er zur Tür heraus. Er hat sich aus Blumenstöcken und dem Papier von der Buttertonne einen Drachen gebaut. Der Schwanz ist aus Zeitungspapier gebunden, und der Gärtner hat ihm eine Rolle Schnur geschenkt. Er rennt durch die Dünen, daß der Sand hinter ihm aufstiebt, und versucht, den Drachen abheben zu lassen. Der Drachen stürzt auf die Erde, erschreckt eine Möwe. Die läßt von ihrem Fischgerippe samt Kopf im Sand ab und zieht danach unbeschwert in der Luft ihre Kreise – wie es der Junge mit seiner gebrechlichen Konstruktion angestrebt hat. Der Drachen flattert vor ihm, als er es wiederum versucht. Der Möwenschrei klingt laut über seinem Kopf – laut und verwundert.

Plötzlich glückt es. Das Knallen wird zu einem hochgespannten Sausen, die Schnur biegt sich über die Hügel, und der Drachen steigt. Während er im Himmel versinkt, folgt ihm Malte atemlos. Als der Drachen so groß ist wie eine Salmiakraute, hat Malte noch immer Schnur auf der Rolle. Beinahe kommen ihm Bedenken, so hoch fliegt er, die Geräusche, die der Schwanz macht, kann er nicht länger hören, und es ist ein Stück von ihm selbst, das da oben segelt, schwindelerregend hoch über dem Strandhafer.

Den Kopf im Nacken, setzt er rasch einen Fuß vor den anderen, um dem Flug des Drachens zu folgen. Vielleicht ritzt er etwas in den blauweißen Himmelsteller; er beißt sich auf die Lippen, um nicht zu feixen, runzelt die Augenbrauen und droht seinem Gedanken. Jetzt liegt Zug auf der Schnur, ein vorwärtsgerichteter Zug, der ihn mit sich zieht. Der Drachen hat die Richtung zum Meer hin genommen, und Malte wankt hinterher. Das Papier, glänzend vom Fett der Tonne, blinkt über seinem Kopf.

Mit einem Mal ist die Schnur schlaff, und der Drachen sinkt. Er versucht gleichzeitig zu rennen und die Schnur auf die Rolle zu winden. Der Drachen hat sich vor ihm voller Freude geschlängelt, nun darf er nicht fallen. Sobald er Widerstand spürt, hat er wieder die Kontrolle. Schritt für Schritt, die Zunge im Mundwinkel, folgt er ihm vom Strand. Währenddessen beginnt der Drachen, Achten zu beschreiben.

Wieder fliegt er gefährlich niedrig, der Schwanz macht knatternde Geräusche, und das Kreuz aus Blumenstöckchen scheint hinter dem Papier auf. Er gerät aus dem Gleichgewicht, als er dem Zug der Schnur hinterhertaumelt. Erst im letzten Moment gelingt es ihm, das Eintauchen in das nasse Element zu verhindern, das in dünnen Häutchen aus Blau den Himmel widerspiegelt.

Deshalb sieht er auch nicht, wo er hineingerät, und als er es entdeckt, muß er den Drachen loslassen und erschrocken zusehen, wie der erst trudelt und dann stürzt. Die Flut hat den Sarg von der Sandbank weg an Land gehoben. Er ähnelt einem Wrack, dessen eine Seite in den Sand eingesunken ist. Mit ungläubigem Staunen sieht er dessen Griff aus Messing und den Deckel, der offensteht. Er stellt sich auf die Zehenspitzen, um über den Rand hineinzuschauen, er kann es nicht sein lassen. Der Sarg ist voll Wasser. Ein Kranz wilder Blumen wird hochgeschwemmt und bedeckt das Gesicht des Mannes.

5. Kapitel, worin der Seemann tanzt

In Maltes Nase beißt es gewaltig. Das Säurebad in dem offenen Sarg zieht alles in ihm zusammen, er hört einen Ruf und wirbelt herum. Aber da ist keiner; der Ruf ist sein Echo. Innerlich ist er dröhnend leer, nachdem dieser ihn verlassen hat, das Wasser in seinen Augen brennt, und er versucht zu schlucken. Die Luft steht und wächst gleichsam vor seinem Mund. Ein Geruch von fauligem Blumenwasser steigt auf. Wieder schluckt er, außerstande, ihn wegzubekommen. Er geht rückwärts. Ein Schritt wie in Trance, der nächste landet in einem Wasserloch. Er steht da wie festgenagelt, während die Pfütze um seine Füße spült.

Eine Welle läuft landeinwärts und schlägt gegen den Sarg. Im Rücksog sinkt das Strandgut ein paar Zoll tiefer, neigt sich bedenklich zu dem Jungen hin und spuckt ein bißchen von seinem Inhalt aus. Im Holz entstehen dadurch Geräusche, die Nägel knarren wie Saiten, die mit dem Wirbel gespannt werden. Das Loch, in dem er steht, saugt an seinen Füßen. Er kämpft in dem Schwemmsand darum, loszukommen, alles gerät ins Rutschen, der Himmel über ihm dreht sich mit Möwengeschrei, und hinten arbeitet die Brandung voll Panik an den Grundgarnpfählen. Als er loskommt, ist der eine Schuh im Loch steckengeblieben.

Malte türmt. Er kann Erwachsene nicht ausstehen, die ihn beim Spielen im Wasser untertauchen. Am schlimmsten sind die, die ihm die Hand auf den Kopf legen und ihn irgendwann gewaltsam nach unten drücken. Das kann ihn fuchsteufelswild machen, und wenn er nach dieser kalten Dusche wieder hochgeschossen kommt, schlägt er um sich und tritt und zerrt an ihren Badehosen. Die gleiche Wut treibt ihn jetzt an. Auf

Strümpfen und mit schlappendem Schuh bahnt er sich seinen Weg durch die Disteln auf der Wiese, ohne auf ihre Stichflammen zu achten. Er hat den Wind im Mund, der ihm entgegenweht.

Außer Atem kommt er beim Leuchtturm an. Der ist erloschen nach dem nächtlichen Blinken, und der Leuchtturmwärter hat sich hingelegt. Malte humpelt das letzte Stück am Brunnen mit der Pumpe vorbei, dort wo der Hofplatz wegen der Pflastersteine uneben wird. Er öffnet die Türe zum Wohnhaus und findet Olesens Kammer mit der Pritsche und dem Nachttopf.

Das Schnarchen des Leuchtturmwärters erfüllt den Raum. Er hat sich mit Fischerjoppe und Anorak hingelegt, die Kappe hat er an den Haken gehängt, und die Holzschuhe gähnen unter dem Bett. Das Bettzeug riecht wie auf der Mole; es ist fleckig vom Teersud der Pfeife, die am Kopfende bereitliegt, zusammen mit einem Tabakbeutel aus Wachstuch und einer Streichholzschachtel. Licht und Reflexe vom Meer dringen durch die Fensterscheiben. Klein wie Malte ist, fühlt er sich wie in einem Fischkasten gestrandet. Vorsichtig stupst er den schlafenden Mann an.

»Herr Olesen...«

Der Leuchtturmwärter zuckt unter seinen Fingerspitzen zusammen; schnaubend wie ein Walroß wälzt sich der große Leib im Bett herum. Der Leuchtturmwärter ist es gewöhnt, geweckt zu werden. Als erstes greift er nach der Pfeife. Er schwingt die Beine über die Bettkante, mit den Füßen in wollenen Socken fahndet er nach seinen Holzschuhen. Als die Pfeife angezündet ist und erste Rauchwolken aussendet, kratzt er sich mit dem Stiel hinterm Ohr.

»Was ist los, Junge? Man sollte meinen, der Teufel wäre dir auf den Fersen.«

Malte steht ganz kleinlaut da. Kleinlaut und atemlos. Die Brust hebt und senkt sich, während er stammelnd nach Worten sucht. Aber er hat keine Angst mehr. Er strahlt wieder, denn die Nähe des großen Mannes schiebt die Angst auf ein Nebengleis. Ein Kaiser ist im Zimmer, und Malte ist der Kurier des Kaisers.

Er erzählt von der Strandung. Hinter seinen gestammelten Wörtern nimmt der Bericht Form an, und brummelnd nimmt ihn der Leuchtturmwärter zur Kenntnis. Er läßt Malte aussprechen, aber in den Augenwinkeln steckt noch Skepsis.

»Komm!«

Malte zerrt ihn am Ärmel auf den Hof hinaus und hinüber zum Turm. Sie gehen nach oben und hinaus auf die Rotunde, wo sich Malte über das Geländer lehnt und zum Meeresufer weit hinten auf der anderen Seite des Abhangs deutet. Rost löst sich vom Geländer und rieselt nach unten in den leeren Raum. Als er durch das Flimmern die auf Grund geratene Form ausmacht, kneift der Leuchtturmwärter die Augen zusammen. Vom Leuchtturm aus gesehen, ähnelt der Sarg einem Puppenhausmöbel.

»Teufel noch eins«, keucht er. Er wirft Malte einen dieser Blicke zu, die Jungen wachsen lassen. Und von dem Moment an ist Malte nicht länger auf der Flucht. Er ist der Junge, der eine Wasserleiche gefunden hat.

Zusammen gehen sie durch den sandigen Hohlweg; Malte muß seine Schritte verdoppeln, um mit denen des Leuchtturmwärters mitzuhalten. Dort wo die Boote an Land gezogen werden, bleibt Olesen stehen und spricht ein paar Fischer an, die ihre Netze nachgesehen haben und eben mit ihrem Fang einlaufen.

Sechs hochgewachsene Männer sind bei dem Jungen, als er sich dem Sarg zum zweiten Mal nähert. Einer ist an der Wegkreuzung, die hoch zur Kirche führt, noch zu ihnen gestoßen. Es ist der Pastor in seinem Morgenmantel; er ist unterwegs zu seinem morgendlichen Bad, er hört ernst zu, als Malte eifrig von seinem Fund berichtet. Der Junge ist wie verwandelt. Wie durch Zauberei ist aus dem Alptraum eine Angelegenheit unter Männern geworden, und Malte ist ihr Zeuge. Auf dem Wasser schaukelt sein Drachen, ein Sommerdrachen mit Schnur und Rolle, aber er bemerkt ihn nicht.

Als die Gruppe ankommt, schlägt der Pfarrer als erstes das Kreuz und schließt den Sargdeckel. Das tut er mit abgewandtem Gesicht. Die Fischer beugen die Köpfe und streifen die Mützen ab, der Leuchtturmwärter dreht seine Dienstmütze zwischen den Händen, und Malte versucht eine Art Ehrengruß. Alle sind sie von Ehrfurcht ergriffen. Gedämpft klappern am Wassersaum die Kiesel.

Unschlüssig orientieren sich die Gesichter der Fischer am Pastor. Der schaut zum Leuchtturmwärter, und der antwortet mit einem Achselzucken. Schließlich räuspert sich der Pfarrer:

»Laßt uns den Sarg an Land tragen.« Er fügt ein »im Namen Gottes« hinzu und verrät damit seine Unruhe.

Sie verteilen sich, drei auf jeder Seite des Sargs. Sie spucken in die Hände, ehe sie sich bücken und die Handgriffe packen. Mit roten Köpfen richten sie sich auf, ohne den Sarg auch nur eine Handbreit zu bewegen: der Tote ist zentnerschwer. Malte ist es wieder, der Licht in die Angelegenheit bringt.

»Der ist voller Wasser«, murmelt er. Er spricht so leise, daß es keiner hört, dann so laut, daß er selbst zusammenzuckt.

»ER IST VOLLER WASSER!«

In dem Moment entgleitet dem Leuchtturmwärter der glitschige Handgriff. Sofort lassen die anderen Männer die Griffe los, als hätten sie sich daran verbrannt.

Der Leuchtturmwärter flucht heftig – zum Entsetzen des Pfarrers und zum stillen Vergnügen der Fischer. Es sieht aus, als würde er sich zum Wasser hinabbücken, um seine Hände abzuspülen, aber als er sich wieder aufrichtet, hat er einen großen Stein in der Hand. Resolut geht er zum vorderen Teil des Sargs und haut mit einem einzigen kräftigen Schlag zu.

Ein kurzer Ton, als ob mit etwas gegen den Deckel eines Flügels gehämmert würde, dann bricht das Mahagonigehäuse auf, und mit dem Wasserschwall werden unzählige Blumen herausgeschwemmt. Am Strand breitet sich ein abscheulicher Gestank aus. Ein Gestank nach verdorbenen Muscheln, verrottetem Tang und Fisch. Malte hält sich die Nase zu, aber seine glänzenden Augen verraten ihn.

Olesen wirft seinen Stein über die linke Schulter.

»Dann wollen wir uns den Burschen mal schnappen«, sagt er und spuckt wieder in die Hände. Dieses Mal geht er rückwärts, wühlt sich mit den Fingern in das Wasserloch und packt unter dem Sarg an. Malte kann sehen, wie sich seine mächtigen Arme anspannen. Die anderen fassen an wie vorher, die Griffe halten, und mit einem Schwupps befreien sie die Last aus dem Sog, der sie unten gehalten hat.

Der Sarg schnellt hoch. Als das vordere Ende nach vorn kippt, fällt etwas klirrend zu Boden, gefolgt von einem Rutschen im Sarg. Durch das zersplitterte Holz gleiten die Füße des Toten heraus, bloß und mit blauen Rändern, und seine Waden kommen halb zum Vorschein. Das eine Hosenbein ist an einem Nagel hängengeblieben. An den Beinen wachsen lange schwarze Haare, und die Zehennägel sind ganz krumm gewachsen.

Malte kann den Schrei nicht zurückhalten, der Pfarrer versteht das falsch, läßt los und beeilt sich, ihn zu trösten. In Wahrheit ist er begeistert, der Junge. Die abergläubischen Fischer gebärden sich, als hätte der Tote nach ihnen getreten. Auch sie lassen die Griffe los und den Sarg seiner Wege gehen. Nur der Leuchtturmwärter hält noch fest; während er den Sarg auf seinen Bauch stützt, wird sein großer Körper von Lachen geschüttelt. Der herrlichste Sommermorgen, den sich ein Junge vorstellen kann!

Olesen kann gar nicht wieder aufhören. Denn jedesmal, wenn der Pfarrer ihn mit einem Zischen zum Schweigen bringen will, verdoppelt sich sein brüllendes Gelächter, und der Sarg hüpft auf seinem Bauch auf und ab. In den Beinen des Seemanns zuckt es. Er tanzt vor den Fischern und dem Pfarrer einen Fandango, mit Malte als stummem Partner und dem Leuchtturmwärter als Puppenspieler. Die Gesellschaft kommt nicht eher zur Ruhe, als bis die Witwe Svane über die Düne gerauscht kommt und sich, die Hände in die Seiten gestemmt, vor ihnen aufbaut:

»Was in aller Welt geht hier vor sich?«

Der Pastor badet nackt, sommers wie winters. Er hebt die Arme in der Geste, die in der Kirche den Segen begleitet. Der Morgenrock öffnet sich, enthüllt einen braungebrannten Bauch mit Anhang, weshalb sich Frau Svane abwenden muß. Sie ruft wieder, dieses Mal in schärferem Ton:

»Komm her, Malte!«

Er hat die morgendliche Versammlung in der Pension versäumt. Es ist Sonntag und das erste Mal, daß er nach dem Gongschlag nicht an der Tafel erschien. Sie haben überall nach ihm gesucht, im Schuppen, in der Waschküche mit dem großen Waschkessel. Treppauf, treppab, unter den Treppen, im Abstellraum und auf dem Boden, wo die Spinnweben hängen und der Staub steht. Die Verstecke eines Jungen sind vielfältig und fügen einem Haus schneller neue Räume hinzu, als die Phantasie es sich ausmalen kann.

Zögernd kommt er näher. Man verschmäht nicht ungestraft Frau Svanes Mahlzeiten. Unterwegs verrenkt er sich beinahe den Hals, mehrmals wendet er sich nach der Gruppe um, die die Sache erneut ernsthaft in Angriff nimmt. Sie haben den Sarg wieder angehoben, der Leuchtturmwärter geht jetzt vorneweg und hält mit dem Griff der Möbelpacker den Boden fest, während er mit seinem breiten Hinterteil dafür sorgt, daß die Leiche drinnen bleibt. Die Hand auf dem Deckel, trippelt der Pastor nervös nebenher, er ist plötzlich überflüssig.

Als die Männer beim Kreuzweg ankommen, muß Malte auf den Rest verzichten. Er wirft einen letzten Blick auf den Sarg, der wie ein Schiff zwischen den Dünen schaukelt. Er steht selbst in einer Mulde und geht nun ebenfalls durch Sand, der unter seinen Füßen wegrutscht. Mit vorgebeugtem Oberkörper kämpft er verbissen, während hoch am Himmel die Sonne flimmert. Schließlich erreicht er den Rand der Mulde und die Witwe.

»Malte, wo ist dein Schuh?«

Er blickt verwirrt auf den einen Socken. Sie schimpft ein bißchen mit ihm und zieht ihn am Ohr auf den Pfad hinauf, wo sie ihn mit einem Klaps auf den Hintern vorweg schickt.

Die Ranken der Rosenhecke greifen nach ihren Sachen. Frau Svane trägt ihre Sonntagskleider, dazu Haube und Blumenkorb. Die weiße Schürze ist gestärkt und vor allem zur Zierde da.

In der Pension wird ihm Dickmilch vorgesetzt, und jetzt heißt es aufessen. Solange der Teller nicht bis auf die letzten Reste von geschmolzenem Zucker und Brotkrumen ausgekratzt ist, sitzt er wie auf Nadeln.

»Vielen Dank für das Essen«, würgt er hervor, »das hat vielleicht gut geschmeckt!«

Frau Svane ist besänftigt. Sie ist im Speisesaal geblieben, um ihn für die nächste Mahlzeit zu dekorieren. Sonntags ist alles anders. Da gibt es mitten am Tag warmes Essen und am Abend Platten mit Aufschnitt und frische Brötchen, Biersuppe und Pfannkuchen mit Holunderblüten.

Während sie die Blumen aus dem Korb in Vasen anordnet, summt sie vor sich hin, wechselt das Zierdeckchen auf dem weißen Flügel. Sie läßt die Finger über den Notenhalter gleiten, der ist geschnitzt, mit Engeln und Harfen. Malte liebt es, wenn nur sie beide im Speisesaal sind. Der Fußboden duftet nach Seifenlauge, das Licht fällt wie Häkelspitzen auf seine Füße. Sie lüftet und läßt die Vorhänge flattern. Dann geht sie zum Glasschrank, nimmt die Schale mit dem Konfekt und läßt Malte zugreifen.

»Du armer Kerl«, sagt sie und drückt ihn. Malte seufzt und schmiegt sich an sie, die Stärke in ihrer Schürze kühlt die Wange und läßt es ganz und gar Sonntag sein. Er könnte in der roten Dunkelheit stundenlang mit geschlossenen Augen so liegenbleiben und vor sich hin schnurren, ohne an etwas anderes zu denken. Sie streicht ihm übers Haar und läßt ihn noch eine Weile liegen, ehe sie ihn vom Stuhl aufscheucht.

»Jetzt aber, Malte, ich bin nicht deine Mutter. Nun lauf und spiel.«

Ein Wechselspiel wie die Schrittfolge beim Seemannswalzer. Einen Augenblick zittert er und hat einen Kloß im Hals, im nächsten ist alles wieder gut, und er fegt durch die Tür hinaus, um seine Entbehrung durch neue Abenteuer zu übertönen.

Er steuert den Tatort an. Als er ankommt, sieht er im Sand noch die Spur des Sargs. Schaudernd erkennt er den Abdruck von den Füßen der Wasserleiche, bloß und flach und vorne das Pünktchen von den Nägeln. Deutlich unterscheiden sie sich von Holzschuhen, Gummistiefeln und den Pantoffeln des Pastors. Er spielt Detektiv. Mit einem Halm des Strandhafers zeichnet er die Fußspur des Toten nach.

Als er dessen müde ist, fängt er an, im Loch nach seinem Schuh zu graben. Das Wasser hat sich zurückgezogen, die Klumpen, die er hochholt, werden in seiner Hand fest. Bis zum Ellbogen muß er hinunter, ehe er auf den Schuh stößt. Frau Svane hat ihn barfuß nach draußen geschickt, so daß er nicht besser dran ist als zuvor. Malte, der halbe Junge, der Junge, der ohne Schuhzeug bis ans Ende der Welt humpeln muß. Da war den Füßen der kleinen Karen besser geholfen, auch wenn es traurig ist, daß sie niemals aufhören kann zu tanzen. Das ist alles sehr verwirrend, denn Tanzen tut man doch, wenn man froh ist, und Mädchen lieben rote Schuhe.

Unten sickert wieder Wasser in das Loch. Er hat die Fersenkappe gegriffen und zieht, was er kann. Als der Schuh hochkommt, fällt er auf den Rücken. Er muß sich einen Moment besinnen, dann setzt er sich in den Schneidersitz, hält den Schuh hoch und leert ihn aus. Rings um ihn ist es so still, der Schlag der Wellen, das Klappern der Steine, das Schreien der Vögel und das Brausen des Himmels. Nach allen Seiten hin erstreckt sich der Strand, menschenleer.

Er riecht an dem nassen Leder, aber von daher kommt kein Trost, nur den Geruch des Sargs kann er wiedererkennen. Er ahmt die Bewegung des Leuchtturmwärters nach und wirft den Schuh über seine Schulter. Aber ehe er wieder ganz in sich versunken ist, hört er, wie die Sohle auf etwas trifft, und kriecht auf den Knien dorthin. Der Schuh ist auf Glas gelandet. Er nimmt es und wischt den Sand ab. Es ist eine Fotografie in einem silbernen Rahmen.

Plötzlich erinnert er sich daran, wie etwas aus dem Sarg gefallen war, unmittelbar bevor die Füße des Seemanns herausgerutscht kamen und alle Blicke auf sich zogen. Wie ein Fingerschnipsen fällt es ihm ein.

Er hebt die Fotografie auf. Das Porträt ist oval zugeschnitten. Es stellt ein Mädchen dar. Sie hat runde Wangen, und ihre Augen sind nahezu verborgen durch die Form der Wangen. Das Haar sitzt wie eine Zwiebel oben auf dem Kopf, aber das bemerkenswerteste ist die Haut. Sie glänzt so, wie er das noch nie bei einem lebenden Menschen gesehen hat, und wirkt schwarz wie Schuhwichse.

Unten in der Ecke ist etwas mit braungebleichter Tinte geschrieben. Die Schrift ist schwungvoll und verschnörkelt und steht schräg über dem Foto. Er dreht das Bild um. Das Rükkenteil kann man herausklappen, so daß man den Rahmen auf eine Kommode stellen kann. Seine Kanten sind verklebt. Der Rücken ist naß und aufgeweicht, aber das Wasser ist nicht hinter das Glas gedrungen. Mit dem Finger befühlt er den Kleister. Der ist wie Gummi, die rückwärtige Verkleidung hat sich gelöst.

Er hat Blut geleckt. Er erhebt sich und steckt die Fotografie unter sein Hemd, wo ihm der silberne Rahmen in die Haut des Bauchs ritzt. Er geht noch eine letzte Runde; Erwachsene sehen nichts, die sind zu beschäftigt mit Reden. Er findet die Stelle, wo sich das vordere Ende des Sargs im Winkel in den Sand gepreßt hat. Hier stellt er sich hin und sucht den Strand ab.

Es ist gerade so, als ob man an seinen Augen das Ticken der Sekunden vernehmen könnte. Ehe die Minute um ist, ist er wieder fündig geworden. Dieses Mal stürzt er an den Wassersaum und rettet eine triefend nasse Mütze, die mit dem Schlag der Wellen vor und zurück schaukelt.

Es ist eine echte Kapitänsmütze mit Anker und Goldkordel. Er drückt sie, das Hemd wird naß. Er kann kaum gehen, weil so große Dinge aus dem Hosenbein zu rutschen drohen.

Er vergißt seinen Schuh im Sand. Glas und Rahmen liegen kalt an seinem Bauch. Und als Malte das Bild festhält, findet er auch einen Rhythmus. Er kehrt zum heimlichsten seiner Verstecke zurück, wo er mit seinem neuen Schatz Ruhe hat.

Am nächsten Tag beginnen gegen Mittag plötzlich die Glocken über den Kirchhügel zu läuten, in diesem schleppenden Tempo, mit dem zu einer Beerdigung gerufen wird. Sie dröhnen über das Fischerdorf, und langsam versammelt sich die Gemeinde auf dem Kies vor der Kirchentür, wo der Küster bereitsteht, um sie in das Kirchenschiff einzulassen. Sie haben ihren Sonntagsstaat hervorgeholt, die wettergegerbtesten Männer stehen ganz steif da mit ihren Hemdkragen und ragen wie die Schornsteine aus ihren Anzügen mit diesem Unbehagen hervor, von dem man Hautausschlag an Hals und Wangen bekommt.

Leuchtturmwärter Olesen ist mit einem altmodischen Hut und Überzieher bekleidet. Er sieht aus wie ein Mann mit einem Amt; der Pastor wird ihm mit dem Finger gedroht haben, denn er sieht so gebändigt aus, wie er da zwischen den Fischern steht, die mit den Fingern ihre Kragen lockern und unruhig von einem Bein aufs andere treten. Die Madams haben sich in Gruppen zusammengefunden und tratschen, zerpflücken neugierig die Gerüchte über den toten Seemann, die sich verbreitet haben – erst von Haus zu Haus, dann über die Grenze der Gemeinde und bis zur nächsten größeren Hafenstadt. Aus der Stadt wird hoher Besuch erwartet.

Es sind dann doch nur ein Zollbeamter und sein Assistent, die als letzte angefahren kommen. Sie bedauern die Abwesenheit des Bürgermeisters, aber er hatte dem Staatsrat eine Angelpartie versprochen, und so was muß man ja nun mal einhalten. Der Küster nickt zustimmend. In Wirklichkeit ist es nicht so wichtig, Hauptsache, die Gemeinde bekommt eine Uniform zu sehen, dann ist sie froh. Er schlägt die Kirchentür auf.

Malte hängt an der Hand von Frau Svane, frisch gewaschen und geschrubbt. Unter den Nägeln tut es noch immer weh von der Pinzette und den Holzstäbchen, und die Haare sind mit Wasser gekämmt und ordentlich gescheitelt. Ehe er im Kirchenschiff verschwindet, wirft er noch eben einen Blick in die Kapelle. Die Tür steht offen. Er kann eine Leichenbahre sehen, und über der Bahre leuchtet der große Schutzengel zwischen unzähligen Tauben und Lanzenspitzen. Ich blinzele ihm zu.

Nur ein einzelner goldener Blick, mehr ist an einem Tag wie diesem nicht drin.

Im Innern braust die Orgel. Bei den ersten Schritten auf dem Läufer schaut Malte ständig über seine Schulter, von Frau Svane gezogen. Mit einem Ziehen am Arm ruft sie ihn zurück: einen Augenblick dauert es, dann ist er wieder zur Stelle. Tief drinnen in den Augen gleicht er einem, der gerade aufgewacht ist.

Die Orgel klingt aus. Der Schlußakkord überschlägt sich in dem hohen Raum und zieht Maltes Blick zum Altar hin. Er schreckt zusammen. Dort vorne steht ein anderer Sarg, weiß und mit frischen Blumen geschmückt. In der Wiederholung liegt eine Konsequenz wie in einem Traum, er kennt das Gefühl von Alpträumen, wo sich alles in Sekundenschnelle ändert. Und es ist ja nur der Mahagonisarg, der durch einen neuen, weiß angestrichenen ersetzt wurde, weil der alte zu ramponiert war – ganz zu schweigen von seinem nach Meer stinkenden Inhalt! Vom Verstand her weiß Malte das schon.

Der Sargdeckel steht offen. Malte hat nie einem Begräbnis beigewohnt, aber so ist das nicht üblich, das weiß er instinktiv.

Hinter dem Sarg steht der Pastor in Ornat und Beffchen. Er hebt die Arme. Malte erstickt ein Lachen und wirft einen Blick hoch zu Frau Svane. Es ist dieselbe Geste wie unten am Strand, als sich der Morgenrock öffnete und ihn entblößte.

Die Gemeinde steht in Grüppchen zusammen, man hört Füßescharren und Räuspern während des Gebets, das still und mit gesenkten und entblößten Häuptern vor sich geht. Alle bleiben stehen. Die Kirchenbänke stehen leer. Das ist kein normaler Gottesdienst, es ist ein Begräbnis, und die Ältesten der Gemeinde haben es früher schon mal erlebt, als Leichen an Land getrieben wurden, die kein Angehöriger bei Namen und von Angesicht kennt.

»Der Frieden Gottes möge mit dem Toten sein!«

Nach einer Predigt, in der der Pfarrer den Tod mit einer Zeile aus einem Kirchenlied vergleicht – keiner kennt den Tag vor Sonnenuntergang – und sich dann lange bei den Fischern aufhält, teilt sich die Gemeinde in Männer und Frauen. Die Männer zur Schwertseite und die Frauen nach links. Malte macht eine Ausnahme und hält sich an Frau Svane. Langsam bewegen sich die Reihen durch die Kirche, zuerst die Männer, und defilieren am Sarg vorbei. Keiner kennt den Gestrandeten, was dem Pfarrer durch Kopfschütteln mitgeteilt wird. Er schaut aufmerksam auf jeden der Vorbeidefilierenden.

Malte ist der letzte, er muß sich auf die Zehenspitzen stellen. Schritt für Schritt haben sich Angst und Erwartung abgewechselt, in der Wonne dieser Mischung erhebt er sich jetzt schwerelos auf die Fußspitzen.

Der Blick auf den toten Seemann ist ihm nun nicht länger verwehrt. Die Hände sind über der Brust gefaltet; er ruht auf dem weißen Satin des Sarges wie eine Statue, auf Eisblumen aufgebahrt. Unter der Wölbung der Augenlider ist eine Stille, wie Malte sie nie zuvor erlebt hat.

Der Junge schnappt nach Luft. Das verschlossene Gesicht ist angemalt, das Haar mit Wachs zum Glänzen gebracht. Keine Verfärbungen der Haut, nein, unter der Schminke ist überhaupt keine Farbe. Die Lebenden bekommen die Farbe durch das Blut, das weiß er jetzt. Aber einen schöneren Mann hat er nie gesehen. Das Haar ist schwarz, der Backenbart folgt dem Kinn. Über der Brust wölbt sich die Jacke mit den glänzenden Ankerknöpfen.

Malte steigt vom Podest. Er stellt sich in die Reihe, dicht an Frau Svanes Röcke.

Der Pfarrer schließt den Sarg.

Im selben Moment fliegt die Kirchentür auf.

»Halt!« ruft es vom Ende des Kirchenschiffs, wo eine uralte Frau erscheint. Sie schwenkt einen Stock über ihrem Kopf und richtet ihn gegen den Pastor. Das ist die Alte vom Krähenschloß, und Unruhe bemächtigt sich des Küsters und der Gemeinde, während sie sich durch die Kirche bewegt, begleitet vom Klopfen des Stocks.

6. *Kapitel,*
worin das Krähenschloß Gestalt annimmt

Das Krähenschloß liegt weit draußen zwischen den Dünen. Ursprünglich ein Sommerhaus, hat es seinen Namen nach den Türmen aus Glas und rotgestrichenem Holz und den Anbauten, die sich wie Gewächse hervorschieben. Ganz oben sind die Fensterscheiben prismenförmig angeordnet, wenn die Sonne niedrig steht, senden sie Lichtreflexe über Land. Vor dem Gebäude liegt eine Anlegebrücke, von der aber nur die Pfosten geblieben sind. Zwei Reihen wurmzerfressener Zahnstummel, die sich bis zur zweiten Sandbank erstrecken, bis dorthin, wo es tief wird. Die Brückenplanken sind schon vor einem Menschenalter draufgegangen. Am Strand liegt das Wrack einer Jolle, dort wo die kupfernen Nägel herausgefallen sind, klaffen Bord und Spanten auseinander.

Das Hauptgebäude liegt nur eine Handbreit hinterm Deich, begraben unter Wolfsdorn und Hagebuttenhecken, so daß Giftranken und Juckpulver den treffen, der in seine Nähe vordringen will. Das Besondere am Krähenschloß ist, daß es zunächst für Bernstein erworben und dann mit Hilfe von Bernstein ausgebaut worden ist. Der Mann, der seinerzeit ein bescheidenes Sommerhaus kaufte, ist seit vielen Jahren tot. Er war ein Bernsteinsammler mit ganz besonderem Finderglück, kam in die Gegend – arm, vogelfrei und fremd –, suchte am Strand und fand sein Meeresgold in angeschwemmten Tanghaufen. Finderglück und Fingerfertigkeit fanden zusammen, glänzend polierte Broschen und Halsschmuck beglückten die Damen und brachten ihm ein blühendes Geschäft.

Am Ende besaß er ein Geschäftshaus in der Stadt, Schiffe im Hafen, die auf große Fahrt gingen und die, wenn sie aus überseeischen Ländern nach Hause zurückkehrten, Korallen, Narwalzähne und Schildkrötenpanzer geladen hatten, die in seinen Werkstätten zu den reinsten Kunstwerken verarbeitet wurden. Indem er dessen Produkte verwandelte, blieb er dem Meer, das die Quelle seines Reichtums war, treu, aus Walroßzähnen schuf er Wesen mit langen Häuptern und schrägen Augen. Er behauptete, sie klopften von innen am Knochen, er wäre nur der Mann, der mit dem Messer nachhalf, wenn sie hinauswollten. Damals bekam er den Spitznamen »Bernsteinkönig« und begann das Sommerhaus zu einem Schloß auszubauen.

Der Bernsteinkönig war Reeder geworden. An den Balken eines Zimmers ließ er einen grönländischen Kajak aufhängen, den einer seiner Kapitäne mitgebracht hatte, komplett mit Paddeln, Fangblase, Harpunenspitzen aus Knochen und Angelschnüren. Das Skelett war aus Treibholz. Fuhr man mit einem Nagel über die Verkleidung, klang das wie eine Zaubertrommel. Seinetwegen konnte man die Pyramiden Ägyptens, die Dampfmaschine und den Telegraphen gerne behalten: Der Kajak aus Häuten und Knochen war das Vorzüglichste, was die Menschheit hervorgebracht hatte.

Die Sommer verbrachte er damit, die Schätze seiner wachsenden Sammlungen zu warten und zu pflegen. Es heißt, einer der Türme enthalte Vitrinen mit Fundstücken, in denen Insekten seit Jahrmillionen eingekapselt sind. Es heißt auch, er hätte einen Klumpen gefunden mit den Flügeln eines Elfs und einem vollständigen Miniaturskelett. Die Flügel wären durchsichtig wie die von Fliegen, bläulich schimmernd und größer als bei irgendeinem lebenden Insekt, das Skelett richtig menschlich mit Schädel, Rippen und Wirbelsäulenknochen – so filigran, daß kein Goldschmied auf Erden es übertreffen könnte.

Ein zweiter Turm war für Muscheln und alles, was sich an den Küsten der Welt sammeln läßt. Ein dritter für Schmetterlinge in gläsernen Gehäusen, worin sich der Staub ihrer Flügel ewig halten kann und die Farben niemals vergehen. Der vierte ist der Turm des Windes, und er steht seit seinem Tod leer. Er war verheiratet und geschieden, einen verirrten Sohn holte sich das Meer; er selbst reiste niemals, aber er adoptierte ein Mädchen aus dem Land, wo in den Fjorden Eisberge segeln und wo die großen Wale ziehen. Es wurde das Schmuckstück seiner Sammlung und seine einzige Gesellschaft während vieler Jahre, in denen er allein lebte. Seinen Lebensabend verbrachte er auf dem Krähenschloß, das sein Adoptivkind nach seinem Tod erbte. Da war man der Schönheit, von der er in seinem Leben besessen war, längst müde, und das Reich des Bernsteinkönigs war zum Sand eines Stundenglases zerfallen.

Das alles liegt nun so lange zurück, daß sich keiner daran erinnert. Die Alte auf dem Krähenschloß geht nie unter Menschen. Sie wirft selber Netze aus und ißt den Fisch, sie kümmert sich um den Garten, während sie nach und nach die Reste des einstigen Vermögens aufzehrt. Lange Zeit hat man geglaubt, sie sei tot, aber wenn man sich des Nachts dem Haus nähert, kann man hinter den Scheiben das Licht der Petroleumlampe sehen, das seinen Schein über die Dünenrücken wirft. Es geht das Gerücht, die Alte sei zauberkundig. Die Tochter des Bernsteinkönigs ist die Älteste in der Gemeinde, in die Kirche hat sie nie einen Fuß gesetzt.

Deshalb geht ein Raunen durch die Versammlung, als sie nach vorne zum Pfarrer stapft und mit brüchiger Stimme verlangt, den Sarg zu öffnen.

Der Pfarrer ist bestürzt, und er entspricht ihrem Wunsch, noch ehe sie den Stock heben kann. Nie zuvor hat Malte ein so zerfurchtes Gesicht gesehen, ihre Augen sind nur lange Schlitze im Wirrwarr der Falten, das zottelige Haar ist weiß und die Haut an Hals und Händen braungegerbt. Sie gleicht einer verwitterten Vogelscheuche.

Atemlose Stille breitet sich in der Kirche aus. Die Scharniere knirschen, als der Deckel aufgeht, und der Pfarrer tritt zur Seite, so daß sie den Toten sehen kann. Sie beugt sich über den Sarg, wühlt in der Tasche ihrer Schürze und legt einen Rosenkranz auf seine Brust. Sie streicht über die wächsernen Wangen, steht lange da und murmelt etwas in einer fremden Sprache, was wie Beschwörungen klingt. Als sie sich wieder der Gemeinde zuwendet, sind die Falten in ihrem Gesicht feucht.

Sie blickt durch den Kirchenraum, ohne etwas zu sehen. Sie steht unter dem Votivschiff, das an seiner Kette von der Decke herabhängt. Das Licht malt die Wände kalkweiß, und sein Widerschein fällt auf die Goldkreuze der Gesangbücher. Keiner sagt etwas. Schließlich geht der Pfarrer zu ihr und ergreift ihre Hände.

»Aviaja, kennst du den Toten?«

Sie preßt die Lippen zusammen, antwortet mit einem Kopfschütteln. Er fragt noch einmal, diesmal etwas lauter. Sie strafft die Lippen, wiederholt stumm die Bewegung. Als er ein drittes Mal fragt, ist dem Ritual Genüge getan, und er läßt ihre Hände los. Hinterher kann man sich nicht darüber einigen, wie ihre Mimik zu deuten ist, einige meinen nämlich, als die Frage zum letzten Mal über ihrem Kopf ausgesprochen wurde, habe sie genickt.

Der Pfarrer tritt ratlos zurück. Er schließt den Sarg, dieses Mal mit einem solchen Knall, daß die Gemeinde weiß, weitere Zugaben wird es nicht geben.

Als sie den Stock auf den Boden setzt, um sich wieder hinauszubewegen, tritt der Küster mit dem Zollkontrolleur vor, um sie zurückzuhalten. Die Alte blinzelt erschrocken beim Anblick der Uniform. Sie tritt von einem Fuß auf den anderen und sieht aus wie jemand, der sich gleich übergeben wird. Der Pastor nimmt die Sache in die Hand. Er bedenkt die Gemeinde mit einem gebieterischen Blick, tritt vor, reicht ihr den Arm und stützt sie den ganzen Weg bis hin zum Ausgang. Sein Rücken strahlt aus, in seiner Kirche soll niemand Spießruten laufen.

Die Alte vom Krähenschloß verschwindet den Hügel hinab. Noch lange hängt der Klang ihres Stocks und ihres schleppenden Gangs in der Luft.

Der Pfarrer wendet sich der Gemeinde zu.

»Laßt uns unseren Toten begraben ...«

Draußen auf dem Kirchhof wird der Sarg in die Erde hinabgelassen, und drei Schaufeln Erde werden darauf geworfen.

Malte wundert sich über die Spielzeugschaufel und den Sandhaufen; er steht ganz vorn und lehnt sich über den Rand, um alles mitzubekommen. Mit einem letzten Schaudern sieht er, wie das Wasser aus der Erde gesickert ist und die Grube zur Hälfte füllt. Der Sarg wird zugedeckt. Als die Kirchenglocken zu läuten beginnen, hängt er am Glockenseil.

Unter seinen Füßen taumelt die Welt vor und zurück, und er bekommt keine Luft mehr.

Frau Svane zieht mit ihm los. Im Büro des Pfarrhofs werden in Gegenwart des Zollkontrolleurs und seines Assistenten Papiere ausgefüllt. Leuchtturmwärter Olesen – der unter seinem runden Hut eine Leichenbittermiene aufgesetzt hat – berichtet von der Strandung, und als Leichenbeschauer führt der Pastor das Wort. Der Tote ist nicht aufgequollen und zeigt nur wenige Flecken. Er kann nicht lange im Wasser gelegen haben. Es ist ein jüngerer Mann; sie schätzen ihn auf 25 bis 30, vielleicht älter. Aber der Tod hat kein Alter, und in der Sekunde, in der er eintritt, verwandelt er ein Kind in einen Alten.

Die Leiche ist auffallend gut erhalten, glatte Stirn und glattes Gesicht mit einem gewissen Welken der Wangen, als wäre das Blut gerade erst entwichen. In der Kapelle haben sie eine gründliche Untersuchung vorgenommen. Er war mit der Uniform eines Seeoffiziers bekleidet, aber nichts kann seinen Namen, seine Nationalität oder das Geburtsdatum enthüllen. Die Mütze fehlt; normalerweise wird sie zu dem entseelten Körper gelegt. Sonst ist in dem Mahagonisarg von der ursprünglichen Beerdigung nichts gefunden worden, und man geht davon aus, daß sie von einem Schiff aus stattgefunden hat.

Die Leichenschau enthüllt allerdings eine starke Verletzung am Hinterkopf; man muß davon ausgehen, daß der Sarg unterwegs einige kräftige Stöße abbekommen hat. Sie unterschreiben als Zeugen. Der Zollkontrolleur nickt seinem Assistenten zu und nimmt die Papiere an sich. Auf dem Attest wie im Kirchenbuch wird *Unbekannt* stehen. Aber wer ist man schon, wenn man tot ist?

Die Angelegenheit ist begraben.

Am Sonntag drauf ist Malte wieder auf dem Kirchhof, dieses Mal mit Fräulein Oda. Ein Sommertag, wie er im Buche steht, über den Getreidefeldern Vogelschwärme, Libellen bummeln umher und fliegen einem fast ins Gesicht. Oda hat frei; sie hat Schürze und Häubchen abgelegt, trägt aber das schwarze Kleid eines Stubenmädchens. Unterwegs haben sie am Wegrand Blumen gepflückt. Oda legt den Strauß auf das Grab ihrer Mutter und schnieft. Sie ist rot und weiß, Sommersprossen sind über ihre Nase, die kindlichen Wangen und den sprießenden Busen verstreut. Mit ihrem Hut sieht sie richtig erwachsen aus.

Malte zupft sie am Ärmel. Er will das Grab des Seemanns sehen. Sie protestiert, aber der Junge zieht sie mit. Vor Frau Svane kann man Angst haben, aber nicht vor Oda; von der Stupsnase abwärts ist sie weich wie Butter. So duftet sie auch. Zwischen den Sommersprossen ist sie milchweiß; kaum kommt sie in die Küche, fangen die Katzen an zu schnurren. Wenn sie alleine sind, kommandiert Malte sie herum, bis ihr die Puste ausgeht.

Auf dem Grab liegt jetzt ein Stein. Es wirkt noch neu, und auf der Erde liegen keine Blumen, nur ein einzelner Kranz. Malte legt seine dazu. Er hat Gänseblümchen und Mohn gepflückt. Die Hände vorm Bauch gefaltet und mit schiefgelegtem Kopf steht er da. Er ist nicht zufrieden, das läßt sich an einem Zug um seinen Mund ablesen. Plötzlich rennt er zu einem der anderen Gräber und schnappt sich eine leere Blumenvase.

Und ehe Oda eingreifen kann, hat die Vase den Platz gewechselt. Das Grab wirkt weniger nackt mit Maltes Blumenstrauß in der grünen Spitztüte. Oda trippelt unruhig auf und ab und wirft verstohlene Blicke über ihre Schulter. Außer der schwarzen Katze des Kirchendieners ist keiner auf dem Kirchhof. Malte ist in Gedanken versunken.

Dieses Mal ist es Oda, die an ihm zerrt.

»Komm jetzt, oder willst du den Rest des Tages hier verbringen?«

Malte ignoriert, was sie sagt. In den Stein ist eine keilförmige Schrift eingehauen; er starrt auf die Buchstaben, die mit Gold nachgezogen sind.

»Was steht da, Oda?«

Sie stutzt.

»Kannst du nicht lesen?«

Malte kratzt mit der Schuhspitze im Kies.

»Neee...«

Oda bekommt ein merkwürdiges Kreuz auf der Stirn, dort wo die Augenbrauen zusammenstoßen. Das ist immer so, wenn es etwas gibt, das sie nicht versteht.

»Du gehst doch in die Schule?«

»Ja.«

Es wäre für Oda leichter gewesen, wenn er nein gesagt hätte, denn es folgt keine weitere Erklärung. Die Antwort setzt sie matt, und die Pause wächst mit Vogelgezwitscher zwischen den Gräbern. Maltes Gesicht ist vollkommen verschlossen. Herrgott, sie gibt nach und liest ihm vor, was auf dem Stein steht. Er nickt, deutet auf die Schleife des Kranzes mit der Goldschrift.

»Dort steht etwas mit Kringeln, was bedeutet es?«

Oda muß lächeln. Die Schrift sieht tatsächlich aus wie das Schild des Bäckers, besonders die großen Buchstaben. Sie buchstabiert sich vorwärts:

»E-wig ist die Erinnerung...«

Malte ist so schlau wie zuvor.

»Ja, aber von wem ist der?«

»Das kann man nicht wissen«, sagt Oda, »davon steht da nichts.«

Bei dem Gedanken, daß sie die Schrift auslegen soll, sieht sie ganz unglücklich aus. Sie hat die Schule besucht, bis sie dreizehn Jahre alt war. Dann kam sie in Stellung. Wenn sie ehrlich sein soll, ist das ganze Vatersohnundheiligergeist für sie nichts als Hokuspokus – etwas, das man in der Kirche hört. Das macht keinen Sinn. Nach dem Konfirmandenunterricht ist alles vergessen, fröhlich singt sie sonntags die Kirchenlieder.

Aber Malte schweigt. Sein innerer Spürhund hat gebellt, und als richtiger Detektiv muß man auf leisen Sohlen gehen. Das macht alles keinen Sinn; daran hat er sich längst gewöhnt. Die Hälfte dessen, was er hört, ist für ihn unverständliches Gerede, für die andere Hälfte sorgt er selbst. Er schafft sich die Bilder dazu. Im Stillen müht er sich mit dem Puzzlespiel und fügt die Einzelheiten Stück für Stück zusammen.

Bis Oda ihn packen kann, haben die Kirchenglocken ausgeläutet.

»Komm jetzt, Malte, wir kommen zu spät!«

Kaum beim Gottesdienst angekommen, schließt er die Augen und stellt sich den Grabstein mit der eingehauenen Schrift vor. Dort steht so elegant:

Ein unbekannter Seemann
* ruht *
unter diesem Stein

Das kann er auswendig, er modelliert die Wörter stumm mit seinen Lippen. Malte versteht nichts. Unbekannt? Er hat ja den Namenszug in der Mütze des Kapitäns gesehen, er kann nur einfach die Buchstaben nicht lesen. Vielleicht war es verkehrt von ihm, die Schätze zu behalten. Plötzlich wird er von all der Schuld überwältigt, der die Kirche mit ihrer blutenden Christusfigur Raum gibt.

Er fühlt sich ausgelaugt und müde, rutscht auf der Bank hin und her, bis er einen Nagelkopf spürt, der herausragt. Er hält den Oberkörper schräg, verschiebt sein Gewicht auf die eine Pobacke. Als sich der Nagel einbohrt, findet er im Schmerz für einen seligen Moment lang Frieden mit allem. Er schickt Jesus einen Gedanken, versteht mit einem Mal den Ausdruck, mit dem der Erlöser an seinem Kreuz hängt.

Als der Gottesdienst vorüber ist, hat er einen Riß im Hosenboden. Oda schüttelt ihn. Ein beschämter Malte steht am Fuß der Kanzel und wartet.

»Herr Pastor ...«

»Was ist, Malte?«

Es sprudelt aus ihm heraus:

»Ich habe eine Mütze, die gehört dem Kapitän…«

Der Pfarrer tätschelt ihm den Kopf, der ganze Mann ist lauter Freundlichkeit.

»Das ist schön, Malte, ich bin sicher, die sieht prächtig aus. Da kannst du richtig Seemann spielen, nicht wahr?«

»Die lag im Sarg…«

»Mach mit so etwas keine Scherze, Malte!«

Der Pfarrer kneift ihn in die Wange. Das tut gar nicht weh, ist nur ein gütiges Kneifen, und schon lächelt er wieder, erinnert sich an seine eigene Kindheit.

In dem Moment kommt der Dorfbürgermeister. Sie reichen sich die Hand.

»Herr Pastor, es gibt etwas, das wir erörtern müssen. Unter vier Augen!«

Er schickt Malte einen dieser Blicke, mit denen er die Gemeinde zur Ordnung ruft. Danach kann sich der Junge kaum noch auf den Beinen halten.

»Begrüßen Sie Malte, unser Ferienkind!«

Der Bürgermeister beschränkt sich auf ein Nicken. Malte erwidert es stumm und zaghaft, während seine Füße am Kirchenboden festwachsen. Er sieht den Bauch des Mannes, der eine Weste trägt und eine Taschenuhr mit Kette. Der Pfarrer bleibt freundlich bis zuletzt. Mit einem Klaps auf die Schulter schickt er den Jungen hinaus.

»Lauf nun heim und spiel, Malte, ich bin sicher, du hast etwas, womit du dich beschäftigen kannst!«

Vor der Kirche wartet Oda.

»Wo bleibst du, Malte, immer muß man auf dich warten. Was stehst du da und gaffst, man sollte meinen, du wärst angeklebt.«

»Ich kann gut alleine nach Hause gehen!«

Malte ist muffig. Oda reckt den Kopf, dem Kind doch noch näher, als sie glaubt.

»Wirklich und wahrhaftig, das wirst du auch. Ich hab keine

Lust, mir meinen freien Nachmittag mit einem Muffelkopf zu verderben.«

Er bekommt die Erlaubnis, allein nach Hause zu gehen. Unterwegs sieht er immerzu den Pfarrer vor sich und den Bürgermeister, wie sie dasitzen und sich zunicken, unter vier großen Augen, die unter dem Himmel Ausschau halten. Dieselben, die ihn ertappt haben, spielen jetzt ein gefährliches Spiel mit ihm, und die Wolken leuchten mit goldenen Rändern auf.

Er holt seine Schätze hervor, legt sie in eine Schachtel, die er mit Watte ausfüttert, darauf vergräbt er sie im Garten hinterm Haus. Er versteckt sich in der Höhle. Lange, bis weit in den Abend hinein, sitzt er dort unter den rauschenden großen Pappeln und wiegt den Oberkörper langsam vor und zurück, die Arme hat er um seine verschrammten Knie geschlungen. Erst als der Gong zum Abendessen ruft, kommt er hervor, merkwürdig fleckig und verweint.

7. Kapitel, worin ein Fremder einzieht

Haufenwolken türmen sich auf, hüllen den Leuchtturm ein und errichten über der Steilküste eine Landschaft aus Grautönen. Segelschiffe gleiten um die Landspitze. Dort wo die Wolkendecke dünner ist, fällt das Licht in Bahnen hindurch und bildet Säulenhallen. Hoch oben in der Kuppel entstehen Wirbel aus Wasserdampf, eine Luke öffnet sich, und Himmelsblau schaut hervor.

Ich hatte mich zwischen den Sternen zur Ruhe gelegt. Hoch oben – im farblosen Geknister – zünde ich meine Kerze an. Hier ist die Woge der Zeit abgeflacht, weiße Zwerge herrschen zwischen Schwerkraftgräbern, worüber spiralförmig Licht spült, hinabgesogen wird und sich in Schwärze auflöst. Ich gehöre keinem höheren Orden an; wir werden Dämonen genannt, Untote, Teufel und verdammte Seelen. Oder Engel, Schutzgeister und Sendboten der Götter.

Die Übergänge sind in Wahrheit fließend, denn wir unterscheiden nicht zwischen Gut und Böse. Wir bilden eine stufenlose Hierarchie, unfruchtbar, denn wir sind außerstande, die Muster der Schöpfung zu verändern. Wir schwingen für keine Energie das Flammenschwert, wir brauchen keine Flügel, denn wir erheben uns schwerelos staunend über den Schmerz.

Wir sind nicht die Wächter der Lebenden, die Lebenden wachen selbst über sich – wir sind Abwesenheit, und in Abwesenheit brütet keine Rache. Wir sind Phantome, nicht länger vom Fleisch bewegt, wir sehen und hören mit dem Echo von Sinnen, die es einmal gab. Man hat uns in Marmor nachgebildet und uns furchterregende Namen gegeben, hat uns den todbringenden Vögeln der Seele ähnlich gemacht, hat uns abwechselnd zerstört und mit Frömmigkeit wieder zusammengeflickt, so daß wir zu Grabmälern über anderen Toten werden konnten.

Ich lag in tiefem Schlaf, als ich jemanden rufen hörte. Wer, wenn er schriee, kennt noch meinen Namen? Ich stürzte durch das Loch in den Wolken, wirbelnd in meinem stufenlosen Fall, und wurde beim Sonnenuntergang Gast auf der Erde. Keiner sieht es, nur ein leichter Schimmer blitzt über dem Wasserspiegel auf –

Da bückt sich der Junge, um einen Stein übers Wasser springen zu lassen.

Einen Augenblick lang wird er geblendet und hält sich zum Schutz die Hand vor Augen; dann sieht er sich um, dasselbe Staunen, und vergißt den Stein in seiner Hand. Seine Sachen sind voll Erde, im Haar hat er nasse Blätter, und auf den Wangen sind Streifen, eingetrocknet.

Der Stein ist gespalten, er ist schwarz unter der weißen Kieselschicht. Ich schlüpfe hinein, fülle dieses Stückchen Stein mit Bewußtsein. Er will ihn gerade werfen, als er mich noch einmal ansieht. Er runzelt die Stirn, er wiegt mich auf der Handfläche. Dann ändert er seine Meinung. Er weiß selbst nicht, warum er mich in die Tasche steckt.

Hier in der Dunkelheit finde ich Zuflucht, bis er mich hervorholt und lange mit einem Stein spricht. Ich erkenne ihn nicht wieder, das war nicht er, der rief, und unsere Erinnerung zwischen den Sternen ist nur kurz. Der Splitter liegt wie ein offenes Auge in seiner Hand.

Jetzt gilt es. Ich sage das, ohne zu blinzeln: für einen Augenblick abgelenkt – und hundert Jahre sind dahin. Ewiges Wachsein ist die Münze, mit der ich für die Zeit bezahle, mit anderen Worten mit Schlaflosigkeit und viel zu langen Nächten. Vielleicht finden wir einander wieder – ich weiß ja, daß ich ihn schon früher gesehen habe, aber ich habe vergessen, wann.

Ich habe auch vergessen, wie er heißt. Das ist peinlich, ich weiß das – man sollte sich an seine Personen erinnern. Schleudert er mich jetzt von sich, ist der Faden zwischen uns gerissen. Dann kann ich meinen Bußgang zwischen Zwergen wiederaufnehmen, dasitzen, allein, in zunehmender Schwere, und traurig und einsam werden wie die anderen Sterne.

Der Junge schenkt mir einen Ausflug in die Luft, wirft mich in immer höherem Bogen hoch und fängt mich wieder auf, dabei beißt er die Zähne zusammen und achtet genau auf eine erleuchtete Fensterscheibe. Ich schließe die Augen, bin auf die Wolke aus Glassplittern vorbereitet, die mit der großen Detonation, in der alles stattfindet, aus dem Loch explodieren wird. Gerade jetzt kann ich mir nichts Schlimmeres vorstellen, als auf einer Tafel zu landen, zwischen Gästen, die sich unterhalten, als ob die voranschreitende Ausweitung des Universums über ihre Köpfe hinweggegangen wäre.

Aber ehe der Junge werfen kann, geht das Fenster von alleine auf, und das Stubenmädchen ruft laut zum Gartentor:

»Ma-alte! Es-sen!«

Vom Gong gerettet. Er spuckt auf mich, reibt mit den Fingern über mich hin, bevor er mich wieder in die Tasche steckt. Wir finden uns mit naßgekämmtem Haar zur Abendmahlzeit ein, mit sauberen Fingernägeln und gewaschenen Wangen, damit niemand sehen kann, daß wir geweint haben.

Ein neuer Gast ist in der Pension angekommen. Vornehm gekleidet, in cremefarbenem Sommeranzug mit Hemdbrust und Perlenknöpfen. Er ist Ausländer und spricht gebrochen; Herr Sjarles nennen ihn die anderen. Seine Haut ist golden. Ein rabenschwarzer Backenbart schwingt sich nach vorn, wo er den Schnurrbart trifft, die Kinnpartie einrahmt und einen schmal rasierten Bogen über der Oberlippe bildet. Das Haar ist länger als üblich und durch einen Mittelscheitel in Rabenschwingen aufgeteilt.

Er ist der jüngste der Herren, und er bewegt sich von Gast zu Gast wie eine Katze, die sich an ein Stuhlbein schmiegt. Odas Rot und Weiß leuchten intensiver als sonst. Sie wirft ihm verstohlene Blicke zu, knickst vor ihm mit den Schüsseln und Platten, und jedesmal, wenn seine farinfarbenen Augen einen Augenblick zu lange bei ihrem Busen hängenbleiben, blüht hektisches Rot auf ihren Wangen.

Er hebt das Kinn, wenn er spricht, und senkt die Augen. Die Wörter schnurren seltsam, gequetscht von den schmalen Nasenflügeln, seine Manieren gehören einer anderen Welt an. Er sagt »Danke« und »Gern geschehen«, »Guten Abend« und »Es war mir ein Vergnügen«, aber wenn er sich richtig unterhalten soll, fällt er ins Französische, und man muß zusehen, daß man da so gut wie möglich mitkommt. Sein Gesicht wirkt aufmerksam zuhörend, und er versteht anscheinend alles.

Er ist mit einem ganzen Schwung Koffer eingezogen. Sie stehen in der Halle Parade, mit Holzrahmen und kräftigen Schnallen. Aufkleber aus der ganzen Welt kleben darauf, Liniendampfschiffe mit hohen Schornsteinen, White Star Line, die ihn über die Meere gebracht haben. Andere aus Fernost mit Palmen und Häusern mit Giebeln, wie Malte sie noch nie gesehen hat. Fliegende Alphabete, bei denen die Buchstaben Aladins Lampe ähneln, eine Schrift, mit dem Pinsel gemalt, viereckige Zeichen auf den Adressenaufklebern – alles in Schichten übereinandergeklebt.

Die Tür zur Halle steht offen, und Malte kann seine Augen nicht von ihnen lösen. Er kann sie von seinem Platz aus sehen. In seiner Phantasie öffnet er der Reihe nach alle Koffer; jeder von ihnen zaubert aus dem Dunkel einen Guckkasten hervor, wie eine Ziehharmonika für das Auge. Kontinente steigen auf, entfalten sich in perspektivischen Bildern, Lamelle für Lamelle. Oder er sieht Schrumpfköpfe, Speere und Messer mit flammenförmigen Schneiden, die zwischen Schnabelschuhen, Morgenrock und Fez hervorschnellen. Er erhascht gerade noch einen Blick auf einen Köcher mit Giftpfeilen und eine Platte Tabak, die der Seele Flügel verleiht, ehe das Kabinett wieder zuklappt und alle Düfte verwehen. Malte ist im Paradies, und wahrhaftig, ich sage euch, noch ehe eine Woche um ist, wird Oda mit dabeisein.

Ich hätte den Anblick gern vermieden, aber Malte erhob sich, ging hin und zeigte ihm den Stein. Und ehe er sich den Jungen aufs Knie setzte, versicherte er sich des Errötens des Stubenmädchens, weiß Gott, ein Kind – eine Luciabraut, die im dunklen Winter Kerzen vor den Spiegel getragen hatte, um das Phantom eines Mannes zu sehen. Der Kerzenschein fiel auf ihre Wangen, aus dem Nebel im Spiegel erwuchs ein Umriß, fiel mit einem Schleier auf ihre Schultern. Sie war weiß gekleidet mit Myrten; während des Winters wuchs er zu einem Traum heran und kam mit den ersten Buschwindröschen des Frühlings, in Weiß gekleidet wie sie. Der Traum aus der Nacht der Heiligen Drei Könige ist in Erfüllung gegangen. Leibhaftig sitzt er da, spielt am Tisch mit einem Stein, die goldenen Manschettenknöpfe an seinen Ärmeln sind wie Würfel geformt.

Oda ist wie berauscht. Alles dreht sich unter dem Kronleuchter. Sie japst nach Luft, bohrt sich die Nägel in die Handflächen, vergißt die Zeit und serviert verkehrt herum. In Frau Svanes Küche läutet es anhaltend, und sie verschüttet Wasser und Quittensaft, als sie aus einer Karaffe in ein Glas einschenken will.

Endlich schiebt der Herrn den Stuhl zurück und erhebt sich. Da ist Malte schon längst aus dem Bild verschwunden. Herr Sjarles wünscht allen eine gute Nacht, verbeugt sich tief vor den Damen. Seine Koffer werden ihm nach oben getragen – zu einem Zimmer mit Meeresblick. Oda folgt ihm mit den Augen. Als sie den Tisch dort abräumt, wo er saß, fällt ihr Blick auf den Stein. Sie hebt ihn auf, drückt ihn fest, während sie sich stumm etwas wünscht. Dann darf er in ihre Schürzentasche gleiten.

In der ersten Nacht, als er an ihrer Tür kratzt, liegt sie stocksteif unter der Decke und antwortet nicht. Am nächsten Tag, nachdem sie Eßtisch und Küche aufgeräumt hat, steht sie in der Halle und poliert einen Spiegel mit einer Salmiaklösung. Als er von hinten im Spiegel auftaucht, ist das Bild ihrem Tagtraum so verblüffend ähnlich, daß sie nach Atem ringen muß und mit der Hand ins Leere fährt. Er verbeugt sich und entschuldigt sich, falls er sie erschreckt haben sollte.

Von seinem schnurrenden Akzent ist sie wie benommen. Er streift sie nur wie mit einem zarten Flügelschlag, ehe er sich zurückzieht. Als seine Hand die ihre berührt, durchzuckt sie ein Schauder, vom Kopf bis zu den Zehen, und in dieser Nacht liegt sie, ins Dunkle lauschend, wach. Beißt sich auf die Knöchel und wünscht heiß und innig, er möge die Tür einschlagen. Aber nicht ein Dielenbrett knarrt. Er läßt die Stille für sich sprechen.

Gegen Morgen ist sie matt und dämmert dahin, nachdem sie sich das Kissen zwischen die Beine gepreßt hat. Als die Hähne krähen, fährt sie mit wirrem Haar hoch. Es hat geklopft. Sie reißt die Tür auf; draußen steht Malte und hat vor Schreck einen Schluckauf. Er hat Schlaf in den Augen, den Sand von der Traumwanderung der Nacht, wo er wie ein kleiner Prinz auf meine Sterne aufpaßt.

In der Morgenfrühe ist er aufgestanden, vom Durst hat er einen klebrigen Gaumen. Im Pyjama stolpert er die Treppe hinunter. Auf der Marmorplatte vor dem Spiegel steht eine Flasche mit etwas, das aussieht wie Milch. Schläfrig greift er danach und setzt sie an den Mund. Er schreit erst, als sich schmerzhafte Pusteln auf Zunge und Lippen bilden.

Er hat von dem Putzmittel getrunken. Die Flasche mit dem Kippverschluß ähnelt der für Saft, und als er den Salmiakgeschmack bemerkt, spuckt er die Lösung über Spiegel und Fußboden. Entsetzt erkennt Oda die Flüssigkeit, die sich aus seinen Mundwinkeln hervorätzt.

Sie handelt, ehe sie denkt. Seine Hacken trommeln gegen ihre Knie, als sie ihn sich schnappt. Sie kippt ihn vornüber, zwingt ihn mit einem Finger, den Mund zu öffnen und sich über den Bastläufer zu erbrechen. Er wird ins Badezimmer geschoben, wo sie ihm den Mund ausspült und ihn lange gurgeln läßt. Um ihm das zu zeigen, legt sie vor dem Spiegel selbst den Kopf in den Nacken. Sie muß lachen und hat ihren Ärger vergessen, ehe sie ihn zum Spielen hinausschickt.

Als sie seine Koje aufräumen will, wird sie wieder sauer. Er hat ins Bett gemacht. Die gesamte Koje muß zum Großreinemachen von innen nach außen gekehrt werden.

Am Vormittag ist sie dabei, die Laken draußen im Garten hinter dem Haus aufzuhängen, wo ein milder Wind weht. Sie nimmt zuerst den Duft wahr, den Duft von den Blütenwassern des Südens, dann taucht er auf dem Feldweg hinter dem Weidenzaun auf. Mit Stock und Hut und weißen Gamaschen. Was für ein Herr! Spaziert da mitten am Tag in Sachen herum, die zu einem Stutzer passen. Oda beißt auf die Wäscheklammer.

Als er sie erblickt, bleibt er stehen; zögert ein wenig, bevor er sich durch den Weidenzaun zwängt –

Ein Hut hebt sich über der Wäscheleine.

»Bon jour, Ma'mselle!«

Oda antwortet, indem sie stolz den Kopf hebt und sich auf die Zehenspitzen reckt, um den Zipfel eines Lakens festzuklammern. Es flattert ihr aus der Hand und sinkt zur Erde. Mit einem Ausruf nimmt sie die Klammer aus dem Mund und bückt sich, um den Zipfel hochzuheben. Er kommt ihr zuvor, übereifrig. Er hebt das Laken an und zupft ihr mit einer ausgesuchten Bewegung seiner Finger die Klammer aus der Hand. Sie steht noch und starrt ihn an, als der Wind das Wäschestück schon aufbläht.

Sie spürt ihn hinter sich, sein Atem ist dicht hinter ihrem Ohr. Sie selbst hat Atemnot, und ihr Herz flattert. Der Gesang der Vögel ist im Rauschen der Baumwipfel untergegangen. Er sinkt vom Himmel herab und legt sich auf ihre Hüfte. Es hat ihr die Sprache verschlagen, und sie steht mit geschlossenen Augen da, während die Wärme der Hand durch den Stoff dringt.

Mit einem tänzelnden Schritt rückt er näher. Sie spürt, daß sich etwas von hinten gegen das Kleid drückt. Erst glaubt sie, es sei der Stock. Als sie sich endlich losreißen kann, wirbelt sie mit einer Ohrfeige herum. Als sie in sein Gesicht schaut, läßt sie den Arm sinken.

Er ist die Unschuld selbst, denn es *war* der Stock. Der saß festgeklemmt zwischen seinen Knien, als er sich bückte, um ihr zu Hilfe zu kommen.

Oda ist furchtbar verlegen. Sie weiß nicht, was sie zu ihm sagen soll, und hätte sie Worte für die Gefühle, die in sie gefahren sind, würde sie Kauderwelsch reden. Sie weiß auch nicht, was sie mit ihren Händen anfangen soll. Sie beugt sich über den Korb mit den Bettbezügen.

»Lassen Sie mich Ihnen helfen, Ma'mselle.«

Zusammen stecken sie die Klammern fest. Während sie ihre Finger über die Wäscheleine eilen lassen, treffen sich ihre Blicke. Sie tanzt mit ihm auf dem Seil und hat für nichts sonst Sinn. Auf ihren Wangen sind vom Lächeln Grübchen entstanden, alles strahlt. Sie ist so keck, ihm auf die Finger zu klopfen, als er eine Klammer ins Gras fallen läßt. Beide durchkämmen das Gras, um sie wiederzufinden, und ihre Hände stoßen aneinander. Oda wird wie von einem Stromschlag durchzuckt.

Als sie sich wieder erheben, ist ihr ganz flau, sie bürstet sich Knie und Röcke ab. Etwas in ihr ist geschmolzen. Der letzte Widerstand hat sich verflüchtigt. Stumm machen sie die Wäsche fertig. Oda nickt überzeugt; es ist der Ernst ihrer Seelen, den sie hier festklammern.

Die Leine ist voll. Er nimmt ihre Hand und hält sie fest, während die Feuchtigkeit des Kusses verdampft. Seine eigene Hand plaziert er überm Herzen:

»Sie verzaubern meine Tage, Ma'mselle. Je suis enchanté. Gestatten Sie . . .«

Er gräbt in der Westentasche, mit zwei Fingern zieht er ein Samtkästchen hervor. Mit einem Fingernagel entriegelt er das Schloß, worauf sich der Deckel öffnet. Oda lehnt sich vor, um zu schauen.

»Ich möchte nicht, daß Sie im Zweifel sind über meine Absichten. Denken Sie darüber nach! Mein Herz dürstet nach einer Antwort.«

Oda wird abwechselnd blaß und rot. Auf dem Samt ruht ein Paar Eheringe. Sie stottert, denn ihre Zunge will ihr weder gehorchen noch in einer Weise reden, die seiner feinen Sprache angemessen ist. Sie ist perplex und windet sich unter dem Blick, der sie so lange festhält.

»Du liebe Güte!« bricht es aus ihr hervor. Sie dreht sich um und rennt ins Waschhaus. Der Wäschekessel ist übergekocht. Seifenschaum läuft über und zerplatzt auf dem Zementboden.

Er hört, wie sie sich mit dem Brennholz abquält. Ein schwelender Knorren fällt hin und siedet in dem See aus Seifenschaum. Er klappt das Kästchen zu, zupft geistesabwesend am Schloß, ehe er es wieder in die Westentasche steckt.

Unter seinem Schnurrbart sind einige Schweißperlen zu erkennen, und mit einem Taschentuch tupft er sich die Stirn ab. Dann richtet er den Blick auf seine Schuhspitzen, von einem Gedanken verwirrt.

Er rümpft die Nase über eine Schleimspur, die eine Schnecke auf den Gamaschen hinterlassen hat. Mit dem Stock schießt er die Schnecke weg. Plaziert darauf den Messingbeschlag exakt über dem kleinen Kopf und zerdrückt ihn.

Mit einem zufriedenen Murmeln nimmt er seinen unterbrochenen Spaziergang wieder auf.

Die ganze Woche liege ich in ihrer Schürzentasche. Malte sehe ich nur, wenn er essen soll. Er muß allein zurechtkommen. Im Moment bin ich nur hier, um die Lust zu spüren, die sich Tag für Tag in Wellen bis an das Gitter meiner Flintmoleküle ausbreitet. Ich finde, das kann sich ohne weiteres mit einem Aufenthalt auf Kassiopeia messen, aber ich fühle mich einfach zu alt für solche Weihnachtsspiele. Ich habe zu lange im Tiefschlaf gelegen. Verschone mich davor, wieder auf einem Pfahl im Fleisch zappeln zu müssen, der mich alles andere vergessen läßt.

Leichter gesagt als getan, wenn man zwölf Stunden täglich gegen ein Leibchen schlägt, betäubt von einem Duft, der für die Nase eines Seemanns Butter kirnt. Den Rest der Zeit hänge ich still über einem Stuhlrücken, und des Nachts höre ich, wie sie stöhnt und das Kissen in einem Krampf an sich preßt. Die Lust hat ihre Phantomschmerzen, und ich plage mich damit wie andere Seelen, die älter sind als ihre Zeit. Es ist ein Höllenfeuer; bald ist Abwesenheit, bald Glut. Wie in der ersten Zeit der Materie auf der Erde. Zuletzt muß der Stein bersten.

In der Kunst, ihr den Hof zu machen, ist er nicht zu übertreffen. Schickt ihr kleine Liebesbriefe mit Gedichten. Er kopiert sie schwungvoll von Hand aus den Versen Salomonis. Insgeheim kichert Oda über seine Bäckerkringel. Er schickt ihr Flakons mit Duftwasser, macht ihr mit Blicken und mit Berührungen seine Aufwartung, und sie, die ein Dienstmädchen ist, fühlt sich wie eine Königin. Und er sorgt für diskrete Unterbrechungen im Werben, was ihre Sehnsucht nur verstärkt.

Keiner merkt, was er vorhat. Abends unterhält er die Gäste mit Klavierspiel. In einem Stil, der Ausrufe und Bewunderung hervorruft. Chopin in einem Galopp, der andere Interpretationen auf das Ticken des Metronoms reduziert. Er bewegt sich im Rubato seines eigenen Tempos, wackelt auf dem dreibeinigen Hocker und stößt unterwegs im selbstvergessenen Rausch Laute aus.

Er wirft Blicke in die Runde; im Hintergrund hört Oda zu, sie faltet die Hände über der Schürzentasche und erkennt die Laute wieder. Sie entsprechen denen, die sie im Dunkel der Mädchenkammer mit ihrem Kissen erstickt.

Erst wenn alle anderen schlafen gegangen sind, fährt der Teufel in ihn, und sie wehrt sich mit allem, was sie gelernt hat, Händen und Knien und weggedrehtem Mund.

Rasch ist er der natürliche Mittelpunkt der Gesellschaft. Eine Position, die er sich durch Zuhören errungen hat, wenn andere reden. Nach dem Mittagessen versammeln sich die Gäste im Kapitänssalon. Zwischen den großen Bänden in den Regalen erzählen sie ihre kleinen und großen Geschichten. Er ist die ungeteilte Aufmerksamkeit höchstpersönlich. Wenn er ein seltenes Mal etwas aus seinem Leben andeutet, rücken die Damen zusammen. »Herr Sjarles« ist er nur der Einfachheit halber, sein richtiger Name klingt kraftvoll, wenn er ihn ausspricht. Anschließend kann sich keiner an ihn erinnern.

Er ist im fernen Peru aus einer Familie von Großgrundbesitzern hervorgegangen, trägt Schmucktaschentücher mit Wappen. Er sagt es nicht selbst, aber man munkelt, er sei adelig. Man ahnt den Schatten einer Tragödie seines Geschlechts, und er senkt die dunklen Wimpern. Dieser plötzliche Kummer auf seinem Gesicht berührt Oda tief.

Dies ist die langsame Verführung zum windigen Turm der Lust.

Sie treffen sich im Garten hinterm Haus, hinter dem Holzschuppen, bei der Quelle im nahe gelegenen Wald, wo der Hohlweg die Feldmark verläßt. Unter der Kühle der Baumwipfel saugt sie seinen ersten Kuß auf und bekommt eine Gänsehaut. Als sie zum ersten Mal seine Hand auf ihrem Schoß spürt, beugt sie sich weinend vornüber. Sie reißt sich los und flüchtet zwischen die Stämme, und er fängt sie ein zu einer lachenden Wiederholung. Nur eine Andeutung dieses Mal, die Atemnot durch Leichtigkeit ersetzt. Schwärmerisch gehen sie davon. Sie lehnt den Kopf an seine Schulter, schließt die Augen und läßt sich durch den Vogelgesang führen.

Ehe er sich zur Aussicht zurückzieht, erneuert er seine Versprechen. Sie werden auf einem Gut leben, leibeigene Indianer haben. Zwischen Kautschuk- und Kakaoplantagen. Sie bekommt Dienstmädchen, Pferdewagen und Sonnenschirme. Oda singt wie ein Engel; das hört er in der Kirche. Er wird an dem Fluß ein Opernhaus bauen lassen, an dem in der neuen Welt Städte wie Pilze in die Höhe schießen und Gummi in großen Mengen verfrachtet wird, das alle reich macht. Sie ist dazu geboren, auf der Bühne zu stehen, das sieht er, und Oda spürt den Boden unter sich wanken. Wenn die Nachtigall aus dem Weidengebüsch auf die Stämme des Regenwalds trifft, wird der Gesang auf Flügeln über Gegenden schweben, wo er nie zuvor gehört wurde.

Sie versteht nicht die Hälfte von all dem, aber der Ton des Märchens ist schon an sich beseligend. Von Moskitos hat sie nie gehört, aber das Gewürm, das sie so ängstlich berührt, läßt ihn laut auflachen. Das waren Schlangen, Ma'mselle, im Paradiesgarten!

An diesem Nachmittag fängt Oda den Jungen mit einem Frosch ab. Sie wischt ihm den Sand aus dem Gesicht und zwickt ihn ins Kinn, bevor dann alles aus ihr herausbricht. Sie vertraut sich Malte an, der ihr die Liebesbriefchen gebracht hat. Sie läßt ihn schwören, und er schlägt sieben Kreuze vor dem Mund. Dann wühlt sie in der Schürzentasche und zeigt ihm das rote Gold.

Sie hat ihr Jawort gegeben; die Verlobung ist ein Herzensgeheimnis. Den Ring wird sie von dem Tag an tragen, an dem Frau Svane ihre Einwilligung geben und der Pastor ihre Verbindung segnen wird. Er hat seine Familie schon unterrichtet, sie warten auf ein Telegramm aus der Ferne.

Malte staunt. Er hat andere Dinge im Kopf, aber sie hat ihn zum Mitwisser gemacht. In einer plötzlichen Sehnsucht nach Liebe, die andere Ursachen hat als ihre, kuschelt er sich in ihren Schoß. Sie streicht ihm übers Haar und wiegt ihn im von der Sonne gesprenkelten Schatten des Laubs.

Das Licht dringt zart durch das Kleid. Sie erinnert sich an etwas; als sie nach dem Ring suchte, stieß sie auf einen Stein. Sie zieht ihn hervor, reicht ihn Malte.

»Ich glaube, das ist dein Glücksstein. Danke fürs Ausleihen!«

Nimm etwas und laß es wandern...

Malte steckt ihn ein.

8. Kapitel, worin Malte auf dem Wind reitet

Es geht das Gerücht, die Alte vom Krähenschloß habe angefangen, unter Menschen zu gehen. Und damit nicht genug: Sie nimmt sie beim Schlafittchen und spricht in Zungen. Es heißt, sie habe den Verstand verloren, und die Vergangenheit reite sie wie ein Alp. Das Gebräu in ihrem Kopf schäumt hoch auf, wenn sie die Gestalten vergangener Tage mit den zukünftigen vermischt. Mal ist es der Bernsteinkönig, mal ihre erste Liebe, die seit vielen Jahren tot ist. Sie spricht irre, spricht mit den Toten; ihr unterwegs zu begegnen ist schrecklich. Die krummen Nägel halten einen fest, und hinterher bekommt man sie nicht wieder aus den Kleidern.

Traurig, wie das Altern von den letzten Jahren der Lebenden seinen Tribut fordert. Der Arzt ist benachrichtigt worden. Der Pfarrer ist dagegen, aber man sieht keinen anderen Ausweg. Sie zerstört den Seelenfrieden der Gemeinde. Im Siechenheim der Stadt ist ein Platz für sie vorbereitet. Außerdem verkommt sie in Schmutz und eigenen Ausscheidungen, wenn niemand eingreift, das weiß man von Frau Svane, die die Bedauernswerte mit dem am Leben hält, was die Gäste zurückgehen lassen.

Das meiste geht über Maltes Kopf hinweg. Er hat mit seinen eigenen Gesichten genug zu tun. Fiebernächte haben seine Schlafkoje in einen Schwitzkasten verwandelt; jeden Tag muß seine Bettdecke nach draußen gebracht und über der Wäscheleine gelüftet werden. Er muß drinnen bleiben, Ziegenpeter! Im Kapitänssalon hat man zugezogen, den Tag mit Rollos ausgesperrt. In eine Decke gewickelt liegt er auf dem Sofa. Ruhelos blättert er in den Büchern, um Bilder zwischen den Fliegenbeinen der Buchstaben zu finden. Er büffelt, um sie aufmarschieren zu lassen, er kann das Alphabet auswendig hersagen, aber die Krakel wollen nicht zusammenhängen und die Stummheit mit Wörtern vertreiben. Malte weiß das zwar selbst nicht, aber die Löcher zwischen seinen Schultagen sind allzugroß.

Besonders ein Buch hat es ihm angetan. Durch die Illustrationen ist es ihm rätselhaft; da taucht aus dem Meer eine Art mechanischen Stahlfischs auf und greift Schiffe an, der Kapitän kann unter Wasser fahren und im Bauch des Stahlfisches Orgel spielen, während draußen im Dämmerlicht vor den Bullaugen Fische vorbeigleiten. Vor einer großen Grotte mit mächtiger Brandung taucht das Gefährt auf, starke Lichtkegel strahlen von dort, und eine Jolle mit Männern ist dorthin unterwegs. In Maltes Kopf flackern die Lichtkegel über die Wände der Grotte.

Malte hat nie etwas Vergleichbares gesehen. Wenn Lesen nötig sein sollte, um über solche Wunder Bescheid zu wissen, kann es plötzlich nicht schnell genug gehen. Aber er quält sich mit der Leere ab.

Solange ich ihm in den Nacken puste, reicht das, und er braucht weiter keine Schrift als die meiner Gedanken. Aber ich bin ins Exil gegangen. Hinter dem Gitter der Moleküle eingesperrt, beschäftige ich mich mit dem Fossilsein. Mein Gehirn ist nicht anders beschaffen als das eines versteinerten Seeigels. Dann und wann sehe ich im Dunkel Lichtpartikel, Entladungen und Blitze. Der Rest ist Ziegenpeter. Mir geht es gut im Anbeginn der Zeiten, wo man ein Idiot sein und hinter der Stirn Frieden haben kann – bis sich die ersten Kohlenstoffketten verhaken und Himmelsleitern aus Gezeitenpfützen bauen.

Solange Malte rekonvaleszent ist, können wir uns vor dem Kirchgang drücken. An sich ist heute etwas Besonderes los, ein Kirchenkonzert mit Liedern zu den kirchlichen Festtagen. Herr Sjarles hat die Erlaubnis erhalten, den Organisten abzulösen, und Oda singt als Vorsängerin im Kirchenchor. Heimlich bringt er ihr Noten bei, diesen Vorteil soll sie haben. Und er selbst auch; ihre Stimme zieht höher und reiner hinauf, sie stellt sich die Zeichen vor wie Wäscheklammern, die an die Leine gesteckt werden, wie umhersausende Schwalben im schwarzen Jackett. Mit ihrem Sopran läßt sie die Menschen im Saal andächtig dasitzen. In »Es ist ein Ros entsprungen« liegt die Oktav höher als üblich, und Odas Intonation reißt alle mit. Sie ist zum Gesang schlechthin geworden.

Die Gemeinde ist begeistert. Sie singt aus Herzenslust, ein jeder mit klarer Stimme. Und nie hat die Orgel so geklungen. Davon tritt ihnen Wasser in die Augen wie an einem frostigen Neujahrsmorgen, während er die Orgelpfeifen voll erklingen läßt. Die Musik hat in ihm ihren Zauberer gefunden, die Kirche wird größer, und die Orgel sieht wie eine Eisgrotte aus, in der das Licht auf den Tropfenformationen der Zapfen spielt.

Nachdem das letzte Lied verklungen ist, beschließt er das Konzert mit einem Neigen des Kopfes. Keiner wagt zu klatschen. Die Gesangbücher werden geschlossen, man erhebt sich still und geht hinaus. Ohne zu reden und ohne die Feierlichkeit zu stören, geht jeder seines Wegs.

Anschließend hat er mit Oda sein Schäferstündchen; weit draußen im Wald haben sie ein Nest für sich gefunden und es mit Garben ausgefüttert. Hier, unter dem Gesang der Vögel, sinken sie zu Boden. Als Oda sich erst einmal hingegeben hat, ist sie kaum noch zu halten. Nie hat sie so einen prächtigen Star gesehen. Sie hält ihn in ihren Händen, merkt, wie das kleine Herz schlägt. Blatt für Blatt, mit absolutem Gehör, pflückt er seine Nymphe. Und erst als jegliche Wiederholung ausgeschlossen ist, laufen sie ausgelassen herum und geben mit Stöcken auf den Holzstößen ein Konzert, das keiner hört.

In der Zwischenzeit ist der Arzt unterwegs zum »Strandgaarden«. Die Hügel hallen wider von den Explosionen seines Benzinmotors, der Auspuff stößt weiße Rauchwolken aus. Malte – der während eines Stromausfalls in der Nacht geboren wurde, als ein neues Jahrhundert begann – muß glauben, er sei zur Unzeit zu einem Feuerwerk erwacht, welches das nächste Jahrtausend ankündigt.

Das Auto des Arztes ist das erste des Kirchspiels. Er kommt eingehüllt in eine Rauchwolke in seinem Hammel-Auto an. Frau Svane hat ihn gebeten, auf seinem Weg zum Krähenschloß bei der Pension vorbeizuschauen, ehe er zum letzten Krankenbesuch des Tages weiterfährt. Alles ist im voraus durchgesprochen worden, und nun hat er die Verantwortung für das weitere Schicksal der Alten. Er hat die Einweisungspapiere fertig in der Tasche. Seine Schritte knirschen energisch auf dem Kies des Gartenwegs, als er sich dem Haus nähert.

Das Buch ist Malte aus den Händen geglitten, aber er ist noch immer bei dessen Bildern und weit weg. Ein anhaltendes Zischen dringt ins Halbdunkel des Zimmers. Er springt vom Sofa hin zum Rollo, das emporschnellt und den Blick auf ein Ungeheuer draußen auf dem Weg freigibt, das in Staubwolken gehüllt ist. Ein neues Fieber entzündet sich in seinem Blut. Glänzend steht da draußen das Automobil, dort, wo die Phantasie des Malers aufhört. Vergessen sind die Illustrationen, in die er eben noch vergraben war.

Der Arzt betritt den Raum, von Frau Svane begleitet.

»Ich sehe, der junge Mann hat den ersten Schritt zur Genesung getan!«

Er ist ein jüngerer Mann mit Vollbart und einem großkarierten Jackett. Er trägt eine Lederkappe und eine Fliegerbrille; schon allein die Aufmachung macht ihn in Maltes Augen zum Helden, und der Junge richtet sich auf. Unwillkürlich steckt er die Pyjamajacke in die Hose. Er weiß nicht, auf welchem Bein er stehen soll, und auf dem Weg zurück zum Sofa stolpert er sogar über einen Läufer. Der Arzt hat die Tasche auf dem Kacheltisch mit den holländischen Mühlen und Schiffen abgestellt.

»Leg dich nur zurück... Wie heißt du eigentlich?«

»Malte!« springt Frau Svane ein, und dieses Mal ist es ihm peinlich, daß er niemals selbst rechtzeitig antwortet. Einen Mann mit Fliegerbrille läßt man nicht warten, sondern grüßt ihn militärisch. Malte gehorcht auf der Stelle, wirft sich aufs Sofa und sperrt den Mund auf.

Der Arzt legt seine Ausrüstung ab. Er hat unter seinem Vollbart rote Wangen, wie eine Maske liegt rings um die Augen ein Staubrand. Ehe er die Tasche öffnet und die Instrumente hervorholt, lächelt er Malte an und blinzelt ihm mit dem einen Auge zu.

Er schaut ihm in den Hals, fängt das Licht mit dem Stirnspiegel ein. Er bittet ihn, die Pyjamajacke aufzuknöpfen, und setzt ihm einen Saugknopf auf die Brust. Er soll husten. Malte hustet schwach. Nachdem er Fieber gemessen hat, klappt der Arzt das Stethoskop zusammen und packt den Holzspatel in eine Serviette.

»Hansen«, sagt er und streckt die Pfote aus.

Noch einmal kommt Malte zu spät. Einen Augenblick lang ist ihm, als sei die Hand aus einer Dimension hervorgeschossen, wo der Rest des Mannes unsichtbar ist.

»Gib dem Doktor schön die Hand!«

Das ist die Svane, mit Schaum vorm Mund. Dieser Bengel...

Der Arzt legt statt dessen die Hand auf Maltes Schulter.

»Dir fehlt nichts, mein Freund. Du hast nicht einmal Fieber.«

Er klingt erleichtert. Er geht zum anderen Fenster, zieht das Rollo hoch, öffnet das Fenster, hakt die Fensterflügel ein und fächelt Luft herein. Langsam weicht die Schwüle.

Er nimmt die Lederkappe und schiebt die Ohren zurecht, ehe er sich die Fliegerbrille auf die Stirn setzt. Als er sich jetzt umdreht und Frau Svane zuwendet, hat er etwas Kampfbereites.

»Licht und Luft, die beste Medizin für einen Jungen seines Alters!«

Sie erwidert nichts. Frau Svane stammt aus einem Jahrhundert, wo Krankheit Dunkelheit bedeutet, Bettstroh, schwere Bettdecken und bittere Medizin.

Er klappt die Arzttasche zu. Malte hat schon die Beine aus dem Sofa geschwungen und sitzt bereit.

»Darf ich aufbleiben?«

Doktor Hansen bleibt an der Türschwelle stehen. Er sieht Malte einen Moment lang an, dann schleicht sich ein Lächeln in die hellen Augen.

»Zieh dich an, Meister, dann nehme ich dich zu einer Fahrt im Auto mit.«

Malte strahlt wie die Sonne, er springt auf den Boden und hinüber zum Stuhl, wo seine Sachen zusammengefaltet liegen. Er kämpft mit dem Hemd und Frau Svanes Protesten, aber alles löst sich in Wohlgefallen auf, als er den Gürtel festzieht und mit klarer und lauter Stimme kundtut, er sei bereit.

»Er ist mein Ferienkind. Ich habe für ihn die Verantwortung, Doktor Hansen.«

»Keine Sorge! Sie bekommen ihn heil zurück, das verspreche ich Ihnen.«

Malte sieht sich selbst, gevierteilt, gerädert, von Krähen und Dohlen zerpflückt auf dem Richtplatz. Ihn schaudert.

Sie verschwinden durch die Terrassentür, begleitet vom Kopfschütteln der Wirtin.

Beim Automobil bleibt Malte benommen stehen. Es sieht fast aus wie ein Gig mit hohen Rädern. Doktor Hansen hilft ihm hoch auf den Bock, geht zur Maschine und betätigt die Handkurbel. Schließlich läuft der Motor von allein. Er klettert hoch. Bevor sie abfahren, wickelt er Malte in ein Plaid und bindet ihm ein Taschentuch vor den Mund.

»Kneif die Augen zusammen, wenn es zu doll staubt. Nimm dich vor den aufgewirbelten Steinchen in acht!«

Er löst die Bremse.

»Halt dich fest!«

Er schiebt die Staubbrille über die Augen, greift nach dem Lenkrad, das bündig auf einer Messingstange ruht. Als er den Gashebel hineinschiebt, flammt das Geräusch der Explosionen auf wie bei seiner Ankunft. Sie rollen. Malte schwebt ganz oben auf einer Wolke des Entzückens, wie er es noch niemals erlebt hat. Er bohrt die Nägel in den Sitz. Als sie bald darauf in Fahrt sind und die Umgebung in eins zu verschmelzen beginnt, merkt er, wie er vom Wind anschwillt, und er ist kurz vorm Abheben. Hinter ihnen Blitze wie von einem Feuerwerk, das die Hügel zerfetzt. Die Büschel der Grasnarbe mitten auf dem Weg sind nicht länger zu erkennen, sie verschwinden unter ihnen wie ein wogendes grünes Banner.

Der Weg schlängelt sich dahin, sie fahren durch eine Schonung mit Zwergkiefern. Plötzlich gleiten sie über einen Teppich aus Nadeln, unter den Zweigen sind Moos und Inseln aus Sand. Die Stämme sind niedrig und verkrüppelt, eine Wildnis aus büscheligen Nadeln und Zapfen breitet sich links und rechts des Wegs aus. Von seinem hohen Sitz aus kommt es ihm so vor, als ob sie über den Wald hinwegfliegen, ein Labyrinth aus Kronen unter sich. Bis er von einem Büschel Nadeln gestreift wird, ein kleiner Hieb an die Stirn, der eine Blutspur zieht. Malte duckt sich zu spät.

Der Wagen rumpelt über einen Stein. Er wird im Sitz hochgehoben und klammert sich anschließend an Doktor Hansens Arm. Der Arzt ruft irgend etwas und grinst breit hinter seiner Brille. Sand wird aufgewirbelt und spritzt von den Rädern weg, als sie auf eine Lichtung einbiegen und einen ersten Blick auf die Türme vom Krähenschloß werfen können.

Das letzte Stück fahren sie in gemäßigtem Tempo durch die Dünen, um die Schafe der Alten nicht zu erschrecken. Glitzernd taucht das Meer wieder auf, bei der abgebrochenen Brücke. Aber hier ist es wilder, der Küstenstreifen liegt öde, so weit der Blick reicht. Vor einer Hecke aus Wolfsdorn halten sie an. Das Gig macht ein paar Sätze, dann steht es still. Aber es folgt noch ein kleines Feuerwerk an Spätzündungen. Doktor Hansen springt ab und hilft Malte vom Bock.

Er hat es eilig wie ein Feuerwehrmann. Malte begreift, es kommt darauf an, das Auto mit einem Mal anzuhalten. Der Arzt langt in die Heckklappe nach einem Kanister. Er nimmt einen Lappen und wickelt ihn um die Hand, bevor er den Deckel auf dem Kühler aufschraubt. Eine Fontäne von kochendheißem Wasserdampf zischt auf. Um sie zu ersticken, leert er den Kanister über diesen Geysir aus, auf dem Metall siedet es. Nach und nach hört das Auto auf zu kochen und wird still, und erst da atmet Malte wieder durch. Die Operation ist von Doktor Hansen schweigend vollzogen worden.

Eine unnatürliche Stille senkt sich über den Ort. Aber es dauert noch lange, ehe sich das Brausen in Maltes Gehörgängen legt.

Der Arzt nimmt ihn bei der Schulter und zieht ihn zu sich heran.

»Na, Malte, hat's dir gefallen?«

»Und ob!« antwortet Malte bloß, und seine ganze Begeisterung liegt darin.

Dieses Mal nimmt Doktor Hansen Kappe und Brille ab und legt sie auf den Sitz, ehe er nach seiner Tasche greift. Sie liegen zusammengesunken da wie ein Kopf, aus dem man die Luft herausgelassen hat. In den silberglänzenden Brillengläsern spiegelt sich einmal der Himmel und in dem anderen Glas ein stark verzerrter Nadelbaum.

Die Pforte zum Garten ist im Dickicht untergegangen, dicht und dornig wachsen die Ranken darüber hin, Schmiedeeisen und Hecke sind wie verfilzt. Der Arzt macht gar nicht erst den Versuch, sie zu öffnen, er schaut sich nach einem Weg zur Hintertür um. Ihm fällt etwas ein, er läuft zum Auto und bringt den Kanister mit zurück. Er reicht ihn Malte.

»Such den Brunnen«, sagt er, »und füll den Kanister auf. Vielleicht brauchen wir ihn auf dem Heimweg.«

Zusammen gehen sie auf einem Weg, auf dem der Ziegendreck nur so kullert, hinten um das Hauptgebäude herum. Malte trägt den leeren Kanister. Von den Dünen ist ein Mekkern zu hören, ein zarter Ton. Ihm ist, als rufe ihn das arme Tier, und er dreht sich nach ihm um. Sein Blick fällt auf eine Reihe von Gestellen, er bleibt stehen und schnuppert. In Reihen hängen dort flatternd weiße Salzseiten, Fisch, der bis auf die Gräten durchgeschnitten ist. Die getrockneten Limanden ähneln den Schleifen an seiner Drachenschnur.

Dort steht auch ein Rahmen, auf den eine Tierhaut an Schnüren aufgespannt ist. Einen Moment lang glaubt er, das sei ein Schaf, aber Schafe haben kein Muster und glänzen nicht in der

Sonne. Überdies ist die Haut oval und ohne die Ecken der Beine. Sie hängt da aufgespannt wie eine Trommel, und er staunt über das zweite Fabelwesen dieses Tages.

Doktor Hansen ruft ihn. Er ist zurückgeblieben.

Sie umrunden den Stall und stehen in einem Innenhof. Hier gab es einmal eine Pergola, an der wilder Wein kletterte. Jetzt ist nur noch das Holzgestell übrig. Sie stehen ganz still und spüren, daß keine Seele hier ist. Ein quadratisches Muster aus Schatten senkt sich über sie. Spinnweben hängen in den Fensterrahmen, Spinnweben und Scherben, weshalb die Türme des Gebäudes blind wirken.

Mit seinen Anbauten und Gewächsen ist das Haus unüberschaubar; die Türme sind kleiner, als er sich vorgestellt hatte, und sehen aus, als seien sie aus den Erkern in den Ecken wie eine Art Knospen hervorgetrieben.

Doktor Hansen räuspert sich. Er hat die Wasserpumpe entdeckt.

»Füll du den Kanister auf, ich suche derweil die Patientin.«

Knarrend öffnet sich die Tür ins Dunkle, und er wird darin verschluckt. Sobald Malte allein ist, wird es ihm wieder unheimlich. Er quält sich mit dem Pumpenschwengel, lehnt sich mit seinem ganzen Gewicht dagegen. Er ist festgerostet und nicht zu bewegen. Malte gibt auf und setzt sich auf den Brunnendeckel. Er klopft darauf, es klingt hohl. Es riecht modrig, und die Planken sind grün vom Schimmel. Plötzlich ist er wieder da, der Kloß im Hals, der an Tränen erinnert. Ihn fröstelt und ihm scheint, er höre beim Stall einen klagenden Ton. Da erhebt er sich und rennt dem Doktor hinterher.

Innen im Haus kann er nichts sehen. Es ist viel zu still, während sich die Augen an das Halbdunkel gewöhnen. Angelehnte Türen und mystische Räume, die ungenutzt daliegen. Ein paar Zähne von Narwalen ragen in der Eingangshalle schräg empor. Er öffnet die Tür zu einem Schlafzimmer. Erst glaubt er, die Bettdecken seien gehäkelt, dann kann er erkennen, daß die Motten sie zerfressen haben. Still schließt er die Tür wieder und wagt zu rufen, aber niemand antwortet. Der Doktor ist wie vom Erdboden verschluckt. Er hat die offenen Türen hinterlassen, nichts sonst. Malte kämpft gegen seine Panik an, um einen klaren Kopf zu bewahren.

Er geht zwischen den Narwalzähnen hindurch und befindet sich in der guten Stube. Zwischen Seevögeln kann er einen ausgestopften Affen erkennen und Gläser mit ausgebleichten Schlangenkörpern in Alkohol. Eine dicke Staubschicht liegt auf allen Stühlen, der Eßtisch ist in die Knie gegangen, und über ihm hängt der Kajak an einer Schlinge. Die Bespannung ist zur Mumienhaut eingetrocknet, die Spitze mit dem Tierknochen deutet auf ihn. Er stellt sich einen Riesen vor, einen Kannibalen, der mit einem Schenkelknochen auf ihn deutet. Er endet in dem schwarzen Kochtopf. Das Sitzloch des Kajaks verschlingt ihn.

Da hört er Schritte im Stockwerk über sich. Jetzt weiß er nicht, ob er erleichtert oder erschrocken sein soll. Er ruft wieder nach dem Doktor, bekommt aber noch immer keine Antwort. Er faßt sich ein Herz und geht hinaus in die Eingangshalle. Lange lauscht er ins Treppenhaus, ehe er den Aufstieg beginnt, Schritt für Schritt. Er hat auf das Pochen des Stocks gelauscht, das das Hinken der Alten anzeigt.

Horchend gelangt er zum Absatz der nächsten Etage. Er steht vor zwei Türen. Die eine Tür führt weiter in den Turm hinauf. Beide sind sie angelehnt. Die Treppe zum Turm ist dunkel, das Zimmer erleuchtet. Im Lichtstreifen erkennt er den Rücken eines Schaukelstuhls. Er ist sich nicht sicher, vielleicht war der es, der so lange über den Fußboden knarrte. Er nimmt seinen Mut zusammen und stößt die Tür auf –

Malte schreit.

9. Kapitel, worin der Tod einen blauäugigen Jungen besucht

Drei Dinge lösen den Schrei aus. Als erstes ein Katzenfell; als ihm das Tier um die Beine streicht, fühlt sich das an wie ein Knistern. Er sieht im Vorübergehen ein Paar grüngelbe Augen funkeln. Das zweite ist das Bündel im Schaukelstuhl; eine Omadecke bildet über dem Kopf eine Kapuze. Drittens der Ruf, der mit seinem Schrei in der Luft zusammenstößt:

»Zum Teufel, Malte, du erschreckst mich zu Tode!«

Die Kapuze ist auf die Schultern des Arztes gerutscht, und der Schaukelstuhl schwingt noch einmal, als er zum Fenster hinübergeht und es weit aufstößt. Das Licht mischt sich mit der Luft, die ein Menschenalter lang hier eingesperrt gewesen war.

»Doktor Hansen«, sagt Malte, »ich konnte Sie nicht finden.«

»Die Patientin ist wie vom Erdboden verschluckt. Was machen wir jetzt?«

Der Arzt streicht sich über seinen Vollbart, spielt am Fensterhaken. Der löst sich, morsches Holz rieselt, das Fenster fängt an zu klappern. Malte denkt nach, ehe er sich einen Ruck gibt:

»Mir schien, als hörte ich einen Laut vom Stall her.«

»Aus dem Stall? Sie hat vermutlich Tiere.«

»Es klang wie einer, der stöhnte. Wie ...«

»Wie ein Gespenst, Malte. Glaubst du an Spukgestalten?«

»Nein«, lügt der Junge, »nicht, solange ...«

»Du mit mir zusammen bist, nicht wahr? Verdammt, wie wir Ärzte doch auf unsere Umgebung wirken. *Ich* glaube an Gespenster. Sie machen die Welt lustiger – wie mein Auto.«

Der Arzt steht am Fensterbrett und überlegt noch eine Weile, ehe er sich losreißt.

»Im Stall, hast du gesagt?«

Malte nickt.

Sie verlassen das Zimmer und gehen hinaus auf den Treppenabsatz. Hier draußen hängt ein Kristalleuchter und klingelt in der Zugluft, verursacht durch die offene Tür. Malte fühlt sich davon angezogen.

»Kommst du?«

»Ja«, lügt Malte zum zweiten Mal. Halb im Zweifel und mit einem unsicheren Blick auf Doktor Hansen. Plötzlich fürchtet er die Kranke mehr als Gespenster, er erinnert sich an ihre gekrümmten Finger in der Kirche, die Hexe aus dem Pfefferkuchenhaus. Der Doktor ist es, der ihm das Knöchelchen reicht.

Er hat in seiner Tasche gewühlt und zieht eine Karbidlampe hervor. Er schüttelt den Flüssigkeitsbehälter und zündet sie an.

»Hier, Malte. Dann kannst du ohne mich auf Entdeckungsreise gehen. Das Haus hier ist besser als *Dyrehavsbakken*. Ich rufe dich, wenn ich fertig bin.«

Er macht das Zeichen mit dem Daumen und geht die Treppe hinab, während Malte in den Turm hinaufsteigt. Der Staub stört ihn nicht mehr, er geht durch Spinnweben, und im Schein des Lichts sehen die beinahe schon drollig aus. Mit jeder Krümmung windet er sich weiter in die Vergangenheit hinein, die Wendeltreppe mündet in einen sechseckigen Raum, wo sich die Dunkelheit ringsum in den Fensterscheiben abgesetzt hat.

Er leuchtet die Wände ab. Tapetenfetzen, zerrissen von den Krallen eingesperrter Tiger – Malte testet seinen Mut –, ein Blutfleck, der nie mehr abgewaschen werden kann. Man reibt und reibt. Der Fleck war eine Mücke, die lange dagesessen hat und von der Zeit vergessen worden ist.

Das Licht fällt auf Glasschränke, die den Pulten in der Schulstube ähneln. Sie stehen an den Wänden jeweils zwischen den Fenstern. Drei an der Zahl. Die Kästen haben Beine. Von der hohen Rückseite fallen die Deckel schräg nach vorn, und unter jedem sitzt auf dem Rahmen ein Schlüsselloch. Er versucht einen zu öffnen, aber der Kasten ist abgeschlossen. Er wischt über das Glas; die Handkante wird schwarz und fühlt sich pulverig an. Dann leuchtet er hinein. Dort gibt es Klumpen von Bernstein, Katzenaugen glühen unter dem Glas. Er leuchtet die Wandvertäfelung ab. Da hängt ein Schlüssel. Malte ist begeistert.

Er probiert den Schlüssel am ersten Schrank. Mit zitternden Fingern dreht er kräftig. Da muß die Zungenspitze mithelfen, sonst bricht der Schlüssel ab.

Vorsichtig hebt er den Deckel an; das ist ja gar nichts – Schädel und Steine, wie die, die er selbst gesammelt hat. Er zieht den Schlüssel ab und probiert ihn am nächsten Schrank. Aufgespießte Schmetterlinge. Die besten sind die mit dem Totenkopf auf dem Rücken, die weißen und gelben kennt er aus dem Garten. Den größten der Kästen hebt er sich bis zum Schluß auf.

Die Spannung des Bernsteins zieht bis in seine Finger, er schüttelt die Hand, ehe er sich zusammennimmt und den Dekkel öffnet. Dort liegen sie, braun und golden. Einige Stücke groß wie ein Taubenei, einige wie Scherben, glattgeschliffen von Meer und Sand, andere wie Tropfen geformt. Alle unbearbeitet. Wo der Sand ein Pünktchenmuster eingeritzt hat, ist die Oberfläche trüb, es gibt aber auch tiefe goldene Räume, in denen man Insekten ahnt. Malte läßt das Licht spielen.

Er wühlt in dem Kasten, in dem die Bernsteinklumpen wirr durcheinanderliegen. Sie klimpern leise unter seinen Fingern, fühlen sich weder wie Glas noch wie Stein an. Er spürt ein Abstoßen und eine Anziehung, jedes Stück hat seine eigene Spannung. Das größte nimmt soviel Platz wie eine Kinderhand in seiner ein. Er wägt es, und es ist erstaunlich leicht. Als er hineinleuchtet, kann er einen schwarzen Fleck erkennen, geformt wie ein Seepferdchen. Der Lichtkegel läßt Nebel rund um die Zeichnung aufleuchten.

Plötzlich steht Maltes Herz still. Das ist der Elf! Der winzigste kleine Mensch mit vier Flügeln, der gekrümmten Wirbelsäule und oben dem Schädel mit dem Samen. Die Flügel sind an den Schulterblättern befestigt und von Fadenmustern durchzogen, weshalb sie wie Blätter aussehen.

Als er ihn erst einmal in der Hand hält, kann er ihn nicht wieder weglegen. Er reibt das Bernsteinstück am Pullover, spürt, wie der Funke zu seinem Finger springt und sein Herz wieder schlägt. Er muß diesen Schatz besitzen. Wachsam sieht er sich im Zimmer um, ehe er das Stück einsteckt. Dann steht er einen Moment vor dem Kasten, gräbt in seiner Tasche und legt statt dessen den Stein hinein.

Gegen Bernstein getauscht zu werden, kommt mir sehr gelegen. Endlich bin ich draußen und schwirre frei umher. Etwa so groß wie eine Libelle, werfe ich mich in die Winde des Kiefernwaldes. Ein Sausen ringsum, und die Luft ist klebrig vom Duft. Harz rinnt aus den Stämmen und sammelt sich in dicken Klumpen. Bis hin zu Malte sind es Jahrmillionen, und noch ist die Erde ganz jung. Hüllen aus Farn, Kiefernwälder, Schachtelhalme und Sümpfe. Es ist betäubend warm und feucht, der dunkle Humus bildet den Grund. Pflanzen, die sauren Boden brauchen, schießen empor, im Laufe eines Tages sind sie hochgewachsen und bilden Palmenkronen über der Nacht. Unter dem dichten Laub der Wälder herrscht ewiges Dämmerlicht.

Fiederfarn, Straußenfeder und Hirschzunge – Namen, die in den Formen der Blätter versteckt liegen und darauf warten, im Chaos zur Entfaltung zu kommen. Merkwürdig, in einer Welt, die so maßlos wachsen kann, so klein zu sein.

Glockenzikaden singen in den Wäldern, kurz vor Sonnenaufgang und kurz nachdem sie untergegangen ist; ihr Gesang kocht wie wahnsinnig hoch in Frequenzen, die einen Schädel wie meinen sprengen können. Diese Zeit ist tabu, wir verbringen sie in der Isolation des Bienenkorbs. *Weil, weil* wir so klug sind, haben wir besondere Zellen, mit Wachs gepolstert, in denen wir die ersten und letzten Minuten des Tages überleben.

Ich bin draußen, um Honig für meine Brüder zu sammeln. Als die kleinen Menschen, die wir sind, brauchen wir Gerätschaften. Einen Trinkhalm für einen Blütenkelch, einen Stengel als Steigrohr hinunter in den Becher des Nektars. Sonst brauchen wir nichts. Wir füllen unsere Mägen und würgen es in den Zellen rund um unsere Königin wieder hervor, die Zellen liegen in Waben und Schichten, ein Summen erfüllt den Korb.

Durch das Mannloch fliege ich hinaus, es erhebt sich mit Wänden aus zusammengekauter Papiermasse oben am Korb. Die Königin befruchten wir; untereinander berühren wir uns nur zum Vergnügen, und die Weibchen sind unsere Arbeitsbienen.

Mit vollem Honigmagen fliege ich nach Hause.

Mein Flug bildet Muster zwischen draußen und drinnen. Im Tanz führe ich die Muster des Fluges wieder auf, so daß die Brüder den kürzesten Weg zu diesem Nektar finden können. Durch die Flügel können wir in der Luft stillstehen, während wir den Becher bis auf den Grund leeren. Andere Stämme müssen mit zwei Flügeln zurechtkommen und werden im Tanz der Zeit zu Kolibris.

Unser Führer ist der Drohnenelf. Er trägt – als einziger – eine Zipfelmütze, aus der die Ohrbüschel herausschauen. Er ist mein Liebhaber, und ich sage das voll Stolz, denn er lehrte mich die Kunst des Fliegens. Wir bilden Feuerräder in der Sonne, sausen blinkend hintereinanderher. Des Nachts schlagen wir mit unserer Liebe leuchtende Volten.

Wir fliegen über die Sümpfe hin. Wir tun so, als jagten wir uns, tauchen hinab und streifen im Flug ein paar Farnwedel. Der große lange Hals, der aufragt, schnappt nach uns, ist aber viel zu langsam. Wir sind unterwegs über das Wasser, da bleibt er in einem Spinnennetz hängen. Vom Alarmfaden herbeigerufen, kommt die achtbeinige Besitzerin des Netzes. Ich trickse sie alle aus, die behaarte Kreatur hält inne, schüttelt blöde ihre Vorderbeine. Dann sause ich mitten ins Zentrum und helfe meinem Partner freizukommen. Er verliert das Gleichgewicht und stürzt rücklings aus dem Spinnennetz, während ich Tränen lache. Er sieht aus wie ein Akrobat, der einen Sturz vortäuscht.

Aber mein Lachen bleibt in der Luft stehen. Für das Echo sind wir zu klein. Und noch während er an der Wasseroberfläche kämpft, wo ihn eine unsichtbare Haut oben hält, dreht er langsam mit der Strömung ab. Ich stürze von meinem Himmel herab, um ihm die Hand zu reichen – gerade noch rechtzeitig, um einen Schatten auftauchen zu sehen. Flossen schlagen, und ein Schlund öffnet sich. Das Seeungeheuer klappt die Kiefer zu, er zappelt bis zum letzten Atemzug. Keine Zeit, Abschied zu nehmen, schon ist er weg. Ein bißchen grüner Schleim auf dem Wasser.

Ich rette nur seine Zipfelmütze. Drücke sie lange zärtlich gegen die blauschimmernden Borsten meines Bauchs, reite auf der Thermik und steige der Sonne entgegen. Wir werden geboren, wir sterben – und werden wiedergeboren, wenn sich das Rad der Liebe mit anderen weiterdreht. Aber ich lebe keinen Tag länger ohne seine Liebe. Verzweifelt fliege ich davon. Nach dem Tod des Drohnenelfs bin ich der nächste Prinz. Ich denke an die Königin, die bald befruchtet werden soll, fett und allmächtig schwimmt sie in ihrer Zelle.

Sie, die eine Sklavin war unter anderen Weibchen, bis wir sie herausgriffen und anfingen, sie mit der Nahrung zu mästen, die wir als unser am besten bewahrtes Geheimnis hüten und die dem Ambrosia der Götter gleicht. Der Ältestenrat sitzt auf dem Rezept. Das Gelee wirkt stark verjüngend, aber nicht gerade verschönernd – jedenfalls nicht bei den Mengen, die unsere Königin verschlingt. Sie kann sich überhaupt nicht erheben, schwimmt tagein, tagaus im Gelee, während die Ältesten sie mit dem päppeln, was für uns andere ewige Jugend bedeuten würde und Schönheit bis zum letzten Tag.

Ich weiß, was mich erwartet, und bei dem Gedanken wird mir schlecht. Mein Samen wird von Myriaden von Eiern aufgesogen werden, die sie unter ihrer feuchten Haut trägt. Und kaum bin ich eingedrungen, wird das Chitin des Penis knacken und ihren Eingang versiegeln. *Mein* Penis. Ich weiß nicht, wer auf die Idee gekommen ist, aber es heißt, das sichere ihre Erbanlagen. Ich selbst sterbe kurze Zeit später mit schmerzhaftem Brennen im Unterleib.

Also lieber Kamikaze. Ich werfe die Mütze weg, wähle einen Wind von den Göttern und werfe mich aus der Thermik, auf der ich geschwebt bin. Die mittägliche Sonne steht im Zenit. Auf der anderen Seite des Sumpfes erhebt sich eine Riesenföhre. Wenn man von oben schaut, wirkt alles so leicht, ich bewahre ein bißchen von der Vogelperspektive für den Gang kommender Geschlechter auf Erden auf.

Ich falte die Flügel für den Sturzflug zusammen. Der Wind tost gegen meine Ohrbüschel, meine Augen tränen. Im Magen habe ich einen Eisklumpen, und das Gehirn flammt zu einer Feuerblume auf, es wirft seine Saat unterwegs ab, während in meinem Gesichtsfeld die Riesenföhre immer größer wird. Mitten am Stamm ist die Rinde zerrissen, und Harz blubbert heraus. Ich suche mir den größten Klumpen aus. Berechne die Abdrift, wahre das Gleichgewicht und lege die Arme eng an die Seiten.

Donnerndes Tempo auf dem letzten Stück beim Einflug. Im Verhältnis dazu fühlt sich der Aufprall sanft an; ein Ruck in einer gummiartigen Blase, dann klebe ich fest, mit der Aussicht auf Ewigkeit im goldenen Raum. Mir fällt ein, daß unsere größten Kobolde das mit der Seligkeit schlechthin verglichen haben.

Ich sterbe, während die Sonne Klumpen glühender Schlacke gegen meine Haut ausschwitzt. Ein weiterer Elf ist im Wüten der Urzeit umgekommen.

»MALTE!«

Der Ruf des Arztes gellt vom Hof hoch, ein Diskus fernen Widerhalls unterbricht seine Verbindung im Turm. Was war passiert? Er hat einen Schatz gefunden, und der Schatz ließ ihn abheben. Jetzt steht er hier wie vorher, unsicher tastend, mit Taschen, die sich viel zu schnell füllen. Er klappt den Glaskasten zu, vergißt den Schlüssel im Schloß. Auf der Wendeltreppe drehen ihn die Stufen zurück in die Welt, aus der er kommt, und genau im Licht des Mittags tritt er vor die Tür, steht und blinzelt, die Flamme der Karbidlampe wird weiß.

Hansen bürstet Stroh von seiner Jacke. Jetzt riecht er wie ein Tierarzt, nach Stall und Pferdeäpfeln.

»Da bist du ja! Hast du etwas gefunden?«

Malte schüttelt den Kopf, wieder stumm. Doktor Hansen nimmt ihm die Lampe ab, löscht sie und steckt sie in die Tasche. Der Schweiß steht ihm auf der Stirn, und die Haare kleben in dunkleren Locken um seine Ohren.

»Du hattest recht im Hinblick auf die Patientin. Sie ist dort drinnen...«

Er deutet zum Stall hinüber. Maltes Eifer kehrt zurück.

»Kommt sie mit uns zurück und in die Klapsmühle?«

Trocken antwortet der Arzt:

»Das ist nicht nötig. Sie ist tot!«

»Aber ich habe gehört...«

»Sie starb mir unter den Händen, Malte.«

Mit Daumen und Zeigefinger reibt er sich den Nasenrücken, beugt den Kopf. Als er wieder aufblickt, zeigt sein Blick Mitgefühl.

»Ich habe sie im Stall gefunden, wo sie zwischen ihren Tieren zusammengebrochen war, selbst voller Schmutz. Es ist furchtbar, so alt werden zu müssen. Sie sprach verwirrt. Wenn unser Gehirn alt wird, bricht das ganze Puzzlespiel auseinander.«

Sein Gesicht zeigt eine plötzliche Verletzlichkeit; auch ihm gefällt der Gedanke nicht. Ein Schaudern schüttelt er ab. Wühlt in der Tasche und zieht ein Attest für Todesfälle hervor. Er nimmt Maltes Rücken, um darauf zu schreiben. Aviaja Bertelsen, Geburtsdatum: unbekannt. Todesursache: Krämpfe, gefolgt von Herzstillstand.

Danach wedelt er mit dem Papier, bis die Tinte trocken ist. Malte hebt den Kopf.

»Was steht da?«

Der Doktor starrt ihn verblüfft an.

»Kannst du nicht lesen?«

»Ich kann das Alphabet auswendig...«

»Das müssen wir ändern – ein Junge in deinem Alter!«

Still grübelt er noch eine Weile, ehe er das Thema wechselt.

»Hast du den Kanister mit Wasser gefüllt? Wir müssen zusehen, daß wir hier wegkommen. Ich starte den Burschen.«

Er greift nach dem leeren Kanister auf dem Brunnendeckel und wischt Maltes Entschuldigungen beiseite.

»Das macht nichts. Wir könne im »Strandgaarden« Wasser bekommen. Wir wollen erst mal weg hier.«

Plötzlich hat er es eilig und geht mit langen Beinen vor, Malte versucht so gut er kann Schritt zu halten. Die Luft ist frisch geworden, vom Meer zieht es naßkalt heran.

Beim Auto hilft er Malte die zwei hohen Trittbretter auf den Bock hinauf. Er stützt ihn unterm Hosenboden und schickt ihn in die Höhe. Dann beugt er sich über den Handgriff, unter der Jacke spannen sich die Rückenmuskeln, als er das erste Mal kurbelt, ohne Zündung. Er versucht es noch einmal. Keine Antwort. Am Schluß atmet er schwer und richtet sich auf. Er stützt die Hände in die Seiten und streckt den Rücken.

»Schöne Bescherung! Bist du so nett, mir die Tasche zu reichen?«

Malte reicht ihm die Arzttasche.

»Nein, nicht die. Da steht eine an der Seite mit Werkzeug.«

Er wühlt lange. Schraubdeckel und Muttern werden hervorgeholt und der Reihe nach auf einen Lappen gelegt, den er aufs Gras gebreitet hat. Vom Bock aus verfolgt Malte jede seiner Bewegungen. Der Arzt arbeitet mit der Zunge im Mundwinkel, genau wie er. Er möchte gern derjenige sein, der ihm das Werkzeug anreicht, aber Doktor Hansen schafft alles allein. Pustet mit aufgeblasenen Backen Düsen aus, wischt den Filter mit Putzwolle ab. Er hat Öl auf den Wangen, und im Bart ist Schmiere hängengeblieben. Schließlich sammelt er das ganze Zeug wieder zusammen und beginnt von vorne mit dem Starten.

Das gleiche Ergebnis. Der Wagen reagiert nicht.

Sein Besitzer hebt die Arme zum Himmel:

»Zum Teufel auch!«

Malte grinst. Hoch am Himmel zieht ein Falke seine Kreise.

Ansonsten scheint die Welt um sie herum stehengeblieben zu sein. Brausen des Meeres, Schreie der Möwen weiter draußen und der Sand, der über den Strand fegt. Bis ein Wiehern vom Dünenrücken herandringt, gefolgt von Hufschlag. Dieses Mal ist es der Arzt, der blaß um die Nase wird und aufschreit. Verstört sieht er sich um, macht einen Schritt vorwärts und stellt sich schützend vor Malte.

Die Alte kommt auf sie zu, quicklebendig. Ein fransiger Schal flattert um sie, ihre graue Mähne ist strubbelig, die Schürze trieft von Mist. Ihre Augen glühen in den Schlitzen wie Steinkohle. Sie zieht den Klepper hinter sich her, der im Tölt geht, erhebt und schüttelt den welken Arm, der das Halfter hält, gegen sie.

Malte macht sich auf dem Bock ganz klein und versteckt den Kopf zwischen seinen gekreuzten Armen.

Als er wieder hochschaut, ist der Isländer vor das Auto gespannt. Dort steht er und nickt unter seiner langen Mähne mit dem Kopf und schnappt mit den großen Zähnen. Und ehe der Doktor überhaupt reagieren kann, schiebt sich die Alte vor und haut dem Jungen eine Klaue ins Bein. Das Gespenst bohrt seine Nägel in ihn und hält ihn an der Schmerzgrenze fest.

»Er war es!«

Sagt sie verkniffen und zittert. Beim zweiten Mal kommt es mit einer merkwürdigen Ruhe, beinahe wie eine Klarstellung:

»Er war es!«

Malte wird schwindlig, und er fällt vom Bock.

10. Kapitel, worin die Wälder singen

Mit Kampfergeruch in der Nase und einer Grassode unter der Wange kommt Malte zu sich. Mit einem Niesen, das einem das Gehirn ausbläst, setzt er sich auf. Der Arzt stützt ihn mit einem Arm im Rücken und hält in der anderen Hand eine apothekenbraune Flasche. Der Kopf des Jungen hängt schlapp herunter, aus dem Mundwinkel ist Speichel geflossen. Die Augenlider fühlen sich an wie bei einer Puppe, sie klappen auf und zu, wenn der Kopf bewegt wird. Die Welt zwischen Himmel und Erde sammelt sich in dem Bild eines Rades, das sich vor seinen Augen dreht. Erst als die Speichen im Zentrum der Nabe stillstehen, ist ihm nicht länger schwindlig.

Malte faßt sich an die Stirn, dort wächst eine Beule. Er hat den Scheinwerfer getroffen, als er vom Bock herunterstürzte. Doktor Hansen schaut ihn an, aufmerksam und ein bißchen besorgt. Und kaum hat Malte das Bild wieder vor Augen, bekommt er schon wieder diesen unsteten Blick. Er tastet nach dem Bein, erinnert sich an ihren Griff.

»Ist sie weg?«

»Ganz ruhig, Malte. Es ist überstanden. Jetzt müssen wir dich nur wieder auf die Beine bekommen.«

Der Arzt greift ihm unter die Arme; Malte kommt auf die Füße und lehnt sich an das vordere Schutzblech, das für den Fahrer und die Passagiere als Trittbrett dient. Das isländische Pony steht ganz ruhig im Geschirr und prustet mit einem beruhigenden Laut durch die Nüstern. Doktor Hansen hat den Jungen losgelassen, er streicht über die Flanke, und wo seine Hand war, bleibt ein blanker Streifen im Fell. Es ist lange her, daß jemand das Pony gestriegelt hat.

»Du hast einen ordentlichen Schrecken bekommen. Und ich auch, bei Gott!«

»Der Doktor hat gesagt, sie wäre tot!«

»Ich habe es gedacht. Ich war ein bißchen voreilig. Ärzte machen Fehler, jetzt weißt du es, Malte. Die Alte hat sozusagen ihre zweite Chance bekommen . . . auch Romeo irrte sich.«

Man sieht es ihm am Gesicht an. Malte sucht nach dem Sinn der letzten Worte, da spricht der Arzt weiter:

»Hast du noch nie von Scheintoten gehört? Romeo glaubte, seine Geliebte wäre tot, und nahm sich das Leben. Als sie aus ihrem todesähnlichen Schlaf erwachte und ihren Liebsten sah . . .«

Aber der Junge unterbricht ihn. Er hat jetzt keine Lust auf Liebesgeschichten.

»Was ist scheintot?«

»Eines der Mysterien der ärztlichen Kunst, Malte. Es kommt vor, daß die Toten in der Kapelle erwachen. Mancherorts bindet man ihnen eine Glocke an Zeh oder Hand. Schlimmstenfalls werden sie sogar beerdigt.«

»Und was, wenn sie aufwachen?«

»Tja, was dann? Malte, du sollst dich da nicht so hineinvertiefen – wir müssen zusehen, daß du nach Hause kommst.«

»Läuten sie dann im Sarg mit der Glocke?«

Dem Arzt behagt das gar nicht.

»So, Meister, jetzt hör auf, mich zu plagen.«

»Manches Mal, wenn ich mit Oda auf dem Kirchhof bin, dann kann ich es unten in der Erde läuten hören. Wie Schlittenglöckchen.«

»Du wirst sehen, das sind nur die Schafe! Hör jetzt auf, Malte.«

»Wenn einen ein Toter anfaßt, stirbt man dann auch?«

»Malte, denk nach. Erkältung ist ansteckend und Keuchhusten und Masern.«

»Und Röteln!«

»Röteln, wenn man sie noch nicht gehabt hat.«

Mit einem Griff am Gürtel schnappt er sich den Jungen.

»Hinauf mit dir. Wir müssen zusehen, daß wir wegkommen.«

Ehe er selber hinaufsteigt, wühlt er in der Arzttasche. Findet die Totenbescheinigung und zerreißt sie. Dann versinkt er in einen inneren Dialog, tastet in der Tasche nach den Papieren für die Einweisung. Er fischt sie hervor, reißt sie mittendurch, legt die Stücke übereinander und zerreißt sie noch einmal. Die Papierfetzen flattern zu Boden. Er reibt seine Handflächen aneinander und murmelt etwas. Er könnte genausogut zu jemand anderem als dem Jungen sprechen.

»Ein jeder hat ein Recht auf Leben, Herrgott nochmal, sie hat nicht mehr lange, und ich kann nicht einsehen, warum man ihre letzten Tage mit Hokuspokus verpesten soll und mit kalten Abreibungen in einem Heim, wo keine lebende Seele ihre Ruhe findet vor lauter Ärzten und Krankenschwestern, die doch nichts ändern können. Bei ihren Tieren hat sie es besser.«

Malte nickt. Setzt eine Miene auf, die er selbst schlau findet.

»Wo ist sie?«

»In ihrem Bett, Malte. Ich habe sie wie ein Kind zu Bett gebracht und ihr etwas zu schlafen gegeben. Ich komme heute abend zurück, dann werden wir sehen.«

»Darf ich mitkommen?«

Darauf antwortet er nicht. Er setzt sich auf den Bock neben Malte und schlägt mit den Zügeln. Der Wagen setzt sich in Bewegung, er nimmt die Zügel in die eine Hand und das Steuer in die andere. Bald rumpeln sie durch den Hohlweg. Die Gurte sind an den Radachsen befestigt, er beugt sich hinunter, um zu schauen, ob sie halten. Dann spricht er wieder.

»Ich habe meinen eigenen Augen nicht getraut, als sie da mit dem Klepper heranwankte. Man sollte glauben, jemand habe die Birne in ihrem Kopf wieder festgeschraubt und das Licht angeknipst...«

Und während der Arzt weitermurmelt, kriechen die Schatten des Waldes über ihre Knie. Sie sind jetzt in der Schonung. Malte erhält die Erlaubnis, die Lederkappe aufzuprobieren und die Staubbrille, die an seinem Hals herunterrutscht, gleichzeitig wird es über der Nase dunkel. Malte genießt das alles in tiefen Zügen. Er macht den Motor in der Kehle nach. Sie stoßen mit den Schultern zusammen.

Als er die Kappe wieder abnimmt, fahren sie durch Felder. Der Weg nach Hause nimmt gar kein Ende. Sie vertiefen sich in Details, die sich auf dem Hinweg in der Geschwindigkeit zu einem einzigen Streifen zusammengezogen hatten. Er sieht im Kornfeld einen Fuchs, der hat eine weiße Schnauze und leicht zusammengekniffene Augen. Er sieht ihnen lange hinterher, die Spitze der Schnauze vibriert wie eine Kompaßnadel, und der Kopf ist erhoben. Das ist einer der Jungen aus dem Bau, plötzlich weiß Malte das, und der ist schon ein Jugendlicher, während er selbst noch ein Junge ist. Merkwürdig, einen Fuchs zu kennen, bei Welpen und Kätzchen vergeht die Zeit so schnell, da kommt man kaum hinterher.

»Hallo, Fuchs«, sagt er. Der nickt im Getreide und verschwindet. Eine einzige rasche Bewegung, und weg ist er. Doktor Hansen dreht den Kopf.

»Wie heißt du noch außer Malte?«

»Alexander«, antwortet er prompt, »Malte Alexander!«

Der Arzt stutzt.

»Ist Alexander dein Vater?«

»Nee – ich habe keinen Vater. Das habe ich selbst erfunden.« Malte verstummt trotzig. Dann nimmt er den Faden wieder auf.

»Ich habe mir das alles selbst ausgedacht«, erklärt er stolz.

Der Arzt horcht ihn nicht aus. Er sagt nur:

»Das ist aber ein schicker Name, der Name eines Kriegers! Du bist ein ganz gefährlicher Bursche, was, Malte! Wie alt bist du?«

»Zwölf.«

»Du bist jedenfalls nicht ängstlich, das muß ich sagen.«

Der Junge auf dem Bock sitzt mit stolzgeschwellter Brust da. Zwei Köpfe schaukeln über dem Getreide und stoßen lächelnd aneinander. Das Pony bekommt einen Klaps mit dem Zügel und fällt in raumgreifenden Trab. Doktor Hansen fällt etwas ein, er hält das Fahrzeug an.

»Willst du rauf und reiten?«

Malte nickt, nicht wenig beeindruckt von seinem Mut. Der Arzt hebt ihn hoch, sieht zu, daß er sich gut am Gurt festhält. Dann klettert er zurück auf den Bock und setzt mit einem Zungenschnalzen das Gefährt wieder in Gang. Rasch traben sie wieder ihres Wegs. Malte hüpft auf dem Ponyrücken auf und ab, das stößt im Bauch, und die Luft entweicht aus ihm, wenn er schief aufkommt. Er hüpft dort oben auf und ab, das letzte Stück reitet der Kurier des Kaisers im gestreckten Galopp und läßt eine Staubwolke hinter sich zurück. Er schlingt dem Pony die Arme um den Hals und spürt die borstigen Haare der Mähne an seiner Wange.

Außer Atem erreicht er den »Strandgaarden«. Alle Luft ist aus ihm herausgestoßen. Der Doktor hält ihre Equipage an.

»Puh«, sagt er und trocknet sich die Stirn, »jetzt täte ein Bier gut.«

Der Junge springt ganz allein herunter. Er klopft dem Pony die Brust, seine Flanken gehen wie Blasebälge, und das Fell wellt sich mit feuchtglänzenden Flecken. Er ist stolz wie ein Indianer nach seinem ersten Ritt. In seinem Kopf versammeln sich Hecke und Gartentor; eine Droschke kommt aus der entgegengesetzten Richtung und hält vor ihnen an

Das Pony wiehert, und das Droschkenpferd antwortet. Es sind Gäste für die Pension.

Er ist der Apotheker aus Sælvig. In einer Hand trägt er einen Koffer, und an seinem Jackenärmel hat sich ein kleines Mädchen festgekrallt. Der Arzt stößt einen überraschten Pfiff aus.

»Wo Tauben sind ...«

»... fliegen Tauben hin«, ergänzt der Apotheker, und sie geben sich die Hand. Gleich darauf sind die beiden Herren in ein Gespräch vertieft, und das Mädchen mit den veilchenblauen Augen und der hellen Haut zupft mehrmals am Ärmel, ohne gehört zu werden. Malte wundert sich, ihre Lippen bewegen sich wohl, aber es kommt kein Ton.

Der Nachmittag ist noch lang. Die Gesellschaft läßt sich am Tisch im Garten nieder. Der Doktor ruft etwas durch das offene Fenster, und kurz darauf serviert Oda auf einem Tablett Bier und Saft mit Keksen. Malte und das Mädchen futtern los, ihre Hände fallen im selben Augenblick auf den übriggebliebenen Keks. Malte gewinnt, denn er ist der größere. Sie muß sich mit dem Rest zufriedengeben, um den sie die Faust ballt. Die beiden wechseln kein Wort.

Währenddessen erstattet der Arzt Bericht vom heutigen Krankenbesuch im Krähenschloß. Am Ende hat er einen weiteren Verbündeten. Die alte Aviaja soll dort wohnen bleiben, auch wenn das einige Krankenbesuche zusätzlich bedeuten wird. Der Pfarrer ist auf ihrer Seite, der Rest der Gemeinde – mit dem Gemeindevorsteher an der Spitze und Frau Svane an zweiter Stelle – ist dagegen. Damit müssen sie eben leben. Besitzen nicht sie beide den Sachverstand? Sie stoßen mit den Krügen an und prosten sich zu.

»Ach, übrigens«, sagt der Arzt und trocknet den Schaum vom Bart, »darf ich euch Malte, meinen Assistenten, vorstellen?«

Er zwinkert dem kleinen Mädchen zu, das da unter seiner großen Hutschleife sitzt und schmollt. Er lehnt sich zum Apotheker hinüber und flüstert ihm etwas ins Ohr. Der Mann mit der Goldrandbrille – sie ist auf der Nase festgeklemmt, und eine Schnur reicht bis in seine Westentasche – nickt einige Male, während der Arzt flüstert.

»Ich bin damit einverstanden«, sagt er, »wenn der Junge selbst auch will.«

Er nickt ihm freundlich zu, ein bißchen gemessen. Der Apotheker ist groß, er heißt Ege. Aus dem Haarkranz sticht ein nackter glänzender Fleck hervor, so groß wie ein Geldstück. Er räuspert sich.

»Sag schön guten Tag zu Ida.«

Malte nimmt Idas Hand und drückt sie, bis die Kekskrümel herauskommen. Der Druck von innen läßt Idas Gesicht rot werden.

»Ida ist stumm«, sagt der Apotheker. Mit seiner Freundlichkeit hält er den Blick des Jungen so lange fest, bis Malte verlegen wird und die Hand losläßt.

»Bitte entschuldige«, sagt er höflich und ignoriert die hellrote Zunge, die sich aus ihrem Mund wölbt. Zum Schaden obendrein noch den Spott! Er wühlt in seiner Tasche und findet ein zerknittertes Lackbildchen. Darauf ist ein Engel auf einer Wolke zu sehen.

Er glättet es und reicht es Ida hin, die es aus seiner Hand grapscht und damit in den Garten rennt, wo sie von dem Schatten des Laubs fleckig wird. Die Korkenzieherlocken unter ihrem Hut sind vom Sommer weiß. Malte fixiert sie mit dem Blick eines Fuchses.

Stumm –

Spinnt er an der Stummheit weiter. Was man nicht gesagt bekommt, ist das, was am meisten Gewicht hat. Ida muß mit einem Bienenschwarm in ihrem Kopf eingesperrt sein. Er spürt eine Hand auf seinem Kopf, hört den Apotheker von weit oben zwischen den Stämmen und dem Gesang der Vögel.

»Du kannst mit uns lesen. Einige Stunden täglich, wenn du willst. Ida soll schreiben lernen – da schlagen wir zwei Fliegen mit einer Klappe. Sie kann hören, man muß sie nur anschauen. Du bist zu unseren Stunden willkommen. Doktor Hansen hat mir erzählt...«

Malte nickt ganz schnell. Er will den Rest nicht hören. Er stürmt in den Garten, Ida hinterher.

»Ja, danke, das möchte ich gerne.«

Schafft er nie zu sagen.

Der Unterricht findet am Vormittag statt, gleich nach dem Frühstück. Das Licht fällt mit seinen wabenförmigen Feldern in den Raum, und der Apotheker beginnt jede Stunde damit, ein Buch aus dem Regal zu nehmen und ein Stück daraus vorzulesen. Mit langem Arm zupft er das Buch vom obersten Regalbrett. Er klemmt die Goldrandbrille auf die Nase – wenn er sich nach den Büchern reckt, pflegt sie herunterzufallen. Während er liest, bleibt er stehen. Wenn er das Buch wieder zuklappt, tanzt in den Sonnenstrahlen der Staub.

Unterdessen betrachtet Malte – mehr und mehr geistesabwesend – die Lücke im Regal. Solange das Buch aufgeschlagen in der Hand des Apothekers liegt, scheinen die Töne wie Kadenzen aus seinen Seiten aufzusteigen. Eine kleine Tänzerin dreht sich auf der Zunge des Apothekers, Stopfnadeln sprechen und klingen ganz genau wie Frau Svane. Im Rinnstein schwimmen Papierschiffe, ein mit Wasser vollgesogener Stoffball, Soldaten mit einem Feuerzeug und Herzen aus Zinn.

Der Apotheker riecht an den Seiten, aber er unterbricht niemals sein Vorlesen, um ihnen ein Bild zu zeigen. Das größte Wunder ist die Stummheit, die Wörter bekommt und in der nächsten Sekunde zu Bildern wird. Wenn das Buch an seinem Platz auf dem Bücherbord steht, ist es wieder stumm und die Lücke geschlossen.

Oder er blättert durch ein Buch und erklärt, wie die Seiten aus Holz hergestellt werden. Wenn man das Buch öffnet, kann man die Wälder singen hören. Malte vergißt das niemals, die kleine Ida hängt an seinen Lippen und formt ihre Lippen nach den Lauten.

Sie versammeln sich um den Kacheltisch, mit Heften, Farbstiften und einem Radiergummi. Ida sitzt auf Kissen. Sie schaut mit großen Augen von einem Sprechenden zum anderen, ohne antworten zu können. Ein Bild für das Schweigen, das in der Welt der Buchstaben herrscht. Sie malt das Alphabet mit Zeichen, die sind so groß, daß sie eine ganze Seite füllen.

Malte hat es da leichter. Vokale sollen sie blau, rot oder gelb malen – wie sie sie hören –, die Konsonanten stehen in Schwarz da und bilden die Stämme im Wald. Nur das Laub wechselt die Farbe, aber das Laub ist Ton und Stimmung und Gesang. Der Apotheker erklärt, und Ida malt mit einem Hunger, der ansteckt. Er nimmt die Zeile eines Lieds – *Meine Liebe ist so klar wie Bernstein* –, öffnet die Tür zum Speisesaal und schlägt auf dem Flügel einen Dreiklang an. Er singt die einzelnen Töne laut mit. Das A alleine ist braun, aber zusammen mit dem I und dem E wird es durchsichtig und golden.

Nachdem er die Verbindung zwischen Zeichen und Tönen eingeführt hat und danach von Wörtern zu Bildern fortgeschritten ist, fangen die Fliegenbeine an, zusammenzuhängen, erst in Pfützen, dann gruppenweise und schließlich wie Ketten zusammenhängender Filme. Malte liest. Lange hat er die Noten zu dieser Musik in sich getragen.

Danach spielt er mit Ida im Garten. Er zeigt ihr seinen Platz im Weidenzaun. An allem, was er tut, klebt ihr herzförmiges Gesicht und lauscht so intensiv wie kein Sprechender. Diejenigen, die sprechen, sind nur mit ihren eigenen Lauten beschäftigt und hören sich selbst. Ida hört auf den Gesang in Malte. Zusammen verlaufen sie sich im Wald; sie streuen Brotkrumen, und die Vögel picken die Krumen auf, sie finden den Weg zur Höhle und zum Lebkuchenhaus. Er erzählt von der Hexe, die das Fleisch auf seinen Knochen welken läßt, er läßt für sie Drachen steigen und klettert auf Bäume, um sie herunterzuholen. Ida klatscht in die Hände. Er krempelt die Hosenbeine auf und zeigt ihr die Narben, wo er sich die Knie aufgeschlagen hatte. Wenn sie Mittagsschlaf halten soll, darf er ihr laut vorlesen.

Das erste Buch, das Malte von Anfang bis Ende liest, teilt er mit ihr. Es ist »20 000 Meilen unter dem Meer«. Mittendrin hält er inne, um etwas zu erklären, das er selbst nur halb versteht. Wenn Ida zuhört, wird alles ganz. Sie vergessen zu schlafen, um auf Entdeckungsreise zu gehen in der Welt, die der Erdball unter dem Meer versteckt. Maltes Schiff wird zu einem, das taucht.

Vorsichtig erbricht er das Siegel der Flasche – in der Werkstatt von Leuchtturmwärter Olesen leiht er die Pinzette, entfernt Masten und Schaufelräder, malt den Rumpf blau und versieht ihn mit Bullaugen.

Den Himmel malt er unterseeisch, mit schimmernden Lichtkegeln und Fischen. Ida schaut atemlos zu, und der Leuchtturmwärter brummelt im Hintergrund, als die Stange Blasen wirft und das Feuerzeug in der Hand des Jungen zittert. Malte dreht den Pinsel um, und ehe die Versiegelung wieder fest wird, zeichnet er mit dem Pinselschaft ein I. Das I ist für sie beide, verewigt im Siegellack. Als er fertig ist, geht das Schiff in die nächste Hand über, und er reicht Ida wortlos die Flasche.

Eines Tages zeigt er ihr den Elf. Ida hält den Klumpen beschützend in ihrer Hand, als sie eine Weile mit ihm dagestanden hat, macht sie mit den Armen Flugbewegungen und führt ihn durch die Luft. Sie verfolgt einen Schmetterling, der seinen Insektenkörper im Mantel des Admirals versteckt, auf einem Blatt landet und sich in eine Blüte bohrt. Da öffnet sie den Mund und läßt die Zunge mittendrin stehen.

»E... e...«

Kommt da langgezogen mit der Luft. Malte ist gelähmt, mitten in der Bewegung erstarrt. Er steht wie beim Bilderraten mucksmäuschenstill auf dem Rasen, ehe er sich umdreht und in den Speisesaal flitzt. Apotheker Ege ist gerade bei der Suppe und läßt den Löffel fallen, als Malte ruft:

»Ida spricht!«

Ege erhebt sich mit der Serviette im Halsausschnitt, läuft mit Malte los. Der Junge ist zuerst an Ort und Stelle, um seinen Schatz in Sicherheit zu bringen, auf dem keines Erwachsenen Auge je geruht hat. Er weiß ja – der Bernstein verliert dann seine Spannung, und der Elf wird wieder zur Libelle. Ida wehrt sich, als er ihr den Klumpen aus der Hand nimmt und in seine Tasche gleiten läßt. Mit langen Schritten kommt der Apotheker über den Rasen, unterwegs zerquetscht er eine Mücke. Mit der Serviette trocknet er sich den Hals. Aber als er sie erreicht, ist sie um den Mund herum wieder steif und stumm wie ein Fisch im Aquarium. Er beugt sich über sie, und das Geldstück auf seinem Kopf ist direkt vor Malte, rot im Abendsonnenschein.

»Stimmt das, meine kleine Ida? Sag es Papa...«

Sie preßt die Lippen aufeinander und läßt die Rattenschwänze tanzen, als sie energisch den Kopf schüttelt. Aber die Augen verraten sie. Sie sind glänzend vergrößert von einer Haut, die gleich zerreißt und die Augen überlaufen läßt. Der Apotheker sieht das nicht, er sieht nur ihre Trauer. Er neigt den Haarkranz und fängt Maltes Blick auf.

»Wir dürfen nicht zu schnell vorgehen«, sagt er mit großem Ernst, so daß der Junge schweigt und dichthält.

So sind wir. Wunder halten wir fest in unserem Körper verschlossen. Wir dürfen nie in den Gang der Welt eingreifen. Ein jegliches hat seine Zeit, die Lebenden haben sonst nichts, und rasch ist sie weg –

Schnipp, schnapp. Das Märchen ist aus.

Am Tag darauf schreibt Ida einen Zettel und schiebt ihn mitten in der Stunde zu ihm herüber. »Ich will den Elf sehen«, steht da mit gemalten Buchstaben. Er versteckt den Zettel unter dem Heft. Er ist ein Beweis, den er nicht verwenden kann, ohne das Geheimnis zu verraten. Um ein Haar hätte der Apotheker sie mit einem Blick durch die Goldrandbrille erwischt. Er räuspert sich in seinem Sessel. Dann kehren seine Augen zum Buch zurück, und er liest still weiter, während Ida eine Seite mit Buchstaben vollschreibt, die »Affe« bedeuten und auf den Linien Kunststücke vollführen.

Als er allein ist, faltet er den Zettel zusammen und versteckt ihn in seinem Briefmarkenalbum. Herr Sjarles hat ihm ein paar geschenkt, die den belgischen König alt aussehen lassen. Da sind Papageien drauf, der Urwald und Riesenschlangen. Er räumt eine Seite aus und ordnet die Briefmarken der Größe nach. Bei einem Pelztier mit kräftigen Klauen und einem beinahe röhrenförmigen Maul gerät er ins Träumen. Dann seufzt er und schiebt die Briefmarke an ihren Platz, hinter den halb durchsichtigen Papierstreifen, wo die Druckerschwärze grau aussieht.

Malte ist rastlos, als hätte er Hummeln in der Hose. Draußen regnet es, das Giebelfenster hat Streifen, und man kann nicht hindurchsehen, ohne von einem Tropfen erwischt zu werden. Der Weidenzaun und der Feldweg dahinter haben die gleichen Grautöne angenommen wie die Briefmarken hinter ihrer Hülle. Eine Zeitlang experimentiert er mit dem Bernsteinklumpen, den er in der Waschtischschüssel schwimmen läßt. Das sieht großartig aus, wie ein goldener Berg auf dem Wasser. Er überläßt ihn sich selbst.

Malte seufzt wieder. Er wünschte, er hätte eine Dampfmaschine, die würde er jetzt mit dem Spiritusbrenner anfeuern, um das Schwungrad zum Stampfen zu bringen. Mit einer kleinen Kette würde er der Kesselpfeife Töne entlocken; Heizer auf einem Luxusliner sein – genauso einem großen wie dem, den er auf dem Koffer von Herrn Sjarles gesehen hat – oder mit einem Sonderzug durch die Wüste unterwegs, während die Pyramiden in den Wolken des Kohlenstaubs verschwänden und die Wagen von Beduinen angegriffen würden, mit Säbeln, die in der Sonne blitzen.

Aber er hat keine Dampfmaschine. Dampfmaschinen sind für die Kinder von reichen Leuten. Verloren starrt Malte aus dem Fenster, die Ellbogen auf der Fensterbank und die Hände unterm Kinn. Plötzlich tauchen zwei Gestalten unten beim Weidenzaun auf. Raster schieben sich vor sie und lösen sie teilweise auf. Aber das ist ja Oda – im Mantel von Frau Svane – und Herr Sjarles mit hohem Hut und einem Kutscherumhang über den Schultern. Sie umarmen sich, ähneln plötzlich zwei Kaulquappen, wie sie dort im Regen stehen, von einem Kuß zusammengehalten. Verächtlich sieht Malte weg.

Er hört das Rumpeln von Wagenrädern. Er sieht ein Droschkendach, hört das Platschen einer Pfütze und ein Prusten, als das Pferd angehalten wird. Die Kaulquappen trennen sich, Herr Sjarles nimmt den Hut ab und beugt sich unter das Dach. Als letztes verschwinden die Frackschöße, das Türenknallen wird vom Regenschauer erstickt, der am Giebel gegen den Dachüberstand klatscht. Er winkt mit dem Hut, und Oda ist allein zurückgeblieben und fröstelt, als sich die Droschke in Bewegung setzt. Sie bleibt dort stehen, bis der Dunst das Gespann ganz verschlungen hat.

Ohne etwas zu sehen, wendet sie ihr Gesicht seinem Fenster zu. Auf ihren Wangen glitzern Regentropfen. Sie beugt den Kopf, geht langsam zwischen den Weiden davon – mit mechanischen Schritten und ohne auf die Pfützen zu achten. Als er das Fenster weit öffnet und den ganzen Oberkörper herausstreckt, kann er Frau Svanes Mantel über den Dünenrücken flattern sehen, auf dem Weg hinunter zum Meer, das in Nebelbänken versteckt liegt.

Er wird ganz naß und zieht den Kopf zurück.

Am gleichen Nachmittag ist die gesamte Pension in Aufruhr. Das Zimmer mit Meeresblick wird auf den Kopf gestellt. Die Koffer des Herrn Sjarles sind auf den Gang gezerrt worden. Der Gärtner hat sie mit dem Brecheisen geöffnet, sie sind gähnend leer – bis auf ein paar Zeitungsbündel, die ihnen ihr Gewicht verliehen haben.

Frau Svane wedelt mit der Rechnung vor Odas Nase herum; Oda schluchzt und versichert, daß er zurückkommt, noch ehe die Woche um ist, das hat er ihr versprochen. Mit seinem Ehrenwort. Er mußte in die Stadt wegen eines Telegramms, auf das sie beide sehnsüchtig gewartet haben ...

Frau Svane baut sich vor ihr auf.

»So steht es also«, sagt sie mit einem Mund, der wie zugenäht ist. Sie wendet ihr den Rücken zu und steigt gewichtig die Treppe hinab. Schließt die Tür zum Büro hinter sich und spießt ihre Zahlenkolonnen auf. Bald darauf bekommt das Segelschiffmodell einen Schubs, und dann fliegt die Spucke über das Rigg als Gischt eines Unwetters, das sich bereits lange angekündigt hat.

Hinter der verschlossenen Tür hört man etwas auf den Fußboden fallen. In Oda gibt es einen Ruck. Sie war auf dem Treppenabsatz stehengeblieben, wo sie den Radau aus dem Kapitänssalon hört. Im Niedersinken greift sie nach dem Treppengeländer, faßt sich an den Bauch und spürt, wie ein Krampf unter der Schürze aufwallt.

11. Kapitel
worin Odas Glauben auf eine harte Probe gestellt wird

Oda tanzte in der Sommernacht, alles in ihr fühlte sich an wie auf feurigen Pfählen. Jetzt ist der Elfenhügel in der Erde versunken, und der Tag ist mit kalten Abwaschungen zurückgekehrt. Morgens wird es ihr übel, sie hat Hitzewallungen, im Schlaf sehnt sie sich, und wenn sie wach ist, hält sie sich die Ungewißheit mit eimerweise Seifenlauge vom Leib. Sie putzt das Silber in den Schubfächern, fährt die Lamellen der Lampenschirme mit einem Wattestäbchen nach, wechselt in der Speisekammer das Papier der Einlegeböden.

Der Regen dauert die ganze Woche an, in jeder freien Minute geht sie hinaus auf den Weg, um auf das Geräusch von Wagenrädern zu lauschen, die ihr den Geliebten zurückbringen werden. Erde und Himmel werden eins, alles tropft und rinnt. Ein Tropfen trifft sie auf der Stirn, ringförmig breiten sich die Kälteschauer in ihrem Körper aus. Frau Svane hat sie den Wind aus den Segeln genommen, indem sie direkt nach dem Krach im Salon alles bekannt hat. Sie zeigt ihr den Ring: Länger als einen Monat sind sie ein Liebespaar gewesen, am kommenden Sonntag sollte die Verlobung verkündet werden. Er hat sich aufgemacht in die Stadt, um das Telegramm abzuholen, das die Zustimmung der Familie kundtun soll.

Er kommt zurück. Das ist das Alpha und Omega von allem, was sie sagt. Bis dahin will sie für seine Schulden aufkommen, Frau Svane soll nur ihren Lohn pfänden als Anzahlung auf die Rechnung, die er hinterlassen hat. Allein im ersten Monat hat er ausgegeben, was Odas Jahreslohn entspricht, und sie ist bereit, jede einzelne Öre zurückzuzahlen. Auf das Geld soll es nicht ankommen. Frau Svane ist besänftigt.

Der Sonntag bringt ihn nicht zurück, und die folgende Woche legt sie in die Hände ihres Kindergottes. Sie betet wie damals, als ihre Mutter im Sterben lag, sammelt in ihrer Seele all ihren brennenden Glauben und ihre Hoffnung. Sie sucht Trost in der Bibel, die sie zur Konfirmation geschenkt bekam, immer wieder liest sie den Korintherbrief:

Die Liebe ist langmütig und freundlich, die Liebe eifert nicht, die Liebe treibt nicht Mutwillen, sie blähet sich nicht,
sie stellt sich nicht ungebärdig, sie suchet nicht das Ihre, sie läßt sich nicht erbittern, sie rechnet das Böse nicht zu,
sie freuet sich nicht der Ungerechtigkeit, sie freuet sich aber der Wahrheit;
sie verträgt alles, sie glaubet alles, sie hoffet alles, sie duldet alles.

Dann geht es wieder ein bißchen besser. Das Telegramm hat sich verzögert, er hat sich in der Stadt eingemietet, wo er auf den Tag wartet, an dem er sein Versprechen einlösen kann. Für sie heißt er nicht länger Herr Sjarles, sondern Santos – der Name, den er ihr bei einem zärtlichen Biß ins Ohr verraten hat. Stolz trägt sie dieses Mal der Liebe.

Oda weigert sich mit einer Hartnäckigkeit, die neu ist für sie, Zweifel aufkommen zu lassen. Sie bemerkt die Anzüglichkeiten der Gemeinde, das Kichern im Chor, und die jungen Schnösel pressen sich ganz frech an sie, das hätten sie bisher nicht gewagt. Oda und ihr Nigger, heißt es nun hinter ihrem Rücken, wenn Mist zu Ehren kommt – sie glaubte wohl, sie würde auf der Bühne in Paris Opern singen und in einem Wagen fahren, wie eine Dame von Stand. Jetzt liegt sie, wie sie sich gebettet hat.

Mit dem Flüstern der Gemeinde verschwindet das Kindliche aus Odas Gesicht. Ihre Stimmen rascheln in den Ecken wie abgefallene Blätter im Herbst; aber wenn sie sich zu ihnen umdreht, sieht sie nur ihre Frömmigkeit.

Oda bleibt dabei; sie hat ihn zwischen Traum und Wachen gesehen. Er liegt mit hohem Fieber in seiner Unterkunft, das

Hemd aufgeknöpft, er wälzt sich auf dem Lager und nennt voller herzzerreißender Sehnsucht ihren Namen. In ihrer Mädchenkammer zündet sie für ihn eine Kerze an, trocknet die Rosen, mit denen er sie umworben hat, und hängt sie übers Kopfende ihres Bettes. Seine Liebesbriefe bündelt sie mit einer Kordel und legt sie in ein Kästchen.

Sie reibt den Ring, um ihren Aladin zurückzubekommen. Einen ganzen Tag lang darf sie keine Zwetschgen essen, dann wird er am nächsten auftauchen. Im Chor erhebt sie ihre Stimme bis zur Schmerzgrenze, und anschließend, wenn die übrige Gemeinde nach Hause zurückgekehrt ist, betet sie auf Knien, und die Kälte des Kirchenfußbodens zieht ihr in die Knochen. Sie spürt, wie sich Maltes Hand unter ihren Arm schiebt, und drückt sie leicht. Dann beten sie gemeinsam, bis sich der Küster laut räuspert, mit dem Schlüsselbund klappert und sie ausschließt.

Mitgefühl empfängt sie von den Gästen des »Strandgaarden« in Form von Blicken, denen ein Stengel Schierling beigegeben ist. Ja, ja, er war adelig, nun ja – vornehm muß es sein! Das ist ganz im stillen vor sich gegangen, ich sage Ihnen, Frau Münster, ich ahnte nicht, was da vor sich ging. Er war ja so entzückend. Es gruselt die Damen. Das arme Ding! Sie ist so jung – daher der Schierling. Nun muß sie die Folgen tragen, die Arme, aber daran hätte sie ja auch ein bißchen früher denken können.

Die Herren interessieren sich für nichts als die Titanic, die mit Nachdruck und großen Überschriften in der *Illustrierten Zeitung* untergegangen ist. Es ist schon eine ältere Nummer, die Maisonne hat die Blätter vergilbt, aber immer noch besser als das Gerede der Damen.

Oda trägt den Kopf hoch, poliert das Glas der Lampen und überhört das Geschnatter. Eines Tages ist der Ring grün, das Metall hat seinen Glanz verloren und sieht fast aus wie Messing. Verzweifelt putzt sie ihn, reibt an dem grünen Fleck, bis das Blut kommt. Aber das Blut, auf das sie wartet, kommt nicht. Sie ist etliche Wochen über die Zeit, völlig erschöpft, mit schweren Gliedern, und diese plötzliche Atemlosigkeit, als sie sich über das Bügelbrett beugt, und sie spürt, wie die Brüste spannen.

Als sie die Bettwäsche wegräumt, wird ihr wieder schwindelig. Sie steckt die Nase tief in Tüten mit Naphthalin, benutzt es als Riechsalz. Anschließend stößt sie mit Malte zusammen, als der mit seinem Album ankommt.

»Wenn Herr Sjarles mit dem Brief zurückkehrt, darf ich dann die Briefmarke haben?«

Bei dem Gedanken an die Bilder, die ihr Geliebter gesät hat, kribbelt es sie wie von Ameisen.

»Er heißt Santos, und er kommt nicht zurück!« hört sie sich selbst fauchen und schlägt sich die Hand vor den Mund. Sie will die Stirn kühlen und taucht ein Geschirrtuch in die Waschschüssel. Dabei berührt sie den Bernsteinklumpen.

»Was ist denn das für eine Schweinerei?«

Sie wartet die Antwort nicht ab, leert die Waschschüssel aus dem Fenster und den Nachttopf gleich hinterher. Als er seinen Schatz in dem Schwall verschwinden sieht, kämpft Malte zwischen Weinen und Wut.

Sie vergißt, daß sie ihn zu ihrem Vertrauten gemacht hat – seine Treuherzigkeit dem Mann gegenüber steht der ihren in nichts nach. Bis zu diesem Moment war Malte ihr Mitverschworener und Bannerträger. Sie hat gesehen, wie seine Augen in der Kirche intensiv brannten, als sie betete, und hinterher hat er für Ida gebetet. Aber der Glaube des Kindes verspottet ihren; was weiß ein Junge wie er schon von Liebe?

Malte schlägt nach ihr, er kratzt und tritt, und sie muß sich rückwärts durch die Tür zurückziehen, während sie sich verteidigt.

Ihre Unruhe wächst; als erst der Glaube zu Zweifel geworden ist, bleibt ihr sonst nichts. Die Rituale sind aufgebraucht. Sie kann nicht länger beten und steht nun da, mit den Händen im Abwaschbecken. Die sind von der Seifenlauge rot und rissig. Sie übergibt sich über einen Stapel sauberer Teller und kann wieder von vorn anfangen. Sie spült die Reste des Abenteuers ins Abwaschwasser und läßt den Schaum auf dem Service mit den Möwen zerplatzen. Der Abfluß riecht säuerlich, aus dem Hintergrund betrachtet Frau Svane sie schweigend, während sie im Herd Feuer anmacht.

Gleich darauf steht Malte in der Küchentür mit der Hand auf der Klinke. Verkniffen starrt er auf Odas Rücken, dann drückt er die Klinke herunter und öffnet die Tür.

»Wo willst du hin, Malte?«

Keift Frau Svane.

»Raus.«

»Das glaubst du doch wohl selber nicht! Geh hoch und mach deine Fingernägel sauber und wasch dir die Hände. Wir essen bald. Das könnte dir so passen, jetzt in Pfützen zu spielen.«

Das schlechte Wetter hat sich festgebissen. Der Sand behält seine graue Farbe, die Wellen spülen über den Strand, und das Fischerdorf liegt verlassen da. Niemand wagt sich hinaus; nach dem Abendessen bleiben alle sitzen. Nur Malte wirft hie und da einen Blick auf die Terrassentür. Er spielt mit Ida Bilderlotto. Er hält die Klötze hoch und sagt das Wort jedesmal laut. Ida formt es mit Zunge und Lippen nach, man kann sehen, wie die Klötze in ihrem Mund zu Hürden werden, und sie muß die Wörter von neuem formen.

Der Apotheker redet mit dem Arzt, der gerade von einem neuerlichen Krankenbesuch auf dem Krähenschloß kommt. Es geht bei dem Gespräch nicht um die Alte – sie kommt schon zurecht –, sondern um das neue Auto des Arztes. Sein Hammel hat den Geist aufgegeben und ist wieder zum Pferdewagen geworden, der Fischhändler hat den Veteran übernommen. Er hat das ganze Teufelswerk entfernt und eine Deichsel montiert. Wenn er zur Auktion in Sælvig fährt, stapelt er seine Fischkästen auf dem Rücksitz.

Hansen hat einen Ford T bekommen, einen Vierzylinder, neunzehn Pferdestärken – neunzehn, mein lieber Freund! Man kann sie vor sich sehen, das ganze Gespann wiehernder Hengste zwischen den Zugsträngen. Draußen im Regen steht die geschlossene Karosse und spricht für sich.

»Der springt jedesmal an«, sagt der Arzt und klopft auf Holz.

Sie bestellen in der Küche Rumpunsch.

Sobald Oda Feierabend hat, schleicht sie sich hinaus. Es weht ein kalter Wind, sie steht am Strand und sieht zu, wie die Luftschlösser der Wolken zu Wasser werden. Wolken ziehen über den mondhellen Himmel, geblendet kneift Oda die Augen zusammen. Sie wirft ihre Schuhe beiseite und hebt den Rock an. Sie ist dabei, einen Fuß ins Wasser zu tauchen, saugend geht die Welle zurück und zieht an ihr, die Kälte betäubt ihre Zehen. Sehnsucht überfällt sie. Nach Kälte über allem, nach Betäubung und ertrunkenem Schlaf. Mit dem ganzen Körper hineingleiten und durch die Verwandlung zu Eis erstarren.

Die Fischer nennen das einen gnädigen Tod. Aber Oda weicht vor dieser dunklen Auslegung zurück, das Mondlicht wirft merkwürdige Zeichen, die auf der Wasserfläche schaukeln. Sie zieht sich einen Schritt zurück, die nächste Welle kommt weiter und reicht bis hoch an ihre Beine; beinahe verliert sie den Halt, gerät in Panik und rennt auf die Düne hinauf. Sie reißt am Strandhafer, bis die Hände bluten, schreit seinen Namen in den Wind, Sand knirscht zwischen ihren Zähnen. Mit geballten Fäusten haut sie auf ihren Unterleib, hämmert gegen den Klumpen, der da drinnen wächst und bald Kiemen und Fischaugen bekommt.

Sie wartet, bis in der Pension überall das Licht ausgegangen ist und alle im Bett sind. Dann findet sie den Weg im Dunkeln zurück in ihre Mädchenkammer, zähneklappernd und naß bis auf die Knochen. Niemand sieht sie, nur der Fuchs mit der weißen Schnauze. Den Rest der Nacht liegt sie unter der schweren Bettdecke und zittert, während der Fuchs – ein Dieb mit Pelzmaske – unter dem Giebelfenster wühlt, einen Klumpen ins Maul nimmt, versucht, ihn kleinzukriegen, und unter den rauschenden Pappeln durch den Garten hinterm Haus abzieht.

Malte ist im ersten Morgengrauen draußen, um zu suchen, seine hochgekrempelte Pyjamahose wird naß. Auf allen vieren krabbelt er herum, guckt schräg hoch zum Fenster, um sich von der Richtung des Falls ein Bild zu machen. Das aufgeweichte Pfingstrosenbeet unter seinen Knien, er schnuppert, die Nase dicht am Boden. Zweimal geschnüffelt, dann den Kopf nachdenklich gehoben. Alle Gerüche sind zu dieser frühen Stunde sehr intensiv.

Am Fuß eines Brennesselbuschs ist er sich plötzlich sicher. Der Geruch ist scharf; das ist sein eigenes Pipi – so ein Mist, denn die Brennesseln stehen hier dicht an dicht. Er bricht die Stiele ab, versucht die Blätter mit ihrem Brennen zu umgehen, und dann streicht ihm ein Büschel über die Wange. Heftig reibt er die brennende Haut, hält die Luft an und gräbt sich mit dem ganzen Oberkörper in den Busch hinein.

Der Bernsteinklumpen ist verschwunden. Sein Körper wird von dumpfer Verzweiflung ergriffen, während er weiterhin sucht. Obwohl er es schon weiß, kann er trotzdem nicht aufhören. Hektisch und in immer größeren Kreisen um das wahrscheinliche Zentrum.

Schließlich wühlt er auch das Beet mit den Pfingstrosen durch, die Blütenblätter wehen ihm um die Ohren wie vom Himmel gefallene Sterne. Der Elf ist ausgeflogen, er kann das Flirren in der Luft hören, sehen, wie sich der blaue Schimmer der Flügel über den »Strandgaarden« erhebt, kurz in Richtung Meer fliegt, um dann zurückzukommen und zu den Wäldern hin abzudrehen.

Eine saftige Ohrfeige beendet seinen weiteren Flug.

»Was machst du hier?«

Frau Svane zerrt ihn am Ohr, das noch von der Ohrfeige brennt. Sie ist empfindlich, was ihre Beete angeht, sie ist mit dem Blumenkorb draußen, um im Morgentau Blumen zu schneiden. Malte wird auf sein Zimmer geschickt, wo er den Vormittag verbringen muß, Stubenarrest. Er brütet wegen des Klumpens – jetzt wird Ida niemals anfangen zu sprechen. Gestern hat sie abends nach dem Bilderlotto tief aus dem Hals

Laute von sich gegeben. Er ist sich sicher, daß sie versucht, seinen Namen auszusprechen.

Mmmm … kommt es von ganz unten aus dem Bauch. Ihr fehlen nur die Vokale, die müssen wie an einen Ballon angebunden werden, damit das Wort aufsteigen kann. Der Elf hätte das tun können; jetzt ist der Tag ruiniert.

Unten im Salon hat Ida allein ihre Stunde. Sie bekommt gesagt, er sei unartig gewesen, und beeilt sich, brav auszusehen. Aber ohne Malte ist es nicht das gleiche, Ida ist zerstreut, zerkrümelt den Radiergummi und verrenkt sich fast den Hals, als das Zimmermädchen mit einem Tablett und Lindenblütentee kommt.

Dem Apotheker fällt Odas Blässe auf. Der erloschene Glanz des Blicks und die geschwollenen Augen. Das liegt am Beruf. Er will sie gerade nach ihrer Gesundheit fragen, als sie vor ihm knickst. Ihre Bewegungen sind automatisch. Sie ringt die Hände vor der Schürze und sieht ihm nicht in die Augen, als sie zu sprechen beginnt mit einer Stimme, die kaum zu hören ist.

»Ich soll von Frau Svane fragen, ob der Apotheker so freundlich sein würde, etwas Rattengift aus der Stadt mitzubringen?«

»Rattengift?«

»Ja, wir haben Ratten auf dem Dachboden. Und in der Speisekammer«, beeilt sie sich hinzuzufügen. Das andere klingt plötzlich so sonderbar.

»Das will ich gerne tun. Wie steht es mit Naphthalinkristallen – oder haben Sie für dieses Jahr noch genug?«

»Ja, danke«, sagt Oda. Sie ist es, die die Beutel näht.

»Heißt das, Sie hätten gern mehr? Oder haben Sie genug?«

»Nein, danke«, sagt Oda, die Verwirrung steigt ihr in den Kopf. »Ich meine, ja, wir haben, was wir brauchen.«

»Dann ist es gut, meine kleine Oda. Ich werde daran denken.«

»Rattengift, also«, platzt es aus ihr heraus. Der Apotheker lacht laut auf.

»Wir sind heute wohl völlig durcheinander, stimmt etwas nicht?«

»Nein«, flüstert Oda und richtet den Blick hinaus in die Eingangshalle, wo sie ein Spinnennetz entdeckt hat. Gleich darauf ist sie mit dem Staubwedel zugange, und der Apotheker kommandiert wieder Idas Schreibübungen. Sie raschelt mit dem Papier – WILL NI – schafft sie zu schreiben, dann bricht der Bleistift ab. Weiter kommt sie heute nicht.

»Vermißt du Malte?«

Er fragt ganz sanft, während er die Hefte auf dem Kacheltisch zusammenschiebt. Ida steht wie eine Nickpuppe mitten im Zimmer und kann kaum wieder aufhören.

Bei Malte oben sieht es düster aus. Keiner mag ihn, warum ist er überhaupt auf die Welt gekommen, die kommt doch gut ohne ihn zurecht? Er ist ja nur im Weg – und, am allerschlimmsten –, ein Junge, der mit Mädchen spielt. Mehrere Male rüttelt er an der Tür, aber sie ist von außen abgeschlossen. Frau Svane hat ihn eingesperrt.

Er versucht, das Buch wieder von vorne zu lesen, aber das kennt er ja schon, Kapitän Nemo ist nichts weiter als ein toter Hering in einer umhersegelnden Blechdose. Der Apotheker hat ihm übrigens ein neues vom selben Autor versprochen; der Autor ist Malte egal, Hauptsache, es geht auch um Kapitän Nemo. Natürlich hat er es noch nicht bekommen.

Er kann den Arzt auf der Treppe poltern hören, bald darauf startet sein Ford T. Malte wurde nicht einmal eine Probefahrt angeboten. Er setzt sich, um das Krähenschloß zu zeichnen, er malt umgekippte Dreien als Vögel an den Himmel, mit den Türmen pfuscht er. Die Hexe bekommt struppiges Haar und ihr Stock Schlangenaugen. Statt Hagebutten in die Büsche zu setzen, malt er Flammen, und am Ende brennt das ganze Schloß lichterloh. Da streicht er die Zeichnung mit heftigen Bewegungen wieder durch.

Ihm fällt etwas ein, er zieht die Kommodenschubladen auf, wirft die Laken heraus. Dann bindet er die Zipfel aneinander. Er öffnet das Fenster, befestigt die Laken und läßt sie hinausfallen. Sie reichen bis zum Beet. Dann klettert er hinunter. Er hat noch seinen Pyjama an; das ist dann eben seine Gefängniskleidung. Er drängt sich durch den Weidenzaun hinaus auf den Feldweg. Jetzt ist nur wichtig, daß ihn keiner beobachtet.

Ungesehen kommt er in den Wald. Hier entdeckt er eine Böschung, an der Eisenbahnschienen entlangführen. Er legt das Ohr auf die Schienen und hört in weiter Entfernung, dort wo sie sich treffen, den Gesang.

Am Nachmittag reißen die Wolken auf, und die Laken leuchten weithin. Der Gärtner kommt vorbei und wundert sich. Er erzählt Frau Svane davon. Spornstreichs geht sie nach oben und schließt auf. Der Junge ist weg. Sie faßt einen Entschluß: Jetzt reicht es. Das war der letzte Sommer, den er als Ferienkind hier verbracht hat – ohne Bezahlung. Jetzt muß seine Mutter ran, die flatterhafte Person. Lauftasche. Falls man sie überhaupt finden kann. Um diese Jahreszeit hat sie ja in der Hauptstadt ihr Tun, wenn die feinen Herren auf die Promenade ausschwärmen.

Frau Svane schnaubt.

Als er auch zur Abendmahlzeit nicht aufgetaucht ist, läßt sie den Gendarm benachrichtigen. Spät am Abend hört er sich in der Gegend um, aber niemand hat einen weggelaufenen Jungen im Schlafanzug gesehen. Er setzt die Nachforschungen bis zum nächsten Tag aus, dann kann er die Hundepatrouille aus Sælvig anfordern. Sein eigener alter Hund kann weder riechen noch hören; es ist ein Jammer, aber er bringt es nicht übers Herz, sich von dem Tier zu trennen.

12. Kapitel, worin die Taten der Liebe Früchte tragen

Die Hölle – oder nur das Los eines Eremiten? Der verfluchte junge Fuchs kommt jede Nacht hierher und nagt an meiner Verkapselung, ich bin ein durchgekauter Hundeknochen, unerträgliches Geräusch, und diese riesigen Eckzähne genau über meinem Kopf, erschreckend, wie er sich allmählich durch meine Schale gebissen hat, und ich spüre, wie sich das Urskelett krümmt. Der glaubt, da sei etwas drinnen, das er haben *muß*. Gar nicht so dumm, was da in seinem Gehirn vor sich geht.

Und wenn er gerade mal nicht bei seiner ewigen Nagerei ist, knufft und schubst er mich mit den Pfoten und blitzt mich aus seinen bernsteingelben Augen an.

Ich gebe am Ende nach, er bekommt einen kleinen Klaps auf die Schnauze, und zwischen seinen Augen knistert es ein wenig, als ich durch die Y-Verzweigung des Stirnbeins presche, einen Purzelbaum schlage und in einer Falte lande.

Hier ist es weich und schwammig, hellrot und warm. Blutwarm. Süße Vogelbeeren! Ich habe fast vergessen, was das bedeutet. Tag und Nacht blutwarm, Hunger und Lust und plötzlicher Schmerz, wenn er sich an einem Dorn sticht oder auf Glut tritt, die der Gärtner im Garten zurückgelassen hat, nach dem Absengen tagsüber. Die Verwundbarkeit, das Bewußtsein, daß alles zu Ende ist, falls die Durchblutung für wenige Sekunden aufhört. Geschwebt auf Traumlicht, der Vielfalt der Düfte, dem Rausch. In der ersten Nacht verwüste ich einen Hühnerhof; die ich nicht fressen kann, denen beiße ich die Kehle durch.

Ich trinke so viel von dem Blut, wie ich kann. Der Rest kann von mir aus verkommen, an den Gestank bin ich gewöhnt. Wenn das Fleisch von den Knochen fällt, habe ich einen Vorrat an Bildern, um den Bau im Winterdunkel zu erhellen, während der Bauch wieder schlaff wird. Der süße Junge, der mir Schinkenreste bringt, hat mein Gefallen am Essen der Menschen geweckt. Sie sind größere Raubtiere als ich, sie machen die Hühnerknochen mit Feuer mürbe. Sie sind so gierig, daß sie nicht warten können, bis das Fleisch von allein von den Knochen fällt. Ich bewundere ihre Mordlust. Menschen bringen einander für ein gutes Wort um, schaufeln einander Massengräber – wer weiß, vielleicht ist das deren Wintervorrat?

Er weiß das, der hinterlistige Vetter – solange er mich hat, ist er unverwundbar. Er wagt, was kein Fuchs seit langem gewagt hat. Er wartet in der Speisekammer, flach unter dem untersten Regalbrett, bis die Menschen draußen sind. Dann springt er an den Schinken, der an seiner Schnur hängt. Er macht sich daran zu schaffen, als ob es ein weibliches Hinterteil wäre, der hemmungslose Fuchs – spürt, wie die Freßlust einer weicht, die größer ist und von den Laufzeiten des Jahres bestimmt wird. Anschließend macht er mit Marmeladentöpfen und Honig weiter. Und weiß Gott, ob er nicht selbst die Tür öffnen und hinausschleichen kann, ehe jemand Unrat wittert. Er springt nach der Klinke, aber es ist das Gewicht meines Bewußtseins, das sie niederdrückt.

Ehe er die Speisekammer verläßt, beißt er noch rasch einer Ratte den Kopf ab. Das Blut hat einen bitteren Geschmack nach der Marmelade, er spuckt das zuschanden gebissene Pelztier aus, der clevere Fuchs – um die Spuren zu entfernen, fegt er erst mit einem Stoß den Körper, dann den Kopf aus dem Vorratsraum hinaus. Erst dann schubst er die Tür mit der Schnauze zu. Den restlichen Tag durchstreift er Felder und Wälder, um ein Weibchen zu finden.

Malte hebt lauschend den Kopf. Der Zug kommt. Er geht auf die Gleise und bleibt in dem infernalischen Heulen stehen – die Schwellen unter seinen Füßen dröhnen, und er springt erst im letzten Augenblick beiseite. Der Luftdruck von den Fegeeisen der Lokomotive beutelt seine Wangen. Er klettert den Abhang hinauf und zieht sich weiter in den Wald zurück. Auf den Wegen ist es zwischen den Bäumen hell. Als der Hunger sich meldet, macht er sich über ein Brombeergestrüpp her.

Er sucht sich einen Stock und spitzt ihn mit einem scharfkantigen Stein an. Er wünschte, er hätte seine Hosentaschen zur Hand, ein Rest Bindfaden, und der Stock wäre in einen Flitzebogen verwandelt. Nun muß er sich damit begnügen, zu schlagen und zu stoßen. Er übt sich am Ampfer und schlägt dessen Stengel zu Brei.

Die tiefe Ruhe im Wald geht ihm auf die Nerven. Er vermeidet Pfade, geht an Lichtungen, Grabenrändern und Feldrainen entlang. Das Getreide ist reif zum Ernten. Er sammelt Ähren auf und knackt die Körner. Die Schale hat Widerhaken, innen ist der Weizen süß und mehlig. Er wundert sich plötzlich darüber, daß man sich die Mühe macht, Brot zu backen. Er steht lange und schielt in einem Rinnsal nach Fischen, er sieht sie, aber jedesmal, wenn er den Stock hineinstößt, ist der Fisch woanders. Er kann nicht einmal in die Nähe des Spiegels des Rotwilds zwischen den Stämmen kommen, und der Sprung des Hasen wird im selben Moment ausgelöst, in dem er sich auf dem Fuß vorlehnt.

Er sieht die Sonne über den Feldern untergehen. Das Licht ist golden und staubig, ganz ohne die glänzenden Häutchen, die sich aufs Meer legen. Er ist nicht mehr hungrig, keiner kräht danach, ob er zum Essen hereinkommt. Er sitzt auf einem Stein und hat den Stock neben sich gelegt. Er stützt den Kopf in die Hände, melancholisch und nahe daran aufzugeben. Alles andere als nach Hause zurück ist eine Möglichkeit – wenn die Nacht kommt, heißt es, Unterschlupf zu finden, und er ist nicht bereit, allein gegen die Bilder der Dunkelheit zu kämpfen.

Da fällt sein Blick auf den Fuchs, der erstarrt am Rain steht. Seine weiße Schnauze ist von der untergehenden Sonne rot, aber das ist er – der einzige Fuchs, den er kennt. Man kann sich bei der wachsamen Haltung und dem Schwanz, der jetzt langsam am Waldsaum schlägt, nicht vertun. Er flüstert ihm zu, meint, er wedele. Sofort fühlt er sich nicht mehr so allein. Er wird wohl eine Scheune finden und sich im Heu schlafen legen. Den Pyjama hat er ja schon an.

Der Fuchs steht da noch. Er erhebt sich vom Stein, ohne jähe Bewegung. Als er losgeht, schaut er ebenso fließend mehrmals über seine Schulter. Der Fuchs folgt ihm. Jetzt ist er sich seines Vorhabens vollständig sicher. Er folgt einer Spur von Dung, der dampft und noch nicht zu Kuhfladen geworden ist. Der Feldsaum schlägt einen Bogen –

Die rote Scheune steht da und leuchtet, der Dachfirst des Hofs liegt unten am Horizont.

Niemals war der Junge präsenter als jetzt, wo sein Platz am Eßtisch leer ist. Die Stimmung in der Pension ist gedrückt. Der Bericht des Gendarms hat nicht zur Erleichterung beigetragen, sowohl der Apotheker wie der Arzt sind dagegen, erst am nächsten Tag mit einer Hundepatrouille zu suchen. Sie finden, jetzt müsse gehandelt werden, und gehen mit Laternen in die Nacht hinaus. Frau Münster tröstet die Svane und gibt ihr in allem recht, wovon ihr das Herz in der Situation, die entstanden ist, überquillt. Sie verfügt über Verbindungen in der Hauptstadt, morgen wird sie sofort auf das Postamt gehen und ein Telegramm schicken, um zu versuchen, Maltes Mutter ausfindig zu machen.

Ida ist untröstlich. Sie versteht nur zu gut, es staut sich in ihrem kleinen Kopf und kann nicht wieder herauskommen. Auf einem Sofa wird für sie ein Bett gemacht, so daß sie bei den Stimmen der Erwachsenen einschlafen kann, während die wachen. In die Fenster sind Kerzen gestellt worden, sie sollen die ganze Nacht brennen. Oda ist nur noch ein Schatten ihrer selbst und verschwindet in den Ecken. Es gibt keine einzige Spinnwebe mehr im »Strandgaarden«, obwohl Hochsaison ist. Sonst gibt es aber auch nichts Gutes zu berichten.

Auf dem Flügel liegt ein Bücherpaket, das der Apotheker vergessen hat.

Mitten in der Nacht kehren die Herren zurück. Sie haben Buchenlaub im Haar, und ihre Gamaschen sind naß geworden. Ihre Hände kleben von den Fichtenzapfen, und an den Knien haben sie Matschklumpen, denn sie sind im Dunkeln herumgekrochen. Von Malte keine Spur. Ohne Resultat haben sie sich auf den Höfen durchgefragt. Sie setzen sich in den leeren Speisesaal und öffnen die Tür zu dem kleinen Schnurren aus Idas Gaumen. Doktor Hansen kennt die Küche wie seine Westentasche und holt Schnaps. Leise sprechen sie die Sache durch, Malte ist ein merkwürdiger Junge, gleichzeitig viel zu zutraulich und viel zu schwer zugänglich. Jemand muß das Übel an der Wurzel packen.

Sie dösen, jeder auf seinem Stuhl, müde und mürbe.

Am Morgen müssen sie dann an anderes denken. Oda wurde gefunden, sie liegt mit Fallsucht in ihrer Kammer, auf ihrer Bettdecke zyklamenfarbener Schaum. Sie hat Rattengift genommen. Auf ihrem Nachttisch liegt ein Zettel.

»Die Liebe ist ungeduldig, ist böse; die Liebe geht gierig voran; sie sucht nur ihren Vorteil, jubelt über die geringste Ungerechtigkeit. Sie glaubet nichts, duldet nichts und fordert alles. Die Liebe ist Lüge.«

Der Apotheker wundert sich über die biblische Diktion. Als sie Oda hinaustragen zum Auto des Arztes, um sie zum Auspumpen in die Klinik zu bringen, liegt sie bereits bläulich verfärbt im Zugriff der Bewußtlosigkeit. Auf dem Rücksitz versucht der Apotheker es erst mit künstlicher Beatmung, dann mit dem Herzen, während der Arzt mit der einen Hand fährt und ihn mit der anderen instruiert. Der Wagen rumpelt über den Sandweg, die Steine spritzen zur Seite, und er dreht immer wieder den Kopf um und ruft durch den Lärm des Motors:

»Komm schon, Ege, die Hände flach. Stoß zu, zum Teufel, lieber eine gebrochene Rippe als ein Herz, das nicht mehr schlägt!«

13. Kapitel, worin Malte einen Freund bekommt

Malte erwacht vom Summen der Fliegen. Der Gestank des Misthaufens draußen dringt durch das Scheunentor. Er hat etappenweise geschlafen, ist plötzlich aufgewacht und hat ins Dunkel gelauscht. Und jedesmal, wenn es raschelte, hat er gedacht: Das ist der Fuchs! Dann ist er sofort wieder eingeschlafen, von der Wanderung erschöpft.

Er setzt sich zwischen den Strohballen auf, gähnt und zupft Strohhalme von seiner Schlafanzugjacke.

In der Scheune steht eine Milchkanne. Er geht hin und hebt den Deckel hoch, verliert aber sofort wieder den Appetit, als das säuerliche Innere der Kanne in seine Nase dringt. Das Licht trifft einen Pferdewagen, der aufgebockt ist, klirrt gegen eine rostige Pflugschar. Der Karren ist voller Taubendreck, der Sitz zerrissen, und die Polsterung schaut hervor. Ein Vogel hat auf dem Bock sein Nest gebaut, aber das Nest ist verlassen. Malte sieht die Schalen der ausgebrüteten Eier, sie liegen zwischen Flaumfedern. Es liegt eine eigentümliche Stille über verlassenen Vogelnestern.

Er lauscht lange am Scheunentor, ehe er sich hinauswagt. Begierig nimmt er den ersten Sonnenschein und die Wärme auf und drückt sich mit halbgeschlossenen Augen gegen das Holz. In der Einfahrt steht ein geteerter Stein, und die Wagenspur geht weiter bis zwischen die Felder. Er folgt ihr, zunächst vorsichtig Ausschau haltend, dann schreitet er aus. Er hat in dieser Gegend Jäger gesehen, und ihm sind die Plattformen eingefallen, die sie in die Bäume bauen. Er kann sich vorstellen, dort den Tag zu verbringen. Andere Gedanken macht er sich nicht.

Zwischen dem Hof und der Scheune ist es weit, er hat ein

gutes Stück zurückzulegen, das frei einsehbar ist. Langsam wächst der Dachfirst über dem Hügel, wird zu Wohnhaus und Anbauten. Hinter dem Häuserkamm singen die Wälder. Hinter den Wäldern liegen die Orte. Das wäre auch noch eine Möglichkeit. Denn in den Orten fahren die Fahrradboten auf ihren Lasträdern, und das hat er auch schon ausprobiert, wenn er für den Kaufmann die Extratouren vor Weihnachten gefahren ist. Der Gedanke tröstet ihn, er kommt zurecht, das weiß er, und man kann ganz gut von altem Kuchen leben. Mehr braucht man eigentlich nicht.

Malte pfeift, der Tag ist noch lang, er bekommt Lust, mit den Armen zu schwingen. Er schwingt die Arme. Die Radspur ist zu einem Weg mit Graskamm in der Mitte geworden. Die Sonne leuchtet rund und tanzt vor seinen Augen, ziemlich weit oben am Himmel.

Er schleicht sich an dem Gebäude vorbei, dicht an der gekalkten Wand mit der geteerten Kante. Er kann hören, wie die Kühe da drinnen an den Stricken zerren. Er rechnet damit, daß sie bald auf die Weide kommen, er muß also vorsichtig sein. Ein Pferd wiehert – wenn er doch sein eigenes hätte, dann könnte er, wie er Lust hätte, über Land reiten. Malte, der furchtlose Ritter, niemand könnte sich sicher fühlen.

Er rennt dem Bauern geradewegs vor den Bauch. Malte schleicht durchaus, aber er vergißt, sich in acht zu nehmen. Der Anbau ist zu Ende, ohne daß er es gemerkt hat. Sein Blick erhebt sich von Holzschuhen, wandert weiter über die Abzweigungen der Hosenträgerknöpfe über das Unterhemd hinauf und landet verdattert im stoppeligen Gesicht des Bauern. Er spürt eine Hand am Pyjamakragen:

»Teufel auch, hier ist noch einer!«

Die Worte sind an den Knecht gerichtet – ein grobschlächtiger Mann in Gummistiefeln. Der Knecht hat einen Kerl mit dunkler Haut am Schlafittchen gepackt, die Kleider des Landstreichers hängen in Fetzen. Als er versucht, sich loszureißen, wird ihm der Arm auf den Rücken gedreht, sein Gesicht schießt hoch und veranlaßt Malte zu einem Ausruf.

Der Bart ist gewachsen und verbirgt das Kinn unter einem blauschwarzen Schatten, die Wangen scheinen ausgezehrt zu sein, und das eine Auge ist von einem Faustschlag zugeschwollen, aber der Junge hegt keinerlei Zweifel.

Das ist Herr Sjarles.

Aus dem eisernen Griff, in dem er sich befindet, dringt ein Stöhnen. Malte hat einen Freund in der Not gefunden.

»Er hat sich beim Hühnerhof herumgetrieben ...«

Der Knecht droht ihm mit der Faust.

»Und er kann noch einen bekommen, wenn er sich nicht schickt.«

»Was sage ich«, sagt der Bauer, »packt man den einen im Genick, kommt der Rest hinterher. Die hängen aneinander wie die Kletten.«

»Warte mal«, sagt der Knecht und schielt zu Malte hinüber, »das ist doch der Bursche, nach dem der Gendarm gestern gefragt hat. Das ist der, der nur im Nachthemd abgehauen ist ...«

»Du bist gar nicht so dumm, Hans, paß mit auf den hier auf, dann schicke ich Nachricht an die Obrigkeit.«

Er läßt Malte los und wischt sich die Hände ab, als hätte er etwas angefaßt, was die Katze hereingeschleppt hat. Der Bauer hat gerade den ersten Schritt getan, als aus dem Gebüsch ein Knurren kommt. Ein rötlicher Pelz schießt hervor, der Fuchs ist los. Der springt hoch und beißt in die Hand, die den Landstreicher festhält. Der Knecht flucht gewaltig und läßt los, und während er noch an seiner Wunde saugt, nehmen die beiden Missetäter die Beine in die Hand und rennen, was sie können, über die Felder. Der Bauer will hinterher, aber die Speckschwarte schwankt hinter den Hosenträgern, und im Nu ist er außer Atem.

Die Landstreicher verschwinden im Dickicht des Waldes. Er spuckt ihnen hinterher und dreht um. Der Knecht steht auf dem Hof und starrt auf die Bißwunde, blaß um die Nase beim Gedanken an das Teufelszeug, das von so was kommen kann.

Er hört ein leises Knurren.

»Du Satansfuchs«, sagt er, »dir werd' ich's geben!«

Mit diesem Fluch geht er in den Anbau. Er kommt mit einer Schrotflinte wieder heraus, späht in die Disteln. Er erwischt ihn in der Bewegung, feuert beide Läufe ab, sieht Pelz und Blätter auseinanderfliegen.

Aber der Fuchs ist unverletzt. Er macht einen Satz, streicht mit gesenktem Schwanz hinter den anderen her. Der Knecht wühlt in den Taschen nach Munition, aber noch ehe er nachladen kann, hat sich der Fuchs unsichtbar gemacht. Wie besessen starrt er auf die Stelle. Er begreift nichts, er ist doch ein hervorragender Schütze, ist sich sicher, daß er ihn im Visier hatte.

Die zwei haben auf einer Lichtung mitten im Wald haltgemacht. Außer Atem steht jeder mit dem Rücken an einen Baum gelehnt. Herr Sjarles grinst mit seinem einen Auge zu Malte hinüber, der eine Grimasse schneidet und nach Atem ringt. Die Luft reicht nicht zum Reden. Herr Sjarles stöhnt und preßt eine Hand vor das Auge. Es hat zu pochen angefangen.

Im übrigen weiß Malte nicht, was er sagen soll. Er ist sich seines neuen Partners nicht sicher. Sie stehen noch eine Weile, bis der Atem wieder ruhig geht. Schließlich fängt der Mann an zu reden, und die Erklärung, die nun folgt, ist sowohl lang als auch wirr, sie kommt in Brocken, und wenn er Wörter aus Sprachen benutzt, die Malte nicht versteht, verwandelt sie sich stellenweise zu krausem Zeug.

Er nickt, als er die Hauptsache begriffen hat. Herr Sjarles – oder Santos, wie er unter Freunden heißt, und darauf insistiert er seit diesem Tag – fuhr bester Dinge los und stieg beim Postamt in Sælvig aus. Von dem Moment an ging alles schief. Auf dem Postamt weigerte man sich, einem Südländer, der keine ordentlichen Papiere hatte, ein Telegramm auszuhändigen. »Ich benutze einen anderen Namen, das ist leichter für Sie!« Er nimmt Logis in einem Gasthof. Ja, er erwartete Geld von zu Hause, aber als das Geld kam, konnte er es nicht ausbezahlt bekommen. Aus dem gleichen Grund wie zuvor.

Als er auch die Rechnung für seine Unterkunft nicht bezahlen konnte, landete er im Kittchen. Dort wurde er verprügelt, daß ihm Hören und Sehen verging. Keiner glaubte seine Geschichten. Am Ende waren sie es leid, ihn zu durchzufüttern. Es ist nur drei Tage her, daß sie ihn rausließen, um ihn – mit Polizeieskorte – zu einem Schiff am Hafen zu bringen.

Nachdem er die andere Seite von Maltes Land kennengelernt hatte, hatte er nur noch eins im Kopf. Weg! Es glückte ihm, wegzulaufen. Seither irrt er umher und hat nichts zu essen und zu trinken bekommen.

Malte hört ernst zu. Er weiß nicht genau, was er glauben soll. Herr Sjarles war ein feiner Herr – Santos ist etwas ganz anderes. Nur das Hemd ist davon noch übrig, die Gamaschenhosen und die Stiefel, die schon lange kein Putztuch mehr gesehen haben. Er entscheidet sich und geht los. Malte macht eine Kehrtwendung.

»Wo sollen wir hin?«

»Nach Hause«, sagt Malte entschieden, »nach Hause zu Oda!«

Es klingt, als ob Santos wieder stöhnt.

»Nicht so, ich zeige mich nicht so.«

»Nach Hause«, sagt Malte und zieht los.

Auf Umwegen gehen sie durch die Wälder. Malte braucht keine Brotkrumen, denn er war schon mal hier, und er kennt den Schimmer draußen am Horizont. Der Schimmer kommt vom Meer, aber bis dahin ist es noch weit.

Die Sonne steht im mittäglichen Zenit, als sie Hundegebell hören. Mit dem gleichen Herzschlag bleiben sie stehen. Sie spähen durch das Laub: Unten in der Niederung kommen ein paar Uniformierte mit ihren armen Tieren an der Leine, die Hunde haben Witterung, sie bellen und zerren an den Leinen, so daß die Männer hinterhertaumeln. Santos ist kreidebleich unter den Bartstoppeln, er legt eine Hand auf Maltes Arm.

»Nicht mich fangen ...«

Malte nickt und macht ihm Zeichen, ruhig zu sein. In Wirklichkeit ahnt er nicht, was er tun soll. Aber das Spiel zündet. Räuber und Gendarm für ihn, blutiger Ernst für Santos. Die

Hunde sind auf der Fährte, sie haben genau ihre Richtung eingeschlagen.

Malte dreht sich um. Unter einem Haselbusch raschelt es, sie sehen einen Rücken, von den Schatten des Waldes gefleckt. Der Fuchs setzt an zum Sprung und zieht ab, genau auf die Hunde zu. Ein roter Pelz, ein Funken, der ihre Aufmerksamkeit von der Fährte ablenkt. Sie setzen hinterher; die Männer rufen sie zurück und zerren an der Leine. Sie schimpfen und versprechen ihnen Hundetraining, daß es eine Art hat.

Mittlerweile machen sich Malte und Santos unsichtbar. Ganz leise schließen sie das Laubdach wieder.

»Das ist der Fuchs«, flüstert der Junge, »ich wußte, daß er uns folgt! Er ist mein Freund.«

Santos schaut ihn mit einem ganz neuen Funkeln in den schwarzen Augen an.

»Eres un indio, Maldito, un indio!«

Malte braucht keine Übersetzung. Gerade ist ihm eine Feder in die Locken des Skalps gesteckt worden. Im Wald wird es wieder still, das Bellen der Hunde kommt aus immer größerer Ferne.

Es ist nun Nachmittag. Sie sind unter Eichen gelaufen, man kann das Meer als blaues Glitzern zwischen den Stämmen erkennen. Plötzlich sind sie bei den Garben, wo Oda und Santos kurz ihr Liebesnest hatten. Ein Sonnenstrahl bricht durch die Baumkronen und trifft Santos. Er faßt sich an den Kopf. Die Töne, ihre gemeinsamen Töne, hallen wie von einer Marimba wider. Mit einem Schlag ist die Erinnerung lebendig. Er stützt einen Ellbogen auf einen Holzstapel, bedeckt die Augen. Malte hört sein halbersticktes Schluchzen. Jetzt ist er sich seiner Sache sicher, er kann Santos wirklich besser leiden als Herrn Sjarles.

Sie biegen auf den Feldweg ein, schreiten aus, bis der »Strandgaarden« in Sichtweite vor ihnen liegt. Malte verlangsamt seine Schritte. Vergeblich versucht Santos, hinter den schmalen Schultern des Jungen in Deckung zu gehen.

In der Pension herrscht Grabesstille. Die sorgenvollen Mienen und die dunkle Kleidung sprechen für sich. In den Ecken sitzt man und häkelt, und mit Anstand wird der Nachmittagstee getrunken. Vorsichtig setzt man die Tassen ab. Man wartet auf Neuigkeiten aus dem Krankenhaus, weder der Arzt noch Ege sind zurückgekommen. Die kleine Ida sitzt bei Frau Svane auf dem Schoß und schnieft. Sie bekommt die Nase geputzt und schnieft wieder.

Die gewohnten Rollenspiele sind erstarrt; die Gäste haben selbst den Tee zubereitet und ihn auch selbst serviert. Die Teller mit dem Gebäck stehen unberührt da. Draußen scheint wieder die Sonne, aber jemand hat es als passender empfunden, die Vorhänge zuzuziehen. Man hat nach dem Pastor geschickt, und er ist in seinem Talar erschienen. Er geht im Zimmer umher und spricht leise mit jedem einzelnen. Der Herr sieht gnädig auf unsere Sünden und verzeiht sie uns in der Stunde der Not, die Wege des Herrn sind unerforschlich. Er wirkt auf die Anwesenden wie der persönliche Stellvertreter des Schicksals.

Man sieht Gesichter mit geschlossenen Augen, im Schoß gefaltete Hände, aber keinen, der offen betet.

Die erste, die auf das Motorengeräusch aufmerksam wird, ist Frau Münster. Ihre Häkelnadel bleibt stecken, und das Zierdeckchen sinkt in ihren Schoß. Das entfernte Schnurren wächst an. Wird nach der Kurve zu Motorenlärm, verläßt den Sandweg und kommt näher. Das Geräusch von Gummireifen auf Kies und vom folgenden Bremsen ist noch immer so ungewohnt, daß die meisten zusammenzucken. Sie haben sich halb erhoben, als der Doktor und Ege den Raum betreten.

Ida springt von Frau Svanes Schoß und rennt zu ihrem Vater.

Viel zu viele Münder verlangen gleichzeitig Antwort. Doktor Hansen hebt die Hände, abwehrend:

»Ruhe! Es ist zu früh, um mit Bestimmtheit etwas sagen zu können, aber Oda lebt. Sie ist nicht bei Bewußtsein, aber sie lebt. Wir kämpfen darum, sie zurückzubekommen. Der Magen ist ausgepumpt worden, klinisch ist sie einige Minuten tot gewesen, und leider spricht die Wahrscheinlichkeit dafür, daß sie wieder von uns gleiten wird. Wenn sie weiterleben wird, gibt es niemanden, der sagen kann, wie. Ihr Verstand kann Schaden genommen haben, ihr Gehirn . . .«

Er erspart ihnen das weitere, reißt sich von den Gesichtern los, die mehr wissen wollen, als er sagen kann, und faßt zusammen:

»So sieht es aus.«

Er wendet sich an den Pfarrer.

»Mein verehrter Kollege hat vielleicht etwas hinzuzufügen?«

Der Pfarrer steht davon zurück. Er ist zu klug, als daß er sich freiwillig dem Hohn der Atheisten aussetzen würde. Nach einem Blick auf Ege, der seine ganze lange Gestalt über Ida zusammengefaltet hat, ergreift der Arzt wieder das Wort:

»Es tut mir leid, daß wir nichts Ermunternderes mitzuteilen haben; aber sagen Sie – ist Malte aufgetaucht?«

»Das ruht in den Händen der Obrigkeit«, seufzt fromm Frau Svane, während sie über die makellose, frisch gestärkte Schürze streicht. Sie schickt ihm einen trotzigen Blick und macht Miene, sich zu erheben, sie überlegt es sich anders und bleibt sitzen. Die Küche kann warten. Das kann der Himmel nicht, der Pfarrer ist hier, um ihr eine Hand auf die Schulter zu legen. Der Arzt ähnelt einem Kampfhahn, wie er da steht.

»Ich bin sicher, daß sowohl Oda als auch Malte in den besten Händen sind. Laßt uns jetzt Burgfrieden halten. Was nützt aller Hader, wenn der Tod an unsere Tür klopft?«

Während der Pastor sprach, ist ein Buch, in Schwarz eingebunden, aus den Falten seines Talars aufgetaucht. Das schlägt er jetzt auf, nachdem er sich geräuspert hat:

»Ich habe für den Anlaß des heutigen Tages einen Text gefunden . . .«

Er setzt die Brille auf die Nase. Der Arzt ist kurz davor zu explodieren.

Der Pfarrer liest langsam und bestimmt und mit einer langen Pause nach dem Titel. Es ist ein Gedicht, das mit folgenden Zeilen schließt:

Und doch ist Einer, welcher dieses Fallen
Unendlich sanft in seinen Händen hält.

Als er liest, ist alles still. Wie das Gedicht zu Ende ist, geht ein Engel durch den Raum. Er schließt das Buch und sieht vor sich hin, ohne den Blick auf jemanden zu richten.

»Rainer Maria Rilke«, sagt er.

Der Apotheker nickt, der Arzt ist plötzlich verlegen. Er geht hinüber und faßt den Pfarrer am Arm.

»Danke«, sagt er nur.

Es klopft an der Tür. Ein kleines, vorsichtiges Klopfen, so daß alle zusammenzucken.

»Herein«, sagt Frau Svane und erhebt sich. Dieses Mal bleibt sie stehen, während die Tür in den Angeln geht und den beiden Gestalten Platz macht, die im Rahmen sichtbar werden, die eine mit eingezogenem Kopf, die andere mit gekünstelter Unbefangenheit.

Malte fliegt auf Frau Svane zu. Sie hebt den Arm, um ihn zu schlagen, aber Doktor Hansen springt vor und ergreift ihn.

»Hoho, der Patient ist in meiner Obhut!«

Malte grinst dankbar zurück. Ihm ist gerade eine Ohrfeige erspart geblieben, die das Gehirn an die Wand geklatscht hätte.

»Wir haben Verständnis für Ihre Erleichterung, Frau Svane, Sie brauchen ihr nicht körperlich Ausdruck zu verleihen!«

Sie atmet tief aus, streicht dem Jungen über den Kopf, der seine Stirn in ihre Schürze bohrt und ein »Entschuldigung« murmelt, das nur sie hören kann. Dann wendet sie sich der Tür zu, um dem Bediensteten zu danken, der den Jungen zurückgebracht hat.

Sie bekommt erneut einen Schock, als sie – nach geraumer Zeit – Herrn Sjarles wiedererkennt.

Das ist Stoff, der die ganze Stube zum Summen bringt. Plötzlich steht Malte im Mittelpunkt; erst soll er erklären, dann die Angelegenheit des Herrn vertreten. Beides erledigt er mit Bravour. Frau Svane ist fassungslos, dieser Junge, dem man kaum ein Wort entlocken konnte, jetzt redet er fließend. Zwar springt er in Zeit und Raum hin und her, aber das Bild wird doch klar.

Santos begegnet man mit Skepsis und immer wieder mit Äußerungen des Mißfallens. Keiner hat seinen Vorgänger vergessen.

Als man die beiden mit Odas Geschichte konfrontiert, reagieren sie – jeder auf seine Weise.

Alles in Malte erstarrt, und er dreht sich zur Wand um und verschließt seine Ohren vor dem Schluchzen des Mannes. Er tritt gegen die Holzvertäfelung und muß mit Gewalt weggebracht werden. Dieses Mal macht das der Arzt, er nimmt ihn mit festem Griff in seine Arme, spricht beruhigend auf ihn ein, legt ihn auf die Chaiselongue. Ida übernimmt, solange sie in der Nähe ist, wird der Junge nicht gewalttätig. Aber sein Blick flackert, und er zittert wie Espenlaub unter der Decke.

Santos ist auf dem Fußboden zusammengesunken, er liegt auf den Knien, über ein Kruzifix gekrümmt, das er an einer Kette um den Hals trägt. Gebete steigen und fallen in Kadenzen, Santa Maria ist das, was am häufigsten wiederholt wird. Die Worte kehren wie das Thema in einem Rondo wieder, das sich die ganze Zeit selbst in den Schwanz beißt. Im Raum sind einige, die aus lauter Erbitterung keine Reue sehen.

Vier sind es, die einen klaren Kopf behalten. Der Pfarrer, der Arzt und der Apotheker beratschlagen am Rauchtisch. Frau Svane hat sich in die Küche zurückgezogen, wenn nicht alles den Bach hinuntergehen soll, müssen sie jetzt versorgt werden.

Als der Tisch gedeckt ist, ist Malte eingeschlafen. In aller Stille wird gegessen. Anschließend erhebt sich der Arzt und erstattet kurz Bericht für die Anwesenden. Sie haben die Sache gedreht und gewendet und sind zu folgendem Ergebnis gekommen, was den Mann angeht, der sich jetzt Santos nennt:

Was die Versammelten untereinander abzurechnen haben, ist jetzt gleichgültig. Jeder kann glauben, was er will. Nur Odas Leben zählt. Wenn sie den Lebensfunken entzünden und ihr den Mann zeigen können, dem sie sich aus tiefster Seele verbunden hat – und am besten so ähnlich dem Bild der Liebe, das sie in ihrer Bewußtlosigkeit noch in sich trägt –, dann können der Himmel und die Wahrheit noch bis später warten. Seine ärztliche Kunst setzt auf diese Karte. Die Medizin vermag nichts, wenn der Patient nicht leben will. Es gilt, Oda durch die Krisis zu lotsen.

Sein Vorschlag ist kühn. Gefolgt wird er von Protest und später von Stille, als das Nachdenken einsetzt:

Santos soll wieder ausstaffiert werden und dem gleichen, der er war. Obendrein soll er mit dem erwarteten Telegramm der Familie versehen werden, so daß die Verlobung erklärt werden kann.

Frau Svane schüttelt den Kopf und knallt die Durchreiche zur Küche zu. Santos sitzt regungslos vor seinem Teller, den er bis aufs Porzellan leer gekratzt hat. Ungläubig starrt er den Arzt an, sucht nach dem Trick: Ist es möglich, ein solches Kaninchen aus dem Hut zu zaubern? Die dunklen Augen blicken wachsam. Er ist bereit, sich sofort zu ducken, wenn der Schlag kommt.

Der Arzt beendet seinen Bericht und setzt sich auf seinen Platz.

»Nicht immer geht es, wie der Pfarrer predigt!« sind seine letzten Worte in dieser Angelegenheit, aber in seinen Augenwinkeln sitzt ein Lächeln, und der Pfarrer lächelt auch.

14. Kapitel, worin der Schauplatz wechselt

Malte erwacht auf seinem Sofa. Die Decke gleitet von seinen Schultern, als er sich aufsetzt und etwas sagt, was bisher niemand von ihm gehört hat:

»Wann essen wir? Ich bin hungrig.«

Es ist abgedeckt, aber Frau Svane wärmt das Essen auf und setzt es ihm vor. Braten und Rumpudding. Malte versteckt ein ordentliches Stück Hundeknochen unter seiner Jacke. Sobald er eine Gelegenheit findet, legt er es mit einem großen Klacks Pudding im Garten aus.

Warum sollte der Fuchs keinen Nachtisch bekommen?

Gleich nach dem Essen beginnt das Umziehen. Der Arzt beginnt mit einem Eisbeutel, den Santos sich vor das Auge hält, bis die Schwellung langsam zurückgeht. Frau Münster kommt mit Schminke dazu. Plötzlich sind alle für ihren Anteil an der Komödie bereit. Wenn Oda zurückkommt, soll sie keinesfalls Unrat wittern. Jedenfalls nicht sofort. Herr Sjarles will sich wie früher benehmen und Abendständchen am Flügel geben. Sie werden ihn wie einen Gesanglehrer entlohnen. In einem Punkt erhält Frau Svane ihren Willen: Er wird zum Domestiken heruntergestuft. Doktor Hansen blinzelt dem Pastor zu. Das paßt dem Herrn sicher gut.

Sie bringen warmes Wasser, Rasierpinsel und Schaum. Der Doktor seift ihn ein, bewegt das Gesicht hierhin und dorthin und führt mit geübter Hand das Rasiermesser. Im Zimmer ist Schaben zu hören, und nach und nach erhält das Gesicht wieder sein ursprüngliches Aussehen zurück. Mit Handtuch und Kölnisch Wasser wird nachgetupft. Frau Münster tritt wieder hinzu und bessert mit der Schminke aus.

Der nächste Punkt ist der Anzug. Santos bekommt etwas von den Sachen des Arztes. Die sind ein bißchen zu groß und zu kariert für diesen Springinsfeld, der langsam wieder einem Harlekin ähnelt. Und – meiner Seel – jetzt ist er unzufrieden und verlangt eine Änderung am Ärmel. Frau Münster nimmt die Nähnadel zur Hand und tut, was er sagt. Mit einem Halstuch, das nicht ganz der Mode entspricht, wird abgerundet, und die Pfarrersfrau, deren Rolle in solcherart Versammlungen an sich nicht gerade herausragend ist, opfert eine Goldnadel für den Binder.

Er selbst tut auch sein Bestes. Man ist kurz davor, die Geduld mit ihm zu verlieren, als er jetzt auch noch vor den Spiegel tritt. Ege setzt sich an den Tisch und verfaßt das Telegramm. Spanisch kann es nicht werden, er schwankt zwischen Deutsch und Französisch. Letzteres wird es – eine Anspielung auf die gallische Courtoisie, die Santos in seiner vorherigen Inkarnation an den Tag gelegt hat.

Dann geht es los – auf zum Krankenhaus. Der Arzt fährt. Die Mitverschworenen stehen dichtgedrängt in der Eingangshalle, um zum Abschied zu winken. Der Apotheker bleibt zurück, Ida war den ganzen Tag allein gewesen, ohne Malte und ohne ihren Vater.

Nach der überaus turbulenten Handlung stellt sich nun die Antiklimax ein. Geht es? Funktioniert es? Wer weiß – trotz allem, es ist ja die Verordnung des Arztes. Da kann sich dann jeder so seine Gedanken machen. Wieder bleibt einem nicht viel mehr, als abzuwarten. Die Pfarrersfrau hilft beim Abwasch. Das würde man wohl auch erwarten, aber daß Malte es ebenfalls tut, das ist recht ungewöhnlich. Plötzlich hat er es eilig, der Hausfrau zu Gefallen zu sein.

Als der Abwasch überstanden ist, versammelt man sich wieder im Saal. Frau Münster greift in die Tasten und gibt ein Abendständchen. Der Apotheker nimmt ein Pulver gegen Kopfschmerzen – sie könnte Unterricht gebrauchen –, und wie alle Unmusikalischen singt sie aus voller Kehle. Als der letzte Akkord mit falschem Anschlag in der Quinte verklungen ist, schlägt er sich an die Stirn, geht zum Flügel und greift nach dem Bücherpaket.

Malte reißt das Papier auf: zum Vorschein kommt »Kapitän Grants Kinder«.

Im Krankenhaus liegt Oda reglos in einem Bett. Das Licht auf der Notstation verleiht ihr eine fahle Farbe, über dem Bett hängt ein großes Kruzifix. Die Krankenschwester, die bei ihr sitzt, eine Nonne des Sankt-Joseph-Krankenhauses, ist unter dem Schiff der Haube eingenickt. Als die Flurtür schlägt, kommt sie mit einem Ruck zu sich. Sie beugt sich weit über das Bett, um nach den fast unhörbaren Atemzügen zu lauschen, mißt sicherheitshalber noch einmal den Puls. Die Patientin wird andauernd überwacht. Sie läßt die blutleere Hand los und schlägt das Kreuz. Das eingebundene Oval ihres Gesichts besteht aus Augen, Nase und Mund. Zwei Dinge zeigt ihr Gesichtsausdruck: Mitgefühl und tiefe Sorge.

Die Tür zu dem Einzelzimmer öffnet sich. Als Schwester Johanne den Arzt sieht, zieht sie sich unwillkürlich vom Bett zurück. Flüsternd konferieren sie über dem Waschbecken, während sich Doktor Hansen die Hände wäscht, den Kittel überzieht und den Stirnspiegel aufsetzt. Anschließend nickt sie dem vornehmen Herrn, der den Arzt begleitet, reserviert zu. Sie bemerkt das flüchtige Zeichen, mit dem er das Kruzifix über dem Kopfende bedenkt.

Hansen macht Licht, richtet die Nachttischlampe. Der fahle Schimmer auf Odas Gesicht weicht einem bläulichen, nicht ein Zittern zuckt über ihre Augenlider, die Lippen sind geöffnet, das Kinn hängt. Ihre Atemzüge sind unregelmäßig, manchmal röchelnd. Der Arzt beugt sich über sie, hebt ein Lid an, und mit Hilfe des Stirnspiegels läßt er einen Lichtstrahl hineinfallen. Santos schaudert, als er den weißen Augapfel sieht mit der nach unten gerichteten Pupille. Der Arzt stützt sie unter Nacken und Schulter, entfernt das Kopfkissen. Vorsichtig legt er sie zurück. Er wiederholt die Prozedur, und dieses Mal blickt er jäh auf – die Pupille hat reagiert.

»Schwester Johanne«, sagt er, »Sie müssen etwas Schlaf bekommen. Sie sehen müde aus. Wir werden die Wache übernehmen.«

Aber Schwester Johannes Lippen werden zu einem Strich, und sie schüttelt den Kopf. Ihre Zeitrechnung ist anders als die der meisten, Stunden, bei Kranken und Sterbenden zugebracht, kehren mit um so größerer Seligkeit zurück. Sie gestattet sich ein Lächeln.

»Wenn ich mich zurückziehe, dann nur, um uns ein Täßchen Kaffee zu kochen. Wer weiß, ob Sie mich nicht schon bald wieder brauchen.«

Hansen nickt dankbar. Santos scheint schon am Rande einer Ohnmacht zu stehen, seine Blässe paßt zu der der Patientin. Es bedarf keiner großen Phantasie, sich vorzustellen, wie er reagieren würde, wenn seine Hilfe erforderlich würde. In der Sterbeabteilung ist Schwester Johanne eine der erfahrensten Krankenschwestern. Sie können hören, wie sie mit Kessel und Kanne hantiert, das Zischen der Gasflamme und das kurze Pfeifen, als das Wasser kocht. Sie kommt mit einem Tablett zurück, und die drei trinken still ihren Kaffee. Sie haben eine lange Nacht vor sich, und es gibt nicht viel zu sagen. Eines hat Schwester Johannes Neugier erregt, sie schaut den Fremden an und fragt:

»Sind Sie Katholik?«

Es ist das Kreuzeszeichen, das herumgeistert.

»Ja, Schwester«, antwortet Santos, »in meiner Heimat sind alle Katholiken. Selbst die Indianer.«

Das mildert ihre Züge. Schwester Johanne ist weder jung noch alt, eine Frau, die den Schleier genommen hat, ist alterslos. Mit dem Arzt diskutiert sie den Blutdruck, ob der Puls regelmäßig geht und die Fieberkurve. Ohnmacht ist eine merkwürdige Sache, keiner kann etwas dagegen ausrichten – das Fehlen von Bewußtsein hebt die Zeit auf. Der Zustand kann Stunden und Tage währen oder Wochen und Monate. Ein jeder, der sich in der Nähe aufhält, fühlt sich in dieses Grenzgebiet hineingezogen. Sie bekommen Schattengehirne; träumen sie, sind sie wach, hören sie, was gesagt wird?

Solche Gedanken gehen dem Doktor durch den Kopf, während er sie aufmerksam beobachtet. Es gibt nichts zu beobachten, nichts außer der Stille ihres Körpers. An dieser Grenze endet sein Wissen. Das fasziniert ihn auch. Der Gewichtsverlust, wenn sie sterben. Er blickt hoch, in die Ecke. Etwas schwebt im Raum, weshalb sie sich einer nach dem andern räuspern müssen.

Gegen Morgen ist der Doktor eingenickt. Er spürt Schwester Johannes Hand auf seinem Arm. Es gibt einen Ruck in ihm, und der Vogelgesang draußen vor dem Fenster wird klar. Santos sitzt auf dem Fußboden und hat einen Arm über die Bettdecke gelegt. Er schläft – anscheinend ruhig. Schwester Johanne flüstert:

»Die Patientin bewegt sich. Der Blutdruck steigt ... Ich glaube, sie versucht etwas zu sagen!«

Sie steht neben ihm. Vom letzten Messen hält sie noch die Manschette und den Gummiball in der Hand. Der Arzt ist augenblicklich hellwach. Oda hat ihre Lage im Bett verändert, der Arm ruht über der Decke, und der Kopf liegt auf der Seite. In ihren Augenlidern zuckt es, und die Lippen bewegen sich. Er beugt sich ganz nah über sie. Die Stimme kommt aus einer anderen Welt, er fängt Wörter wie »freier Nachmittag« auf und »Muffelkopf«. Oda ist mit Malte auf dem Friedhof, aber das weiß nur ich.

»Sie redet wirr ...«

Langsam wandelt sich seine Verwunderung zu Triumph.

»Hol mich der Teufel, wenn sie nicht irreredet! Beeilen Sie sich, Schwester, wecken Sie ihn und beschaffen Sie ihm einen Strauß Blumen!«

»Einen Strauß Blumen? Sind Sie sicher?«

Schwester Johanne sieht beinahe aus, als ob er derjenige sei, der wirr redet.

»Wo bekomme ich Blumen her? Um diese Zeit?«

»Von einem der anderen Betten, zum Teufel!«

Schwester Johanne schüttelt den Kopf. Das ist nicht seine

Sprache – die, an die sie gewöhnt ist –, aber sie ahnt überhaupt nicht, worauf er hinauswill. In Gottes Haus herrschen andere Regeln, aber solange sie bei der Arbeit ist, ist das Wort des Arztes Gesetz. Sie tut, was er sagt. Erst weckt sie Santos, dann segelt sie mit steifem Haupt und einem Knicks aus dem Zimmer und kehrt zurück mit einem großen Strauß Rosen, dazwischen Immergrün.

»Perfekt, Schwester, ich habe schon befürchtet, Sie würden sich einen der Sträuße für die Begräbnisse schnappen!«

»Doktor Hansen!«

Das kommt so scharf, daß er den Kopf einzieht.

»Nichts für ungut, Schwester, was würde ich ohne Sie tun?«

Hinter der Hand versteckt sie ein Lächeln. Um ihre Augen sind lauter Fältchen. Der Doktor hat jetzt viel zu tun. Aber nicht mit der Patientin. Er stellt Santos auf die Beine, bürstet seine Jacke ab, richtet den Kragen. Unter der Schminke ist das Auge wieder blau geworden.

»Schwester Johanne, benutzen Sie Schminke?«

Ihr Gesicht spricht für sich. Der Arzt wendet sich ab.

Im Bett herrscht eindeutig Unruhe. Ein seliger Seufzer kommt von Odas Lippen. Der Arzt schiebt Santos vor. Sucht in der Jackentasche nach dem Telegramm, steckt es ihm in die Hand und läßt den Strauß folgen. Santos gähnt schläfrig.

»Steh gerade, Herrgott noch mal, versuch, ein Mann zu sein!«

Santos richtet sich auf. Schließlich ist die Haltung überzeugend, und sein Gesicht hat den gewohnten Ausdruck wiedergefunden. Er ähnelt tatsächlich einem Herrn auf Krankenbesuch. Würdevoll beherrscht angesichts der ernsten Lage, Mitgefühl im Blick und angemessen unsicher.

Der Doktor geht zum Fenster und stößt es weit auf. Luft strömt in den Raum und morgendliches Vogelgezwitscher. Santos bekommt einen letzten Schubs in den Rücken, räuspert sich und streckt die Rosen dem Krankenbett entgegen.

Er bringt kein Wort heraus. Oda schlägt die Augen auf.

»Santos«, sagt sie, ganz klar und deutlich, »wie siehst du denn aus?«

15. Kapitel, worin der Fuchs fliegt und der Geist sich teilt

Wacht sie oder träumt sie? Als Oda aus dem Krankenhaus zurückkommt, mit einem Stützverband um den Brustkasten, damit die gebrochenen Rippen an ihrem Platz bleiben, ist alles ganz anders. Frau Svane steht in der Tür und empfängt sie; mit einem eisigen Blick in Santos' Richtung bekommt Oda das Zimmer mit Meeresblick zugeteilt. Jetzt soll sie erstmal wieder zu Kräften kommen. Bis auf weiteres ist sie von häuslichen Pflichten befreit, und das kommt so bestimmt über Frau Svanes Lippen, da ist kein Einwand möglich. Die Gäste drängen sich um sie, Frau Münster mit Umarmung und Kuß und Rührung, die meisten anderen mit eher gemäßigter Sympathie. Verschwunden ist das mitleidige Gespött – ersetzt durch ein Mitgefühl, das die Ereignisse der letzten Stunden hervorgerufen haben.

Oda ist verlegen, sie wechselt von einem Fuß zum anderen, aber das hilft auch nichts. Das Erröten füllt den Platz zwischen den Sommersprossen aus, sie schaut auf ihre Schuhspitzen, die müßten geputzt werden. Man hilft ihr in die erste Etage zu einem vorbereiteten Bett. Mehrere der Herren bieten ihren Arm an, aber die Ehre wird Ege zuteil. Das Zimmer ist gelüftet, frische Blumen sind hingestellt worden, und die Gardinen flattern mit dem Wind ins Zimmer.

Oda steht auf der Schwelle, die zu überschreiten sie sich weigert. Sie steht da, hält die Hände vor das Gesicht und schüttelt die Locken. Das ist alles nicht wahr, sie soll nur das Bett aufdecken, so ist das! Normalerweise trippelt sie so schüchtern durch das feine Zimmer, daß sie den Spiegel meidet. Sie sieht das Meer, die Wellen rollen unter ihren Fenstern, die weit geöffnet sind und den Klang hereinlassen, klar, rauschend.

Das überwältigt sie, und sie schneuzt sich in die Hand. Diskret hilft ihr Ege über die Schwelle, woraufhin er sich zurückzieht und behutsam die Tür schließt.

Sowie Oda allein ist in dieser Herrlichkeit, kniet sie am Fußende des Bettes nieder und faltet die Hände zu einem Gebet. Daraufhin macht sie sich über das Teetablett her, knuspert geröstetes Brot mit Käse. Sie schmiert Hagebuttenmarmelade auf die Käsescheiben, rührt Honig in den Tee und setzt sich vorsichtig auf die Bettkante, abwechselnd wird sie von Gekicher und Rührung heimgesucht. Sie geht zum Fenster, dort unten ist Malte mit einem weiteren Drachen am Strand unterwegs. Er hat ihm Augen aufgemalt und ihn mit spitzen Ohren versehen. Sie fragt sich, warum.

Sie entkleidet sich, faltet die Hände über dem Unterkleid. Da steht sie und träumt, unterdessen zieht Malte den Drachen hoch. Von einem Windstoß erfaßt, fliegt der rückwärts, genau vor ihr Fenster, wo er ihr zunickt. Oda sieht einen Chinesen. Verblüfft nickt sie zurück. Für einen Augenblick war der ganz lebendig. Sie gähnt und wagt sich allmählich unter die Decke. Kurz darauf schläft sie fest. Vor dem Fenster steht ein flatternder Drachenschwanz, von unten hört man Stimmen und bald darauf das Auto des Arztes, der wegfährt.

Aus Odas gebrochener Rippe entsteht ein Mann. Sie lächelt im Schlaf, sie sieht ihn mit einem Jungen wie Malte. Wo immer er geht, folgt der Junge ihm, hingerissen von einem Vater, der ihm die Schätze der Welt offenbart. Ein Holzscheit, darunter Kellerasseln auf der Erde, ein Ameisenhaufen, in dem sie mit einem Stock stochern. Dann gleitet sie in tiefere Wellen, wo die Traumbilder im Brausen der Brandung zu Schaum werden.

Als Malte genug hat vom Drachensteigen, sucht er Ida. Die Höhle spukt ihm im Kopf herum, er will ihr zeigen, wie er sich im Garten eingerichtet hat, wo er zwischen den Stämmen aus Weidengerten ein Dach geflochten hat. Den Fußboden bildet ein verschlissener Läufer, ein paar Stearinkerzen und eine Petroleumlampe hat er für die Einrichtung auch noch ergattert.

Der Behälter ist rostig, und in der Lampe fehlt der Docht, deshalb hat er einen Kerzenstummel eingesetzt und läßt das Glas offen, wenn er brennt.

Er will ihr aus dem neuen Buch vorlesen, das er in den Gürtel geklemmt hat, unter der Jacke. Kapitän Grants Kinder sind gerade auf einer Insel gestrandet.

Vor der Höhle bleibt er stehen. Etwas an der Erde hat seine Aufmerksamkeit geweckt, sie ist aufgewühlt, und dort liegt ein abgebissener Hahnenkopf, und Ida weicht ein paar Schritte zurück, als er ihn aufhebt und mit dem Kamm wackelt. Malte grinst. Es ist leichter, sich selbst etwas zu getrauen, wenn man jemand anderen erschrecken kann. Dann erstarrt er angesichts eines weiteren Fundes.

Der Bernsteinklumpen. Langsam beugt er sich hinunter, wischt die Erde von dem Stück. Erst freut er sich, dann beißt er sich auf die Unterlippe, der ist nicht mehr wie früher. Der Bernstein ist mittendurch gespalten, die zweite Hälfte fehlt. Das, was übriggeblieben ist, zeigt Male von Zähnen und ist nicht länger durchsichtig. Er dreht und wendet es, man kann den Elf nicht mehr sehen. Jetzt setzt sich was im Hals fest, und er ist der Junge, der mit Mädchen spielt und gleich zu weinen anfängt.

Ida folgt ihm mit der Aufmerksamkeit der Stummen. Der wechselnde Ausdruck des Gesichts, Maltes sprachlose Verwirrtheit – und ihre eigene, als ihr klar wird, daß der Elf weg ist. Als sein Gesicht schließlich wieder aufleuchtet, leuchtet ihres ebenfalls. Malte ist etwas eingefallen.

»Komm, Ida, wir laufen einfach zum Leuchtturm und benutzen Olesens Werkstatt.«

Eine halbe Stunde später stehen sie beim Leuchtturm, normalerweise braucht er nur halb so lange. Ida hat kürzere Beine, und sie bleibt bei jedem bißchen stehen und schaut es sich an. Die Krümmungen einer Spannerraupe, der Flug eines Schmetterlings und Schnecken, die sie, die kleine Nase rümpfend, vorsichtig umrundet. Malte hätte unterwegs einige Male aus der Haut fahren können.

Olesen ist in dem kleinen Haus, in dem die Lichtmaschine steht. Das ist ein Haus ohne Fenster und mit einer Tür, die für ihn viel zu klein ist. An der Tür ist ein Blitz. Jedesmal, wenn Malte den sieht, macht sein Herz einen Sprung. Mächtige Leitungen stecken in der Erde und tauchen erst hinten beim Leuchtturm wieder auf.

Der Leuchtturmwärter ist mit dem Treibriemen zugange. Rundherum liegen Maschinenteile, bereit, geschmiert zu werden. Er steht draußen, die Tür ist offen. Jedesmal, wenn er drinnen war, um zu schrauben, kommt er mit Rauchwolken aus seiner Pfeife rückwärts wieder heraus.

»Bist du das, Malte? Und du hast deine Liebste dabei. Sieh mal an!«

Maltes Wangen werden rot wie ein Hahnenkamm. Der Leuchtturmwärter spritzt ein bißchen mit der Ölkanne nach ihm, danach spuckt er geschickt durch den Mundwinkel. Es brodelt ganz schön in der kurzen Shagpfeife.

»Durchgebrannt, das Teufelszeugs. Bekommen wir da nicht wieder Feuer rein, dann bürge ich nicht für die Schiffe heute nacht.«

»Darf ich bitte die Werkstatt benutzen?«

»Nur zu, Malte, Hauptsache, du machst keinen Unfug.«

»Olesen, wie heißt du eigentlich mit Vornamen?«

Der Leuchtturmwärter zögert.

»Du verrätst es niemandem, Ehrenwort?«

»Ehrenwort!«

Er windet die Putzwolle in seinen Händen, verteilt das Schmieröl und bringt es fast nicht über die Lippen.

»Sirius, ich heiße Sirius . . .«

»Ida«, tönt Malte, »er heißt Sirius!«

»Du Lausebengel! Du hast gerade versprochen . . .«

Der Leuchtturmwärter langt nach ihm, Malte duckt sich. Kommt wieder hoch, den Schalk im Nacken.

»Sie kann es ja niemandem sagen, oder?«

Ida strahlt einfach, bei so viel Aufmerksamkeit.

Sie schlüpfen in die Werkstatt. Malte steuert direkt den

Schleifstein an, der sich mit dem Rad im Wasserbad dreht. Er zieht eine Kiste dorthin, damit Ida heranreicht. Zeigt ihr die Handkurbel.

»Du drehst jetzt, und ich schleife. Wenn wir genug geschliffen haben, können wir den Elf sehen.«

Malte sagt das mit heimlicher Erwartung in der Stimme, während Ida mit dem M aus ihrem Mund zustimmt und eifrig nickt. Auf ein Zeichen von Malte fängt sie an zu drehen, und er preßt den Bernstein gegen die Schleiffläche, vorsichtig, als ob man sich am Stein verbrennen könnte. Jetzt hört man auch etwas, eine Ecke wird abgerundet, er preßt stärker gegen die Fläche, entfernt zuerst die Unebenheiten. Ida will sich über das Gesicht, das er beim Drehen und Wenden des Stücks zieht, fast totlachen.

Langsam rundet er den Klumpen zu einer Tropfenform. Wenn er ihn ins Licht hält, ist er noch immer undurchsichtig, aber wenn er ihn ins Wasser taucht, ahnt man die Umrisse des Seepferdchens, das dort drinnen von dem Skelett des Elfen gebildet wird. Er poliert mit Schmirgelpapier nach, und die milchige Oberfläche verschwindet. Ida beobachtet ihn mit steigender Spannung.

Am Ende saust er in der Werkstatt umher, um den Klumpen Juwelierwachs zu finden, er hat gesehen, wie der Leuchtturmwärter den für die Korallenstückchen benutzte, die er in die Flaschen einbaut, um die Illusion eines tropischen Meeres zu erzeugen. Malte poliert verbissen.

»Simsalabim! Der Elf ist fertig.«

Er hält das Bernsteinstück vor Ida hoch und lockt sie mit dem Tropfen. Wenn sie »M« sagen kann, kann sie auch »A« sagen.

Der Bernsteinschmuck glitzert. Er ist erstaunlich glänzend und schön, aber die Flügel und der Kopf fehlen. Dort wo der Schädel Samen formte, ist der Bernstein heller, ist jetzt ein Hohlraum, ein leere kleine Blase. Der Elf beseelt ihn nicht länger. Ida bleibt stumm.

Malte ist wie gelähmt, die Magie ist weg, seine Anstrengungen waren vergebens. Er hat gerieben und geputzt und poliert, aber in der Lampe wohnt kein Geist. Da steht er und hält die Niederlage in seinen Händen, er preßt die Lippen zu einem Strich zusammen.

Eine neue Idee nimmt in seinem Gehirn Gestalt an; es ist einer dieser Tage, an denen Malte einfach nicht aufgeben kann. Er plaziert den Tropfen in eine Schraubzwinge, bohrt in die Spitze ein Loch und leimt eine der Ösen hinein, die Olesen benutzt, um das Rigg damit zu befestigen. Als der Klebstoff trocken ist, zieht er ein Stück geteertes Garn durch die Öse und verknotet es mit einem Kreuzknoten. Er löst die Schraubzwinge und läßt das Schmuckstück vor Idas Augen baumeln, ehe er es ihr um den Hals hängt. Aber sie will es jetzt nicht haben, sie schüttelt energisch den Kopf. Malte kann es selbst sehen. Der Schmuck ist viel zu groß für sie, und er hängt bis hinunter auf ihren Bauch. Malte resigniert.

Als sie die Werkstatt verlassen, hat der Leuchtturmwärter die Lichtmaschine wieder zusammengesetzt. Er steht mit dem Hosenboden ganz außerhalb der engen Tür und zerrt an der Starterschnur. Ein paar puffende Geräusche erzielt er, aber keine Zündung. Schließlich taumelt er rückwärts heraus und sitzt mit verblüfftem Gesichtsausdruck im Gras, die Starterschnur in der Hand. Seine Birne ist puterrot. Malte hält sich den Mund zu, um nicht zu lachen. Der Leuchtturmwärter fängt wieder von vorne an. Seine Stirn gleicht einem Unwetter, es ist nicht der richtige Zeitpunkt, ihm den Schmuck zu zeigen, und er steckt ihn in die Tasche. Malte murmelt ein »Danke für die Werkstattbenutzung« und trollt sich mit Ida vor dem ersten Donnergrollen.

Zu Hause in der Pension wird der zweite Akt vorbereitet.

Der Vorhang öffnet sich, sobald Oda aufwacht. Frau Svane ist regelmäßig oben und lauscht an der Tür. Santos sitzt mit einem Geschirrtuch über der Schulter vor dem Spiegel. Er wachst seinen Schnurrbart, mit einer Nagelschere stutzt er den Backenbart. Er teilt die Rabenschwingen seines Haares in der

Mitte, zerstäubt den größten Teil einer Flasche Duftwasser, als er nervös mit dem Gummiball pumpt. Er deckt das Auge ganz mit Schminke ab, dann läßt er die Arme hängen, schließt die Augen und atmet tief ein. Schüttelt seine Handgelenke.

Der Apotheker hilft ihm in die Jacke, das Halstuch lassen sie weg. Statt dessen holen sie für das Telegramm ein silbernes Tablett. Trotz allem hat man Santos nur die Rolle eines Statisten zugeteilt. Was aus ihm wird, wenn Oda wieder wohlauf ist, das mögen die Götter wissen, das geht aus Frau Svanes Benehmen klar hervor.

Frau Münster versieht ihn mit ihrem Ehering und dem ihres Mannes. Den letzteren hat sie seit dem allzu zeitigen Hinscheiden des Gatten an einer Kette über ihrem Herzen getragen. Der Teufel holte ihn. Am Jahrestag des Polterabends war er fort, und den Rest ihres langen Lebens hat sie als Witwe zugebracht. Das ist in den Kreisen, in denen sie verkehrt, vornehmer, als eine alte Jungfer zu sein.

Santos werden die Ringe in die Westentasche gesteckt. Für einen Augenblick ist ihr Gold das einzig Echte im Zimmer.

Einen Augenblick noch – dann kommt Malte. Ida ist mit ihrem Springseil im Garten geblieben. Malte kommt mit dem Durchzug durch die Tür geweht, fliegt geradezu die Treppe hinauf, ignoriert die scharfen Rufe, die versuchen, ihn zurückzuhalten. Er poltert in Odas Zimmer hinein und hin zum Bett. Unten stehen die Akteure mit den feierlichen Gesichtern nach dem Klingeln der Theaterglocke. Der Vorhang ist geöffnet. Jetzt gibt es keinen Weg zurück.

Ein letztes Scharren mit den Füßen, ein letztes Räuspern. Dann bewegt man sich im Gänsemarsch hoch zum Zimmer. Der Pastor fummelt an dem schwarzen Buch mit dem Kreuz herum, drückt es gegen die Falten seines Gewands. Er ist bereit, sie als Verlobte aufzubieten, memoriert Repliken, die er schon ewig auswendig kann. Die Pastorin denkt an ein Papiermesser, das sie zum Telegramm legt.

Drinnen im Zimmer hat Oda die Augen aufgeschlagen. Sie richtet sich im Bett auf, begrüßt Malte mit einem Lächeln, in dem sich noch der Traum spiegelt. Malte fischt in der Tasche nach dem Bernsteinschmuck.

»Das ist für dich, Oda, ich habe es selbst gemacht!«

Er legt ihr den Schmuck um den Hals. Er paßt perfekt zu Oda, sie streicht darüber und spürt an ihrem Finger, wie der Funke überspringt. Sie sitzt da mit einem Kloß im Hals und bekommt feuchte Wangen. Dann reckt sie sich und zieht seinen Kopf an ihre Schulter. Sie sind ganz ineinander vergraben, als der Gänsemarsch ins Zimmer defiliert. Malte weint auch, aber seine Stimme ist nüchtern:

»Stell dir vor, du wärst tot, Oda, wer würde dann auf mich aufpassen?«

Oda drückt ihn an sich.

Als das Zimmer voll ist, tritt Santos mit dem Tablett vor. Er verbeugt sich, küßt Oda leicht auf die Stirn. Sie wedelt seine Parfumwolke mit der Hand weg, muß kichern. Malte hat sich ans Fußende verzogen.

Frau Münster hält das Tablett, als Santos das Telegramm aufschneidet. Dann liest er, die rollenden Rs verunstalten sein sonst so formvollendetes Französisch. Der Apotheker faßt sich an den Kopf, entweder sind die Schmerzen zurückgekommen, oder er ist nachdenklich geworden. Santos übersetzt holperig, er klingt mit einem Mal wie ein Schuljunge.

Es ist seinem Vater, dem Grafen von Sedano y Leguizano, eine große Freude, sein und damit der Familie Einverständnis mitzuteilen zu der vom Sohn, Santos Linares Sedano y Leguizano, gewünschten Vermählung mit Fräulein Oda Falbe Hansen. Seine und der Familie beste Wünsche. Man hofft, das frischvermählte Paar vor Ende des Jahres auf dem Gut begrüßen zu können.

Santos zeigt ihr die Unterschrift. Das ist ja wohl der größte Bäckerkringel, den Oda bisher gesehen hat, ein Lacksiegel mit Adlerkopf schmückt das Dokument.

Mit vollendet feierlichen Bewegungen holt Santos jetzt die Ringe hervor. Den kleineren schiebt er auf Odas Finger, der größere paßt ihm genau. Der Pastor verliest das Aufgebot, damit ist die Verlobung verkündet. Oda ist verwirrt darüber, daß die Ringe wieder abgenommen und bis zu dem großen Tag in der Kirche verwahrt werden sollen. Er bekommt die Erlaubnis, sie zu küssen, und dieses Mal dauert der Kuß länger und bewegt Odas Schenkel unter der Bettdecke. Frau Svane räuspert sich.

Nur ungern lassen die Verlobten voneinander. Oda legt den Kopf auf das Kissen zurück. Träumt sie oder ist sie wach? Lange liegt sie so, es ist ihr gleichgültig, denn in diesem Zustand kommt es aufs gleiche hinaus. Dann nimmt sie ihren zukünftigen Gemahl bei der Hand. Das Glück leuchtet vom Grund ihrer schlichten Seele:

»Santos, ich bin so froh. So froh, so froh ...«

Und ihre Wangen, die mit jeder Stunde, die seit ihrem Erwachen vergangen sind, runder wurden, glänzen tatsächlich.

»Wir werden was Kleines bekommen!«

Sie sagt das mit einem Theaterflüstern, das alle hören. Der Freier erblaßt, das heißt, seine sonnengebräunte Haut wird grau. Frau Münster schnappt nach Luft, dann fällt das Tablett polternd auf den Fußboden. Ege stöhnt, während er sich an der Waschkommode abstützt, und die Svane – die Svane findet es ein starkes Stück. Jetzt hat sie den Hühnerdieb für unbestimmte Zeit am Hals.

Als ich im Fuchsbau schlafe, spüre ich jeden Tag, wie ein anderer Teil von mir zu keimen begonnen hat. Die Samenschale des Gehirns. Die Kraft zu wachsen ist etwas Wunderbares, Rohrzucker, der im Dunkel der Erde nach dem Licht strebt.

Ein Keimblatt entfaltet sich, schießt seine stille weiße Flamme empor, schickt Saft in die Zellen und bohrt sich durch den Mutterboden. Es stimmt genau, was man sagt – wir streben einem Stern entgegen, erstarren erst im Licht zu Distel oder Tempelbaum.

Unser Wille ist unser Schneidbrenner.

Ich spüre ein Leben in mir, das 175 Millionen Jahre alt ist und das es nur als Fossil gibt. Mit der vergehenden Zeit wird man ja immer jünger. Trotz allem erleichtert einen das; als ich ein Elf war, hatte ich einige hundert Millionen Jahre auf dem Buckel. In diesem Reich sehne ich mich nur nach der Umwandlung des Chlorophylls, der Frische, der es gelingt, Blätter aufsprießen zu lassen und – wer weiß? – meinen Stengel in einen Stamm zu verwandeln.

Wenn Malte mich sieht, wird alles entschleiert werden, und er wird Zugang zu einem Schatz finden, den er vergessen hat. Bis dahin wachse ich still und gelassen unter der Erde. Man muß nicht alles sofort wissen.

Sonst gäbe es ja keinen Grund zu leben, oder?

16. Kapitel, worin Malte Besuch bekommt

In der Stunde vor Sonnenuntergang läuft die Lichtmaschine endlich wieder. Der Leuchtturmwärter lauscht lange den Kadenzen des Dieselmotors, nach Husten und Knacken hat er wieder die nötigen Umdrehungen und läuft stetig. Er schließt die Tür des weißgekalkten Hauses, und das Geräusch verschwindet im Hintergrund. Malte, der den Nachmittag als Olesens Laufbursche verbracht hat, ihm Schraubenmuttern und Bolzen aus den Kisten in der Werkstatt reichte, sieht, wie in seinen Augen die Mühsal von Erleichterung abgelöst wird. Jetzt können die Schiffe wieder die Landspitze umrunden, geleitet durch das Blinken des Leuchtfeuers, ehe sie in der Nacht verschwinden.

Nach einem Besuch in der Speisekammer, wo Olesen Arme und Hände mit Margarine eingefettet und danach die Schmiere mit einem Handtuch abgewischt hat, gehen sie gemeinsam hoch in den Turm, in die kleine Wachstube, wo der Telegraph steht. Marconi-Raum, nennt Olesen sie. Er beugt sich über die Morsetaste und sendet eine Meldung hinaus. Am Kontaktpunkt der Nadel knistert es, Malte entdeckt einen Rhythmus im Geknister – es fließt ebenso unbeschwert und geläufig aus den Fingern des Leuchtturmwärters wie die Sprache aus seinem Mund. Malte wirft sich auf den Streifen mit den Punkten und Strichen, hier gibt es neue Buchstaben für sein hungriges Gehirn, aber es geht viel zu schnell, er kommt nicht mit.

Auf einer Ablage über dem Telegraphen steht eine Reihe Ordner. Hier verwahrt Olesen seine Berichte und Nachrichten für die Seeleute. Auf deren Rücken stehen die Jahreszahlen auf den gleichen Aufklebern, wie man sie auch für Marmeladengläser benutzt. Es geht ihm auf, daß in den ältesten, deren Tinte verblaßt ist, die Zeit aus dem Jahrhundert festgehalten ist, das in derselben Nacht unterging, in der Malte geboren wurde. Er wundert sich über den Lauf der Welt.

Er wirft einen Blick aus dem Fenster. Am Ende des Badestegs ist der weiße Anstrich der Jolle golden geworden. Draußen glüht die Luft in der abendlichen Beleuchtung, und die Anhöhe mit dem Leuchtturm erhebt sich in die Landschaft. Die Kormorane recken ihren langen Hals und spreizen ihre Flügel vom Körper weg, um ihr Gefieder zu trocknen. Sie bilden das Totem oben auf dem Grundgarnpfahl.

Durch halbgeschlossene Augen nimmt der Junge wahr, wie ein Dröhnen durch seine Fußsohlen dringt und sich breitmacht, die Maschine im Innern der Erde, das Hebewerk, das die Sonne versenkt und den Turmschacht in den Himmel aufsteigen läßt. Er ist richtig aufgeregt, weil Olesen ihn gefragt hat, ob er mithelfen will, auf das Leuchtfeuer aufzupassen, und vom »Strandgaarden« war grünes Licht gegeben worden. Er darf die ganze Nacht dortbleiben. Er muß selbst auf seine Schlafenszeit achten.

Zum Abendessen gibt es Schwarzbrothäppchen. Preßwurst, Margarine, Puderzucker. Malte kann durch den Belag das Öl schmecken, die Teller sind mit dem Handtuch des Leuchtturmwärters abgetrocknet worden. Sie haben Tee getrunken, stark von Gerbsäure, durch Milch und Honig wieder gemildert. Der Junge hat ganz glasige Augen. Er hat vom Leuchtturmwärter eine alte Kappe geliehen, und die paßt ihm nur, weil er in den Hutkopf und unter das Schweißband Putzwolle gestopft hat. Terpentingeruch umwogt ihn.

Als der Leuchtturmwärter damit fertig ist, seine Signale in die Dämmerung hinauszuschicken, erhebt er sich und geht mit Malte auf den Umlauf. Sie stehen mit dem Rücken zum Lampenhaus, stehen so, bis die Sonne zu einer schillernden Schuppe auf dem Meer geworden ist. Die Wache hat angefangen, hier beginnt das Tagewerk erst, wenn es für die anderen vorbei ist.

Der Leuchtturmwärter nickt Malte zu, sie verschwinden im Lampenhaus, wo Olesen auf die Tafel mit den großen Porzellansicherungen zusteuert. Sie stehen auf einem eisernen Deck mit Waffelmuster. Olesen klickt mit den Kontakten, die sind wie Kippschalter geformt. Ein Summen erfüllt den Raum, und der Mechanismus fängt an sich zu drehen. Eine Glühbirne zwischen enorm großen Glassteinen. Ein Kupferspiegel, auf der Innenseite versilbert, gehört ebenfalls zur Konstruktion. Fasziniert folgt Malte den Facetten der Fliegenaugen, Linsen und Prismen, die das Licht sammeln und zu einer Lanze formen sollen. Er hört den Kontakt einrasten, dann wird er in tausend Stücke zersplittert.

»Halt dir die Augen zu«, brummt der Leuchtturmwärter eine Sekunde zu spät. Das Licht, überwältigend weiß und schneller als ein Gedanke, spaltet ihn vom Scheitel bis zur Sohle. Anschließend hat er Fliegendreck vor Augen, und die Prismen bilden auf seiner Netzhaut noch lange Figuren aus Feuer und Eis. Er fühlt, wie ihm die Luft wegbleibt, taumelt rückwärts und bedeckt geblendet sein Gesicht. Olesen ruft ihn zu sich. Erfüllt von den Mustern der Strahlen, zieht er sich auf den Umgang zurück, lehnt sich gegen das Geländer und sieht die violetten Sternensonnen durch die Landschaft wirbeln. Mit kurzem und langem Blinken erstreckt sich der Lichtstrahl über das Meer.

Der Leuchtturm spricht eine Sprache, die an die Morsetaste erinnert. Die Seeleute zählen das Blinken und die schwarzen Sekunden dazwischen, so wissen sie, wo sie sind. Weit draußen am Horizont sieht er stecknadelkopfgroß in der beginnenden Dunkelheit einen anderen Leuchtturm, der zu blinken begonnen hat. Das ist draußen vor Sælø. Olesen steht da als massive Silhouette. Dann legt er Malte die Hand auf die Schulter. Sie riecht noch immer nach Margarine.

»Übernimmst du die erste Wache, dann gehe ich nach unten und lege mich aufs Ohr?«

Malte strahlt.

»Wenn der Telegraph anfängt zu ticken, rufst du mich einfach.«

Malte tippt mit dem Finger an die Mütze. Die Treppe des Turms dröhnt, als der Leuchtturmwärter nach unten verschwindet. Malte schiebt stolz die Brust raus und beginnt, über das Meer zu starren. Weil die Luft diesig ist, springt der Lichtkegel wie eine Milchstraße über seinem Kopf hervor, ehe er wieder erlischt. Ein Dampfer, der dort draußen im Hafen von Sælvig ablegt, tutet.

Als die Nacht hereinbricht, fühlt er sich durchsichtig. Er steht auf der Brücke seines hohen Schiffs und ruft die Sterne herbei, einen nach dem anderen. Malte zählt das Blinken, denn alles blinkt: die Himmelskörper dort oben, das Leuchtfeuer weiter draußen, die Laternen zwischen den Wellenkämmen, und das Meer ist ein einziges gewaltiges Zifferblatt, auf dem sich das Schiff jedesmal, wenn es von dem Lichtkegel getroffen wird, ruckweise weiterbewegt hat. Er ist wie hypnotisiert. Zum ersten Mal seit längerem hat er keine Angst vor der Dunkelheit, sondern betrachtet sie als eine Wechselwirkung. In den Zwischenräumen entstehen die Dinge.

Ein Bild wölbt sich hinter seiner Stirn, eine bläulich leuchtende Qualle mit vier Augen. Ein Wesen eines fremden Himmelskörpers hat sich seiner Gedanken bemächtigt und näht mit Funkeln Sterne an seinem Fleisch fest. Er merkt, wie es hinter ihm raschelt.

»Olesen?« flüstert der Junge.

Aber Sirius schläft tief in seinem Fischkasten. Er sieht gerade eben noch einen Pelz und einen langen Schwanz, der die Wendeltreppe hinunterhuscht. Er ist sich nicht sicher, vielleicht war das die Katze, die ist genauso rot wie Mikkel, der Fuchs, aber die Nacht ist plötzlich voller Flügel, und um ihn stehen die Engel Wache.

Er geht in die Wachstube und setzt sich im Ohrensessel des Leuchtturmwärters zurecht.

Aus dem Raum strömt ein Signal, rhythmisch und andauernd, die gleiche Lautfolge, immer wieder von vorn. Die Seelen aller Seeleute rufen, und Maltes Kopf schnellt von einem Ohr des

Sessels zum anderen, während der Handrücken angespannt auf der Armlehne liegt. Malte schlummert in einem Stuhl, der wie elektrisiert ist, und der Apparat tippt knisternd an sein Gehirn.

Plötzlich ist er hellwach. Das ist der Telegraph!

Er springt vom Sessel hoch. Etwas stimmt nicht! Das lange, eintönige Dröhnen fehlt. Er blickt hoch. Das Leuchtfeuer ist aus. Draußen herrscht pechschwarze Nacht, und er schließt die Augen, um ein stilles Gebet zu sprechen. Dann klappert er die Wendeltreppe hinunter, um den Leuchtturmwärter aufzurütteln. Schwer und verschlafen wälzt Olesen sich aus der Steppdecke. Er verflucht sich selbst in ein schwarzes, qualmendes Loch, der Schlaf hat ihn am Schlafittchen gepackt und dort hinuntergestoßen, während die Lichtmaschine durch den Fehler des Motors abgestorben ist, mit dem er sich den ganzen Tag geplagt hat. Sein erster Impuls ist, sie wieder in Gang zu bekommen, aber Malte zerrt ihn am Arm.

»Der Telegraph! Der sagt etwas!«

Der Leuchtturmwärter nimmt sich eine Petroleumlampe und zündet den Docht an. Er verbrennt sich die Finger, ehe das Glas wieder an seinem Platz sitzt, und sie stürmen mit der Lampe hinaus auf den Vorplatz und den Turm hinauf. Der Telegraph tickt noch immer sein SOS in das Kämmerchen, und aus Olesens Wangen weicht die Farbe. Er beugt sich über die Taste und beantwortet den Anruf mit blitzschnellen Fingern.

Das eingehende Signal ändert sich, die Symmetrie ist unterbrochen, und Olesen beginnt sich auf einem Bogen Notizen zu machen. Die Reihenfolge der Buchstaben sammelt sich zu einer Mitteilung, dem Namen des Schiffs, seiner Position. Er trocknet sich mit dem Ärmel der Fischerjoppe, in der er immer schläft, die Stirn. Die Konzentration hat sich auf seinen Augenbrauen niedergelassen, er schlägt in einer Tabelle nach, ehe er aufs neue telegraphiert, jetzt in ruhigerem Rhythmus. Schließlich wendet er sich an Malte.

»Puh, das war weiter draußen auf dem Meer. Jetzt habe ich an alle Schiffe Warnungen geschickt, sich von der Landspitze entfernt zu halten. Jetzt müssen wir nur die Maschine wieder in Gang bekommen – man hat einen Motor bis zu dem Tag, wo man mit einem Haufen Schrott zwischen den Fingern dasteht!«

Er greift nach Maltes Handgelenk, senkt die Stimme:

»Weißt du, was es bedeutet, wenn ein Schiff SOS funkt?«

Er klopft das Signal auf die Armlehne. Antwortet selbst.

»Das heißt: ›Rettet unsere Seelen‹ – ein Notruf, der den Seeleuten das Blut in den Adern gefrieren läßt. Gott sei Dank hatte das nichts mit uns zu tun, und Hilfe ist auf dem Weg. Schuld zu sein am Untergang anderer, das überlebt niemand.«

Der Leuchtturmwärter verstummt. Malte ist völlig in den Bann geschlagen und versetzt sich mit Haut und Haar in die Situation. Das Meer öffnet sich in ihm mit einem Schiff, das untergeht, ertrunkene Gesichter zwischen bläulichem Licht und Flammen und Rettungsringen, die noch Tage danach leer schwimmen, leer unter der brennenden Sonne, während alles andere verschwunden ist, und der Name des Schiffs Hunderte Male auf den Wellen allein geblieben ist.

Olesen seufzt. Er muß wieder ran, diesmal im Finstern. Ihm fehlen Ersatzteile, in Wirklichkeit könnte das Leuchtfeuer einen ganz neuen Generator brauchen, aber dafür ist kein Geld da.

»Du mußt noch ein wenig Wache halten, Malte, bis ich das Teufelsding in Gang habe. Dann komme ich hoch zur Ablösung.«

Der Junge setzt sich an den Telegraphen. Er läßt die Finger über der Taste schweben, schließt die Augen und träumt sich an die Spitze einer Rettungsaktion, die damit endet, daß an seiner Brust eine Medaille befestigt wird. Anschließend spricht er in der »Vereinigung zum Wohl der Seemannswitwen«, und eine dunkelhaarige Ausgabe von Oda kommt ergriffen zu ihm und drückt ihm einen Bernsteinschmuck in die Hand.

Es zuckt in den Fingern. Es zuckt noch einmal, er muß sich wirklich beherrschen, nicht auf den Bakelitknopf zu drücken. Er tut es dann doch, nur einmal, und als der Funken springt, geschieht das mit einer schaurigen Ahnung von der Kraft, die Schiffe auf Grund schickt, größer, als man sich vorstellen kann.

Erschrocken zuckt er zusammen. Das Licht ist wieder da,

wieder summt der Turm unter seinen Füßen, und der Kegel reißt wie zuvor die Luft an sich und teilt die Nacht in Intervalle auf, die Prismen strahlen wieder voller Glut und Feuer. Bald steht Sirius bei ihm, ein Grinsen auf den mit Öl verschmierten Lippen. Er muß sich den Mund mit einem Geschirrtuch abgewischt haben. Er ist ein richtiger Pierrot, nur ein schwarzer.

»Jetzt rein mit dir, Seemann. Ich übernehme die Hundewache.«

Malte grinst zurück. Mehr als nur heimlich stolz über die Anrede. Er braucht keine Lampe, um in Olesens Kammer zu finden, denn das Leuchtfeuer leuchtet so, daß die Steine des Hofs weiß in der Nacht liegen. Unter der Steppdecke rollt er sich geborgen in dem starken Duft von Tabak, Fisch und Margarine zusammen, das Nest ist gut, und überschwemmt von Träumen schläft er diesen Tag zu Ende. Am nächsten Morgen wird Malte mit Tee und Eierkuchen geweckt.

»Nun verschwinde mal«, sagt der Leuchtturmwärter, »damit ein anderer in die Federn kommen kann.«

Die Sonne steht hoch, und das Leuchtfeuer ist abgeschaltet. Sirius gähnt, und die Pfeife in seiner Hand ist ausgegangen. Schwer fällt er auf die Bettkante und scheucht Malte hoch. Der ist ruckzuck draußen und schnürt sich die Schuhe, während sich der Leuchtturmwärter unter die Steppdecke verkriecht. Er ist weg, noch ehe Malte sich bedankt hat. Ohne abzusetzen ist der Tee unten, er stochert in dem Pfannkuchen, der ihm in der Pfanne vorgesetzt worden ist. Er bohrt mit dem Löffel, um die Stellen zu umgehen, wo er angebrannt ist.

Er bummelt am Strand entlang nach Hause. Verweilt bei einem an Land getriebenen Schwan – die Flügel und das Federkleid sehen aus, als habe der Sturm sie zersplittert. Die Winde, die ihn getragen haben, haben sich gegen ihn gewandt und ihn hingerichtet. Ihn zu einem Drachenskelett zu den Füßen des Jungen verwandelt. Die Federn sind zerzaust von den Ölresten. Der böse Schnabel liegt jetzt ohne Farbe da, und das Fleisch ist bis auf die Knochen eingetrocknet. Er weicht vor der Berührung zurück, begnügt sich damit, ihn mit der Schuhspitze anzustubsen. Schaufelt ein bißchen Sand darüber, und es geht ihm besser.

Malte ermannt sich, aber der Anblick hat in ihm das Signal ausgelöst, das heute nacht vom Leuchtturm strömte. Es tickt in seinen Fingerspitzen, es ist wie Ameisenkribbeln im Nacken. Er rennt los, streift an der Hecke entlang, wo die ersten Hagebutten ledrig geworden sind. Als er die Tür zum »Strandgaarden« aufreißt, fällt er über einen Koffer in der Halle.

Als sich seine Augen an das Halbdunkel gewöhnt haben, steht er immer noch da und starrt ungläubig auf den Koffer. Das ist sein eigener – oder genauer, der seiner Mutter – verschrammter Koffer, und der ist gepackt, ist dick und ausgebeult, wie bei seiner Ankunft. In ihm steht alles still, in seiner Abwesenheit ist ein Urteil gefällt worden – sie sind seiner müde, die Zeit ist gekommen, er soll zurück in die Stadt und in die Wohnung, wo zwischen Lampen mit Troddeln und Tüchern ewiges Dämmerlicht herrscht. Er beißt sich am Knochen des Daumens fest.

Er schließt die Augen und wünscht den Koffer weg. Der fliegt los, und seine Mutter sitzt darin und hält sich am Rand fest, sie hat den Hut verloren, und ihr Haar flattert vor ihrem Gesicht. Sie wirft erschrockene Blicke hinunter auf Dächer und Türme, die unter ihr wie in einem schwindelnden Karussell schrumpfen, während der Sog der Wolken sie zu sich zieht. Er will ihr zurufen, daß sie keine Angst haben soll, aber ein Windstoß entfernt die Wörter von seinen Lippen, noch ehe er sie ausgesprochen hat. Am Schluß ist sie so klein wie ein Senfkorn, und die Wolken haben sie vertilgt, da sinkt etwas aus dem Himmel und landet vor Maltes Füßen. Es ist ihr Hut.

Er schaut auf. Es ist, als stünde er selbst auf dem Kopf, denn der hängt ja an der Garderobe, Glockenblume über dem Mantel mit Brosche und Perlennadel. Er schaut nach unten. Der Koffer ist noch da, der und kein anderer, mit dem Aufkleber von einem Atlantikliner, auf den sie nie einen Fuß gesetzt haben. Malte schluckt.

Er öffnet die Tür zum Salon, nur einen Spaltbreit. Steht lange dort und lauscht. Kaffeegeschirr klappert, halblaute Stimmen klingen und Stühle werden gerückt. Ein Lachen flattert über die Geräusche, von dem er rote Flecken am Hals bekommt. Mutters Lachen. Sie sitzt am Tischende und läßt sich von einem Herrn aufwarten, den er noch nie gesehen hat.

Er verringert den Spalt mehr und mehr. Vorsichtig schließt er die Tür wieder. Im ersten Moment will er Reißaus nehmen. Dann besinnt er sich und schleicht die Treppe hinauf, zu dem Zimmer mit Meerblick, wo er hofft, Oda im Krankenbett zu finden. Ohne anzuklopfen platzt er hinein. Da sitzt sie mit vielen Kissen im Rücken und empfängt ihn, ohne sich zu erschrecken. Sie sieht aus wie eine, die innerlich leise vor sich hin singt. Sie strickt an etwas, woraus die Stricknadeln abstehen. Beinchen an einem Strampelanzug in blauem Garn.

»Wer hat meinen Koffer gepackt?«

»Das war deine Mutter, Malte. Sie ist gestern abend gekommen. Wir wollten dich vom Leuchtturm holen, aber sie sagte, es wäre besser, wenn du bliebest.«

»Ich will nicht nach Hause!«

»Na, na – das bestimmen weder du noch ich.«

»Der Sommer ist noch nicht um.«

»Du mußt doch in die Schule, Malte.«

»Ich will nicht in die Schule. In der Schule, da kann ich nicht lesen.«

»Ich glaubte, du würdest dich freuen. Hast du sie gar nicht vermißt?«

Darauf antwortet Malte nicht. Er ist zum Fenster gegangen und starrt blind hinaus aufs Meer, in die Ferne. Oda seufzt und läßt das Strickzeug sinken.

»Es war Frau Svane, die ihr geschrieben hat. Du warst doch weggelaufen, und alle waren sie außer sich.«

»Daran warst du auch mit schuld ...«

»Ich, schuld? Was meinst du damit?«

»Du hast den Elf rausgeworfen. Das war richtig gemein!«

»Malte, wen?«

»In meinem Bernstein war ein Elf. Nach dem habe ich gesucht, als ich Hausarrest bekam. Jetzt ist er tot. Du kannst in dem Schmuck selbst noch ein Stück vom Flügel sehen.«

»Malte, komm mal her.«

Er geht zum Bett, und sie zieht ihn an sich.

»Das ist das schönste Geschenk, das ich jemals bekommen habe«, flüstert sie.

»Schöner als der Ring?«

»Viel schöner.«

Malte ist beruhigt. Sie streichelt ihm über den Kopf.

»So, Malte, geh jetzt runter zu deiner Mutter.«

Er befreit sich aus ihrer Umarmung; ihre Sommersprossen riechen schon nach Milch, und die Bettwärme wirkt betäubend.

»Ich glaube, der Fuchs hat ihn geholt«, erklärt er.

So wie Oda dasitzt, sieht sie aus, als ob sie an den Fingern abzählt. Plötzlich strahlt sie.

»Füchse fressen keine Elfen, Füchse holen Hühner und Enten und Gänse, wenn sie sie bekommen können.«

Sie hält einen Moment inne und schlägt dann mit der Hand auf die Bettdecke.

»Nein, das ist jetzt zu verrückt, Malte, willst du mich verschaukeln? Geh jetzt runter und drück sie mal. Ich bin sicher, daß du ihr gefehlt hast.«

»Ich will nicht nach Hause.«

»Du kommst ja im nächsten Sommer wieder.«

Sie stopft die Decke am Bauch fest, versucht, eine Rundung hinzubekommen, und schiebt sich im Sitzen vor, bis sich eine richtige Beule bildet. Ihr fällt etwas ein, sie wühlt kurz in ihren Sachen auf dem Nachttisch und zieht eine kleine genähte Haube hervor, die oben mit einem Zipfel und mit Ohrenklappen versehen ist.

Sie läßt sie vor Maltes Nase hin- und herbaumeln.

»Bis zum nächsten Sommer ist der Elf gekommen, dann könnt ihr spielen...«

»Nur Mädchen spielen mit Babys.«

»Wart es ab, Malte, denn dieses Baby ist etwas Besonderes. Und seit er es weiß, ist Santos wie ein Engel. Er freut sich so!«

Sie macht eine Bewegung mit dem Kopf und zieht die Schultern hoch. Gleich darauf verzieht sich ihr Gesicht, die gebrochene Rippe hat gesprochen, sie greift nach dem Verband. Malte läuft hin und hilft ihr wieder in die Kissen, in die sie sich unter Schmerzen lächelnd zurücksinken läßt.

»Du fährst doch nicht, ohne auf Wiedersehen zu sagen?«

»Da kannst du sicher sein«, sagt er tapfer.

Ihre Hände liegen schlaff auf dem Strickzeug, ihr Kopf ist zur Seite gesunken.

»Bitte sei so gut und zieh die Gardinen zu, ehe du gehst.«

Mit einem Zug an der Gardinenschnur löscht Malte das Meer aus. Oda ist eingenickt. Er steht noch ein bißchen unschlüssig da, ehe er das Zimmer verläßt. Stufe für Stufe setzt er die Füße, läßt die Hand über das Geländer gleiten, zögert bei dem Knauf ganz unten, als ob er nicht weiterkommen könne.

In der Halle steht Doktor Hansen. Er ist gekommen, um nach Oda zu sehen. Er hängt die karierte Mütze, die den Fliegerhelm abgelöst hat, seit er in seinem Ford unter Dach ist, an den Haken, packt die Arzttasche.

»Hallo«, grüßt er, als ob nichts Besonderes los wäre, »wie geht es der Patientin?«

»Gut«, sagt Malte mürrisch. Er hat ja gerade nach ihr gesehen.

»Anschließend geht es wieder zum Krähenschloß. Willst du mit?«

»Meine Mutter ist gekommen ...«

»Wie bitte?«

Malte wiederholt es, eben über der Hörgrenze.

»Stimmt, also wann treffen wir uns?«

Malte gibt auf. Nur weil seine Mutter gekommen ist, versteht ihn niemand mehr. Doktor Hansen geht nach oben.

Malte nimmt sich zusammen und betritt den Salon. Hände klatschen. Das ist fast ebenso laut, als wenn eine Tür knallt.

Dann ist er bis zur Nasenspitze in Fuchs begraben, überhäuft von Küssen und Gezwitscher.

»Wie hast du Mutter gefehlt!«

Er weicht aus, damit ihm die Wangen nicht von den Nadeln, die den Pelz zusammenhalten, blutig geschrammt werden.

Mmm, mmm, mmm, küßt sie. Malte windet sich los und wischt sich unter der Nase trocken. Sie zupft an seinen Haaren.

»Wie braun du geworden bist. Siehst ja aus wie ein Zigeuner.«

»Ich will nicht nach Hause«, sagt er und zieht einen Flunsch. Sie überhört das, wendet sich an ihren Tischherrn und stellt ihn mit einer theatralischen Handbewegung vor.

»Sag schön guten Tag zu Herrn Ottosen. Er handelt mit Viktualien und hat ein Geschäft in der besten Straße der Stadt.«

Malte weiß nicht, was Viktualien sind. Aber es klingt vornehm. Genauso fein wie »Bijouterie«, womit ihre vorherige Herrenbekanntschaft in Koffern herumreiste, aus denen es glitzerte und blitzte, wenn man sie öffnete. Er gibt die Hand und grüßt mit einem Diener, den er in der Tanzschule gelernt hat.

Der Mann neben seiner Mutter ist füllig, die Haut glänzt, er benutzt Brillantine für das dünne Haar. Er hat einen gezwirbelten Oberlippenbart, der sich kringelt wie Schweineschwänze, dicke Lippen und einen Bauchumfang, daneben ist seine Mutter Nippes. Er nennt sie »meine liebe Odette«, und Malte stutzt. Nicht wegen des Namens, mit dem ist er aufgewachsen, sondern wegen des Tonfalls, der ist sehr hoch und verursacht ihm Unbehagen.

Mutter hat seit dem letzten Mal eine neue Frisur bekommen. Sie trägt Locken von Dauerwellen, und das Kleid hat er auch noch nicht gesehen. Und es scheint, als ob jedesmal, wenn sie sich sehen, die Falten um ihren Mund einen Hauch müder geworden seien. Sie ist so vornehm und so blutleer, und malt sich die Lippen dick an, um das zu verbergen.

Sie hat fast keinen Busen, die Schlüsselbeine stehen hervor.

Odette ist ein Ballettkind. Sie hatte Training und abermals Training, aber keine Kindheit. Als sie in der Partie debütieren sollte, für die ihre Erziehung sie bestimmt hatte, riß ein Gelenkband, und sie landete von einem Tag zum anderen auf der Straße.

Malte hat seinen Vater, Alexander, nicht gekannt. Sie beteuert, er sei der größte Solotänzer ihrer Jugend gewesen, begehrt auf vielen Bühnen – bis zu dem Tag, als er nach Rußland verschwand und seither nie wieder von sich hören ließ. Malte kennt jedes Detail ihrer Geschichten, aber er weiß nicht, was er glauben soll. Sie hat ihm einmal eine Fotografie des Vaters gezeigt, und darauf ähnelt er – mit seinen glänzenden Pailletten über der Brust – am ehesten einem Zirkusartisten.

Der Mann, der Viktualienhändler ist und Ottosen heißt, hat eine glänzende Stirn, er beugt sich vor und spricht zu ihm, weiter unten am Tisch zeigt Ida mit der Gabel auf ihn, und die Mutter tupft ihre Lippen ab, so daß auf der Serviette blutige Möwenschwingen erscheinen. Man erwartet, daß Malte jetzt antwortet, aber die Umgebung ertrinkt im Sichtbaren, und das Hören ist ausgeschlossen.

Er hat sich in Idas Stummheit verkrochen, die Bilderreihe wiederholt sich. Immer noch kein Laut. Der Viktualienhändler wendet sich an die Mutter. Unter dem fragenden Appell seines Blicks spielen die Hände mit der Serviette, und sie schaut den Sohn an, bittend.

Malte greift an der Ecke des Tischs zu. Wickelt sich den Zipfel des herunterhängenden Tischtuchs um das Handgelenk und lehnt den Körper zurück. Vor ihm hat sich eine Falte geöffnet, und Porzellan, Käseglocke und Teekanne rutschen mit einem kleineren Erdbeben hinab, Messer und Teelöffel tanzen oben auf der weißen Woge, und das ganze Möwengeschirr fliegt mit Marmeladendose und Brotkorb hinterher.

»Ich will nicht nach Hause!«

Gellt die Stimme des Jungen über das Getöse.

17. Kapitel, worin um Maltes Seele gefeilscht wird

Weit draußen auf dem Krähenschloß – hinter den rußgeschwärzten Fensterscheiben im Halbdunkel der guten Stube – löst sich der Kajak aus seiner Aufhängung und taucht mit der beinernen Spitze zuerst durch Spinnweben und Fliegenskelette. Mit einem schrammenden Trommellaut der Häute legt er sich auf der Tischplatte zur Ruhe, drapiert mit großen Staubflocken. Der Stuhl mit dem geflochtenen Sitz ist zerbrochen, wie ein Weberknecht hängt noch die kleine Harpune mit den abstehenden Widerhaken unter der Zimmerdecke.

Aus der Ecke guckt ein Seidenäffchen hervor, im Dunkel leuchtet der Pelz des kleinen Gesichts totenbleich. Es lebt auf, als die Sonne von einem Himmel hereingewirbelt kommt, der sie als Strahlenbündel durch die Scheiben schickt und Fahnen über dem Teppich hißt und das Glasauge in dem Bestiarium von Seevögeln, ausgestopften Pinguinen und Kreuzottern in Alkohol von einem Streifen Lichts wieder aufleuchtet.

Nichts anderes als diese Bewegung ist durch den Raum gegangen, der Rest folgt. Der Zapfen in der Standuhr fährt mit schnarrender Kette auf den Boden des Uhrenkastens und bleibt dort liegen. Nachtfalter, im Glas der Lampe gefangen und von der Sonnenwärme getrocknet, zerbrechen papierdünn unter dem Gewicht des Staubs ihrer Flügel. Klöppelspitzen lösen sich aus ihrem Muster, die Troddel eines Klingelzugs fällt ab, und der Weihnachtsteller zersplittert in einem plötzlichen Riß, der sich vom Stern nach außen zieht, nur der Nagel bleibt an der Wand zurück. Eine Erschütterung ist durch das Krähenschloß gegangen. Ein Zittern im Fell der Tiere, ein Atemhauch, der ausgeatmet wurde und nie mehr zurückkommen wird –

Aviaja ist tot.

Niemand weiß das, niemand außer mir. Sie war es, die schrie. Man wird sie im Stroh finden, und ihr Gesicht wird zu Mumienfalten eingestürzt sein, der Mund eingesogen wie ein Bürzel, um den herum das Fleisch bereits eingefallen ist. Sie wird einer Tausendjährigen gleichen, und das einzig Lebendige wird die Unsauberkeit sein, die sie hinterläßt.

Dieses Mal werden weder Haut noch Knochen das Siegel des Todes brechen. Der Trommelwirbel des Herzens ist beendet. Sie ist über den Mond gesprungen, sie ist durch die Sonne gesprungen. Mit Flammen in ihrem welken Haar hat sie sich am Nachthimmel gezeigt. Sie ist unter die Haut gekrochen, hat sich von Fleisch und Blut gereinigt und sich mit den Augen eines jungen Seehunds auf den Schoß der Mutter der Meere gesetzt.

Hier erfror sie vor nur einem Atemzug. Als er sie mit der Wärme des Bluts verließ, beschlugen die Fensterscheiben im Stall, und das Lamm, das am Salz ihrer Haut leckte, zitterte vom Kopf bis zur Schwanzspitze. Aviaja, ich habe nach deiner Trommel getanzt, wer wird mich nun in die Erde hinab beschwören, wenn ich wieder einmal von dem Drang gepackt werde und mit hohler Hand an den Deckel zu hämmern beginne?

Aviaja ist tot. Ich bin also allein im Raum, wie es nur die anderen Seelen sind; kein Lebender versteht das, aber wir können uns nur im Fleisch begegnen, und nur im Fleisch macht die Liebe Sinn. Wir werden uns nicht im Elysium versammeln, um uns mit Palmwedeln und Jubelgesang zu begrüßen, wir werden uns nie auf Kassiopeia begegnen. Hier sind wir füreinander ebenso flüchtig wie Gas oder Sternennebel. Wer wir waren, sind wir nicht länger. Deshalb war Romeos Irrtum ein doppelter. Er wird seiner Julia niemals auf der anderen Seite begegnen.

Das erkenne ich jetzt.

Der Aufstand findet im Salon statt. Malte steht inmitten einer Flut von Scherben, rieselnden Teeblättern und Kaffeesatz. Halb unter den weißen Falten des Tischtuchs begraben. Noch vor einem Augenblick war er Opfer der Raserei eines Erzengels, jetzt steht er geistesabwesend mit Salz auf den Schultern da. Auf seiner Wange befinden sich vier rote Würste, die hat der Viktualienhändler dort zurückgelassen.

Die Mutter weint, Frau Svane schimpft. Herr Ottosen hat ihnen den Rücken zugewandt und pafft in einer Fensternische, um die Zigarre zum Brennen zu bringen, deren Rauchschleier sich über die Berserkerwut legen sollen, die der Junge verdient hätte. In seinem Bauch kneift es, und er japst nach Luft. Ida ist aus dem Zimmer gerannt und der Apotheker mit Riesenschritten hinter ihr her.

Unter seiner faltenreichen Toga ist Malte zu einer Statue erstarrt. Anscheinend mit der Würde eines Senators läßt er den Schwall über sich ergehen. Als Frau Svane ihn schüttelt, hält er ihr die andere Wange hin, aber über seine Lippen kommt kein Mucks. In seinem Blick sind weder Tränen noch Trotz auszumachen, nur eine gläserne Erstarrung.

Er hat sich bis zur obersten Schicht des Gehirns erhoben, bis zum Wassermann mit Augen in allen vier Himmelsrichtungen und mit Drähten, die ihn mit den entferntesten Gegenden des Raums verbinden. Der Gummibaum, der als Tischschmuck gedient hatte, ist zu seinen Füßen zu einem Stern aus Erde explodiert. Die Scherbenhaufen reichen ihm bis an die Knöchel, unter den kurzen Hosen flammen Flecken auf seinen Schenkeln, wo das Teewasser sie verbrüht hat, aber er spürt nichts. Auch nicht die Hand, die ihn aus dem Abfallhaufen herauszieht, den er auf dem frisch gescheuerten Fußboden hinterlassen hat.

Es wird gefegt, die Tischdecke wird von seinen Schultern entfernt und zu einem Bündel verknotet, in dem Silberlöffel und Messer zwischen Butterflecken klappern. Von den Enden tropft es, als die Tischdecke zu Santos in die Küche hinausgetragen wird, der sich mit Händen, runzelig bis zur Unkenntlichkeit, um den Abwasch kümmert.

Im Salon hat Odette aufgehört zu weinen und sich in dem

Versuch, sich nützlich zu machen, um sich selbst zu drehen. Sie weiß nicht, in welche Richtung sie sich noch drehen soll. Mit der Hacke trifft sie einen Aschenbecher, der schon verunglückt war und nun zur Vertäfelung hinüberrutscht. Frau Münster kommt zu Hilfe, setzt sie auf die Klavierbank, faltet eine Serviette zu einer spitzen Tüte und hält ihr das Silberei mit dem Riechsalz nah vors Gesicht. Als sie sich zurücklehnt, dröhnt es ihr aus dem Innern des Flügels entgegen.

Die gleiche Hand, die Malte aus dem Brennpunkt hinausführte, führt ihn jetzt zur Chaiselongue hinüber, wo er sich hinlegt. Mit kundigen Bewegungen schmiert sie Salbe auf die verbrannten Stellen. Bei der Berührung beginnen die Glieder des Jungen zu zittern, er klappert mit den Zähnen. Der Apotheker faßt ihn unters Kinn, versucht seinen Blick zu fangen, der am goldenen Glanz des Zwickers abgleitet. Mehr als seine Wut fürchtet er die Stummheit des Jungen, er schnipst mit dem Finger, um ihn zurückzuholen.

Malte reagiert auf das Schnipsen. Wie einer, dem ein Regentropfen auf die Nase gefallen ist. Verwundert – noch geprägt vom Echo der Geistesabwesenheit – betrachtet er das Spektakel, reibt sich den Ellbogen und sieht Ege fragend an.

»Hab ich bis mittags geschlafen?« fragt er. »Das Leuchtfeuer ist ausgegangen.«

Der Vormittag wird mit Verhandlungen rund um den Eßtisch zugebracht. Die Verhandlungen gehen hinter verschlossenen Türen vor sich. Der Viktualienhändler hat seine Brieftasche vorgeholt; die Erstattung für das Geschirr ist ganz erklecklich und hat Frau Svane milder gestimmt. Jetzt geht es um Maltes weiteres Schicksal. Der Apotheker ist eben für ihn in die Bresche gesprungen.

»Fräulein Odette«, sagt er, »was die Schule angeht, so ist er hier viel besser aufgehoben. Für Ida ist er eine Stütze, und er hat große Fortschritte gemacht. Er liest jetzt völlig frei, ich weiß nicht, ob sie sich darüber im klaren sind?«

Odette selbst hat nie lesen gelernt. Dafür hatte sie nach den täglichen Übungen an der Ballettschule keine Kräfte mehr übrig. Sie nimmt die Auskunft mit aufrichtiger Freude entgegen, in die leiser Schmerz gemischt ist. Sie denkt an die Jahre, in denen der Traum zu einer perfekten Maschine getrimmt wurde – bis eine Feder sprang und sie ins Leben hinauswarf ohne weitere Sprache als die des Körpers. Dies zeigt sich in ihrem Lächeln als ein stiller Kummer.

»Meine Tochter Ida ist stumm«, spricht er weiter, »sie verlor ihre Mutter unter, ja – tragischen Umständen. Malte hat für sie mehr getan als die Ärzte, das können sowohl Doktor Hansen als auch ich unterschreiben. Sie haben etwas gemeinsam, und es sollte mich nicht wundern ...«

Er fängt sich wieder. Nimmt die Brille ab und putzt sie sorgfältig, richtet die Nasenklammern. Als er sie wieder aufsetzt, hat seine Stimme einen ganz anderen Klang:

»Mit anderen Worten, ich bin bereit, für seinen weiteren Aufenthalt aufzukommen. Mir ist klar, daß seine Zeit als Ferienkind im ›Strandgaarden‹ um ist.«

Er blickt in Frau Svanes Richtung, die nickt.

»Was sagen Sie dazu, Fräulein Odette? Wenn Malte den Sommer über hierbleibt, werde ich mich persönlich seines Unterrichts annehmen.«

Odette räuspert sich nervös. Dieser stumme Appell an Ottosen bleibt ohne Ergebnis, sie muß selbst das Wort ergreifen.

»Das ist sehr großzügig von Ihnen, Herr Ege, das muß ich sagen. Er ist immer ein solch schwieriges Kind gewesen, und diese Anfälle, die hatte er von klein auf. Man weiß nie, was er denkt, und eines Tages tut er sich womöglich etwas an, ja, Entschuldigung – das sollte ich vielleicht nicht sagen ...«

»Ich habe das mit Doktor Hansen erörtert. Er steht hier unter unserer Aufsicht, und wir werden die Verantwortung für den Jungen übernehmen, solange er hier ist. Er ist in medizinischer Hinsicht keineswegs auffällig, darauf habe ich Hansens Wort.«

Frau Svane mischt sich ein, etwas widerstrebend.

»Es müßte nur für seine Verpflegung bezahlt werden. Für

das Zimmer werde ich kein Geld nehmen, das ist nicht für Gäste.«

Plötzlich kommt sie in Fahrt. Sie wendet sich an den Viktualienhändler.

»Wir könnten das vielleicht mit einer Lieferung regeln? Mit Geräuchertem, Schinken? Ich habe mir sagen lassen, daß Sie mit Konserven handeln?«

Ottosen ist dabei. Resolut wie ein Viehhändler. Endlich etwas, das er versteht.

»Top, sage ich!«

Der Handel ist in vollem Gange. Es entwickelt sich ein Tauziehen um Pasteten und andere Delikatessen, die die Küche des »Strandgaarden« revolutionieren werden. Die beiden sind in ihrem Element und für den Rest der Welt verloren. Ungeniert feilschen sie um die Einzelheiten. Und je mehr sie feilschen, um so größer wird ihre gegenseitige Sympathie.

»Wenn Sie meine Meinung hören wollen«, sagt sie im Vertrauen zu ihm, »die Ohrfeige war durchaus verdient.«

Sie beugen sich über ein Papier, auf dem die Absprache in einem ständig wachsenden Warenverzeichnis niedergelegt wird. Schließlich hört man ihn ausrufen:

»So viel ißt der Junge ja wohl auch wieder nicht!«

In diesem Augenblick ist der Apotheker aus dem Spiel. Wenn es um die Realitäten des Lebens geht, ist er ein Pillendreher wie die übrigen Humanisten und bekommt rote Ohren, wenn die Rede von Kaufen und Verkaufen ist. Er ist ziemlich verlegen, als er sich an die Mutter wendet:

»Ist das so in Ordnung, Fräulein Odette?«

Odette seufzt.

»Das ist es wohl!«

Resigniert blickt sie zu Ottosen, der eben dabei ist, seine Unterschrift auf das Papier zu setzen.

Gleich nebenan spielt Malte mit Ida Schule. Sie können die Stimmen der Erwachsenen als Summen durch die geschlossene Tür hören, ihr Räuspern und ihr Stühlerücken klingen lauter als das Gemurmel der Stimmen. Ida hält den Kopf beim Schreiben auf dem Kacheltisch schief, ihre Wange liegt ganz dicht über dem Papier. Robinson Crusoe ist vom Regal heruntergestiegen, in ungeduldiger Eile blättert Malte in dem Buch.

Nach den Schreibübungen liest er ihr laut vor, das Stück, wo der gestrandete Seemann die Fußspuren Freitags im Sand entdeckt. Maltes Stimme trottet ohne jeden Biß über den Text und seine Bilder dahin, denn mit seinen Gedanken ist er woanders. Ida taucht trotzdem ein, läßt sich von Maltes Leiern nicht stören.

Malte hat sich Rechenschaft abgelegt: Eine heimliche Freude ist mitten in seiner Angst verborgen. Eine Ohrfeige und einmal am Kragen gepackt. Aber damit sind die Fronten zwischen ihm und Mutters neuem Bekannten auch klar. Was den Rest angeht, kaut er Nägel. Das sind Gedanken, die er nicht zu Ende zu denken wagt.

Er zuckt zusammen, als in der Halle Schritte zu hören sind und sich Frau Svanes Stimme über die aller anderen erhebt.

Sobald die Tinte getrocknet ist, öffnet Frau Svane die Tür zu Malte und ruft ihn. Er betritt den Salon mit einer Miene, als ob er kein Wässerlein trüben könnte, aber er hat Herzklopfen und Bauchgrimmen. Als er hört, daß er den Sommer über bleiben kann, quittiert er die Abmachung, indem er der Mutter mit solchem Schwung um den Hals fällt, daß die weißgestrichenen Beine des Eßzimmerstuhls beinahe unter ihnen zusammenbrechen.

»Mein großer Junge«, murmelt sie in die Strohbüschel seiner Sommerhaare, »mein großer, großer Junge.«

Eine Stubenfliege brummt gegen ein Fenster. Plötzlich will Malte raus. Frau Svane stoppt ihn in der Tür, er wird von einer gestärkten Schürze aufgehalten, die den Ausgang blockiert.

»Nein, mein Freundchen, so wird hier nicht gespielt, das kannst du wohl glauben. In der Küche wird eine Extrahand gebraucht. Oda mußte für zwei arbeiten. Jetzt habt ihr zwei

Kumpane Gelegenheit, etwas wiedergutzumachen, aber ihr werdet euch ins Zeug legen müssen!«

Sie denkt an Santos. Seit Odas Wiederkehr war er mächtig eingespannt als Mädchen für alles. Das Haus, der Garten, die Küche, all das, was die Gäste nie sehen, wenn das Holz im Korb gestapelt vor dem Kamin bereitsteht, der zum abendlichen Tee angezündet wird. Und das Erstaunliche geschieht – Malte nickt zustimmend zur Logik des Urteils, und ehe er sich in die Küche trollt, hat er ihr eine Entschuldigung zugeflüstert, die niemand sonst hört.

Mit dem Abwasch geht es einigermaßen. Man kann sagen, daß der Junge den Löwenanteil schon im voraus erledigt hat. Aber zum Lunch kommt ein Extratrumpf dazu. Während gekocht und gebrutzelt wird und Frau Svane mit rotglühenden Eisenringen hantiert, waschen sie Gemüse, schleppen Wasser und Brennholz zum Herd. Santos schwitzt gewaltig, und sowie er eine Hand frei hat, bekreuzigt er sich, denn wenn dies das Fegefeuer ist, dann bewahre ihn Gott vor den Flammen der Hölle.

Nach dem Lunch, als der schlimmste Trubel abgeebbt und in die stillen Stunden des Nachmittags übergegangen ist, sitzen sie unter dem Halbdach des Geräteschuppens und schälen Kartoffeln für das Abendessen. Santos schaudert es plötzlich vor Kälte, er sieht müde aus. Von der Gartenarbeit sind seine Fingernägel abgebrochen. Unter dem Halsausschnitt juckt es. Er hat sich vom Gärtner einen Wollpullover geliehen und kratzt sich jedesmal, wenn er eine Kartoffel in den Topf gelegt hat, der so groß ist wie ein mittlerer Waschkessel.

Er sitzt da und zieht ein Gesicht wie ein Strafgefangener und leidet unter der Wechselhaftigkeit des Sommers. Heute ist es windig, Schauerwetter, und die Pappeln rauschen. Malte hat die Ärmel seines Hemds aufgekrempelt, kälter ist es nicht. Lang sitzen sie still, während sich die Schalen im Eimer häufen. Jedesmal, wenn er voll ist, läuft Malte und leert ihn auf den Komposthaufen. Mit einem Mal faßt sich Santos an den Magen und bewegt sich gequält auf dem Hocker hin und her.

»Geh ruhig hoch zu Oda«, sagt Malte. Ganz nüchtern. Denn erstens ist der Topf so gut wie voll. Und zweitens weiß er, daß es eine Ewigkeit dauert, bis Santos sich für sein Schäferstündchen fertiggemacht hat. Die Maskerade nimmt ihren Lauf, selbst Frau Svane muß sich damit abfinden, stillschweigend. Wer A sagt, muß auch B sagen. Aber mit jeder der Stunden, die er bei seiner Verlobten zubringt, ähnelt er mehr und mehr einer vernachlässigten Ausgabe von Herrn Sjarles.

Endlich hat Malte Ida im Garten entdeckt. Er hat versprochen, ihr zu zeigen, wie man sich ganz einfach einen Sonnenschirm bastelt wie den, mit dem Robinson auf der Insel herumspaziert. Vom Komposthaufen rettet er die Reste des Gummibaums. Sobald die letzte Kartoffel geschält und der Topf unter Spritzern, die die verbrannten Stellen auf seinen Beinen kühlen, hineingeschleppt ist, zieht er mit Ida los, zur Höhle unter den Pappeln.

Doktor Hansen ist es, der die Neuigkeit überbringt.

Die Alte auf dem Krähenschloß fällt der Gemeinde nicht länger zur Last, sie ist zu einer höheren Instanz übergegangen. Dieses Mal unwiderruflich. Die irdischen Reste sind zum Hospital in Sælvig gebracht worden; als er sie fand, im Stall wie zuvor, stand ein Lamm bei ihr und leckte an ihrer Halsgrube. Er rollte sie in eine Pferdedecke, die mehr wog als sie selbst, hob sie auf und packte sie auf den Rücksitz seines Autos. Die Totenstarre hielt ihren Kiefer in eisernem Griff, die ersten Leichenflecken waren auf dem Handrücken hervorgetreten. Nichtsdestotrotz massierte er die welken Glieder lange mit Alkohol und untersuchte sie gründlichst, ehe er sie – in einem Krankenhauszimmer – obduzierte. Da sie so alt geworden war, hat er als Todesursache sonst nichts hinzuzufügen.

Er war mit ihren persönlichen Papieren im Pfarrhaus, darunter ihr Letzter Wille. Ja, das wäre es also. Keiner der Anwesenden kannte Aviaja Bertelsen persönlich. Sie war menschenscheu und wunderlich und hatte seit Menschengedenken außerhalb der menschlichen Gemeinschaft gestanden.

Dennoch werden die Versammelten von einer seltsamen Unruhe ergriffen; alle haben sie etwas verlegt – die Brille, das Nähzeug, ein Notenblatt –, man sieht sich im Zimmer um, die Uhr tickt aufdringlich. Man dreht seinen Kopf um nach niemandem, denkt an ferne Verwandte, eine Cousine, die lange vernachlässigt wurde. Die Unruhe ergreift die Füße, es wird mit den Füßen gescharrt, Beine werden um Stuhlbeine geschlungen. Es ist wie ein innerliches an den Fingern Abzählen, so als ob etwas fehlt.

Um die Stimmung zu lockern, holt Frau Svane den Schlehenschnaps und schenkt auf Rechnung des Hauses ein.

Nur Odette und ihr Kavalier sind unbefangen. Sie kommen von einem verlängerten Mittagsschlaf auf ihrem Zimmer nach unten. Herr Ottosen hält ihr die Tür auf, zieht den Stuhl zurück und schiebt ihn ihr vorsichtig unter, als sie sich zurechtsetzt. Seine groben Manieren haben sich zu einer Form höflichen Ungeschicks gewandelt. Um ihr zu Gefallen zu sein, tritt er sich selbst auf die Zehen.

Odette ist schon zum Essen umgekleidet, am Ende des behandschuhten Arms befindet sich eine Zigarettenspitze. Sie läßt sich dem Doktor mit den Worten vorstellen:

»Apotheker Ege hat so freundlich von Ihnen gesprochen. Ich bin Maltes Mutter.«

Keiner macht sich im übrigen die Mühe, das Paar von dem in Kenntnis zu setzen, was geschehen ist. Sie haben nie von der Toten gehört. Auch sie bekommen ein Glas in die Hand gedrückt, so daß sie beim allgemeinen Zuprosten mithalten können. Sie sitzen noch mit gekrauster Nase über dem Schlehenschnaps, als wie von einem Windstoß die Tür auffliegt und etwas Schwarzes über den Parkettboden hereingerutscht kommt, eine lange Spur von Gartenerde hinter sich herziehend.

Frau Münster schnappt nach Luft. Als ob dieses Kribbeln im Nacken schließlich eine Erscheinung ausgelöst hat. Es heißt ja, daß die Alte vom Krähenschloß mit dem Bösen selbst unter einer Decke steckte, und man erinnert sich im Kirchspiel noch mit Schaudern an die Johannifeier, als sie sich in Gestalt eines schwarzen Hundes zeigte, der so herzzerreißend am Feuer heulte, während die Hexe mit ihrem Feuerstiel gen Himmel fuhr.

In der Zwischenzeit ist die Gestalt mitten im Zimmer stehengeblieben. Es dauert einen Moment, ehe der Versammlung aufgeht, daß dies ein kleiner Mensch ist, ein Kind, mit Asche, Ruß und anderem geschwärzt. Dem Apotheker entfährt ein Ausruf des Erstaunens –

Das Kind ist Ida, verkleidet als Freitag. Um den Leib trägt sie einen abstehenden Bastrock, sie vollführt eine Pirouette vor dem Flügel, wobei sie ihre Hände wie Blütenblätter entfaltet: Seht mich an! Unnatürlich hell durchbrechen die Augen das Schwarz; sie füllen das ganze Gesicht aus, alles eitel Freude und Erwartung.

Noch ein Auftritt erfolgt. Nach Ida kommt die Erklärung, würdig schreitend unter ihrem Sonnenschirm aus den Blättern des Gummibaums, mit einer Ledermütze bekleidet, die aus einem alten Muff aus der Rumpelkammer zurechtgeschnitten wurde. Ihr Tableau löst die beklommene Stimmung, Gelächter und heftiges Klatschen folgen. Ida verneigt sich und nimmt den Beifall wie eine kleine Tänzerin entgegen. Odette hat sich erhoben und ruft: »Bravo!« und »Da capo!«, während sie kräftig klatscht und ihr eine plötzliche Rührung in die Augen steigt.

Der Apotheker beugt sich zu Doktor Hansen hinüber und flüstert ihm etwas zu. Als sich der Beifall gelegt hat und wieder Ruhe eingekehrt ist, geht der Doktor zu Malte hinüber. Er klopft ihm auf die Schulter und beugt sich zu seinem Ohr:

»Ich habe gehört, sie haben deine Seele für Wurst und Käse verkauft. Was sagst du dazu, Malte?«

Der Junge sagt nichts. Er grinst über das ganze Gesicht.

Ein zurückhaltender Robinson bedient etwas später die Kannibalen am Eßtisch. Die Pension hat Schmorbraten mit Kartoffeln und gekochtem Rosenkohl auf dem Speiseplan. Zu den Domestiken zu gehören bringt gewisse Vorteile mit sich. Man ißt allein draußen in der Küche und kann den Rosenkohl beiseite kullern lassen.

Bis in die letzten Winkel des »Strandgaarden« ist hinter dem Deich die Nacht vorgedrungen. Ein blutroter Mond, der über den Pappeln aufstieg, ist zu einem knöchern weißen Ball geschrumpft, dessen Schein das Licht der Sterne ausdünnt. Um ihn herum befindet sich ein kreisförmiges Kräftefeld, dessen Linien erst am äußersten Rand des Regenbogens sichtbar sind. Der Mond steht voll und rund in seinem Hexenring und kulminiert zur Mitternacht.

Das Zirpen der Grillen durchzieht die Augustnacht, da beginnt eine arme Kreatur zu jaulen. Es geht mit einem dünnen Winseln los, setzt sich hinter dem Weidenzaun in einem Kläffen wie von Welpen fort. Wächst an zu einem Heulen, das den Nachtschlaf aller Lebendigen bis ins Mark erschüttert. Ein Fenster fliegt auf:

»Jetzt halt die Klappe, du verdammter Köter!«

Ein Gegenstand fliegt durch das Laub, und kurze Zeit ist es still. Aber nicht lange, dann kommt das Heulen wieder, beharrlicher als zuvor. Mit einem Nachhall, der im Himmel das Glas sprengt und das Band der armen Seelen zum Flattern bringt. Als ein Keil Graugänse über den Deich zieht, ertrinkt der Vollmond im Flügelschlag.

18. Kapitel, worin das Testament eröffnet wird

Das Arbeitszimmer des Pastors ist ein hoher Raum, vom Fenster aus blickt er über Marschen und Wiesen, wo am Horizont Schafe vor der dünnen Linie des Meers weiden. In Stapeln liegen die Bücher auf seinem Tisch. Die einzelnen Bände sind auf deutsch, lateinisch, altgriechisch oder hebräisch, und sie schrauben sich spiralförmig empor. Die reinsten Türme zu Babel, aus denen Lesezeichen wie Zungen heraushängen, mit jedem neuen Band, der auf einen Stapel gelegt wird, nähert dieser sich der Grenze, wo das ganze Werk einstürzt.

Im Auffinden von Zitaten ist er unübertrefflich, weiß gleich, wo er unter all den Massen nachschlagen soll. Er sitzt im vormittäglichen Licht und fühlt sich wohl auf seiner Insel des Durcheinanders, weil im übrigen Pfarrhof peinlich genaue Ordnung herrscht. Hinter ihm singen die Wälder.

Er geht gerade die Papiere der alten Aviaja durch. Das meiste kann aussortiert werden, Bankgeschäfte, die in die Zeit des Bernsteinkönigs zurückreichen, Kaufverträge für Besitz, der vor langer Zeit schon eingetauscht wurde und in andere Hände übergegangen ist, Rechnungen und Bilanzen, die Verschiffung, Schiffsladungen und Verkaufsverhältnisse betreffen.

Es gibt Zollstempel von Häfen aus aller Welt, Formulare, die mit einer Schreibmaschine ausgefüllt wurden, wo der Strich durch das ø von Hand ausgeführt ist. Ein Brief von der ersten Ehefrau des Bernsteinkönigs taucht auf – er beeilt sich, das Blatt umzudrehen, er sitzt doch nicht hier, um in privaten Verhältnissen herumzuschnüffeln. Hingegen verweilt er eine Zeitlang bei den Adoptionspapieren für Aviaja Bertelsen.

Er sucht nach ihrem Letzten Willen. Ein ausdrücklicher

Wunsch, wie die Beerdigung vonstatten gehen soll, wird – jedenfalls soweit wie möglich – respektiert werden. Er fürchtet das Schlimmste, denn die Tochter des Bernsteinkönigs war nicht nur Grönländerin, sondern erklärte Heidin und stand allezeit außerhalb der Landeskirche.

Er findet nichts, was an ein Testament erinnert. Ein Konvolut mit der entsprechenden Aufschrift erweist sich als leer. Abgesehen von einem Amulett in Form eines Beutels aus Seehundfell. Lange hält er ihn in Händen. Der Beutel ist mit einem Knochensplitter verschlossen. Er drückt auf das Fell, es ist etwas drinnen, eine wohlbekannte Form. Der Knochensplitter ist an einer Tiersehne befestigt, er dreht ihn aus der Öffnung, schüttet den Inhalt aus. Ein ganz gewöhnlicher Trauring, gediegen, du liebe Güte, bestes Gold.

Er wundert sich. Aviaja verheiratet? Davon hat man in der Gemeinde nie gehört.

Kullert ihn über die Schreibunterlage. Erst enttäuscht, dann verlegen. Er ist es ja, der primitive Gedanken hatte – was hatte er erwartet? Abgeschnittene Nägel, Kreuzottergift und Alraunwurzel? Die verzerrte Gesichtsmaske des Tupilaks für den, dem man Böses wünscht?

Der Pfarrer hat eine Idee und untersucht den Ring mit der Lupe.

Wieder eine Niete. Keine Inschrift, außer dem Stempel, der die Karatzahl des Goldes angibt. Er lehnt sich auf seinem Stuhl zurück. Sitzt da mit gefalteten Händen, trommelt mit dem Zeigefinger auf seine Nasenwurzel. Schiebt den Schreibtischstuhl vor, daß es im Holz knarrt.

Sein Blick fällt auf das Papier, in das der Ring gewickelt war. Er zupft es aus dem Beutel hervor, es ist mehrfach gefaltet, die Knicke sind scharf, nicht mürbe. Als er den Bogen entfaltet, zeigt sich, daß er beschrieben ist, rabenschwarz, mit kantiger Schrift. Er geht mit der Lupe darüberhin.

»Mathilde«, ruft er bald darauf, »kannst du mir nicht helfen, dieses Gekrakel zu entziffern?«

Der Gemeinderat ist zu einer außerordentlichen Sitzung einberufen worden. Der Pfarrer hat die Räumlichkeiten zur Verfügung gestellt. Auf dem Tisch stehen Kaffee und Brot und Selbstgebackenes. Aviajas Letzter Wille ist der einzige Punkt auf der Tagesordnung. Er hat die Papiere vorgelegt und die Situation skizziert. Die Wunderliche vom Krähenschloß hat ein mehr oder weniger unberührtes Vermögen hinterlassen, das noch auf den Bernsteinkönig zurückgeht. Nein, keine mit Banknoten vollgestopften Matratzen oder Kopfkissen, keine im Küchengarten vergrabenen Marmeladengläser und kein hinter Gemälden einbetonierter Tresor.

Die Gelder ruhen einfach auf der Bank, und dort haben sie seit dem Tod des Bernsteinkönigs geruht. Tatsächlich ist das Vermögen mit den Jahren angewachsen, der Gewinn war sehr viel größer, als was Aviaja verbrauchte. Alle haben sie geglaubt, sie sei arm wie eine Kirchenmaus gewesen, das Geld aufgezehrt, warum sonst sollte sie von Fischernetzen und Reusen leben, von Ziegenmilch und Schafen? Jetzt zeigt es sich, daß keiner reicher war als sie und – jetzt kommt die Pointe:

Das Geld soll der Gemeinde zufallen, und den Pfarrer setzt sie als Vollstrecker ein. Es gibt Klauseln, und die sind es, über die geredet werden muß. Aviaja will verbrannt werden, und ihre Asche soll im Grab des unbekannten Seemanns auf dem Friedhof beigesetzt werden.

Der Vorsitzende des Gemeinderats trommelt ungeduldig mit den Fingern. Er hat schon das Feuer geschürt, wenn die Alte kremiert werden will, von ihm aus gerne. Er begreift das Zögern des Pastors nicht. Jetzt räuspert er sich, dort am Ende des Tisches, wo er hinter dem aufgeschlagenen Kirchenbuch thront, dessen Einband es wie ein Gerichtsprotokoll aussehen läßt.

Aus dem Testament geht hervor, daß Aviaja verheiratet war, nicht aber aus dem Kirchenbuch. Er hat im Gemeindebüro nachgefragt. Keine Spur von Trauungspapieren, seien sie nun standesamtlich oder kirchlich. Man ist die Archive durchgegangen. Sie starb mit anderen Worten unverheiratet, das muß aus allem gefolgert werden.

»Worauf will der Herr Pastor hinaus?«

Das ist Frau Svane. Sie sitzt dem Vorsitzenden des Gemeinderats genau gegenüber, dessen Fingertrommeln sie nervös macht.

»Man kann nicht einfach Urnen in fremder Leute Grab setzen. Bei nahen Verwandten sieht die Sache anders aus. Außerdem gibt es noch eine Klausel...«

»Ja?«

Der Pfarrer schweigt. Das tut er nicht, um die Qual zu verlängern, er ist offenkundig verwirrt.

»Aviaja Bertelsen verlangt ein Requiem für den jungen Seemann im Sarg – aufzuführen in unserer Kirche bei ihrer Beisetzung.«

»Ja und? Das kann doch nicht die Welt kosten!«

Der Vorsitzende des Gemeinderats bekommt einen deutlich zurechtweisenden Blick zugeworfen. Hier tappt der Pastor nicht länger im dunkeln hinter ungelösten Rätseln her, seine Stimme wird scharf.

»Es dürfte unserem verehrten Vorsitzenden vielleicht bekannt sein, daß die Landeskirche protestantisch ist. Seelenmessen gehören zur katholischen Kirche. In der Liturgie fehlt jegliche Entsprechung.«

»Wer entscheidet das?«

»Das tue ich! Was in meiner Kirche geschieht, dafür bin Gott sei Dank ich verantwortlich und niemand sonst. Wir sind doch schließlich keine Papisten.«

»Ausgezeichnet, Herr Pastor. Wo also liegt das Problem?«

Es entsteht eine Pause. Und ehe sie unterbrochen wird, hat sie sich einmal um den Tisch ausgebreitet. Jedem ist es ja gestattet, ein bißchen zu träumen. Und die Summe ist schließlich groß genug. Wird das Testament nicht erfüllt, fällt das Erbe an die nächsthöhere Instanz. Den Staat, kurz gesagt.

Der Pfarrer denkt an die Orgel der Kirche, die Pfeifen keuchen ordentlich, die Hälfte der Register haben aufgegeben, die Pikkoloflöten klingen wie die Drehorgel eines Marktschreiers, die Tastatur klemmt, und die Mechanik fällt in Zungen und

Zahnräder auseinander, von denen er nichts versteht. Kein Orgelstimmer weit und breit, der sich in die Nähe getraute.

Er stellt sich eine von den neuen vor. Klar in der Linienführung, mit grauen und einheitlichen Pfeifen und ohne vergoldete Posaunenengel. Mit einem neumodischen Orgelwerk anstelle des vorsintflutlichen Apparats, der das Werk antreibt und »Es ist ein Ros entsprungen« wie einen Gassenhauer klingen läßt.

Frau Svane denkt an das Gemeindehaus, das zu bauen das Geld nie reichte, der Vorsitzende sieht eine Maschinenstation sowie eine Halle, um selbst Fischauktionen abzuhalten, und die Gedanken der Pfarrersfrau weilen bei den Armen und den Kranken. In ihrer freien Zeit schafft sie Zufluchtsorte, wo die Mittellosen im Gemeinschaftsraum Lesekreise abhalten und die Tuberkulosekranken Altardecken sticken, ehe sie schließlich dahinwelken und nach einem reinigenden Kräuterbad in den Himmel aufsteigen.

Der Vorsitzende des Gemeinderats unterbricht das Schweigen.

»Das ist ja viel Geld«, sagt er in seinem Inseldialekt.

Und auch wenn man ihn grob wie einen Großbauern findet, so fallen seine Worte doch nicht auf steinernen Grund. Alle am Tisch unterstützen ihn. In Form gemurmelter Zustimmung. Mit einem Mal fühlt sich der Pfarrer in der Opposition, plötzlich liegt alles an ihm. Kann er so etwas zulassen? In seiner eigenen Kirche? Und wenn es soweit wäre, und wenn er sich dafür entschiede – dieses eine Mal –, ein Auge zuzudrücken bei der Liturgie, wen in aller Welt würde man wohl dazu bringen können, an diesem gottverlassenen Ort ein Requiem aufzuführen?

Seine eigene Mathilde ist es, die an seiner Statt antwortet.

»Dieser Herr Sjarles, soweit ich verstanden habe, ist er doch Katholik? Und im übrigen ein tüchtiger Musiker. Er pflegte doch mit Oda und dem Kirchenchor zu proben. Ich erinnere mich noch an den Sonntag zu Trinitatis – das war göttlich! Wißt ihr noch?«

Alle nicken sie. Eine Erinnerung an etwas beinahe Ekstatisches ist erwacht. Das Erhebende geht wie ein Amen durch den Raum und ergreift den Gemeinderat. Ein Chorgesang, der so das Schöpferwerk pries und durch das Kirchenschiff tönte, daß sich die kleinen Haare sträubten, ist das nicht ein Bote aus der Höhe? Diese Augenblicke, wenn sich die Seele erhebt – näher können wir Gott während unseres Lebens doch wohl nicht kommen. Ein geistliches Lied für den toten Seemann, wem sollte das schaden?

Ob ihr es nun Messe nennt oder was weiß ich, das sind doch nur Wörter, denkt der Vorsitzende des Gemeinderats und schweigt mit den Frommen. Natürlich hat man politisches Fingerspitzengefühl, sonst säße man ja nicht auf diesem Stuhl. An der Kette zieht er die goldene Kapsel aus der Westentasche, klappt sie auf und klappt sie mit Schwung wieder zu, alles mit ein und derselben Handbewegung, schon unterwegs zu seinem nächsten Auftrag. Ehe er sich erhebt, tunkt er ein Mandelhörnchen in den Kaffee, kaut es langsam und wischt sich die Lippen mit einem Zipfel der Serviette ab. Ein bißchen Kristallzucker bleibt an seinem Schnurrbart hängen.

Der Pastor schließt die Versammlung:

»Es gibt gewisse Formalien, und ich werde unter allen Umständen darüber schlafen, bevor wir am Donnerstag das nächste Mal zusammentreten. Die Verstorbene wird verbrannt und zunächst in der Kapelle aufgebahrt, bis ihr Letzter Wille vollzogen werden kann. So Gott will!«

Er erhebt sich von seinem Ende des Tischs und verabschiedet sich von dem Gemeinderat, indem er jedem einzelnen die Hand schüttelt. Mathilde steht ihm zur Seite und erkundigt sich nach den Familienmitgliedern, die er immer durcheinanderbringt.

Mit der Sonne kommt die sommerliche Wärme wieder zum Strand. Eine Gesellschaft ist im Gänsemarsch über die Dünen unterwegs, sie hinterlassen tiefe Löcher im Sand. Vorneweg geht ein Herr. Er ist in ein breitgestreiftes Trikot gekleidet, ein

Taschentuch mit Knoten in allen vier Ecken dient als Sonnenhut. Er prustet den Schweiß von der Nasenspitze – es ist, als würde der Sand bei jedem Schritt, der ihn doch weiterbringen soll, unter seinen Füßen verschwinden.

In der Mitte geht eine zarte kleine Frau, mit einem einteiligen Anzug mit Spitzenhöschen bekleidet, und hinten ein Junge, der durch den Sand hinter sich einen Sonnenschirm schleift, dessen Schaft länger ist als er selbst. Er ist auf einer Wanderung durch die Wüste, ohne Oasen, von einem Stamm gefangen, der alles mit sich schleppt. Er, der auf dem Wind reitet.

Sie finden eine Kuhle. Oder genauer: Jedesmal, wenn sie sich niederlassen wollen, fällt der Blick der Frau auf die nächste, wo die Sonne mit noch hellerem Schein lockt. Am Schluß bleiben sie doch bei der ersten. Der Mann nimmt den Sonnenschirm, quält sich mit ihm ab, und als der Schirm aufgeht und einrastet, geht ein kleinerer Erdrutsch damit einher. Der Herr bekommt Sand in die Augen, er flucht und reibt sie sich feuerrot. Er ruft den Jungen, der ihm den Rücken zugewendet hat, und gemeinsam pflanzen sie die Spitze des Schafts zwischen Büschel von Strandhafer und mit Tang bewachsene Steine.

Inzwischen hat die Frau Strohmatten ausgerollt, über die Unterlage breitet sie die großen Badelaken des »Strandgaarden«, stellt einen Korb in den Schatten. Ein Flaschenhals schaut daraus hervor, in ein angefeuchtetes Geschirrtuch gewickelt. Malte findet das alles unbegreiflich, man hat ihn zu einem Tag am Strand zwangsverpflichtet. Sie hätten genausogut zu Hause bleiben können.

Ein Gutes hat die Sache. Er ist dem Küchendienst entkommen.

Odette cremt sich ein. Ottosen soll ihr den Rücken einreiben, und er steckt die Hand weit nach unten und fummelt herum, so daß Malte sich abwenden muß. Sie riecht schon von weitem nach Fuchspisse und Talg. Dann legt sie sich in die Sonne, der Schatten ist für den Picknickkorb reserviert – und für Ottosen. Er rollt auf den Bauch und versucht bei dem ständig wehenden Sand eine Zeitung zu halten. Die Blätter flattern und fliegen auseinander. Die Mutter blinzelt mit einem Auge:

»Malte...«

Jetzt nichts wie auf und davon. Ein Gefühl, als ob er hinter einem Drachen herlaufen würde, und für einen Augenblick ist er glücklich.

Einen Augenblick. Dann muß er zurück in die Kuhle und die Todesanzeigen der Zeitung mit Sternen und Kreuzen abliefern. Er fühlt sich wie ein Hund und hat umgehend den Geschmack von Pantoffeln im Mund.

Odette schmilzt in der Hitze langsam vor sich hin. Sie erhebt sich und wühlt in der Kulturtasche, feuchtet ein paar Wattebäusche mit Kölnisch Wasser an, legt sie sich auf die Augenlider und nimmt vorsichtig wieder ihre liegende Stellung ein. Sie dreht die Handflächen nach oben und seufzt, ein bläulicher Schimmer liegt über ihrer Haut. Ottosen hat die Zeitung zusammengefaltet und wedelt eine Bremse von ihrem Knie weg.

Malte läuft hinunter zum Watt. Heute ist einer dieser selten klaren Tage, an denen die Luft den Blick in weite Ferne trägt. Er kann die Insel als Streifen am Horizont ausmachen, die mit dem Leuchtturm. Olesen hat ihm erzählt, daß es dort draußen Seehunde gibt. Er hat noch nie einen lebendigen Seehund gesehen, hat sich ihnen bisher nur in den Büchern genähert. Er sieht sie vor sich, tagsüber sonnen sie sich auf Felsen und am Strand, ihr Fell ist gefleckt, und sie haben vorwitzig abstehende Schnurrbarthaare.

Plötzlich steht Ottosen neben ihm. Er hat das Taschentuch abgestreift und taucht eine Schweinezehe ins Wasser. Er schneidet Grimassen und mimt vor Malte einen Kälteschauer. Er fällt auf die Knie, gräbt am feuchten Wassersaum mit den Händen und errichtet einen Wallgraben, in den er Wasser leitet. Er will ein Sandschloß bauen, Fenster aus Muscheln einsetzen und eine Fahne mit Wimpeln aus Tang auf die Spitze setzen! Der schwere Körper wühlt vor seinen Füßen im Sand und krabbelt auf den Knien herum. Malte schüttelt es bei dem Anblick.

Der Viktualienhändler schaut hoch, lädt ihn mit einer Kopfbewegung ein mitzumachen.

Malte bedankt sich. Jetzt weiß er, was er zu erwarten hat. Da bahnt sich offenbar etwas Ernsteres an, sonst würde der Mann sich niemals als Spielonkel versuchen. Außerdem hat er ihn im Garten mit der Mutter und dem Arzt Krocket spielen sehen. Er ist einer von der Sorte, der seiner Kugel mit dem Fuß einen Schubs gibt, wenn er sich unbeobachtet glaubt.

Malte watet ein Stück hinaus. Dann legt er sich hin und schwimmt unter Wasser. Wenn er könnte, würde er erst bei der Seehundinsel wieder auftauchen. Malte, der Wassermann. In dem Flimmern sieht er ein Paar kreideweiße Säulen, Beine, die in den Füßen eines Riesen enden. Bei den Zehennägeln muß er an den Seemann im Sarg denken. Das war im Frühsommer und ist schon lange her.

Er schießt hoch. Stößt gegen Ottosens untersten Streifen am Bauch. Und ehe er weiß, wie ihm geschieht, hat ihn der Mann mit beiden Händen gepackt und fängt an zu hüpfen. Zehn, zwanzig, dreißig ... zählt er. Lange vor hundert taucht er ihn unter. Malte prustet und reißt sich los. Er wußte es! Schickt ihm einen eiskalten Blick und tritt bei einem Schwimmstoß nach hinten aus, so daß Ottosen am Solarplexus getroffen wird. Dann taucht er wieder unter und windet sich mit wirrem Haar davon.

Ottosen gibt auf. Während er Schwimmzüge macht, hüpft er auf einem Bein über den Grund, so daß die Auserwählte an Land glauben muß, er beherrsche diese Kunst. Plötzlich landet er in einem Loch und geht unter. Er kommt wieder hoch, die Panik steht ihm ins Gesicht geschrieben. Die Arme wedeln, und der Kopf geht ein zweites Mal unter. Malte verfolgt das Ganze amüsiert aus einiger Entfernung. Sobald Ottosen wieder Boden unter den Füßen hat, schleicht er an Land, wo er steht und zittert und mit einem Zeigefinger in den Ohren nach Wasser bohrt. Sein Versuch, Malte als Sohnemann für sich zu gewinnen, liegt in Trümmern da, das Sandschloß ist schon wieder weggespült worden.

Er kehrt in den Schatten zurück und gräbt aus dem Essenskorb einen Hühnerschenkel aus. Er wird ordentlich fettig rund um die Lippen. Dann greift er, um nachzuspülen, nach der Weinflasche, bekommt die mit Saft zu fassen und spuckt den über Odette aus, die aus dem tiefen Violett des Sonnenschlafes erwacht und anfängt, die Johannisbeerflecken aus ihrem Sonnenkostüm zu reiben. Die müden Furchen um ihren Mund vertiefen sich, aber als sie ihn endlich bewegt, sagt sie nur:

»Das macht nichts, Svend Aage, das geht beim Waschen raus.«

Er holt die Hühnerbrust hervor und veredelt sie mit einem Löffel von Frau Svanes Mayonnaise, angerührt aus frischen Landeiern. Mitten im Kauen hält er inne – vielleicht sollte er die in seinem Geschäft einführen, er muß unbedingt daran denken und mit Frau Svane darüber sprechen.

»Mutter«, ruft Malte unten vom Wassersaum, »ich laufe mal eben zu Olesen beim Leuchtturm.«

Sie hebt den Arm, um ihn zurückzurufen. Aber noch ehe sie für die Wörter Luft geholt hat, ist er davon und die Bewegung zerrinnt zu einem Winken. Sie sinkt zurück auf das Badetuch, nimmt die Wattebäusche, feuchtet sie wieder an und blendet mit ihnen das Licht aus.

Auf dem Badetuch nebenan ruckelt und drängelt es, bei jeder seiner Bewegungen rutscht der Sand unter ihr. Die Grunzlaute lassen sie an Seelöwen denken. Wenn Malte zurückkommt, wird sie ihn in den Zoo mitnehmen – es gibt so vieles, was sie nie gemacht haben. Jetzt haben sie das Geld dafür.

Bis zum Lunch hat sie Ruhe vor ihrem Svend Aage. Dann ist er über ihr – rüttelt mit knurrendem Magen an ihren Schultern.

»Odette, es ist halb zwei!«

Er duldet keinen Aufschub, sie kann es an seiner gequälten Stimme hören. Sie setzt sich auf, breitet das Tuch aus. Von etlichen Butterbroten ist der Belag schon geplündert worden, die Schale mit der Mayonnaise ist leer. In den Butterbrotpaketen ist Sand, und der Weißwein ist warm geworden und fade im Geschmack. Ihr selbst reicht ein Stück geschälte Gurke und ein hartgekochtes Ei. Nach dem Essen packen sie zusammen. Svend Aage will seinen Mittagsschlaf auf dem Zimmer halten.

Später am Nachmittag fährt vor der Pension eine Kutsche vor, die in Sælvig bestellt worden war. Die inzwischen umgekleidete Odette und ihr Kavalier warten in der Auffahrt hinter ihren Koffern. Bei ihr sind Hals und Wangen rot verbrannt, um die Augen ist sie weiß wie ein Waschbär.

Malte kommt zum Abschiednehmen angesaust. Er hat immer noch die Badehose an. Die Mutter wird umarmt, und Ottosen wird mit dem steifsten Diener abgeschrieben. Die Besuchszeit ist um. Das Paar steigt ein, und der Junge ist weg, noch ehe die Droschke die erste Kurve auf dem Sandweg genommen hat.

Unter dem Verband und der gebrochenen Rippe wächst Odas Kind heran. Sie ist sich jetzt sicher, daß es ein Junge ist. Denn jedesmal, wenn sie eindöst, kommt der Traum wieder – der Vater altert, und der Junge wächst zu einem Mann heran, bekommt einen schwarzen Backenbart und trägt Goldschmuck an Hals und Ohren. Sie ist auf. Zum ersten Mal hat sie keine Lust, sich wieder ins Bett zu legen. Niedrig und blendend fällt der Sonnenschein durch die nach Westen gerichteten Fenster, Unreinheiten im Glas brechen das Licht zu roten und grünen Reflexen an der Wand hinter ihr.

Sie beugt sich vornüber und zieht sich das bodenlange Nachthemd über den Kopf, zieht sich von dem Bettgeruch zurück. Sie wäscht sich mit dem Lavendelwasser aus dem Waschtisch, tupft mit dem Schwamm an der Bandagierung entlang und wiegt ihre Brüste in den Händen. Sie sind schwerer geworden. Ein Kreislauf hat sich mit dem ihren verbunden und verzweigt sich unter der Haut, verborgene Quellen brechen hervor und erfüllen sie innerlich mit Wonne. Sie öffnet das Fenster und läßt den Gesang der Vögel hereinströmen.

Oda trocknet sich ab und zieht das Kleid an, das über dem Stuhlrücken hing, solange sie bettlägerig war. Sie setzt sich vor den Spiegel, bürstet ihr Haar und flicht es. Als ihre persönliche

Toilette überstanden ist, wirft sie einen Blick auf das Zimmer. Das Bett ist ungemacht, auf dem Tablett steht kalter Tee und ein Teller mit Käsebroten, deren Enden sich in der Sonnenwärme aufbiegen. Keiner hat daran gedacht, den Nachttopf auszuleeren, sowohl Bettwäsche als auch Handtücher müssen dringend gewechselt werden.

Sie legt los. Trägt hinaus, spült und wäscht, bis die Waschschüssel wieder mit frischem Lavendel bereitsteht. Wie schön, die Hände wieder zu etwas anderem zu gebrauchen als zum Stricken. Die Wäsche landet in einem Haufen auf dem Flur, sie fegt und zieht die Betten ab, holt frische Bettwäsche im Wäschezimmer. Erst als sie gelüftet hat und das Bett frisch bezogen ist, erst da ist das Zimmer wieder so, wie es sein soll – bereit für den nächsten Gast.

Sie hat jegliche Spur ihrer selbst beseitigt. Mit Erleichterung stellt sie das fest. Die Zeit im Bett des Barons ist um, und ehe die Sonne im Meer untergeht, will sie wieder in der Mädchenkammer sein. Oda ist gesund.

Der Türgriff bewegt sich nach unten, und Malte steckt den Kopf herein.

»Die Pfarrersfrau ist da, sie will gern mit Santos sprechen.«

»Malte! Sag mal, solltest du nicht weg sein?«

»Ich darf bleiben«, sagt er freudestrahlend, »meine Mutter hat mich für Käse und Wurst verkauft. Das sagt der Doktor.«

»Der Doktor sagt so viel. Er sagt ja auch, ich soll im Bett bleiben, bis ich den Verband abgenommen bekomme. Komm, wir suchen Santos. Ich habe den ganzen Tag noch nichts von ihm gesehen.«

19. Kapitel, worin das Krähenschloß untergeht

Die Guten weinen ...

Zur gleichen Zeit, als die Tränen von Sankt Laurentius wie ein glühender Schweif über den Nachthimmel fliegen, wird Herr Sjarles zum neuen Kantor der Gemeinde ernannt. Der alte Organist zieht sich unter Protest zurück. Auch gut. Er bedient die Orgel mit zwei gebrochenen Armen, und dies Hinken über den Pedalen ist peinlich. Der Graf, der Hühnerdieb, der Küchenknecht erheben sich auf den Schwingen der Musik aus der Asche, der Vogel Phönix ist ein Hahn und kräht wieder über dem Kirchhügel.

Herr Sjarles verlangt das Zimmer mit dem Meeresblick zurück, und Frau Svane schäumt über den Suppentöpfen, während er Notenblätter vollschreibt mit Stimmen, die täglich mit dem Chor geübt werden. Er zaubert mit dem groben Lehm. Die Sänger, von denen die meisten Konfirmanden und Schulkinder sind, werden von dem Moment an, wo er den Kammerton gibt und den Taktstock hebt, in eine Sphäre kristallenen Himmels erhoben. Als ob die Töne, die er schreibt, das ganz allein können, und das, was er seinerzeit bei Oda ausrichtete, das richtet er nun bei allen aus.

Auch Oda ist verwirrt. Ihr Geliebter ist zwei Menschen zugleich, von denen sie den einen kennt und vor dem anderen schaudernd zurückweicht. Der Spiegelgott der Luciabraut ist ein Tag-und-Nacht-Geschöpf, bald ein Santos Linares mit engelsgleichen Zügen, die sie dazu bringen, den Herrn zu lobpreisen, und bald ein Besessener, ein Tanzmeister mit Lineal und Notenfeder, der die Gemeindemitglieder dazu bringt, alles mögliche und unmögliche für ihn zu tun.

Den ersten Proben wohnen Mitglieder des Gemeinderats bei. Anschließend nicken sie einander zu. Die Musik schreitet feierlich durch die Kirche. Aller Augen sind auf den Dirigenten gerichtet. Wenn die Hände zu einer Tulpe geformt sind, strömen eiskalte klare Klänge aus den noch immer geöffneten Mündern des Chors, und in den Pausen zwischen den Sätzen steht die Luft unter dem Gewölbe der Kirche still. Das geringste Husten oder Räuspern wirkt profan, und Herr Sjarles schlägt streng den Taktstock an seinen Notenständer, wenn sich auch nur ein Kichern unter den Mitgliedern andeutet. Die Repräsentanten des Gemeinderats gehen zufrieden davon.

Er selbst ist niemals zufrieden. In winzigen Etappen schreitet das Werk auf den fertig beschriebenen Notenblättern voran, es gibt Tage, da stößt er das ganze Kartenhaus um und beginnt von vorne. Dann sitzt er mit einem verkratzten Gesangbuch, das ihm der Pfarrer zur Verfügung gestellt hat, auf seinem Zimmer, wendet einen Akkord unendlich oft, wiederholt dieselbe Passage wieder und wieder, bis sich der richtige Ton einstellt, der alles verändert. Er legt sich wirklich ins Zeug. Vom Lohn sprechen wir hier nicht, der ist eher symbolisch zu nennen.

Aber keiner macht mehr ein Aufhebens davon, das er im »Strandgaarden« Kost und Logis frei hat, und Frau Svane hat sich überlegt, sie wird sich im Hinblick auf die Rechnung, die niemals bezahlt wurde, als der Herr noch den Grafen spielte, schadlos halten. Die wird fällig, wenn der Nachlaß geregelt ist und das Testament ausbezahlt wird.

Angefangen hat er mit einem klassischen Requiem, bei dem der lateinische Text feststeht. Kyrie, Dies irae, Offertorium, Agnus Dei und Sanctus... so hat es über die Jahrhunderte hin gelautet. Santos trommelt mit dem Stift auf den Notenhalter. In ihm lebt ein anderer Rhythmus, eine Sprache, die seine ist, Gesänge, mit denen er aufgewachsen ist, der Klang von Trommeln, Harfen und Bambusflöten aus der Landschaft seiner Kindheit.

Er beginnt von vorn. Die Messe ersteht neu in seinem kreolischen Blut, er streift das Latein ab und formt die Passagen auf spanisch. Das reißt die trockenen Buchstaben von ihrem Platz, ändert die Phrasierung und reiht die Kadenzen so an einem schwankenden Faden auf, daß der Einband des Gesangbuchs abfällt.

Abends ist er nicht ansprechbar, starrt mit leeren Augen an einen anderen Himmel, holt Zettel aus der Brusttasche, um auf der Stelle etwas zu notieren. Verschwunden ist Herrn Sjarles' Gewandtheit, die elegante Konversation auf französisch und noch so manches andere. Oda ertappt sich dabei, daß sie den Verführer vermißt, es gibt Perioden, da sind die Körper Luft für ihn, zu anderen Zeiten packt er zu und erlöst sich durch ihr vermittelndes Dazwischentreten selbst, ohne Gedanken an etwas anderes.

Das Werk hat er Lucifero getauft, Bringer des Lichts. –

Die erste Sturmflut überrollt das Fischerdorf, als noch der Spätsommer über Feldern und Wiesen leuchtet. Ohne Vorwarnung kommt sie an einem drückenden Tag, als die Schwalben unter der Toreinfahrt hindurchschießen. Die Pappeln werden von Windstößen gepeitscht, daß ihre Zweige als Reisigbündel zurückbleiben. Ein steifer Nordwest drückt das Meer hoch, frißt zuerst den Strand und schäumt dann gegen den Deich. Die Fischer ziehen ihre Boote an Land bis in die Strandhöfe, zurren alles gut fest. Der Landungsplatz ist unter den Wassermassen verschwunden, die Fischkästen schwimmen, und die Winde ist plötzlich weg.

In tagelangem Tosen beißt sich der Sturm fest. Schwer und eintönig rollt die Brandung gegen die Küste an. Draußen beim Krähenschloß bricht der Deich, und die ersten weißen Schaumkronen laufen auf das Hauptgebäude zu. Strudel kreiseln, ziehen immer neue nach sich. Pfützen entstehen, Spiegelbilder dessen, was noch kommen wird. Die Mooshügelchen des Wiesengeländes stehen unter Wasser.

Es hält die ganze Nacht über an. Die Dünung zerplatzt unter dem Gebiß mit grünlich gewölbten Zungen, es spritzt bis zu den Fensterscheiben. Kostet erst die Beute, leckt am Fundament. Das Wasser steigt ununterbrochen, und die Wellen schlagen. Der Druck gegen das Haus nimmt zu, nimmt zu wie eine gleichmäßig pressende Schulter. Es knarrt im Gebälk, die ersten Bohlen geben schon nach, Nut und Feder werden getrennt.

Drinnen bekommen die Tapeten Risse, ihre Muster scheiden Tränen aus, die loskullern. Es rinnt an den Fensterrahmen herab. Die Fußbodendielen werden dunkler, später glänzend vor Nässe, als die Kaskaden hereinbrechen. Dieser rollende Körper dort draußen lehnt sich mit seinem ganzen Gewicht gegen das Gebäude, die Fensterscheiben zerspringen, der Schwall dringt in das Zimmer. Ein paar Stunden geht das noch so, dann ist das Aquarium bis zur Tischhöhe gefüllt. Jetzt ist der Kajak wieder flott und fängt an, sich um die eigene Achse zu drehen.

Als nächstes schwimmt die Standuhr, durch den überflüssigen Ballast ihrer Gewichte merkwürdig gekentert. Die Möbel drehen sich ebenfalls, die Seevögel und der ausgestopfte Affe stürzen in den Wasserfall, als das Regal ins Rutschen gerät. Das Eisbärenfell vorm Kamin erwacht zum Leben und schlägt mit Kopf und Tatzen. Das Klavier steht noch, aber Elfenbein und Ebenholz spielen unter den Wellenrillen.

Die Strömung drängt hinaus auf den Gang, hinaus zu den Walzähnen, die über der Tür ein Spalier bilden. Im Treppenhaus des Nordturms steht die unterste Stufe unter Wasser. Die Fugen der Erker ächzen laut.

Weit draußen auf dem Meer startet eine Dünung. Erhebt im Licht des Halbmondes ihren Rücken, läuft unter dem Glitzern der Sterne und unter schwarzen Spiegelungen auf das Land zu. Die Woge wächst an zu donnernder Fülle und Kraft, die Sturmflut treibt sie, die Winde brisen auf und begleiten sie wie eine heulende Hundemeute. Als sie gegen das Krähenschloß schlägt, zerbirst mit Getöse das knarrende Gebälk.

Alles wird hinausgeschleudert. Unter dem Prismenglas brechen die Türme zusammen und stürzen ins Meer, die Sammlungen von Fossilien, Bernstein und Seepferdchen, Muscheln, Schildkrötenpanzern und Schwertfischspitzen ergießen sich mit dem Schwall und kehren – in der Spirale des Mahlstroms – zum Ursprung zurück. Bohle für Bohle wird das Gebälk freigelegt, die tragenden Konstruktionen stürzen ein, Türen und Fenster schwimmen frei zwischen aller beweglichen Habe herum: den wurmstichigen Klappen des Küchentischs Seite an Seite mit den Gliedmaßen einer Katze. Einem Stück Wendeltreppe. Einer Ecke der Stube mit herausstehenden Nägeln. Einem Schaukelstuhl mit den Kufen nach oben. Und etlichen Holzlöffeln – die unsichtbar mit dem Speckbrett verbunden zu sein scheinen.

Und ehe der Hahn wieder kräht, ist das Krähenschloß zu Treibholz geworden. Der Stall, ein späterer Bau aus Stein auf dem Dünenrücken, ist übriggeblieben. Als sich die Sturmflut schließlich zurückgezogen hat, sind seine weißverputzten Mauern grau vor Nässe. Auf dem Hügel, wo der Wind weht, stehen noch immer die Gestelle mit dem getrockneten Fisch. Hier hatten sich, angstvoll blökend und meckernd, die Tiere versammelt, als ihre Einfriedungen weggerissen wurden, und als es dämmert, haben die Ziegen angefangen, das, was vom Erbe der Alten übrig ist, aufzufressen.

Malte ist auf dem Leuchtturm. Er hat Olesens Stuhl im Wachraum eingenommen, ein Ordner wurde aus dem Regal genommen und liegt nun aufgeschlagen vor ihm. Er kann am nachlassenden Tosen in der Ferne hören, wie sich das Meer beruhigt. Wie ein Riesenschneckenhaus steht das Leuchtfeuer am Ende der Welt, in seinen summenden Kammern noch Echos vom Wüten der Sturmflut, ein Babel von Stimmen und Rufen von den Schiffen, die in der Nacht untergingen.

Malte ist vorgerutscht, er sitzt auf der Stuhlkante, während er den Bericht entziffert, den der Leuchtturmwärter mit Rot angestrichen und vor ihn auf den Tisch gelegt hat.

Es ist ein sogenannter Seebericht und stammt von einem Kapitän Josef Tanner auf einem Frachter, dessen Namen er nicht aussprechen kann. Der Frachter ist an der norwegischen Küste unterwegs und befindet sich außerhalb des Bergenfjords, als er mit etwas kollidiert, das auf dem Wasser schwimmt. Die einzelnen Begebenheiten sind mit exakter Zeitangabe notiert. Ihn fasziniert das, und er bewegt den Finger über das Papier hin an den Aufzeichnung entlang, während er liest:

13.01 Uhr GMT. Nordsee. Der zweite Steuermann hat mich auf die Brücke gerufen, er hat etwas gesichtet, backbords in Lee eine halbe Seemeile voraus, wahrscheinlich Wrackteile. Er fragt, ob wir Fahrt zurücknehmen sollen. Wir halten beständig Kurs Südsüdwest und machen 14 Knoten. Ich ziehe den Maschinentelegraphen auf 9 Knoten. Gute Sicht.

13.04 Uhr GMT. Gut durch das Fernglas zu observieren, eindeutig Wrackteile, fächerförmig verteilt ca. anderthalb Kabellängen voraus. Ordne zusätzliche Kursänderung an und drehe auf Kurs Südwest bei, um an den Sachen vorbeizukommen.

13.10 Uhr GMT. Kollision mit Wrackteilen. Steuerbords ein Scharren am Bug. Umgehend halbe Kraft rückwärts. Zwischen den Wellen tauchen ein Schiffsrumpf und Teile des Riggs auf. Es handelt sich um einen Holzschoner älteren Typs, Dreimaster. Der größte Teil des Rumpfs befindet sich unter Wasser, die zwei vorderen Masten sind zerbrochen, und es wurden, soweit wir erkennen können, keine Rettungsboote zu Wasser gelassen. Den Namen des Schiffs und den Heimathafen zu observieren ist nicht möglich, und von der Besatzung ist keine Spur zu sehen.

13.13 Uhr GMT. Schicke den Zweiten Steuermann auf die Back, um den Schaden zu besichtigen.

13.15 Uhr GMT. Der Zweite Steuermann wieder auf der Brücke. Meldet, das Vorschiff sei intakt, kein Leck, Schrammen an der Bemalung, eine Delle unterhalb der Klüse, sonst nichts. Soweit er beurteilen kann, sind wir mit dem Großmast kollidiert.

13.23 Uhr GMT. Der sinkende Schiffsrumpf gibt weitere

Wrackteile frei. Warne den Zweiten Steuermann, Abstand zu halten. Rundhölzer und Tauwerk steigen auf. Luftblasen werden mit einem besonderen, fast klagenden Ton freigegeben. Warne den Zweiten Steuermann erneut. Nach Observation durch das Fernrohr: ein Mahagonisarg ist aufgetaucht und schwimmt zwischen dem Treibgut.

13.25 Uhr GMT. Erörtere mit dem Zweiten Steuermann, ob wir bergen sollen. Der Zweite meint, das hieße den Grabfrieden stören. Erwäge Bergung und nähere Untersuchung, um der Vollständigkeit des Berichts wegen. Wrackteile von Masten und Rigg werden freigegeben und entscheiden die Angelegenheit. Die Bergung ist jetzt ausgeschlossen wg. dringender Kollisionsgefahr.

13.27 Uhr GMT. »Volle Kraft voraus« und weg vom Wrack. Die letzten Luftblasen werden von dem sinkenden Rumpf abgegeben, der nicht länger unter Wasser auszumachen ist.

13.30 Uhr GMT. Wieder auf stetigem Kurs. Verlasse die Brücke, um den Bericht zu schreiben.

SCHLUSSFOLGERUNG:

Schiffbruch muß neueren Datums sein, alle Bruchstellen wirkten frisch, und nirgendwo am Holz waren Schimmel oder Bewuchs auszumachen. Das Wrack sank schnell. Demnach müssen die Umstände als rätselhaft gelten. Der Schoner, dessen Name und Registrierungsort weiterhin unbekannt sind, wies Zeichen auf, daß er von einem Sturm getroffen worden war. Aber innerhalb der letzten zwei Wochen ist in der Gegend kein Sturm gemeldet worden. Angenehmes Wetter, gute Sicht und geringer Wellengang. Nach telegraphischem Kontakt mit der Küstenwache in Bergen kann folgendes bekräftigt werden: In der entsprechenden Periode wurde kein Schiffbruch gemeldet, kein SOS empfangen. Der Schoner schien von seiner Besatzung verlassen worden zu sein, und zwar unter Umständen, die nicht geklärt werden können. Wir entdeckten keine Ertrunkenen zwischen den Resten des Wracks. In der betreffenden Position gibt es auch kein Riff, das das Wrack hätte festhalten können, bis es durch die Flut wieder flott wurde, und die Meerestiefe ist beträchtlich. Der Bericht ist unterzeichnet und bezeugt vom Zweiten Steuermann.

Gezeichnet
J. Tanner, Kapitän

Der Junge hört hinter sich ein Geräusch und blickt vom Ordner hoch. Er wendet den Kopf. Es ist der Leuchtturmwärter, er hat lange dagestanden, aber Malte war ins Lesen versunken. Jetzt klopft er die Pfeife in einem Aschenbecher aus, räuspert sich wieder. Der Bericht ist vom Frühsommer, ungefähr aus der Zeit, als der Sarg bei der Fischersiedlung an Land getrieben wurde.

»Du siehst, Malte, für alles gibt es eine Erklärung.«

»Was bedeutet GMT?«

»Das ist die Greenwichzeit, die Zeit, die für alle Schiffe auf See gilt. Die Zeit des Observatoriums in Greenwich, das liegt in England.«

Malte ist aufgeregt. Er ist jetzt an Bücher für Jungen gewöhnt, aber dies hier ist etwas anderes. Das wirkt stärker auf ihn als alles, was er gelesen hat. Auch wenn die Wörter ziemlich trocken sind, hat sein Herz jede Minute in ihnen geklopft und das Spukschiff in seinem Kopf freigesetzt.

»Das ist wie der Fliegende Holländer«, sagt er, als er die Bilder nach und nach verdaut hat. Den Finger hat er bei der letzten Eintragung vergessen, jetzt nimmt er ihn weg. Vorsichtig wischt er über den Seebericht, um sicherzugehen, daß er keine Spuren hinterlassen hat.

»Was'n für'n Holländer? Die Holländer, die ich gekannt habe, konnten nicht fliegen!«

»Das ist ein Schiff«, sagt Malte nachsichtig, »in einem Buch, das ich gelesen habe.«

Nachdenklich fügt er hinzu: »Es kann sein, daß der Kapitän Gott geflucht hat!«

»Wer? Kapitän Tanner?«

»Nein, der im Sarg.«

Sirius grunzt.

»Du und deine Spukgeschichten. Wer sagt denn, daß er der Kapitän war. Nee du, es ist, wie ich es dir sage, für alles gibt es eine Erklärung. Da brauchst du gar nicht daherzukommen und mit deinem Gerede alles wieder in Frage zu stellen. Du bist ganz schön durcheinander, seit du angefangen hast, Bücher zu lesen.«

Aber Malte ist für die Welt um ihn herum verloren. Das Kinn hängt ihm auf der Brust, er hört kaum die Worte des Leuchtturmwärters, nur den Widerhall seiner eigenen, die in seinem Schädel immer weiter dröhnen. Er ist zurück im Frühsommer, und er begräbt seinen Schatz irgendwo im Garten hinter der Pension. Die Fotografie und die Marinemütze im Schuhkarton! Das war eine Kapitänsmütze, da ist er sich ganz sicher. Er hatte das wieder vergessen. Wie den Schuh im Sand, den Socken im Wasserloch, den Elf und den Bernstein und den Fuchs, der nachts heult. Jetzt kommt Licht in die Sache. Im Schweißband stand ein Name, daran erinnert er sich jetzt, aber damals – vor hundert Jahren und einem Sommer – konnte er noch nicht lesen.

Jäh steht er aus dem Ohrensessel auf.

»Darf ich mir eine Lupe leihen?«

Malte Alexander, Detektiv. Ihm zittern schon die Hände. Wenn er den Schatz ausgegraben hat, wird er einen Bericht verfassen und ihn unterschreiben.

Der Leuchtturmwärter schüttelt den Kopf. Man weiß doch nie, welche Fliegen im Kopf dieses Jungen herumsummen. Eben hängt er einem noch an den Lippen, stellt Fragen und bekommt Antworten. Im nächsten Moment ist er schon mit dem, was er weiß, im Traumland. Und dennoch – es bleibt ja was hängen. Sirius muß schmunzeln. Das Morsealphabet hat er an einem Nachmittag gelernt. Gemeinsam haben sie ein paar Karbidlampen mit Blenden vor dem Glas konstruiert, so daß sie sich Mitteilungen senden können. Sowie es dunkel ist, zeigt sich zwischen dem Giebelzimmer und dem Leuchtturm ihr Licht als kürzeres und längeres Blinken. Das ist etwas, das ihnen beiden gehört. Es ist beinahe, als hätte er jetzt in seinem Alter, wo so vieles andere gleichgültig geworden ist, einen Sohn bekommen.

Er resigniert und wühlt zwischen Seekarten und Navigationsbesteck herum. Gräbt die Lupe aus und holt sie aus ihrer Lederhülle. Malte greift danach.

»Nun mal langsam, mein Freund. Das Lampenhaus muß mit Spiritus gesäubert werden und die Fenster geputzt. Das gehört dazu, wenn man Leuchtturmwärter sein will.«

Er hält Malte die Lupe vor die Nase, schiebt sie wieder in die Hülle. Er steckt sie dem Jungen in die Tasche. Sobald Malte losgelaufen ist, heftet er den Bericht wieder im Ordner ab und schiebt ihn zurück ins Regal.

Als Malte einmal herum ist und das letzte Laternenglas mit einer Salmiaklösung poliert hat, wie er sie seinerzeit schluckte, steht er für einen Moment auf dem Wachumgang, wedelt mit der Hand unter der Nase und atmet die frische Luft tief ein. Das Mittagslicht steht hoch über dem Meer, das wogt in ruhigen Bewegungen auf und ab wie ein langer, fliegender und glitzernder Teppich. Der Sturm, der sich im Morgengrauen gelegt hat, schickt noch immer Dünungen zum Land. Jede siebte oder neunte Welle schlägt an die Steinmauer, daß es aufschäumt.

Der Anlegeplatz ist wieder in Ordnung. Die Fischer sind in See gestochen – das garantiert ruhiges Wetter –, ihre Boote sind irgendwo dort draußen am Rande des Horizonts verschwunden, vertilgt vom Blenden des Meeres. Mit angespanntem Blick sucht er in dem scharfen Licht die Fläche ab. Um besser zu sehen, kneift er die Augen zusammen, zwischen den Wellenrücken ist ein Strich, eine dunklere Form. Als ein herrenloses Schiff angetrieben kommt, wirkt das wie die Erfüllung von J. Tanners Bericht, und er muß sich in den Arm kneifen.

Es ähnelt dem Kajak, den er zuletzt über dem Eßtisch in der guten Stube auf dem Krähenschloß hat hängen sehen. Er formt die Hände zu einem Fernglas. Es *ist* der Kajak. Er schwimmt kieloben, der braungelbe Kiel ragt wie eine Messerschneide aus dem Wasser heraus und bewegt sich langsam in Strömung und Wind hin und her, mit Kurs auf die Landspitze.

Er poltert die Wendeltreppe hinunter, ruft unterwegs zu Sirius hinein. Sie rennen auf die Anlegebrücke hinaus, springen in die Jolle und werfen die Leinen los. Sirius rudert, und Malte steht am Vordersteven und hält Ausschau. Als sie auf Höhe des Kajaks sind, lehnt er sich hinüber und packt das spitze Ende, das aus Tierknochen besteht. Er macht den Kajak mit der Leine fest, die Sirius ihm zuwirft. Er zieht ihn nach hinten, setzt sich achtern auf die Ruderbank, wo er mit der Beute wichtig tut. Unablässig dreht er sich um, weil er sehen will, ob der Kajak noch dabei ist. Der Leuchtturmwärter hat ihm zugeblinzelt und gesagt, daß es sich dabei um Strandgut handelt, welches dem gehört, der es geborgen hat. Das ist das Gesetz der See.

Sie legen an der Brücke an. Malte hat die Leine kein einziges Mal losgelassen, vorsichtig steuert er den Kajak um die Pfähle herum. Kleine Wellen waschen über den Kiel, als sie ihn an Land ziehen. Sie sind gerade damit fertig, als die siebte Welle bricht und angeschossen kommt, um die Beute zurückzuholen. Weit drinnen bei den Steinen drehen sie den Kajak um und leeren das Wasser aus. Malte wundert sich, wie leicht er wird, er trägt ein Schiff in seiner Hand, und das Schiff gehört ihm! Ein richtiges Boot, so eines, wie die Walfänger es benutzen, wenn sie die großen Wale harpunieren und sie an Land rudern, nur mit ein paar aufgepusteten Seehundblasen, um den Fang über Wasser zu halten. So enorme Kräfte das Meer auch birgt, man muß nur damit umzugehen wissen...

Die nächsten Stunden vergehen damit, den Kajak wieder in Ordnung zu bringen und ihn seeklar zu machen Sirius hilft ihm. Sie trocknen die Haut von dem Salzwasser, reiben sie mit Lampenöl ein, damit sie weich wird, sie hat keine Risse, aber das Skelett ist verschoben. Die Haut zu spannen und zu justieren, bis sie wieder stramm sitzt, ist für Sirius, der gewohnt ist, mit Schiffsrümpfen en miniature zu arbeiten, keine große Sache.

Das Paddel fehlt. Malte wird an den Strand geschickt, um ein

Stück Treibholz von der richtigen Größe zu suchen. Das muß so sein, denn für die Grönländer war Holz so selten und so kostbar, daß sie die Enden mit Knochen schützten, damit sie nicht an den Eiskanten aufgescheuert wurden. Das alles geht Malte durch den Kopf, und das Licht schlägt Purzelbäume zwischen den Steinen, bis ihm eine weißgebleichte Stange ins Auge fällt, die ihm bekannt vorkommt.

Sie gehörte zur Winde am Anleger, ist dort aber schon ersetzt worden. Die Fischer haben statt dessen ein Ruder eingesetzt, dessen Blatt abgebrochen war. Das Meer gibt, und das Meer nimmt. Heute ist Maltes Tag, und fast hat er sein anderes großes Vorhaben vergessen, bis er spürt, wie die Lupe gegen das Bein schlägt und er daran erinnert wird.

Als er mit der Stange zurückkommt, ist er doppelt aufgewühlt. Sirius gähnt. Er müßte längst im Bett sein.

»Morgen ist ein neuer Tag, Malte, morgen schnitzen wir das Paddel, und ich lehre dich paddeln. Morgen ist das Meer sicherlich zur Ruhe gekommen, und jetzt lege ich mich zur Ruhe.« Er klopft Malte auf die Schulter und zieht sich in seinen Fischkasten zurück.

Er hat den Kajak auf ein paar Böcke gelegt, wo er mit seinem langen gebogenen Rücken ruht und sich Muster längst vergangener Kreisläufe in der Haut abzeichnen, die von dem Öl glänzend und durchsichtig über dem zarten Skelett spannt. Mit der Rückseite der Nägel ruft er ein Trommelgeräusch hervor, als er den Linien zum Steven folgt. Es erinnert an Streicheln. Der Junge hat einen Kloß im Hals. Der steht für alle die Drachen, die ihm im Himmel verschwanden.

20. Kapitel, worin die Tiergestalt abgelegt wird

Malte kürzt den Weg über die Felder ab. Stoppeln ritzen seine Knöchel auf, aber er nimmt es nicht wahr, wie sie einschneiden, der Wind – entstanden durch sein Laufen gegen die Sonne – erfüllt ihn. Er rudert mit den Armen wie mit Windmühlenflügeln zwischen den Reihen der Garben, er streift das Stroh, ohne die Bündel umzuwerfen. Hoch oben über seinem Kopf kreisen Mäusebussarde, auf der Erde sind Schatten. Zwei kurze und ein langer.

Unter seinen Hacken klumpt sich Erde zusammen, so daß er stelzt und dann umknickt. Er bleibt stehen, um die Schuhe sauberzumachen, sucht sich ein Stöckchen und kratzt die Sohlen ab. Er reibt den Knöchel, mit dem er umgeknickt ist, hinkt dann beim Gehen, aber nicht lange. Aber er ist nicht mehr so schnell, er schlendert durch ein Stück mit Furchen und steuert den Wegesrand an.

Das Haselgebüsch trägt grüne Nüsse, über der Wiese hängt das Fiedeln der Grashüpfer, und Disteln breiten sich in Büscheln aus, denen er ausweicht. Er hat vergessen, Socken anzuziehen, spürt einen Stein unter dem Ballen. Als er sich wieder aufrichtet, nachdem er den Schuh ausgeschüttelt hat, erstarrt er mitten in der Bewegung.

Erst sieht er den Schützen, dann den Fuchs. Den Schützen, der das Gewehr hebt, und den Fuchs, der sich mit seinem ganzen Wesen zum Sprung bereit in die Furche preßt. Er will rufen, aber der Schuß fällt eher. Er spürt die Schrotkörner dicht an sich vorbeifliegen, sie köpfen ein Büschel Disteln. Dann kracht der zweite Lauf, leert sein Blei aus, und der Fuchs macht einen Satz – gelähmt – und fällt wieder auf die Stelle zurück, wo er lag. Ein Schauer durchläuft ihn vom Schwanz bis zur Schnauze. Der Pelz zittert, viel zu lange dauert das, wo Haarbüschel weggeblasen wurden, tropft Blut, und das Maul ist über dem Gebiß zu einem schwarzen und hellroten Streifen verzerrt.

Die Augen haben bereits ihren Glanz verloren. Der Ruf in Maltes Kehle wird zu einem Schrei. Mit einem Schlag ist das Glück in ihm zusammengebrochen. Eine Wolke schwarzer Krähen erhebt sich von den Weidepflöcken, und sie erfüllen den Himmel mit Heiserkeit. Der Schuh schlappt mit losem Schnürsenkel um seinen Fuß, als er losstürzt und dem Schützen gegen das Schienbein tritt. Der Tritt gleitet am Gummistiefel ab. Der Schuh setzt seinen Flug fort und läßt ihn barfuß zurück.

»Mörder!« heult er wie wahnsinnig, »Mörder!«

Er spürt einen Zug am Nacken, zwei lange Arme, die ihn mit eisernem Griff packen, gegen den Doppellauf, gegen das Korn pressen, das seine Wange aufritzt, als das Gewehr herunterrutscht und auf die Erde fällt. Alles fällt, das Licht über dem Acker, die Krähen, ringsum fallen sie in einem Mahlstrom und werden in die gleiche Schwärze hineingesogen. Der Kerl hat ihm die Luft abgedrückt.

Jetzt läßt er Malte los. Reibt sich mit der Hand das Kinn, tritt einen Schritt zurück und setzt dem Bündel, das vor seinen Füßen zusammengeklappt ist, den Fuß auf den Nacken. Im Körper des Jungen zuckt es, und Malte bekommt den Mund voll Erde.

»Ich werd dir Mörder geben«, sagt er mit leisem Knurren und dreht den Gummistiefel in einer letzten Geste, die Gewürm zertritt. Dann nimmt er ihn weg, versichert sich, daß der Junge noch immer atmet. Er ist der Knecht vom Hof, der, der Hans heißt. Es ist schon das zweite Mal, daß er Malte zu fassen bekommen hat. Seit die beiden Kumpane ihm weggelaufen sind und der Fuchs ihn in die Hand gebissen hat, hat er eine Riesenwut im Bauch gehabt. Er hebt das Gewehr auf, knickt den Lauf ab und hängt es sich über den Arm. Den Fuchs schubst er in die Büsche, das Fell ist nichts mehr wert.

Ohne sich noch mal umzuschauen, entfernt er sich.

Malte kommt in einem Gestank nach Pisse zu sich, die Übelkeit schiebt die Erde in seinem Mund nach oben, er krümmt und erbricht sich in einer Kaskade, die über Hemd und Hose geht. Schwindelig sitzt er anschließend im Gras, mit Schleimfäden an Nase und Mund. Versteinert sitzt er da, bis die Sonne auf Augenhöhe steht und ihm Splitter in den Schädel bohrt.

Als er sich endlich erhebt und nach Hause geht, hat sich der Schatten zu seinen Füßen in zwei aufgespalten, einen dunklen und einen helleren. Ich erhebe mich still aus meiner Tiergestalt und folge ihm.

Nach der heutigen Chorprobe sind Oda und Santos noch in der Kirche geblieben. Er hat ihren Sopran zur tragenden Stimme des Werks gemacht, von der ursprünglichen lateinischen Messe ist nur das Gerüst geblieben, das die Mauern bis zu dem Tag verhüllt, an dem sie niedergerissen werden und das verwandelte Gebäude zum Vorschein kommt. Statt die Sprache mit den anderen Chormitgliedern zu pauken, läßt er sie Vokalharmonien singen, die mehrstimmig die Solopartie begleiten.

Er zeigt ihr auf den Notenblättern, wo sie sich aufschwingen und frei über dem Chor schweben soll, baut einen unterstützenden Akkord aus, entfernt einen anderen und geht mit den wenigen Männerstimmen, die ihm zur Verfügung stehen, in die Tiefe. Sie lehnt sich über den angespannten Rücken, der auf der Orgelbank aufragt:

»Bam, bam – bam!« Er ruft es beinahe, die Stimme in ein Metronom verwandelt, seine Hände tauchen in die Klaviatur ein, und mit einer raschen Drehung seines Kopfes will er sie mit einem Blick einfangen, der zeigt, daß alles so einleuchtend ist. Schweißperlen treten zwischen seinen Haaren hervor. Oda strengt sich ordentlich an, ab und zu über eine Pause verzweifelt, die sie in der Eile nicht erfaßt hat, über eine Fermate, wegen derer sie im Text stolpert.

»Es wäre leichter, wenn ich die Wörter verstehen würde«, beklagt sie sich. Sie ringeln sich auf ihrer Zunge. Erst in seinem

Mund verwandeln sie sich wieder in einen Flamenco. Er schreibt Lautschrift auf ihr Notenblatt, liest ihr die Partie vor, langsam und eindringlich, hebt die Reinheit der Vokale hervor und vernachlässigt andere Laute, die wie Steine im Strom aufragen und ihren Gesang bremsen. Sie versuchen es wiederum – laß die Aussprache, Hauptsache, es strömt.

Sie denkt an den, der in ihr mit Aussicht auf zwei Muttersprachen und einen zimtfarbenen Vater heranwächst. Sie gibt sich so viel Mühe, wie sie es in der Schule nie getan hat. Oda hat eine Stimme wie niemand sonst in der Gemeinde, makellos von Natur und mit Zauberkraft wie in einem Volkslied. Sie ist das Kind von Fischersleuten, von Menschen des Meeres, und die Götter mögen wissen, von wem sie die Musik hat. Die Feen, die an ihrer Wiege standen, müssen Sirenen gewesen sein.

Er wiederholt noch einmal das Vorspiel, und dieses Mal klappt es. Er öffnet ein weiteres Register, das Wort *Chor* steht mit barocken Buchstaben auf einem Porzellanknauf. Er benutzt die Fallgruben einer Orgel eher, als ihnen aus dem Weg zu gehen. Die Pfeifen füllen sich mit Gespensterstimmen aus der Menschenwelt, Geister, die aus dem Inneren des Orgelwerks freigelassen werden und ihren Gesang mit luftigem Widerhall dessen begleiten, was am Tage erklingen soll.

In der endgültigen Version soll die Totenmesse vom Chor aufgeführt werden, nur unterstützt durch die Orgel. Ein Besuch bei der Musikvereinigung von Sælvig, und er hat jeden Gedanken an eine Orchesterbegleitung aufgegeben. Er wird von der Empore aus dirigieren, sich auf Vor- und Zwischenspiel beschränken, um zwischen den Sätzen aufzufüllen.

Er baut eine Brücke vom Sanctus zum Agnus Dei, moduliert von Moll zu Dur, und sie folgt ihm über die Brücke, wirft eine Rune, so daß die Notenlinien nach hinten gleiten, sie hat Nebelschleier vor Augen und folgt ihm geblendet in eine Welt, wo sich Schwalben unbeschwert zwischen Verzierungen und Notenschlüsseln schlängeln. Beim Jubelchor, Lux Aeterna, sind es nur sie zwei, wie in den ersten Tagen des Verliebtseins, und anschließend springt er auf und umarmt sie, selbst von Tränen geblendet. Sie hat sein Werk vom Notenpapier erlöst, steht noch da und schnappt nach der Luft, die sie so plötzlich erfüllte und die Kirche um sie herum verschwinden ließ.

Die meldet sich nun mit schlurfenden Schritten, Husten und Schlüsselklappern unter dem Gewölbe zurück. Es ist der Küster. Er ist gekommen, um abzuschließen. Sie reißen sich voneinander los. Santos sammelt die Bögen ein und stülpt sich den Hut auf den Kopf, Oda hüllt sich in ein Tuch. Der eine mit hektischen Wangen, die andere mit erkämpfter Ruhe über Hitzewallungen. Auf dem Weg nach draußen verabschieden sie sich.

»Auf Wiedersehen, Herr Kantor«, kommt es vom Küster und – vielleicht einen Hauch kühler – »auf Wiedersehen, Fräulein Oda.«

Sie errötet unter ihren Sommersprossen und ähnelt einer Konfirmandin. Kaum hat sich die Tür hinter ihnen geschlossen und der Schlüssel im Schloß umgedreht, beugt sie sich zu Santos und flüstert:

»Wir müssen zusehen, daß wir bald heiraten!«

»Si, si amor«, antwortet er mit einer Würde, die von seiner neuen Stellung herrührt, »nach der Messe.«

Als sie den Kirchhügel hinabgehen, steht die Sonne tief. Die Schatten der Lebensbäume fallen wie lange Zeiger über die Landschaft. Sie recken den Hals über die Hecke, hinter welcher Marmortauben zu Rotkehlchen geworden sind und in alle Ewigkeit ihr Wunschzweiglein im Schnabel halten. Sie zeigt ihm das Grab des Seemanns, zeigt und erzählt. Bei dem Gedanken an die arme Seele, die nach allem, was er gelernt hat, im Fegefeuer brennen muß, bis der letzte Ton der Messe im Kirchenschiff verklungen ist, bekreuzigt er sich.

Oda schüttelt es unter ihrem Tuch vor Kälte. Denn die Schatten der Gedanken fallen schwer auf das Grab, und dort könnte sie nun selbst liegen, zwei Leben in einem, wie bei dem Skelett, das sie einmal im Stadtmuseum gesehen hat, wo ein Fötus gekrümmt im Beckenboden lag mit Vogelschädel und winzigen Knochen. Sie zupft Santos am Ärmel, er soll mitkommen. Hastig entfernen sie sich von der Hecke.

Draußen auf dem Weg nimmt sie seine Hand und drückt sie. Nach und nach, wie sie die Kirche hinter sich lassen, bewegen sie sich leichter, und sie fängt an, ihre Hände hin- und herzuschwingen, wie es die Mädchen tun.

Die Abendbrise stellt sich ein und mit ihr der Duft nach Meer und Weinrosen. Ein Tag geht langsam zur Neige, ohne daß sie eine Spur von Herrn Sjarles gesehen hat.

Als sie sich dem »Strandgaarden« nähern, erblicken sie auf dem Weg vor sich Maltes Gestalt, total verschmutzt. Über ihm brütet ein großer Unglücksvogel. »Malte!« ruft Oda, aber er hört nichts. Sie läuft vor, faßt ihn sanft am Arm. Da wirft er sich ihr in die Arme, unter dem Schlamm auf den Wangen ahnt sie einen blutunterlaufenen Streifen. Es ist nicht herauszufinden, was passiert ist, denn in seinem Hals zerquetscht das Weinen die Wörter. Sie hört nur den Anfang, unterbrochen von Schluchzern und Schniefen:

»Ich habe einen Kajak bekommen und dann ... dann ...«

Stoßweise schnappt er nach Luft. Als er endlich wieder bei Atem ist und erzählen kann und die Geschichte im letzten Licht des Sonnenuntergangs aus ihm hervorgebrochen ist, hat Santos Mord in den Augen und kniet vor ihm nieder.

»Maldito«, sagt er, »mi pobre indio! Le vamos a matar, te juro, un día le vamos a matar.«

Das letzte kommt mit einem wölfischen Knurren ganz unten aus der Kehle. Oda sieht verwundert von einem zum andern. Es scheint, als ob Malte ihn verstünde und in seinen Worten zu einer Zeit Trost findet, als ihre Liebkosungen nicht ausreichen. Mitten unter Tränen muß Malte so lachen, daß der Schlamm in Schollen von ihm abfällt.

»Weißt du noch, wie der Fuchs die Hunde anschmierte und die Hunde von der Polizei ausgeschimpft wurden? Als sie uns gerade fangen wollten? Gott, sahen die dumm aus!«

»Wer? Die Hunde?«

»Nein, die Polizei.«

Und im Wettstreit, wer es Oda als erster erzählt, fallen sie sich gegenseitig ins Wort, so daß Oda sie mehrfach unterbrechen muß, um Anfang und Ende der Geschichte überhaupt mitzubekommen. Währenddessen säubert sie den Jungen. Pflückt Blätter und kleine Zweige von seinem Pullover, bürstet die Erde ab, reibt die Schrammen mit Spucke ab, ohne daß er es merkt. Sie rümpft die Nase, sie muß zusehen, daß die Sachen in die Wäsche kommen, ehe Frau Svane Unrat wittert. Er hat sich auf dem Weg an einer Scherbe geschnitten und noch einen Schuh verloren. Das muß bis morgen warten, es ist schon dunkel geworden.

»Kommt«, sagt sie zu den beiden, »wir müssen machen, daß wir nach Hause kommen.«

Sie gibt Santos ein Zeichen. Die Wunde am Fuß ist aufgeplatzt und blutet wieder. Sie flechten ihre Hände ineinander, fassen sich ums Handgelenk und bilden so einen Sitz für ihn – denn er ist zu groß, um auf den Schultern zu reiten. Sie heben ihn hoch. Er schlingt einen Arm um ihren Hals, und sie reibt daran ihre Nase.

»Warum soll ich denn getragen werden?« murmelt er von seinem Thron.

»Weil du ein Prinz bist, Malte, ein richtiger Prinz!«

Nachdem sie sich geliebt haben – in der Unbemerktheit der Mitternachtsstunde auf Odas Zimmer –, liegt Santos noch immer auf ihrem Kopfkissen, den Blick an die Decke gerichtet, und zählt Takte, findet im Dunkel goldene Töne. Auf ihrem Nachttisch brennt eine Kerze, das Notenpapier ist in Reichweite. Unter den Balken auf dem Papier hängen die Noten in Trauben, oder sie stehen für sich mit Fahnen; die Flamme der Wachskerze bringt sie auf den Linien zum Tanzen, in Quadrillen und immer neuen Kombinationen. Die Musik kennt kein Ende.

Die nackte Oda ist aus dem Bett gesprungen, sie hat den Bogen mit dem Text genommen und memoriert das Steigen und Fallen der Melodiestimme, der Stimme, die er zu ihrer gemacht hat und nur ihrer. Sie kommt an eine Stelle, deutet darauf und runzelt die Brauen:

»Ja, aber, was steht da? Versuche, es mir laut vorzulesen, so daß ich es verstehen kann.«

Santos stützt sich auf die Ellbogen, nimmt die Kerze und hält sie übers Papier.

»Da heißt es: ›Und als er zum Tor der Hölle kam, tanzte ein Chor von Teufeln. Und Flammen leckten an seinen Beinen, während ihre Hintern schwänzelten . . .‹

Das ist aus Dies irae«, fügte er hinzu, gänzlich überflüssig.

Er wiederholt die Melodie dieses Textstücks, taucht die Notenfeder ein und bringt schnell eine Änderung an. Der Bogen ist bald so unübersichtlich, daß sie einen neuen braucht.

»Wer kommt ans Tor der Hölle?«

»›Die Flamme‹. So nenne ich ihn. Er kommt ans Tor der Hölle. Und ebenso wie der Mann, der jedesmal, wenn der Tod am Fußende stand, das Bett rasch umdrehte, hat er den Teufel selbst betrogen.«

»Was ist das für eine Geschichte?«

»Zu Hause kennen die alle. Ein Mann bekam seine Geliebte vom Tod zurück, sie verabredeten einen Handel: Nur wenn der Tod am Kopfende stand, würde er seine Frau oder seine Mutter bei sich behalten können. Wenn er – beim nächsten Mal, wenn sich der Glatzköpfige zeigte – am Fußende stünde, war sie die sichere Beute des Todes. Das war die Absprache.«

»Was passierte dann?«

»Er betrog den Tod. Als sich der Knochenmann das nächste Mal zeigte, war das am Fußende der Mutter und – husch! – drehte er das Bett blitzschnell um. Aber beim dritten Mal ging es schief. Keiner betrügt den Tod, wenn der Letzte Tag gekommen ist. Er rettete seine Frau wie zuvor, aber verlor sie wieder, weil – husch! – die Knochenhand ihn packte und kopfüber in den Höllenpfuhl warf. Dort schmort seine Seele seither.«

»Erzähl mir von der ›Flamme‹ . . .«

»›Die Flamme‹ war ein armer Indianerjunge, der auf einem Gut unter Tagelöhnern und Pachtbauern aufwuchs. Er hatte eine Stimme so wie du und sang im Chor. Eines Tages war der Freund des Gutsbesitzers, der Graf mit den hellen Augen, bei der Messe dabei und hörte ihn singen. Er kaufte ihn dem Gutsbesitzer ab. Nachts kam er zu dem Jungen und nannte ihn Engel, während er ihm über den Nacken strich. Er gab ihm schöne Kleider, nahm ihn mit in die Stadt, wo er ein Haus mit vielen Fenstern hatte, und in jedem brannte Licht. Der Junge bekam die besten Lehrer für Musik und Gesang, kam aufs Konservatorium. Andere lehrten ihn Lesen und Schreiben. Aber in dem großen Haus gab es keine Frau, er benutzte den Jungen.«

Santos stockt. Das Kerzenlicht spiegelt sich in den Flecken seiner Katzenaugen mit doppelter Flamme. Dann spricht er weiter:

»Er war wie der Pistacco, der die Indianer erschlug, um von den Körpern der Toten das Fett zu stehlen. Als ›Flamme‹ älter wurde, begriff er, daß der Graf der verkleidete Teufel war, und er ihn dazu verführt hatte, seine Seele zu verkaufen. Seine Stimme verschwand, ein Bart wuchs ihm am Kinn und – husch! – wurde er auf die Straße geworfen. Ein anderer Junge zog in das Haus ein. Aber ›Flamme‹ hatte Geschmack gefunden an schönen Kleidern und den teuren Angewohnheiten, er tat das gleiche mit Männern und älteren Frauen, was der Graf mit ihm gemacht hatte.«

Oda wirft ein: »Jesses! Was für ein Glück, daß sie den Text nicht verstehen!«

Santos nickt automatisch. Der Ausbruch ist an ihm abgeperlt wie Wasser von einer Gänsefeder.

»Weil die Seele sowieso schon verloren war, erschlug er den Grafen und reiste in ein anderes Land. Wie ein Lamm Gottes wird er verkauft, beim Dies irae kommt er dann zum Tor der Hölle und verlangt, mit dem Teufel zu sprechen. Sein Zorn schlägt im Fleisch Funken wie von Tausenden von Feuerfliegen, ›flammt‹ auf und leuchtet so gewaltig, daß der Teufel selbst weichen muß. Er würgt ihn. Anschließend reißt er seinen Vertrag entzwei und steckt das Archiv des Bösen in Brand, in einem höllischen Feuerwerk, bei dem alle die kleinen Pistaccos heulen und fauchen und versuchen, die Verträge zu retten. Im Schlußsatz ersteht er als Lucifero wieder auf …«

Santos hat sich in Ekstase geredet. Sein Stottern und das Suchen nach Worten sind weg. Es klingt merkwürdig. Aber Oda ist unzufrieden.

»Das gefällt mir aber gar nicht.«

»Ja, aber so ist es nun mal. Die Totenmesse befreit seine Seele.«

Oda ist entschieden. Sie schirmt das Licht ab, das sein Gesicht mit den tiefen Falten nachzeichnet, wendet sich ab.

»Du bekommst mich nicht dazu, das zu singen.«

Sie spricht geradewegs durch ihren Rücken.

Santos schweigt. Er steht aus dem Bett auf, nackt wie sie. Legt ihr eine Hand auf die Schulter und versucht, sie zu sich umzudrehen. Sie schlägt die Hand weg.

»Du mußt das umschreiben.«

»Oda, mi amor – du sollst nur an die Musik denken, das andere ist gleichgültig. Nur Wörter. Palabras, nada mas que ...«

»Ich tue das nicht!«

Schweigen breitet sich zwischen ihnen aus. Dann kommt er noch einmal, inständig bittend: »Amor ...«

Sie dreht sich um, feurig, wie er sie nie zuvor gesehen hat.

»Liebe, ja! Liebe, die die Seele befreit. Deinen verdammten Herrn Sjarles kannst du vergessen! Ohne mich gibt es keinen Jubelchor, und das weißt du nur zu gut.«

»Ohne Sanctus, Benedictus und Lux Aeterna ist die Messe wie ... wie eine Wachskerze in der Kirche, die niemals entzündet wird.«

»Dann schreib es um. Die Musik ist schön, die brauchst du nicht zu ändern, nur die Wörter. Zünd eine Kerze an für die Liebe, die alles duldet.«

Er ist hart und verschlossen. Mit plötzlich geschärften Sinnen sieht sie ihn an, kniet nieder und nimmt seine Hände.

»Es ist nicht um meinetwillen, nicht einmal um des Kindes willen. Es ist um deinetwillen. Glaube mir, Santos, glaub mir einfach. In meinen Wörtern ist keine Musik, aber was glaubst du, was ich gelernt habe, als du mich verlassen hattest und der Tod bei mir am Fußende stand?«

Durch seine Stummheit ziehen sich Risse, um seinen Mund zittert es, und er hebt die Brust, um Luft zu bekommen. Sie steht auf und zieht ihn dicht an ihren Körper, spürt sein Zähneknirschen an ihrer Wange. Auf der nackten Haut kann sie fühlen, daß es ihn wie im Fieber schüttelt. Er gleitet nach unten und liegt mit dem Ohr an ihrem Nabel. Jetzt lauscht er.

Sie sagt die Wörter, die zeigen, daß sie verstanden hat. Sie sagt sie ganz ruhig.

»Nicht deine Seele hast du damals verkauft, nur das Fleisch. Der feine Herr ist tot. Es gibt nur noch uns beide.«

Er hebt abrupt den Kopf, und sie sieht, wie seine Pupillen sich weiten, schwarz in schwarz. Sie zieht ihn vom Fußboden hoch und zum Bett hin, wo sie ihn festhält, während er mit der Stirn auf das Kissen haut. Er zieht die Knie an und kriecht am Kopfende zusammen, fängt an zu zittern.

Als er endlich zur Ruhe kommt, der Krampf seine Glieder verlassen hat, kann er nicht sprechen. Sie pustet die Kerze aus, schmiegt sich an seinen Rücken und flüstert in seinen unruhigen Traum:

»Die Kindheit bekommst du zurück, sobald ich das Kind geboren habe, die Jugend, wenn wir alt genug werden, um ihn aufwachsen zu sehen.«

Malte gräbt. Der Spaten gleitet in die Erde, jeder Stich kratzt an Steinen und Wurzeln. Das Durcheinander von Nesseln, Weidensprossen und Pappeln wehrt sich gegen das Blatt. Er bricht Grassoden um, schüttelt sie aus, bohrt mit dem Finger in das Loch und stochert darin herum. Zwischendurch verschnauft er, auf das Ende des Schafts gelehnt. Überall im Garten hinterläßt er seine Maulwurfshügel, während er versucht, die Stelle einzukreisen, an der er den Schatz vergrub.

Die Lupe hat er zusammen mit einer Kladde für den Bericht in der Höhle abgelegt. Er hat die Taschenuhr des Apothekers geliehen, damit er einen Zeitplan erstellen kann über das allmähliche Fortschreiten der Untersuchung.

Die erste Eintragung ist schon gemacht: *8.33 Uhr GMT:*

Beginne die Ausgrabung am Eingang der Höhle, drei Schritte rechts vom Baumstumpf, sieben waagerecht vom Steinwall.

Ohne Resultat. Er verschiebt seine Schnittpunkte, notiert sie zwischendurch für spätere Buchführung auf einem Zettel. Geißfuß und Ampfer wachsen, Quecken haben sich ausgebreitet, und plötzlich kann er sich nicht mehr erinnern, ob er die Stelle gekennzeichnet hat, an der er die Kapitänsmütze zusammen mit dem Bild des jungen Mädchens begraben hat. So daß er jedesmal, wenn sich vor seinem Auge ein Muster aus zwei oder mehr Steinen ergibt, dort zu graben beginnt. Das Kinn auf dem Spatengriff, grübelt er lange, während sein Blick umherschweift vom Gebüsch zu den Brennesseln und einzelne Punkte in dem Labyrinth zersplitterter Lichtflecke zwischen den Baumwipfeln hervorspringen.

Ein Stock in der Erde. Er setzt den Spaten an und legt los, die Klumpen fliegen über seine Schulter. Er glaubt nur halb daran, denn der Stock erinnert ihn an etwas, und als der Deckel zum Vorschein kommt, ist es der Deckel einer Zigarrenkiste.

Dort unten liegt ein Spatz, den er zusammen mit Ida begraben hat, der Stock war zu einem Kreuz gebunden, aber der Querstab ist wieder abgefallen, als der Sommer zu Ende ging. Er kratzt Erde über die Kiste, beeilt sich, sie wieder abzudecken. Vielleicht hat sich der Schuhkarton aufgelöst, er hätte etwas Haltbareres wählen sollen für seinen Schatz.

Er haut die Schneide aufs neue hinein. Die Aufzeichnungen müssen warten. Jetzt ist er viel zu angespannt, um klar denken zu können, die Nesseln brennen an Armen und Beinen und bringen sein Hirn zum Kochen.

Ich höre dich über meinem Kopf, Bursche, das Herzblatt zeigt mit seiner scharfen Spitze auf die Verkrustung, während ich im Dunkel der Erde keime und mich darauf freue, daß das Chlorophyll meine Bestandteile aufs neue verändern wird und ich grün werde, wie im Frühling meiner Jugend. Jahreszeiten wechseln, Zyklone werden von sanfteren Winden abgelöst, alles tanzt miteinander im Kreis. Ihr dort oben macht euch viele Sorgen, wißt ganz einfach nicht, daß der Fürst der Dunkelheit und der Prinz des Lichts ein und derselbe sind. Im Gegensatz zu den meisten anderen Stämmen auf der Erde habt ihr einen primitiven Glauben.

Es sind keine Drachen, die das Gold bewachen, und keine Zwerge, die es ausgraben. Stille herrscht hier, Stille und Wachstum.

Es gibt solche, die vom Licht leben, und andere, die das Fleisch zerfetzen. Der Teil von mir, der in der Nacht jagt, ist mein Erbteil vom Prinzen der Finsternis. Ich spüre sein Kommen, denn dann sehne ich mich wieder nach menschlichem Blut! Ich weiß es – noch schmeckt mir der Aufenthalt im Körper eines Tieres süß. Der Fuchsbau ist voll von verrotteten Ratten und Mäusen, er hat nie zuvor solche kleinen Pelztiere gefressen. Aus diesem und keinem anderen Grund verließ ich ihn. Bald wirst du mich in vollem Ornat sehen, die Reste, nach denen du jetzt gräbst, sind nur die kleinsten Teile des Puzzles, das ein Seemann während seiner einsamen Wachen gelegt hat.

Jetzt gehen seine Beine dort oben wie die Trommelstöcke und schütteln mich ein bißchen. Er holt eine Hacke aus dem Geräteschuppen des Gärtners. Legt damit los und sticht kräftiger zu –

Nein, Malte – so geht das nicht. Keinem ist es jemals gelungen, den Weg zu Aladins Höhle durch harte Arbeit abzukürzen.

21. Kapitel, worin der Seemann seinen Sonntagsanzug anzieht

So vollkommen bin ich in meiner Einsamkeit geworden, so vollkommen befreit von allem außer den Phantomschmerzen. Außerhalb des Fleisches brennt die Energie weiterhin, brennt ihr Licht im Äther. So ist das Fegefeuer, und dort schmore ich jetzt – in jeglichem Detail meiner früheren Umgebungen – mit Flammen, deren Zungen sich spalten. Ich bin die Stufe der Treppe, die knarrte, die Seemannskiste auf dem Dachboden, der zärtliche Moment im Auge des Mädchens. Ich bin mit Haut und Haaren deine erste Liebe, meines Vaters Stolz, bald sein Zorn, und schließlich sein blinder Fleck.

Wie jeder andere trage ich an einem Muster von längst zurechtgetretenen Pfaden, die die Häuser, in denen ich gelebt habe, mit Orten, an denen ich niemals Frieden fand, verbinden. Es gibt die Zimmer der Kindheit und Räume mit einem Hauch von Licht an den Wänden, mit Verstecken und geheimen Winkeln, wo es keine Zeit gibt, ein ganzes Bukett an Düften und Personen, wechselnden Gesichtern und Stimmen, die noch immer in der Musik sind und auf keine andere Weise die Bedeutung der Wörter tragen. Gewichtlosigkeit, wenn man getragen und gewiegt wird, gefüttert und geschoben – bis zu den ersten stolpernden Schritten durchs Gras und dem Fallen in allgegenwärtige Arme. Ein Sommergarten. Die Schnur, die an die Fahnenstange klatscht. Ihre goldene Spitze unter dem blauen Himmel. Die segelnden Wolken und Schwäne.

Ein anderes Jahrhundert, eine Welt, ehe Malte geboren wurde, aber Kindheit ist Kindheit. Ein Donnern über die Planken der Anlegebrücke, hinaus, um nach Schiffen zu spähen und dazustehen, die Augen begraben im Segel des Horizonts, während die Welt dort draußen im Wasser verläuft. Andere Füchse am Steilhang, die gleichen Bauten. Und auf dem Friedhof die gleichen Namen, denn hier ist die Schrift in Stein gemeißelt, nur die Zeit zwischen zwei Jahreszahlen ist zu nichts geworden.

Nennt mich verdammt – ihr wißt sowieso nicht, was das bedeutet. Das Fegefeuer ist wie das Nordlicht, Wellen an einem lauwarmen Himmel, eine Orgel, die Farben speit statt Töne. Das Phantom, das den Körper ersetzt, vibriert in den Spektren unterschiedlich gefärbten Lichts. Spasmen und keine Erlösung. Nichts ist vergessen, nur die Wärme des Fleisches ist außer Reichweite. Ich bin weiß Gott kein Heiliger, sondern des geistigen Hochmuts schuldig, des Totschlags und des Zorns. Ich habe manchen Morgen in Sodomie verbracht und Nächte in vollkommener Enthaltsamkeit. Letzteres war die größte Sünde.

Die Zeit ist gekommen, wo ich wieder in eine Figur eintrete und mich als der zeige, der ich war. Ich habe die Sachen für den Landgang hervorgeholt und mir mit dem letzten Auftreten, ehe der Vorhang fällt, Mühe gegeben. Die Ankerknöpfe geputzt und die Jacke um das Gespenst geknöpft, das ich war. Ich trage wieder goldene Tressen auf Ärmeln und Schultern und die Mütze auf dem weißen Schädel. Ein Paar Lederhandschuhe hindern die Finger wegzurieseln.

Ich habe meine Hosen gebürstet und den Schlips gebunden, mit Perlennadel und Monogramm. Ich bin blau und vergoldet und alles in allem königlich, mit Hemd, Manschettenknöpfen und handgenähten Schuhen. Ganz einfach. Immer aufs neue Gala und volle Takelage, wenn ich an der Küste der Welt anlande.

In meinem fossilen Herzen trage ich die Abstände des Sternenlichts, ein wenig erstarrten Sonnenschein und eine Erinnerung an das Glück, in Bernstein eingekapselt. Seither brannte ich Brücken nieder, wurde Todessegler und Höllengast, nur um es niemandem recht zu machen. Ich bin zurück und kreuze meine Spuren – vom Krähenschloß, das das Meer schleifte, und wieder zurück zur Anlegebrücke, wo alles zunichte wird, und sogar die Erinnerung muß vor dem weichen, was mit Runen ins Innere des Schädels geritzt ist.

Ich habe die Gesichtszüge des Verführers behalten, die Goldohrringe und den Backenbart, mein Herz ist weiterhin aus Stein, aber das Rückgrat ist ein Tempelbaum, der wieder mit Blattflügeln blühen und seinen Samen über die Erde wehen lassen wird. Die losen Handgelenke habe ich vom Elf. Aber niemand soll sich davon täuschen lassen, ich bin ein Mann bis in die Fingerspitzen, ein Dieb mit Pelzmaske und ebenso unberechenbar wie der Fuchs, in dem ich zuletzt zu Gast war. Als Fürst habe ich tausend Leben gelebt und ebenso viele Gesichter gehabt.

Noch einen Moment schwebe ich über den Wassern.

Dann schlage ich ein. Jetzt erinnere ich mich an alles. Ich bin gekommen, um die Zeit anzuhalten – der Junge soll nie älter werden als zwölf Jahre! Ich bin nur ein Bote, aber glaubt mir, ich habe meine Gründe. Ein jeder hat ein Recht auf einen Engel. Das letzte Gesicht, das ich trage, ist das des Todes.

Der Leuchtturmwärter steht über die Hobelbank gebeugt. Span für Span formt er das Stück Treibholz zu einem Paddel, füllt den Hobel mit lockigem Meerfrauenhaar, das um seine Hände aufschäumt und zur Erde fällt, während Malte immer gespannter zusieht. Der Stock ist dabei, Gestalt anzunehmen. Er hobelt die Mitte rund und die Enden flach. Unter der gräulichen Oberfläche kommt die Struktur des Holzes zum Vorschein, duftend und dort, wo der Hobel gerade gewesen ist, seidig schimmernd.

Äste unterbrechen die Strömung und schlingen Jahresringe, so daß eine der Figuren wie ein Seepferdchen aussieht. Malte will es sofort anfassen, als Sirius das Holz löst, es in einem Bogen durch die Luft schwenkt und neu einspannt. Jetzt nimmt er die Ruderblätter in Angriff. Im Block vor ihm stehen die Messer, die er braucht, die Meißel und Hohleisen, die er mit einem Schaft versehen hat, so daß sie in seine großen Hände passen.

Sirius gehört zu denen, die ihr Werkzeug ordentlich aufbewahren. An der Wand haben sich Bohrer, Hammer und Wasserwaage abgezeichnet. Malte ist von den Blasen in dem grünen Glasröhrchen fasziniert. Es gibt Tage, da mißt er genau nach, ob auch alles gerade steht, schwenkt dabei die Wasserwaage herum, daß einem ganz schwindlig wird.

Der Leuchtturmwärter ruft ihn. Er bekommt einen Korkklotz mit einem Stück Schmirgelpapier. Sie beugen sich über das Paddel, jeder von einer Seite, schmirgeln von den Ruderblättern bis zum Schaft, bis sich ihre Klötze in der Mitte treffen und sie aufblicken. Malte hat vor lauter Konzentration Grönländeraugen bekommen, die von Olesen sind in ihren Lachfältchen hängengeblieben.

Das Paddel ist fertig. Malte darf es in die Hand nehmen, sowie es aus der Hobelbank ausgespannt ist, er prüft das Gleichgewicht. Der Griff ist gut, er schaufelt Luft, lehnt den Körper vornüber, während er wegpaddelt. Der Schaft mit dem Schmirgelstaub liegt mit einem trockenen und mehligen Gefühl in seinen Fäusten. Die Bewegung setzt sich bis in die Schulterblätter fort, und für einen Augenblick fühlt es sich an, als habe er Flügel bekommen.

Als er das Paddel beiseite stellt, ist er ganz außer Atem. Denkt plötzlich an die Lupe, wühlt in der Hosentasche und liefert sie mit einem leisen »Danke fürs Leihen« ab.

Das sagt er mit stumpfen Augen, die verraten, daß die Nachforschungen umsonst waren. Der Leuchtturmwärter steckt sie ein und vermeidet zu fragen, wofür sie hätte benutzt werden sollen.

Sie gehen nach draußen zum Kajak. Der hat sich gestrafft, liegt mit seiner Krümmung auf dem Bock und leuchtet wie ein Lampenschirm. Nach der Ölbehandlung wirkt die Haut geschmeidig, dieses trockene Gefühl von Museum ist verschwunden. Malte will glätten, er beugt sich unter den Rumpf, stemmt mit der Schulter das vordere Ende hoch. Senkt es langsam wieder auf den Bock.

Der Morgen ist mit Sonne und Meeresblick gekommen, kein Wind rührt sich, vorn am Ufer ist das Wasser spiegelglatt. Der perfekte Tag für ihr Vorhaben. Sirius nimmt das Paddel, setzt sich damit auf die Erde und demonstriert: Ruhestellung, paddeln, Riemen streichen und wenden. Malte setzt sich daneben, verschlingt ihn mit den Augen und kopiert ihn mit einem Besenstiel. Sie sind der große Jäger und sein Sohn, die unterwegs sind über den Fjord, zwischen Eisbergen hindurch – in den türkisfarbenen Rissen unter dem Wasser gleiten die Schatten der Meerestiere vorüber.

Sie heben den Kajak vom Bock und lassen ihn zu Wasser. Der Leuchtturmwärter hat die Hosenbeine hochgekrempelt. Mit Mühe preßt er sich durch das Sitzloch, stützt sich dabei auf Maltes Schulter. Der Junge kniet, der Kajak ist kurz davor, den sandigen Grund zu berühren. Dann ist er wieder flott, und der Mann schwimmt. Sirius schickt Malte nach dem Paddel, das sie an Land vergessen haben, und während der Junge seine Sachen in den Sand wirft, treibt der Kajak auf dem Wasser. Wackelnd hält sich der Leuchtturmwärter in dem schmalen Boot aufrecht.

Er fängt an, die Grundbegriffe zu erklären, als Malte in Unterhosen durch das Wasser gewatet kommt und ihm das Ruderblatt entgegenhält. Er sieht die Bewunderung in den Augen des Jungen und richtet sich auf.

Langt nach dem Paddel. Überschlägt sich sofort und bleibt mit dem Kopf unter Wasser hängen, das dem Jungen jetzt bis zum Bauch reicht. Malte prustet abwechselnd vor Lachen und kämpft mit dem Kajak, bis der Leuchtturmwärter wieder hochkant steht. Er rettet auch die Mütze des Leuchtturmwärters, die abtreibt. Dabei packt er den beinernen Knauf des Kajaks und schiebt ihn auf die Sandbank, wo der Leuchtturmwärter mit Mühe aussteigt und ihm das Paddel reicht, nach wie vor im Besitz seiner Autorität.

»Da siehst du mal! Du mußt immer ruhig sitzen, das ganze Gewicht auf den Sitz verlagern und plötzliche Bewegungen vermeiden.«

Er ist tropfnaß. Das einzig Trockene sind seine Holzschuhe, die hatte er an Land zurückgelassen. Anorak, Troyer und Hosen triefen um die Wette. Meerwasser tropft aus der Pfeife, die im Mundwinkel festgeklemmt war, seit sie die Werkstatt verlassen haben. Er klopft sie auf der Handfläche aus und pustet ins Mundstück. Kneift die Augen zusammen und versucht von der Spitze aus durchzuschauen.

Er hält den Kajak für Malte, als sie die Plätze tauschen. Das Herz des Jungen klopft, als er sich in das Loch sinken läßt, die Armmuskeln angespannt, er streckt die Beine aus, vorsichtig, um nicht an der Bootshaut zu kratzen. Die Anspannung zeigt sich in seinem Gesicht, Augen und Mund werden immer schmaler. Er bekommt einen nassen Hintern, nach dem Tauchgang steht noch Wasser im Kajak. Er schiebt den Sitz zurück. Bringt das Paddel über den Knien an, atmet tief ein und nickt Sirius zu.

Der Leuchtturmwärter läßt los und hebt seine Arme gen Himmel. Nun kommt es darauf an, aber es klappt. Malte spürt sofort die Unruhe im Rumpf, bei der geringsten Bewegung von ihm macht sie sich unter ihm mit viel größeren Bewegungen bemerkbar. Bei Unruhe wird alles verstärkt. Er besänftigt sich innerlich, von der Zunge bis zur Zehenspitze, wagt, das Ruderblatt einzutauchen. Sein eigenes Gewicht hält er im Lot, die Zungenspitze ist draußen, als er das Ruder dreht und das andere Blatt eintaucht.

Der Kajak schießt über die Wasseroberfläche. Er wiederholt die Bewegung. Ohne Anstrengung. Ellbogen und Handgelenke drehen sich, den Körper hält er still. Er duckt sich ein wenig, erhöht das Tempo, und der Leuchtturmwärter folgt ihm verwundert. Woher hat er das?

Es geht beinahe schief, als er den Kopf wendet, um Sirius etwas zuzurufen, die Bugwelle knufft ihn, und er muß das Paddel mit einer Hand loslassen, um das Gleichgewicht wiederzufinden. Er nimmt die Leine auf, mit silbernem Blinken verläuft sie von der Erde bis zum Gewölbe des Himmels, auf dem Weg, auf dem die Drachen oben zwischen den Wolken verschwinden. Er segelt wieder, und ein vorsichtiges Lächeln kräuselt seine Lippen.

Halbmondförmige Ringe breiten sich als Spur im Kielwasser aus. Er streicht die Riemen und legt sich längs zur Küste, findet den Rhythmus wieder und paddelt. Er kann eine Umdrehung soeben vermeiden. Paddelt von Untiefen weg, hinaus zu der Reihe Grundnetzpfähle. Es ist Niedrigwasser, und das Grün an den Pfählen schimmert dunkel vor Nässe.

Die Pfähle wachsen in seinem Gesichtsfeld, Kormorane erheben sich vor Möwen, lange bevor er näherkommt. Sein Ruderschlag wird ganz leise, er hält die Luft an, während die Vögel aufflattern und sich weiter draußen wieder niederlassen. Die Pfähle werden verlassen. Mit einigen Sekunden Verspätung gehen die Vögel in die Luft.

Er stellt sich die Wasserwaage vor, fühlt sich wie die Blase in dem grünen Röhrchen. Mit zunehmender Sicherheit manövriert er den Kajak. Spürt, wie der ausgehend vom untersten Rückenwirbel hinauf zu den Armen gesteuert wird, die ganze Zeit voll konzentriert, angespannt, aufmerksam. Es ist das Werkzeug eines Jägers. Auch ohne Fanggerätschaften und Angelschnur. Man sitzt nicht und gafft in einem Kajak, man bekommt das Herz des Seehunds und seine glänzenden Augen.

Eine Spur hinter sich herziehend, die sich zwischen den Pfählen aufspaltet, gleitet er dahin und hinaus ins offene Wasser. Die Bootshaut liegt körperwarm, mit einem Hauch von Meereskühle an seinen Beinen. Die Schreie der Möwen klingen anders hier draußen, es ist eine ganz andere Verzauberung. Sirius ist am Strand zu einem Zwerg geschrumpft, er sieht ihn mit den Händen Rufe bilden, den Laut hört er erst etwas später.

Die Häuser sind an Land zwischen den Dünen versunken, vom »Strandgaarden« ist nur noch das Reetdach übrig, und die Anlegebrücke vor dem Leuchtturm ist zu einem Spielstein geworden.

Die Strömung zieht ihn mit leichter Dünung, die an seiner neuen Haut leckt, hinaus. Hier ist das Wasser bewegter als an der Küste, wo es bleiern lag. Er spürt die Wellenkämme unter sich wie eine konstante und prickelnde Ermunterung. Am Horizont liegt die Insel der Seehunde und dahinter ein Land mit Klippen und Bergen, hinter den Bergen andere Wälder, und hinter den Wäldern, wo die Sonne niemals untergeht, singt das Eis.

Er hört, daß die Rufe des Leuchtturmwärters schärfer werden. Er darf nicht weiter hinausfahren. Als er das nächste Mal hochschaut, hat sich Sirius mit Siebenmeilenschritten zur Brücke hin bewegt und macht Miene, in die Jolle zu steigen. Malte streicht die Riemen und schwenkt den Steven in Richtung Land. Erst als er sich dem Deich so weit genähert hat, daß er wieder Details unterscheiden kann, läßt der Leuchtturmwärter die Trossen los und winkt ihm zu.

Wieder legt sich Malte parallel zur Küste und spürt, wie das Paddel zu Flügeln an seinem Rücken wird, wohin sich die Bewegung zu einem Schnitt zwischen den Schulterblättern fortpflanzt. Er kippt in der Hüfte vor und legt wieder los.

Das Morgenlicht fällt über den Kirchhügel und streckt die Schatten der Lebensbäume. Eine Pforte steht offen. Zwischen den Gräbern ist jemand beschäftigt, der Totengräber – von der Arbeit bucklig, seine Haare hängen über dem Scheitel wie bei einem Maulwurf – ist zugange. Die Schubkarre ist neben dem Grabstein des unbekannten Seemanns geparkt, Hacke und Hebelstange ragen heraus, und er ist dabei, die Erde rund um den Stein mit dem Spaten zu lösen. Neben der Schubkarre hält ein Schlitten, mit Seilen versehen, die in einer Art Kummet enden. Auf dem Schlitten liegt, mit einem Sack zugedeckt, ein vor kurzem behauener Granitblock.

Er sticht mit dem Spaten zu und stößt dabei mit einem Geräusch an den Sockel, das einem durch und durch geht. Er richtet sich auf und spuckt Kautabak aus, kratzt sich am Handrücken und lehnt sich für einen Augenblick gegen den Schaft. Er hat eine großporige Haut, in die Erde eingelagert zu sein scheint, ist kleingewachsen, aber zäh und drahtig. Er geht wieder ans Werk. Kurz darauf versucht er mit der Hebelstange, ob er den Sockel lockern kann. Er benutzt noch eine Steinplatte, um ihn umzulegen.

Die Platte ist es, die zuerst bricht. Er wälzt den Stein vom Grab. Er landet mit der Inschrift nach unten und zerquetscht einen Blumenhalter mit verwelkten Mohnblumen. Er schiebt ihn ein bißchen zurück, zieht den Schlitten näher heran.

Wo der neue Stein liegen soll, hat er einen kleinen Hügel angelegt. Der ist rund wie ein Mühlrad. Er nimmt die Säcke weg, packt unter dem Granitrand an, und mit einer schrägen, rollenden Bewegung schafft er ihn auf seinen Platz.

Jetzt beginnt er, am Fuß des Hügels Ränder für ein Loch zu schneiden, ein quadratisches, wie man es für Urnenbeisetzungen braucht. Er gräbt, bis er auf den Sargdeckel stößt: Hier liegt die Wasserleiche, unbekannt wie zuvor, aber ohne ihren Stein. Der Totengräber konstatiert das mit einem Achselzucken, dreht den teerigen Kautabak um und weicht ihn mit Spucke ein. Er ist der Gärtner der Toten, nicht ihr Hüter.

»Jetzt bekommst du bald Gesellschaft«, murmelt er und nickt zum Sargdeckel hinunter.

Er gräbt das Loch fertig, so daß es für das Begräbnis bereit ist. Den Grabstein wälzt er auf den Schlitten, worauf er die Geräte in die Schubkarre legt. Als er gerade gehen will, hört er einen Erdrutsch und dreht sich um. Auch wenn er beinahe vom Schlage eines Olesen ist, so reicht das doch für eine Gänsehaut. Denn plötzlich sieht es aus, als habe einer auf dem Rand des Grabes gestanden und seine Signatur in Form eines Abdrucks seines Absatzes hinterlassen.

22. Kapitel, worin die Zeit zurückgedreht wird

Sonntag in der Gemeinde – die Kirchenglocken schwingen hoch, stoßen im Himmel über den niedrigen Strandhöfen, den Fischerhäusern und Schiffen zusammen, die von der anderen Seite der Halbinsel gekommen sind und mit einer leichten Brise das Dorf ansteuern. Die Jollen sind mit rostroten Lateinersegeln aufgetakelt und werden mit einem Ruder am Heck gesteuert, das eine Spur ins Kielwasser zeichnet. Schwerbeladen liegen sie im Wasser, die Frauen sind mit an Bord, Kinder und Männer in ihrem steifsten Staat, mit Hüten, Schlipsen und – was die Jungen angeht – Matrosenkragen.

Die, die tagaus, tagein Fischer sind, fühlen sich wie Gäste auf ihren eigenen Booten, und diejenigen, die tagaus, tagein Bauern sind, fühlen sich gemeinsam mit den Kindern wie die Meerkönige.

Die Schiffe landen am Strand. Ein Steven nach dem anderen rutscht auf den Sand. Die Schoten werden gelöst und die Segel flattern. Das Meer ist ruhig, und die Tide steht hoch, man kann vom Vordersteven trockenen Fußes an Land springen. Den Frauen reicht man eine Hand, die kleinsten Kinder werden hochgehoben, einige von ihnen werden zunächst noch einmal über den Hüten herumgeschwenkt, ehe die Füße die Erde berühren und sie Sand in die Schuhe bekommen. Erst wenn die Jollen leer sind, packen wettergegerbte Hände zu und ziehen sie weiter hoch zum Deich hin. Das Lateinersegel wird um den Mast gefaltet mit Vorstag und Schot, dann wird die ganze Takelage mit einem Ruck hochgezogen und über die Ruderbänke gelegt. Sie ähneln den Netzen und Bojen, die täglich aus den Booten herausragen.

In kleinen Gruppen bewegen sich die Familien die Steilküste hinauf, die Frauen haben die Führung übernommen, ihre Hutbänder flattern zwischen Strandhafer und Sonnenschein, während die in den dunklen Anzügen unter der Hutkrempe schwitzend zurückbleiben. Sie gehen auf dem gewundenen Pfad, zwischen Kies und Steinen, und schielen hoch zur Wiese, die sich über ihren Köpfen wie eine grüne und erstarrte Brandung zu brechen scheint. Sie keuchen ordentlich unterwegs, der eine oder andere muß anhalten und mit gebeugtem Kopf, die Hand auf das Knie gestützt, stehenbleiben, bis sich der Schwindel verzogen hat.

Sowie man oben angekommen ist, wo sich die Wiese hinzieht und auf der Anhöhe in langen Streifen die Heide blüht, werden die Geräusche lauter. Die Glocken dröhnen durch die Landschaft, und die Gesichter wenden sich dem Turm zu. Die Gemeinde versammelt sich von nah und fern und zieht zum Kirchhügel.

Die Gäste der Pension wandern in einer Gruppe, angeführt von Frau Svane. Es gibt Pferdewagen, Karren wie auch Gigs, und weiter hinten auf dem Sandvej, in Richtung Sælvig, knallen die Fehlzündungen des Benzinmotors, sie verkünden die Ankunft des Doktors.

Er benutzt eifrig die Hupe. Die Gruppen der Gehenden zerstreuen sich, wenn das Automobil sie erreicht. Als sein Ford T zur Kirche hinauffährt, zeigt es sich, daß er mit Schwestern vom St.-Laurentius-Hospital vollgestopft ist, die auf ihren Sitzen auf- und abhüpfen und hinter den Fenstern mit ihrem steifen Kopfputz nicken, während der Kies unter den Reifen knirscht. Der Anblick der Nonnen läßt die Menschen an den Straßenrand ausweichen, wo sie mit dem Hut in der Hand stehenbleiben und den fremden Vögeln hinterherstarren. Dies ist ein Sonntag anders als die anderen, das Gerücht von der Totenmesse ist über das Land gezogen.

Sowie das Auto vor der Kapelle vorgefahren ist, springt Hansen heraus und öffnet auf der anderen Seite vorn die Tür. Er hilft der ersten Nonne, Schwester Johanne, beim Aussteigen aufs Trittbrett und ganz hinunter. Für die Leute sieht es aus, als kämen immer mehr Nonnen, eine nach der anderen, aus dem Auto des Doktors geklettert. Bis sie sich, zu einer Gruppe versammelt – gekrönt von vier hoch aufragenden weißen Schwänen –, in die Kirche bewegen.

Von der Veranda des »Strandgaarden« bis hinaus zum Horizont erstreckt sich das Meer wie ein seidenes Laken. Ich stehe am Geländer und lasse die Gedanken auf große Fahrt gehen. Die Liegestühle sind leer, die Polster schon ins Haus gebracht. Im Laufe des Sommers ist das Geländer ausgebleicht, Wind und Wetter haben es aufgehellt, und das Teakholz hat die gleiche Farbe angenommen wie die Rahmen der Luken auf dem Schiff, das mich im Anbeginn der Zeit von hier fortbrachte.

Hier kam ich als Kind oft her. Die besten Sommer habe ich hier zugebracht – in meerhellen Zimmern mit Korbmöbeln, unter dem Flügel, wo ich zusammengekauert während der Konzerte meiner Mutter saß, gleichzeitig verängstigt und fasziniert von dem Dröhnen, das sie mit ihren eleganten Schuhen auf den Pedalen auslöste. Das war vor Sigurd Svanes Zeit, und zwischen den Dünen habe auch ich die Drachen meiner Kindheit steigen lassen – zum Sieg oder zum Absturz geführt mit Ziehen im Bauch.

Ein Augenblick im Licht, das Glück eines Tages – wiegt das hundert Jahre Einsamkeit auf? Altweibersommer, Tage, die niemals enden, Nächte aus dunkelblauem Glas – aber nichts dauert an. Denn am Ende des Sommers wartet eine Sonne, die schrumpft mitten am Tag zu Dunkelheit zusammen. Wir werden mit dem Bewußtsein von Eintagsfliegen geboren, leuchten für einen Augenblick in der Nacht und sind verschwunden. Ich denke an einen Jungen. Auch seine Tage sind gezählt, bald löscht die Zeit ihn aus, wie alle anderen.

Ich fuhr hinaus, um die Begeisterung zu erneuern, aus der man sonst herauswächst. Man kann nicht neugierig sterben. Eine Schatzkammer war die Welt, und ein Faß ohne Boden, voller Erlebnisse. Ich trank, und es wurde nie leer. Es war auch nicht Blasiertheit, die mich am Schluß einholte, oder mein angeborener Hang zur Melancholie: Ich starb im Trotz. Auf dem Höhepunkt meiner Laufbahn.

Es heißt, wen die Götter lieben, der stirbt jung. Unsinn! Die Götter lieben niemanden, die kümmern sich nur um sich selbst. Ich starb, vogelfrei und fremd, nach allen Seiten hin umgeben von Schönheit, von Entbehrung entzündet, mit schwebendem Haar und Augen, die in kristallklarem Wasser badeten. Im Augenblick der Befreiung, während meine Glieder erstarrten und es in meinen Ohren klang, hörte ich das gleiche Dröhnen wie gerade eben in der Kirche, als die Glocken verstummten. Es waren Wale, die aus dem stummen Donnern des Meeres herangli tten. Ich barst von innen, in einem Echoraum tiefen Glücks, denn so ist es.

Dennoch wurde meine Qual verlängert, und deshalb bin ich immer noch hier. Körper und Echo werden getrennt, die Ursache des Echos bleibt zurück. Es schmerzt in den Schulterblättern, die weiß unter drei Fuß Erde leuchten. Rastlos schreite ich die Veranda ab, strecke den Hals über das Geländer –

Er kommt um die Landzunge gepaddelt, mein kleiner Prinz. Weit draußen auf dem Meer sehe ich den Kajak, der jetzt ihm gehört. Silbern tropft es von seinen Ruderblättern, mit vollkommenem Gleichgewicht durchstößt er das seidene Laken. In dem Streifen aus Gold erscheint er schwarz. Geblendet nimmt er sein Reich von Meer und Sonnengeglitzer ein.

Der Tag, an dem der Kajak kam, weht wie ein Wimpel von der Mastspitze meiner Erinnerung. Zwölf Jahre lang war ich Gast auf Erden gewesen – genau wie Malte –, zwölf glückliche Jahre, ohne andere Schutzengel als meine Eltern. Wir stehen am Kai in Sælvig und erwarten ein Schiff. Der Bernsteinkönig als Silhouette, mit Schornsteinhut und Stock mit Silberknauf, Seite an Seite mit der figurbetonten Eleganz meiner Mutter. Sie hält mich an der Hand, und ihre Netzhandschuhe bohren ihre Vogelkrallen immer dann in meine Haut, wenn sie sie drückt.

Nennt mich Orbit. Ich hieß einmal anders, der Kreislauf hat

mich zurückgeführt in Kapitän Nemos Namenlosigkeit. Ich stehe dort, den Kopf in den Nacken gelegt, vernarrt in den Mastenwald der vertäuten Schiffe. Flaggen und Wimpel knallen, ich lasse mich vom Wind und den Geräuschen anfüllen. Vom Säuseln des Windes im Topp bis zum Klappern der Taljen, die schlagen, und dem langen Knarren der Planken an Bord bei jedem Wellenschlag, der die Schiffe im Hafen schaukeln läßt. An den Strickleitern klettert der Blick nach oben und wird in dem Gespinst von Sonne und Himmel in Lichtpunkte aufgesplittert.

Die Brise streicht über die Mole, hebt meinen Matrosenkragen und beult die weiße Bluse aus. Den Strohhut mit dem flatternden Band habe ich in den Nacken geschoben. Damit er nicht wegfliegt, hängt er mit einer Schnur unterm Kinn, und von den Windstößen wird die Schnur gespannt und drückt.

Vater macht einen Schritt nach vorn auf das Bollwerk zu, er späht mit der Hand unter der Hutkrempe. Zoll für Zoll sucht er den Horizont ab. Bis Wasser in seinen Augen steht und er die Hand herunternimmt, um die Wangen mit dem Jakkenärmel abzuwischen. Er wendet sich einem der Packhäuser zu, das er für seine Schiffsladungen erworben hat, und gibt ein Zeichen. An der Reepschaukel schwebt ein Brett zum Löschen herunter, das Hebewerk schreit nach Schmiere! Einer von seinen Leuten kommt heraus und ruft etwas, das in den Geräuschen der Lager ertrinkt. Von seinem hohen Punkt aus deutet der Mann aufs Meer hinaus, und Erwartung wird zur Gewißheit.

Weiße Segel umrunden die Landspitze, zuerst Jager und Klüver. Aufgeblasen stehen sie vor dem Blau, und wie das Schiff immer größer wird und immer mehr Segel und Masten bekommt, wächst unter den Schultern seiner Jacke auch Vater. Er nimmt den Hut ab und schwenkt ihn in großen Bögen. Ich zerre an der Hand meiner Mutter, um freizukommen.

Sie zieht den Pelzbesatz ihrer Jacke oben am Hals enger zusammen. Die Finger spielen nervös an einem Knopf, und ihr Blick streift mich mit einem Kummer, den ich nicht verstehe.

Ein Dreimaster segelt in den Hafen, auf dem Kai laufen Menschen herbei, um nach den Trossen zu greifen und sie festzumachen. Auf der Brücke steht der Kapitän mit einer Flüstertüte, und Schoten und Fallen werden so gut berechnet nachgelassen, daß das Schiff mit dem Rest an Schub an den Kai gedrückt wird, mit flatternden Segeln und einem schweren Knarren der Fender. Die »Narwal« ist gelandet.

Ich habe die Hand losgelassen, bin vorgelaufen und habe eine der Trossen gepackt. Sobald ich sie an ihren Platz rund um den Poller bugsiert habe – die Proteste meiner Mutter ignorierend und die weiße Bluse schmutzig von den Tauen –, gebe ich dem Seemann oben an Deck ein Zeichen und sehe, wie sich das Seil in einem triefenden Bogen erhebt. Vom Wind gebläht, klettere ich hinterher an Bord, sobald die Strickleiter zu meinen Füßen gelandet ist. Ich bin der Sohn des Bernsteinkönigs, vor Stolz bald platzend, entere ich die Brücke und beziehe Posten neben dem Kapitän.

Die »Narwal« ist sein ganzer Stolz, für große Fahrt ausgerüstet und an allen Ecken und Kanten verstärkt. Mit ihrer kupfernen Außenhaut durchkreuzt sie das tropische Meer ebenso wie das arktische mit seinem Packeis. Kapitän Ejnarsen – dessen O-Beine wie geschaffen zu sein scheinen für das rollende Deck – ist ein Seemann vor dem Herrn, ein Schiffsführer von Gottes Gnaden, und die Besatzung liebt ihn.

Das einzige, worin er keine Ordnung hat, sind die Papiere, um die kümmert sich daher der Reeder selbst. Auf dieser letzten Fahrt hat er sich einen Vollbart zugelegt, und der steht struppig von seinen Wangen ab. Er begrüßt mich, seine Zähne sind vom Kautabak dunkel, den er in gleichmäßigen Abständen in einem langen und gezielten Bogen über die Reling spuckt.

Er ruft den Seeleuten einen Befehl zu, und die öffnen die Lastluke mittschiffs. Ein betäubender Gestank steigt auf, zusammengesetzt aus den Gütern ferner Länder, nach Häuten und Gewürzen und Säcken, nach Teer und Bilgenwasser und Pfuhl – nach allem, was im Innern eines Schiffs gärt. Am Großmast wird der Giekbaum freigelassen und mit frei baumelndem

Haken über den Lastraum geschwenkt. Ein Matrose springt hinunter ins Dunkle, ein anderer senkt den Haken hinab.

Das nächste, woran ich mich erinnere, ist der begeisterte Ruf meines Vaters vom Kai. Der Haken ist wieder hochgekommen, daran ist ein Gurt befestigt, und an dem Gurt hängt der Kajak, neu und mit glänzender Haut, mit seinen beinernen Knöpfen an der Spitze, mit seinem Sitz aus Gurten, und Harpunen, befestigt unter Querriemen. Er schaukelt über der Öffnung des Lastraums, langsam schwingt die elfenbeinfarbene Spitze herum und zeigt auf mich.

Es ist wie eine Geburt, der ich beiwohne. Der Bug der »Narwal« hat sich geöffnet und ein Junges in die Welt gesetzt, die lebendige Haut über dem zarten Skelett noch naß.

Ein paar Matrosen haben nach dem Riemen gegriffen und das Boot angehoben. Vater ist über die Leiter auch an Deck gekommen mit Schritten, die an Tanzschritte erinnern und seinen Eifer widerspiegeln.

»Vorsichtig!« ruft er, als die Matrosen den Kajak an Deck absetzen. Ihre Hände wirken angesichts der Pergamentstruktur der Bootshaut ganz klobig.

Vater muß hin und ihn anfassen und den Trommellaut spüren, wie er durch seinen Fingerring zieht. Dies ist das Juwel in seiner Sammlung von Eskimogütern, er nimmt ihn in Besitz mit Händen, die vor Lust zittern.

»Anne Sophie«, schreit er über die Mole, »der wird aufgehängt, über den Eßtisch . . .«

Aber sie hat sich von uns abgewendet. Mit einem Mund, der klein ist und bestimmt.

Das vergesse ich wieder, denn der Herrlichkeiten ist kein Ende. Die Luke hat sich zu einer Schatzkammer geöffnet, ein Ballen mit Häuten kommt herauf und entfaltet sich an Deck, sobald er aufgeschnitten ist. Ganze Eisbärenfelle, Seehund verarbeitet zu Stiefeln, den sogenannten *kamikker,* zu Hosen und Anoraks – nur der Mann fehlt, die nußbraunen Hände in den Ärmeln und das Gesicht in der leeren Öffnung für den Hals. Eine Lage nach der anderen wird umgewendet, nach dem Groben kommt das Feine – perlenbestickte Kleidung, Zaubertrommeln und *tupilakker* ganz innen im Bündel.

Vater hat sich uns angeschlossen. Ich spüre, wie sich ein Arm um meine Schulter schmiegt, und Ergriffenheit flüstert stumm aus ihm. Er hat bei dem Anblick blanke Augen bekommen und ist erfüllt von Feierlichkeit, von seinen Händen geht etwas wie Elektrizität aus, die übergreift. Wir haben so lange einen gemeinsamen Traum gehabt, daß es beinahe unerträglich ist, den jetzt erfüllt zu sehen.

Der Teufel reitet Ejnarsen. Auf seinen Säbelbeinen bewegt er sich zu dem Fellhaufen, er nimmt einen der Anoraks auf und zieht ihn über. Ich sehe, wie sich der Kragen um seinen kurzen Hals wölbt, dann faßt der Mann mit beiden Händen an und streicht den Kragen hoch zu einem Schornstein, in dem der Kopf verschwindet. Der Schornstein knickt ab und wird zu einer Mütze mit Pelzrand, die leuchtendblauen Augen des Kapitäns sind dunkel geworden. Das ist ein Eskimo, der da herausschaut.

Ich klatsche in die Hände, in der Sonne scheinen die hellen Flecke des Seehundfells golden, und die dunklen haben einen silbernen Schimmer angenommen. Der Pelz wird lebendig, ein Herz schlägt hinter der gegerbten Haut. Das Steife und der herbe Geruch verwehen. Wie ein Atemstoß aus dem Dunkel kommt Kapitän Ejnarsens Gelächter, bereit, den Kampf aufzunehmen mit heulenden Kreaturen und den Winden, die durch die arktische Nacht fegen.

Angesteckt von seinem Lachen schauen wir uns an. Gleichzeitig wird uns klar, daß der Pelz aus der gleichen Haut ist, die den Mann und den Kajak eins werden lassen. Unser Glück ist vollkommen. Ich erinnere mich daran, denn so wurde es nie wieder.

Im Jahr darauf, als die »Narwal« von ihrer zweiten Grönlandreise zurückkehrte, wiederholte sich die Szene, aber da war alles anders, und ich wohnte allein bei meiner Mutter.

Nicht der Kajak und seine Verbannung ins Sommerhaus auf

Krageholmen waren der Grund für ihre Trennung, das weiß ich heute. Das glaubte ich aber eine Zeitlang, denn darüber stritten sie sich. Meine Mutter war vornehm, er ursprünglich Tagelöhner. Sie wurden niemals gleich. Äußerlich war mein Vater ein dramatischer Mann mit schwarzen Augen und Köhlerzügen. Es entwickelte sich eine heiße Romanze aus dem Protest eines jungen Mädchens gegen seine Familie. Sie hatte sich in den Bernsteinkönig verliebt, als er auf dem Weg nach oben war. Sie sah nicht den Stockfisch, der sich unter der Haut eines Zigeuners versteckte. Anne Sophie Winther wurde – Hals über Kopf – eine verheiratete Bertelsen, und nur vier Monate später trat ich aus dem Orbit hervor und erblickte das Licht der Welt zum die Götter wissen wievielten Mal.

Es sah so aus, als wäre sie genauso kühl wie er heiß, aber die Temperamente steckten in ihnen wie vertauschte Kinder. Zwar hatte der junge Bertelsen die Seele eines Künstlers und wurde von Schönheit angezogen. Aber er ist der Spiegel der Schönheit, und wenn sie ihn so fingerfertig wieder verließ, wurde alles zu Reichtum – ein Fluch, den er mit dem sagenhaften König Midas teilt, dessen griechisches Inselreich er aber niemals besucht hatte, ebensowenig wie er in Grönland gewesen war oder mit eigenen Augen einen Eindruck von dem Gold und den flammenden Giebeln der Tempel Siams gewonnen hatte. Bertelsen ist Schiffsreeder geworden, er sammelt Güter und reist nicht.

Von Anfang an macht er den Fehler, sie mit einem Wohlstand gewinnen zu wollen, der um jeden Preis den übertreffen soll, in dem sie aufgewachsen ist. Er bezahlt dafür. Die Unternehmungen blühen, alles, was er anrührt, glückt. Er betet sie an, verwöhnt sie, gibt ihr alles. Selbst hat sie nie auf etwas anderes gedeutet als auf die Liebe. Auf einen Sockel gestellt und zur Göttin erhöht, fühlt sie sich wie eine Topfpflanze in Räumen voll nutzlosem Luxus. Er versteht ihre Ferne nicht.

Ihre fortdauernde Leidenschaft überführt sie in den katholischen Glauben, in welchem ich erzogen werde. Ihr Temperament setzt sie in Klavierstunden um – die Musik hat sie von

Kindheit an begleitet und durchdringt ihr gesamtes Wesen, für sie ist alles eine Frage des Gehörs. Sie entwickelt sich zur Virtuosin und feiert ihre ersten Triumphe in der Hauptstadt, noch ehe ich fünf Jahre alt bin.

Als Kind liebe ich den Geruch der Werkstätten und folge meinem Vater wie ein Schatten. Der Geruch von Leim und Hobelspänen, von Lack und importierten Holzarten. Das Knistern in der Luft von poliertem Bernstein und das Singen der mit Pedalen angetriebenen Maschinen. Er ist für mich der Zauberer der Märchen, er beherrscht die Verwandlung des Materials zu Gegenständen. Auf den Regalen der Lager ruhen Perlmutt, Elfenbein und das Horn des Einhorns.

Er zeigt mir den Zahn des Narwals. Nie habe ich etwas Vergleichbares gesehen, eine gedrehte Turmspitze, viele Male größer als ich selbst, gepflückt vom schönsten Sandschloß der Welt. Die Oberfläche ist glatt wie eine Billardkugel, aber wenn man nahe herankommt, ahnt man ein Muster im Elfenbein, ein Netz von winzig kleinen Rissen, und ganz innen in den Windungen fährt der Finger in unendlichen Schleifen, geglättet von hellrotem Talg.

Ich bewundere seine Hände, wenn er arbeitet – wie ich die meiner Mutter bewundere, wenn sie auf dem großen Flügel spielt und über die Tasten wirbelt, die Töne in der Luft wendet und sie zu Kaskaden verwandelt. Instinktiv begreife ich, daß es ohne sein Elfenbein und Ebenholz auch keine Flügel gäbe.

Mit dem Gefühl eines Verlusts stehe ich am Kai, als das Schiff zum zweiten Mal anlegt und Kapitän Ejnarsen seine Leute mit Hilfe der Flüstertüte aus Messing dirigiert. Es ist der erste Winter meines Mißmuts. Die dunklen Monate habe ich alleine mit meiner Mutter in dem Kaufmannspalais nahe dem Hafen zugebracht, das mir ohne seine Verlängerung zu den Packhäusern und Werkstätten so sinnlos erscheint.

Es ist zeitig im Frühjahr, mit Aprilstürmen und jagenden Wolken. Meinen Vater habe ich nicht oft gesehen, er hat den Blick eines Verrückten und verbringt schon jetzt die meiste Zeit auf dem Krähenschloß, das er beim Sommerhaus der Familie hat errichten lassen und mit dem er die Erinnerungen abtötet, die ihn seither nie mehr in Frieden lassen werden.

Von meinem Versteck im Halbdunkel des Packhauses aus sehe ich ihn. Er geht hin und hebt eine Persenning an. Auf der Palette liegen Schildkrötenpanzer neben anderen Rohmaterialien für seine Unternehmungen. Riesige Konchylien und Abalonen – früher hat er den Schmuck selbst geschnitzt, heute hat er Leute dafür. Und beständig wächst die Zahl der Produkte, Lampenschirme, Aschenbecher, Kämme und Buchstützen. Was Fabeltiere getragen haben – über das Inlandeis, in Säulengängen von Licht oder durch unterseeische Korallenmeere schwebend –, wird dann zum Nutzen in den Stuben der Menschen sein, und er mustert zufrieden die Beute.

Ich bin gerade dreizehn geworden. Mein Geburtstag fällt auf den Aprilscherztag, und den Rest meines Lebens werde ich diesen Tag mehr als alle anderen hassen.

Wie ein Dieb im Dunkeln schaue ich beim Löschen der Fracht zu. Die Tonnen, hinter denen ich mich versteckt habe, stinken nach Heringslake. Niemand ahnt, daß ich mich hierhinein gestohlen habe, ich habe ja mit den Schiffen meines Vaters nichts mehr zu tun. Mir stecken Fischschuppen im Hals, ich schlucke und kämpfe gegen die Übelkeit an. Der Übergang vom Hellen ins Dunkle schneidet in den Augäpfeln und strengt die Augen an.

Die »Narwal« knarrt gegen das Bollwerk. Sie liegt hoch, denn die Last ist gelöscht, und die Wasserlinie mit ihren Girlanden von grünem Bewuchs ist zu sehen. Auf der Brücke steht Kapitän Ejnarsen, die Flüstertüte aus Messing hat er unter den Arm geklemmt, und am Kai herrscht der Bernsteinkönig über sein Volk, das sich mit der Ladung abquält. Es ist viel zu groß hier drinnen. Ich kann meinen Atem hören. Vom Fußboden kriecht die Kälte meine Beine hoch, und die Haut spannt an den Armen, so Hals über Kopf bin ich von der Sonne in den Schatten gerannt.

Ejnarsen beugt sich vor und winkt meinem Vater zu. Dann

verschwindet er in dem Verschlag, und im nächsten Augenblick ist Vater auf der Strickleiter. Mit drei langen Sprüngen entert er das Schiff. Ungläubig sehe ich den Hut von seinem Kopf rutschen und ins Wasser fliegen, ohne daß er sich darum kümmert. In der Zwischenzeit ist der Kapitän in der Öffnung der Luke erschienen, von wo aus er ein Bündel, das ganz in Pelz gehüllt ist, hochreicht zu Vater, der es entgegennimmt und an sich drückt. Aus dem Bündel ertönt ein Geschrei, kurze Arme und Beine ragen in die Luft und zappeln wie Trommelstöcke. Er läßt das Kind los, das ein paar Schritte über Deck macht, bis es sich, Verblüffung in den dunklen Seehundaugen, mit einem Bums auf den Hintern setzt.

Das ist meine erste Begegnung mit Aviaja.

Ich stehle mich aus dem Packhaus auf den Trockenplatz für die Netze zurück, wo ich mich an ein Fischernetz mit langen Tangfahnen klammere, während die Übelkeit in einem Zug aus mir herausströmt.

23. *Kapitel,*
worin der Erbe eingesetzt wird

Ich bin ein Engel, ich bin der Gefangene des Augenblicks. Wenn man glaubt, daß wir zur Ewigkeit gehören, irrt man sich. Niemand atmet in den absoluten Kältegraden des Raums oder fühlt sich in Kristallformationen wohl. Es gibt Gründe, warum wir hier sind, Band, das uns bindet, ein jeder hat seines. Zu meinen Lebzeiten sammelte ich Sternstunden, Freiheit war alles, was ich wünschte. Man hat gesagt, die Götter würden strafen, indem sie unsere Wünsche erfüllen. Hin und wieder erscheint mir diese Einsicht schmerzlich.

Von Kindesbeinen an war ich ein Sklave der Schönheit, die das Reich des Bernsteinkönigs schuf. Darüber hinaus hatte ich die Musikalität meiner Mutter geerbt und das absolute Gehör dem Dasein gegenüber. Ich atmete nur von einem Höhepunkt zum nächsten, *wollte* in jeder Stunde glücklich sein. Duldete keine Verringerung, ging in Schwarz am Ende des Sommers. Bekam der Lack des Spielzeugs eine Schramme, starb es in derselben Sekunde in meinen Händen. Ein Mißton – und alles lag in Scherben zu meinen Füßen. Ich nenne das – in meiner jetzigen Inkarnation – das Glasgen. Denn es ist zerbrechlich, bricht das Licht und füllt mich mit Gesichten und Schlaflosigkeit.

Ausgesetzt im Glücksland der Kindheit – so ist es, wenn man als Prinz geboren wird. Was sich im übrigen zwischen meinen Eltern abspielte, spielte sich in den Wolken ab. Von ihrem Olymp sandten sie Strahlen über meinen Garten, wohin kein Bettler kam und niemand je alt oder häßlich wurde. Bis zu meinem zwölften Lebensjahr war ich Augenstern und Einzelkind und hatte mir Sonnenstrahlen für den Rest meines Lebens gesammelt.

Ich war ein gläubiges Kind. Das hatte ich mit meiner Mutter gemeinsam. Ich liebte Rituale, Weihrauch und Weihwasser. Bekam die Erlaubnis, als Meßdiener selbst das Gefäß zu schwingen. Wir waren anders und gingen nie in die Kirche der anderen. Sonntags sah ich Fischer und Leute mit kalkweißen Gesichtern umhergehen. In ihrer Kirche gab es keine Heilige Mutter, keinen Jungen, der auf ihrem Schoß mit goldenen Strahlen spielte, und keine Kerzen brannten in roten Lampen.

Sie nahm mich mit zu Kirchenkonzerten, zeigte mir die Noten auf dem Papier. Als ich zum ersten Mal einen Chor das Ave Maria intonieren hörte, begleitet von ihrem Orgelspiel, zersplitterte die Taube auf dem Deckengemälde vor Licht, und die Engel fingen an zu schweben.

Von solchen Augenblicken spreche ich.

Jeden Sommer verbrachten wir die zwei letzten Juniwochen als Gäste im »Strandgaarden«. Ich erinnere mich an den Tanz zu Mittsommer, die Johannifeuer am Strand, den Schein der Flammen, wenn er von den Gesichtern auf die Wellenkämme übersprang, und die Wärme, die in unseren Sachen knisterte. Das Feuer färbte ihr Kleid, setzte sich ins Wasser fort, und ihre Stimme, wenn sie vorsang, verwandelte den Rest in zaghafte Murmler und Nachzügler. Sie tat alles, was sie wollte, und war die mutigste Frau ihrer Zeit.

Vater bewunderte sie grenzenlos. Manchmal hatte er Tränen in den Augen, wenn er sie anschaute, mich preßte er dann so an sich, daß ich spürte, wie sich die Schulterblätter zusammenschoben.

Abends, nach dem Essen in der Pension, gab Mutter im Salon Konzerte für die anderen Gäste. Sowie ich Gelegenheit hatte, kroch ich unter den Flügel und verschwand im Widerhall. Wenn sie lange genug gespielt hatte, stießen in meinem Kopf die Töne zusammen, und sie klangen wie Kirchenglocken, die unter Wasser läuteten.

In einem Sommer brachte sie mir das Schwimmen bei. Ich fiel aus allen Wolken. Das konnte Vater nicht – und lernte es auch niemals. Er ging unter, während ich wie ein Tümmler durch die Wellen schoß.

Wir bauten Drachen und Sandburgen, gingen am Wasser entlang und durchkämmten den Blasentang nach Bernstein. Immer fand er die größten Stücke. Er sagte von sich, daß er seit der Zeit, als er mit den Zigeunern umherzog, ein solches Finderglück habe. Er nannte sie Ägyptens Könige, weil sie aus Ländern kamen, wo der Storch im Winter hinflog. Sonst schwieg er über seine Herkunft, trug ein mystisches Amulett um den Hals, eine eiserne Münze an einem Lederband, das er niemals ablegte. Wenn ich ins Bett gebracht wurde, erzählte er mir Märchen von vertauschten Prinzen und Jungfrauen im Schwanenkleid.

Als ich an jenem Tag auf dem Trockenplatz stand und mich über ein Fischernetz erbrach, war da eine Ikone, die ich mit der Galle herauswürgte, Teile eines halbverdauten Heiligenbildes. In dem Augenblick, wo mein Vater einen anderen Menschen zu sich nahm, war die Scheidung vollzogen. Wie mit einem Axthieb, der einen Zweig vom Stamm trennt. Er machte aus mir einen Wechselbalg. In den Maschen des Netzes hingen Reste des Fleischs, das nicht länger zu mir gehörte. Es war eine Schwelle, die ich da überschritt. Ich war nicht länger unverletzbar, nur ein Sterblicher, wie alle anderen.

Die Kirchenglocken verstummen über dem Hügel, die Türen werden geschlossen, und die Messe kann beginnen. Vor der Kirche steht die Schubkarre des Küsters, mit Schaufel und Erde für die Beisetzung. Niemand ist in der Pension zurückgeblieben. Ich bin allein auf der Sonnenterrasse des »Strandgaarden« und habe die Handschuhe locker auf das Geländer gelegt. Ein Strich am Horizont zieht meine Aufmerksamkeit auf sich, ein Tropfen in der mittäglichen Sonne. Malte ist weiter aufs Meer hinausgepaddelt, das vollkommen ruhig daliegt, nur ich höre das Summen des Jüngsten Tags am Horizont. Alles geht nach Plan, und nichts geschieht ohne mein Wissen. –

Ich habe das Vermögen, zu sehen wie die Engel. Durch die

Materie hindurch, zwischen Nahem und Fernem zu wechseln, blitzschnell. Ich sehe die Welt wie in einer Glaskugel, worin alle Dinge zusammenlaufen und die Umgebungen sich wölben. Die Lebensbäume auf dem Friedhof ähneln grotesken Weihnachtsbäumen, die Schubkarre einem Fahrzeug für Riesen, wo der Spatenstiel waagerecht herausragt, während sich der Turm nach hinten biegt und die roten Ziegel des Dachs zu Zwiebelkuppeln anschwellen.

Ich muß nur blinzeln, dann verändert sich das Bild:

Das Kirchenschiff ist bis auf den letzten Platz gefüllt, sogar die ersten Reihen sind besetzt. Nur noch ein Flüstern, ein Scharren mit den Füßen, ein Husten, das langsam ausklingen darf. Die Halsbinder sitzen stramm, und aus den dunklen Kleidern steigt ein muffiger Geruch.

Oben vor dem Altar kniet der Pfarrer, in das weiße Meßgewand gekleidet, das er sonst beim Ostergottesdienst trägt, er hat der Gemeinde den Rücken zugekehrt. Über ihm erhebt sich das Kruzifix – ein uralter Christus, dunkel von Patina, das Holz von Würmern zerfressen und rissig. Hier gibt es sogar eine Nische für die Jungfrau mit dem Kind, eine tiefe Wohltat für die Seele. Es gibt Reste von Wandmalereien, eine Verkündigung in verblichenem Rot und Blau, und an der Wand im Vorraum kniet der Heilige Olav zwischen lauter geharnischten Begleitern.

Die Kirche stammt aus der Ritterzeit. In den Fußboden eingelassen liegen Grabsteine, die die Konturen von ehemaligen Bischöfen und abgetretene Namen zeigen. An der Wand eine Tafel mit dem Untertan des Königs und seiner Frau, der die Kirchen bauen ließ. Unter dem Kalk leuchtet ein anderes und farbenfroheres Jahrhundert auf.

Von der Decke hängt an einer Kette das Kriegsschiff, ein Geschenk der Fischer des Kirchspiels. Die Galionsfigur ist eine Meerfrau, die in eine Muschel bläst, und die Geschützpforten sind mit goldener Bemalung verziert. Ein jegliches hat seine Zeit.

Der Pastor verharrt mit gesenktem Kopf im Gebet. Sein

Rücken strahlt diese Versunkenheit aus. In der Menge wird getuschelt, denn so ist das normalerweise nicht. Der Katafalk für den Sarg steht zwar dort, unter einem schwarzen Tuch verborgen, aber der Sarg selbst ist durch ein Blumengebinde ersetzt, Rosen, Maiglöckchen und Immergrün, das während der Totenmesse für meine irdischen Reste stehen soll.

Neben dem Blumenschmuck steht Aviajas Urne.

Wieder blinzele ich. Für einen Moment wurde es im Augenwinkel naß. Die Zeit in der Glaskugel zieht sich zusammen, der Funke springt über und setzt mich an einem frühen Sommermorgen an der Einfahrt zum Krähenschloß ab. Ich bin Ende Zwanzig und habe gerade meine Ausbildung als Seeoffizier abgeschlossen. Die Uniform ist frisch gebügelt, die Handschuhe mit Perlmutt geknöpft. Die Mütze mit kreideweißem Bezug, der Lackschirm makellos.

In der Tür steht mein Vater. Er ist gealtert. Das schwarze Haar ist weiß und dünn geworden, die Kopfhaut schimmert durch, und er hat hohe Schläfen bekommen. Ich stutze, denn er sieht gepflegt aus, Smokinghose mit glänzenden Streifen an den Seiten, die passende Jacke in grünem Velours mit Halsbinde und goldener Nadel.

Als er mich in den Arm nimmt, duftet er nach Rasierseife und Kölnisch Wasser. Es ist ein ganz besonderer Tag für den Bernsteinkönig. Der Tag, an dem ich – aufgrund eines Pakts, den wir vor Jahren eingegangen sind – eingesetzt werden soll als Prinz und Erbe seines Imperiums.

Er hat nie wieder geheiratet, lebt als Sonderling zwischen seinen Glastürmen. Interessiert sich nur für seine Sammlungen, zeigt sich niemals unter Menschen und achtet nicht auf ihr Gerede. Er lebt mit der Pflegetochter zusammen – dem einzigen Menschen, den er mit Haut und Haar besitzt. Er ist ein Phantast und ein Träumer, und Träume vermehren sich von selbst, wenn sie erst einmal in Gang gekommen sind. Das Unternehmen und die Reederei werden durch Strohmänner geführt.

Damit soll nun Schluß sein. Für uns ist dies ein Schicksalstag. Von beiden Seiten langgehegte Wünsche, die nun in Erfüllung gehen sollen. Bald werden mir die Schlüssel des Reiches überreicht, mit unbegrenztem Zugang zu seinen Schätzen, und deshalb bin ich jetzt erschienen.

Sieben magere und sieben fette Jahre sind diesem Treffen vorausgegangen. Meine Mutter hat ihr Dasein als Pianistin und alleinstehende Frau gefristet, aber mit der Bezahlung für die Konzerte, bei denen die Leute reihenweise in Ohnmacht fielen, als sie noch jünger war und ganz umsonst für sie spielte, hat es seitdem gehapert. Die Zeit war gegen alles, was sie in Angriff nahm, und am Ende gab sie auf. Wir zogen um, vom Kaufmannspalais in ein eher kärgliches Quartier.

Von einem artigen Jungen verwandele ich mich in ein Monster. Die Nonnen in der katholischen Schule versetze ich mit Hilfe von Eidechsen, Nattern und Kröten in Rage, die ich halb schlucke und wieder hochwürge. Ich weiß nicht warum, aber das Gefühl ist mir wohlbekannt. Das Heiligenbild, das ich einmal erbrochen habe, zieht andere nach sich.

Ich schwänze und gehe meiner eigenen, wilden Wege, wechsele die Schule und werde wieder hinausgeworfen. Der Jähzorn macht mich zu einem wahren Teufel bei Schlägereien. Ich werde Anführer einer Bande, streife mit den anderen durch die Hinterhöfe. Wir führen Krieg gegen die aus den Baracken gegenüber. Einem Jungen wird das Ohr abgerissen, ein anderer wird zum Idioten, nachdem er mit einem Zaunpfahl eins auf den Kopf bekommen hat.

Ich beginne zu stehlen, weil wir nie genug zu essen haben. Das ist der Tropfen. Endlich kriecht Mutter zu Kreuze und schreibt an den Mann, der sie stets wie ein verwundetes Tier geliebt hat. Aber der Bernsteinkönig hat nicht zu handeln verlernt. Bei dieser Gelegenheit wird der Pakt abgeschlossen, und sie verzichtet auf ihr Elternrecht.

Einen brennenden Wunsch habe ich nach wie vor: ein Kapitän zu werden wie Ejnarsen und ein Schiff zu führen, bis ans Ende der Welt. Dafür brauche ich eine Ausbildung, und die ist es, die sie ihn finanzieren läßt.

»Jetzt läßt er dich nie mehr los. Er hat dich zurückgekauft für seine Sammlung«, seufzt sie und geht ins Kloster. Im übertragenen Sinne. Der einzige Unterschied zwischen ihr und den anderen Nonnen ist die Tracht. Ihr werden die Flügel gestutzt. Der Wein, den sie trinkt, ist Meßwein, und das Brot, das sie ißt, sind dünne Oblaten.

Das waren die mageren – nach ihnen kamen die fetten Jahre.

Ich komme auf die Kadettenschule. Kost, Logis und eigenes Zimmer. Alles bezahlt. Ich bestehe die Prüfungen mit Bravour. Ich verfolge ja mein eigenes Glück. Die Ehe zwischen Himmel und Hölle habe ich mit Newtons Zirkel vertauscht. Dreisatzrechnung, Kartenlesen, astronomische Navigation, Mathematik und Waffenkunde. Bin im Schießstand die Nummer eins und werde im Säbelfechten nur von einem Schleswiger Dragoner übertroffen.

Einmal im Jahr – immer am 1. April – treffe ich meinen Vater im »Postgaarden«, wo er mir den braunen Umschlag überreicht. Ich soll wissen, woher das Geld kommt. Anschließend gehen wir aus, um meinen Geburtstag zu feiern. Er fragt nach meiner Ausbildung, und mit Stolz lege ich die Resultate vor. Aviaja wird zwischen uns niemals erwähnt. Über ihr gemeinsames Leben auf dem Krähenschloß schweigt er wie ein Grab.

Der Rest des Jahres gehört mir, und ich kann damit anfangen, was ich will. Ich habe an dem süßen Leben Geschmack gefunden und lange kräftig zu. Aladin mit der jährlichen Apanage und der Apfelsine im Turban. Als Junge war ich der Schrecken der Damen, jetzt bin ich ihr Liebling. Ich werde in einen Kreis jüngerer Offiziersanwärter aufgenommen, alles Kinder aus gutem Hause, und wir verkehren in Salons ebenso wie in Freudenhäusern.

Um meiner Mutter eine Freude zu machen, gehe ich nach wie vor zur Beichte. Wenn ich meine Sünden bekenne, wird es hinter dem Vorhang still – und dann bekomme ich eine ellenlange Reihe von Gebeten zu meinem Rosenkranz auferlegt.

An dem Tag, an dem ich einundzwanzig werde, übernehme ich das Motto *Non serviam* – weil ich nicht dienen will, weil ich mein eigener Herr sein will. Als das während der Beichte herauskommt, wird der Vorhang weggerissen. Mit blauen und entsetzten Augen starrt mich der katholische Priester durch das Gitter an – Gefangener seines Glaubens. Das ist Luzifers Wahlspruch. Leise glucksend gehe ich weg. Die Welt liegt mir zu Füßen und ist bereit, von mir ergriffen zu werden.

Kurz darauf verschwindet meine Mutter für immer aus meinem Leben. Sie hat lange gekränkelt und findet nun Frieden in einem Refugium in Italien, von wo sie schließlich in den Orden der Engel aufgenommen wird.

Und nach ein paar Jahren auf See bin ich jetzt in der Flotte zum Leutnant avanciert. Ich habe die warmen Länder besucht, habe einen Zug zu den Sklaveninseln unternommen und mit ihren Frauen geschlafen, deren Haut nach Muskat duftet. Ich habe mit den Delphinen bei Sansibar getaucht und wurde durch Sonne und Meer selbst ein Schwarzer. Ein Mann von Welt und ein Eroberer ist es, der seinen Fuß wieder auf den Besitz des Vaters setzt.

Es ist hundert Jahre her und einen Sommer, daß ich meinen Fuß in das Krähenschloß gesetzt habe. Von dem Moment an, als wir hineingehen, habe ich das Gefühl, auf Glas zu treten. Lächele über den Kajak. Herrgott, ein staubiges Etwas über dem Eßtisch. Der obendrein stinkt – wie eine alte Tranfunzel. Wir gehen rasch durch das Zimmer und treten hinaus in die Halle mit der Treppe, die in den Nordturm führt.

Ich habe damit gerechnet, von einer Vitrine zur nächsten geschleppt zu werden. Von der Welt der Mineralien zu Ausstellungsschränken, vom Larvenstadium zu Kästen mit Schmetterlingen. Ich kann die Reihe der Elemente auswendig und bin bereit, mit meinem Wissen zu glänzen, aber die Konchylien, die ich an den Stränden der Welt gesehen habe, die habe ich liegengelassen. Ich liebe ihre Farben und den Regenbogenschimmer, aber ich weiß bereits, daß man gerade das nicht mit sich nehmen kann. Das ist, als wenn man Seifenschaum in einen Koffer packen würde, wenn man ihn wieder öffnet, ist er zu Matsch geworden. Ich will lieber eines Tages zurückkommen und alles wie früher vorfinden.

Meine Verblüffung ist groß, als wir in den Turm eintreten und ihn leer vorfinden. Frisch gestrichene Wände, Fenster mit geputzten Scheiben. Kein Fliegendreck auf dem Glas, kein Möbelstück im Zimmer. Oberlicht strömt durch die Prismen des Dachs und wirft das ganze Farbenspektrum an Wände und Dielen. Nichts sonst.

Ich wende mich fragend meinem Erzeuger zu. Ist das ein neuer Aprilscherz, hat er noch etwas im Ärmel? Aber aus seinen Augen spricht nur Feierlichkeit und die freudige Erwartung, die man hat, wenn ein Kind seine Geschenke auspackt. Dann schlägt der Blitz ein. Das ist eine Geste von ihm, die größte, die er mir erweisen kann. Hier kann ich mich nach meinen eigenen Vorstellungen einrichten. Das wird bekräftigt, als er sich räuspert und sagt:

»Wenn du etwas brauchst, muß du es nur sagen.«

Es läuft mir kalt den Rücken hinunter. Ich hatte überhaupt nicht in Erwägung gezogen, hier einzuziehen. Ich hatte viel eher daran gedacht, ihn auf Abstand zu halten. Unser Verhältnis war rein geschäftsmäßig, ich muß nur meine Unterschrift unter einen Vertrag setzen, mit dem er winkt, dann ist der Pakt besiegelt. Der Turm ist mein Schaukasten. Hier soll ich hinter Glas und Rahmen sitzen und der Stolz meines Vaters sein.

Ich beiße mir auf die Lippe. Also gibt es doch einen Preis, der bezahlt werden muß, aber noch ist es zum Zurücktreten nicht zu spät. Ich habe mir eine eigene Karriere geschaffen, auf St. Croix ist Sklavenaufstand, und die Marine braucht Leute wie mich.

Er sieht meinen Vorbehalt, lockt mit einem kleinen Kristallton, der sich um die Worte wickelt:

»Ich habe mir überlegt, dir das Kommando über die ›Narwal‹ zu übertragen . . .«

Da ist etwas auf der Treppe. Ich schaffe es nicht zu antworten, denn in dem Moment tritt die Tochter des Bernsteinkönigs in das Turmzimmer ein. Mir bleibt die Luft weg. Als ich sie das letzte Mal gesehen habe, war sie kaum größer als der Rotz, der eingetrocknet um ihre aufwärtsgewandten Nasenlöcher eine Kruste bildete. Jetzt steht dort eine junge Frau, schöner als irgendeine, die ich als hungriger Seemann in allen Ländern dieser Welt gesehen habe.

Über ihre Wangenknochen spielt das Licht, in ihrer Hornhaut fehlt der Übergang zwischen Iris und Pupille, alles ein blauschwarzer Schimmer. Ihr Haar sitzt in einem Knoten auf dem Scheitel, mit Lederband umwickelt. Von dem Lederband hängen Schnüre mit farbigen Perlen herab und bilden einen Schmuck, der eben über den Augen endet.

Aviaja nähert sich zögernd, streckt die Hand vor. Als ihre Augen meine treffen, weiten sie sich im selben Moment, und ich werde von einem Sog im Zwerchfell erfaßt. Ein gemessenes Nicken, das hatte ich mir vor unserer Begegnung vorgestellt, jetzt spüre ich, wie der Arm schwebt, und indem ich ihre Wange berühre, springt der Funke über und unsere Haut verschmilzt. Wir erwachen zum gleichen Staunen.

Von diesem Moment an weiß ich nicht länger, was ich tue. Ich unterschreibe den Vertrag.

24. Kapitel, worin das Aufgebot für die Toten des Sommers verlesen wird

Seit diesem Tag bin ich auf dem Schloß des Bernsteinkönigs gefangen, gefangen von meiner Verzauberung. Ich beziehe das Turmzimmer mit meiner Seemannskiste, lasse eine Pritsche aufstellen mit Fächern für das Bettzeug, richte mich ein mit Gartenstühlen und einem Sekretär mit Schreibplatte, von wo aus ich aufs Meer blicke. Ich will mit der Leichtigkeit des Sommers wohnen, unter ziehenden Wolken und den ewigen Runden von Sonne, Mond und Sternen über meinem Kopf. Vorm Turm sehe ich die Anlegebrücke, die mein Vater hat verlängern lassen über die dritte Sandbank hinaus, so daß unsere Schiffe dort anlegen können.

Er ist in der ersten Zeit liebenswürdig. Behandelt mich wie einen, den ihm der Himmel gesandt hat, um ihm die alten Tage zu versüßen. Er lebt auf, kommt aus seinem Bau, wo er seine Werkstatt hat. Er verweigert mir nichts, unterhält sich lebhaft während der Mahlzeiten, zu denen wir uns treffen – er in Hausjacke, ich in voller Gala mit Säbel. Sein Stolz auf mich ist grenzenlos.

Ich bekomme in dem alten Packhaus, wo die Reederei ihren Hauptsitz hat, mein Büro. Zuerst verlange ich Einblick in die Bilanzen. Mit dem Buchhalter gehe ich die Zahlenkolonnen in den Bänden durch, die er von den Regalen nimmt, sie reichen Jahre in der Firmengeschichte zurück. Ich langweile mich mit Anstand. Er erinnert mich an meinen alten Rechenlehrer – steifer Kragen, Lineal und Tintenfaß, Debet und Kredit und das Ganze wieder von vorn. Ich rufe den Lagerverwalter zu mir, Brutto und Netto, Fakturieren und das Guthaben im Warenlager. Ich treffe mich mit dem, der an der Spitze des Unternehmens steht. Registertonnen, Kargo, Lohnlisten und Versicherungspapiere. In Abwesenheit meines Vater hat diese Troika das Unternehmen geführt.

Ich finde alles in der schönsten Ordnung vor, feuere die Bande und übernehme selbst die Leitung. Das übrige Personal liebt mich. Ich arrangiere Betriebsfeste und Sonntagsausflüge. Das ist die Geschichte vom verlorenen Sohn, der zurückgekehrt ist, und dann bin ich ja – so sagen sie – das Ebenbild meines Vaters.

Er mischt sich niemals in meine Dispositionen ein.

Es kommt vor, daß ich mich in alten Jagdrevieren umsehe, die Beute umlege, mich dann aber wieder vom Lager des Verführers erhebe, beschämt. Aviaja ist mir in Fleisch und Blut übergegangen. Ich spüre bei den Gelüsten früherer Tage nur noch Widerwillen. Sie ebben von selbst ab, tagsüber kreisen meine Gedanken um sie, wachsen zu einer Besessenheit an, die mich bei allem übrigen abwesend und zerstreut erscheinen läßt.

Nicht zuletzt, weil sie tabu ist.

Sie liebt ihn wie eine Tochter. Nicht der Schatten eines Zweifels berührt ihr Herz gegenüber dem Mann, der sie zu sich genommen und ihr alles gegeben hat. Sie hat nie einen Fuß in die Schule gesetzt. Er duldet schlicht und einfach nicht, daß sie mit anderen verkehrt. Er selbst hat ihr Lesen und Schreiben beigebracht, aber sie öffnet nie ein Buch. Die Stunde und der Tag füllen alles um sie aus, sie versorgt das Vieh, bereitet sein Essen zu und wäscht seine Sachen. Sie mistet die Ställe aus, legt Netze aus und fängt Fische, alles mit der gleichen Leichtigkeit. Ich weigere mich, sie Sklavin zu nennen, denn sie selbst bestimmt über ihre Zeit.

Sie ist so geschickt im Umgang mit den Elementen, sie macht Feuer, holt Wasser vom Brunnen, gräbt den Küchengarten um und schnuppert in den Wind, ehe sie Fisch zum Trocknen auf die Darre hängt. Sonst verdirbt er, sagt sie. Sie räuchert in einem Erdofen, Makrelen und Forellen, mischt unter die Holzkohle Kräuter und Wacholder.

Wenn wir mit der Jolle hinausfahren, um die Netze nachzusehen, und sie blitzschnell den Fang ergreift und einem Lachs den Nacken durchbeißt, will ich einfach nur diese Lippen küssen, die die Schuppen ausspucken. Die Verliebtheit hat mich zu einem Idioten reduziert. In der Flotte heißt es, Baden im Meer sei nur etwas für Kinder und Sommergäste – jetzt schwimme ich mit ihr bei jedem Wetter, nur um einen Blick auf ihre nasse Haut zu erhaschen, die dort durchscheint, wo das nasse Hemd an ihrem Körper klebt, wenn wir aus dem Wasser kommen.

Ich schwärme, bin fasziniert von ihren Sinnen. Die Damen, die ich früher kannte, verwandeln sich in Nebelbilder und verschwinden in parfümierten Spiegeln. Wie oft bin ich nicht in eine Königin verliebt gewesen – und begnügte mich mit einem Dienstmädchen? Weil sie jünger war, weil ihre Formen runder waren.

Dieses Mal wird es anders sein. Nur Aviaja ist echt. Ich merke, wie ich mir wünsche, wir hätten immer schon zusammen gespielt. Ich kann nicht schlafen und sitze des Nachts wach in meinem Turmzimmer. Bekomme Atemnot und Herzklopfen, Hitzewallungen und kalte Umschläge wechseln sich ab. Über meinem Kopf geht der Himmel Tag und Nacht nicht aus, er blaut und gebiert einen Stern, der durch das Glas hereinscheint. Sie ist das Elfenmädchen, und während die Zeit dahingeht, verfolge ich sie im Tanz über die Wiesen der Sommernacht.

Aber ich verhalte mich ruhig.

Das ist im Schloß des Bernsteinkönigs das A und O.

Wie der Sommer verfliegt, wächst auch Aviajas Unruhe. Wir sind beide an diesem Spiel beteiligt. Mit Zeichen und Taten zeigt sie mir, daß sie dieselbe Sehnsucht hat. Sie ist aus einem Tiefschlaf erwacht. An dem Tag, an dem der Prinz sie küßt, wird sie sich aus ihrem gläsernen Sarg erheben und die Arme um seinen Hals schlingen. Wenn das Schiff kommt, erzähle ich ihr, dann nehmen wir Reißaus und flüchten zusammen bis ans

Ende der Welt. Ich schlage einen leichten Ton an, so daß auch gelacht werden kann, überschreite nie die Schwelle. Wir laufen durch die Dünen, flüchten in den Zauberwald, in dem Zwergkiefern und Strandrosen wachsen. Wenn wir uns mit Händen oder Blicken streifen, schießt ihr das Blut in die Wangen und sie gerät außer Atem, genau wie ich.

Die täglichen Sitzungen am Eßtisch werden mehr und mehr zu einer Qual. Er bewacht sie eifersüchtig, wie ein alter Drache, der auf seinem Gold sitzt. Ich muß mir auf die Zunge beißen, um nicht laut zu schreien oder tätlich zu werden. Aviaja deckt den Tisch ab, das Porzellan klappert, und die Geräusche von Messer und Gabel beherrschen den Raum. Bei jedem Viertelstundenschlag der Standuhr zucke ich zusammen.

Er schenkt reichlich aus der Weinkaraffe ein. Bergkristall mit silbernem Ausgießer. Jedesmal, wenn sie uns den Rücken zuwendet, betrachtet er sie eindringlich und vergißt das Glas, das er in der Hand hält. Lauert auf Zeichen von Veränderung in ihrem Wesen. Senkt den Blick auf Hüfthöhe und bleibt dort hängen. Ich spüre, wie die Übelkeit meiner Kindheit aufsteigt, und wende den Kopf ab. Aviaja verschwindet in der Küche, kommt mit dem Hauptgericht zurück und setzt sich an den Tisch, um mit uns zu essen.

Sie ist durcheinander. Sie hat ihr Leben in Gefangenschaft zugebracht, und sie weiß das selbst nicht. Ein jeder ihrer Herzschläge spaltet den Körper entzwei. Denn am Tischende sitzt ihr Adoptivvater, der sie mehr als alles auf der Welt liebt. Verläßt sie ihn, kann er weder leben noch sterben. Das wissen wir beide. Wir sprechen nie darüber. Wir warten auf den Hieb, der den gordischen Knoten durchtrennt – das, was man Schicksalsentscheidung nennt. Aber darauf kann man warten, bis man alt und grau wird.

Ich habe gesagt, die Liebe hat recht. Sie hat geantwortet: Welche Liebe? Ist Liebe ein Strickzeug mit einer richtigen und einer falschen Seite? Ich blieb ihr die Antwort schuldig. Außerstande zu essen, habe ich den Teller weggeschoben. Hier sitze ich, verloren für die Welt, und starre auf ihren Halsausschnitt.

Er räuspert sich.

»Schenk deiner Schwester nach«, sagt er und wirft mir einen giftigen Blick zu.

Nur ein einziges Mal haben wir Besuch. Ejnarsen kommt, um sein Entlassungsgesuch einzureichen. Er ist ein alter Kauz mit Holzbein geworden – Erfrierungen haben das Original geraubt –, und wir sind unendlich gerührt, als wir einander umarmen. Wir sind von Herzen froh über das Wiedersehen. Als er Platz genommen und auch etwas im Glas hat, hüpft ihm Aviaja auf den Schoß und schmiegt sich an das Seehundfell. Als sie sich hinsetzt, wippt das Holzbein hoch und weist in die Höhe. Sie begräbt ihre Nase und schnuppert sich einer Seligkeit entgegen, die bis in ihre ersten Lebensjahre zurückreicht.

Sobald ich eine Gelegenheit habe, ziehe ich ihn beiseite und frage nach Aviajas Herkunft. Sie stammt von den tiefen Fjorden an der Ostküste, von dort hat sie ihre Wangenknochen und den dunklen Glanz ihrer Haut. Er weiß nicht viel. Sie wurde eines Morgens auf dem Vorderdeck gefunden, in ein Tragefell, ein *amaad*, gehüllt. Keiner hat etwas gesehen oder gehört, die »Narwal« lag vor Anker, und die Mannschaft schlief.

Vielerorts war der Fang mißglückt. In den Dörfern herrschten abwechselnd Hungersnot und Masern. Plötzlich lag sie da mit ihren Seehundaugen, wimmerte und streckte die Fäustlinge empor, um hochgehoben zu werden. Bald wetteiferte die Mannschaft darum, wer sie mit Grütze und Schiffszwieback, eingeweicht in lauwarmem Wasser, füttern durfte. Zwei oder drei Jahre alt wird sie gewesen sein, denn sie plapperte auf grönländisch drauflos und lief, sowie man sie aus dem Pelz befreit hatte.

Ihren Namen bekam sie nach einer Frau in Kulusuk, die er gekannt hatte, als er jünger war – er zwinkert mir zu, wackelt vergnügt mit dem Holzbein. Jedesmal, wenn er mit dem Glas darauf klopft, ist das das Zeichen für mich, aus der Schnapsflasche wieder nachzuschenken.

»Ja, ja – es war gut, daß Bertelsen das Würmchen zu sich genommen hat. Ich war ja immerzu unterwegs auf großer Fahrt, und eins will ich dir sagen: Bessere Verhältnisse, kein anderer könnte ihr die bieten!

Er schaut mich unter zusammengezogenen Augenbrauen an. Er ist der einzige, der in all den Jahren hierhergekommen ist. Es gibt mir einen Stich im Herzen, als mir klar wird, daß Aviaja zwei Väter gehabt hat. Ich hätte den einen gut selbst brauchen können.

Der Bernsteinkönig hat sich ganz den Erinnerungen verschrieben. Nur wenn die Rede auf Aviaja kommt, damals wie heute, wird seine Sprache sanft und die Wolken über dem Krähenschloß verziehen sich. Wir leeren die Gläser und prosten uns aufs neue zu. Die »Narwal« ist auf der Helling. Sobald sie wieder seeklar ist, werde ich das Kommando übertragen bekommen.

Es wird spät, ehe der Kapitän aufbricht. Noch hängt das Licht über dem Horizont, und die Dünen glühen. Aviaja erbietet sich, ihn nach Hause zu fahren, und spannt den Gig an. Wir haben uns im Hof versammelt, um uns zu verabschieden, der alte Haudegen ist ziemlich angeheitert, genauso wie der Bernsteinkönig, der sich den ganzen Nachmittag wie ein Engel aufgeführt hat. Er hilft dem Kapitän beim Aufsteigen und hebt die Hand zum Gruß. Aviaja schlägt mit den Zügeln. Aber als im letzten Moment auch ich auf den Bock aufspringe, wendet er uns den Rücken zu und geht ohne ein Abschiedswort davon.

Aviaja protestiert. Ich mache kurzen Prozeß.

»Es wird schon dunkel, und ich will nicht, daß du alleine durch die Wälder nach Hause fährst.«

Hinter uns ist der Kapitän in die Polster gesackt, der Kopf kippt auf die Seite, und der Mund bleibt offenstehen, er schnarcht. Eine Weile rollen wir schweigend dahin. Während die Schatten des Laubs über unsere Körper huschen, betrachte ich sie verstohlen, sie bemerkt es und beobachtet mich aus dem Augenwinkel. Jedesmal, wenn der Gig schaukelt, stoßen unsere Schultern aneinander. Ich bin es, der verlegen wird, sie, die auf einmal die Zügel in eine Hand nimmt und die andere auf mein Knie legt. Kurz darauf lächelt sie wie die Prinzessin, die aus dem Dornröschenschlaf erwacht.

Erst als wir bei der Seemannsmission in Sælvig vorfahren, rührt sich der Kapitän. Die Stille weckt ihn, sobald die Pflastersteine aufgehört haben, unter den Rädern zu poltern. Im Gäßchen brennt in einem Ständer ein Gaslicht. Ich springe ab, helfe ihm beim Absteigen und schiebe ihm den Krückstock unter. Der alte Geruch nach Kautabak und Teer hängt in der Luft, als er gute Nacht sagt und in seine Unterkunft humpelt.

Auf dem Heimweg zum Krähenschloß rücken wir auf dem Bock zusammen. Wir fahren am Deich entlang. Als wir am »Strandgaarden« vorüberkommen, brennt im Salon Licht, und Gardinen flattern aus dem Fenster. Es ist ein milder Abend, neben der Rosenhecke steht eine Frau mit einem gehäkelten Schal. Sie grüßt, als wir vorbeirollen. Sigurd Svanes Mutter ist das – in ihrer ersten Jugend, Jahre, bevor er geboren wird.

Vor dem Zauberwald tauschen wir die Plätze, und ich nehme die Zügel. Die Dunkelheit ist zauberisch, und sie schlingt ihre Arme um mich und legt den Kopf an meine Schulter. Wir rumpeln durch den Hohlweg, ducken uns vor den überhängenden Zweigen, ein Körper, zwei Atemzüge, die alles wagen, nur nicht die verbotenen Worte. Beim letzten Stück über das Wiesengelände sehen wir die Nebelschwaden in der Sommernacht leuchten. Ehe wir wieder auf den Hofplatz fahren, habe ich sie zum ersten Mal geküßt.

Im Zimmer brennen noch die Petroleumlampen. Wir finden ihn im Lehnstuhl, der Kopf ist nach vorn gefallen, und die Arme hängen schlaff herunter. Es sieht aus wie ein Schlaganfall. Aviaja ist erstarrt, sie krümmt sich und beißt sich auf die Knöchel, um den Schmerz zu betäuben. Dann entdecke ich das Cognacglas, und unsere Blicke treffen sich über der leeren Karaffe auf dem Tisch. In ihrem Gesicht weicht der Schreck der Resignation. Sie kennt das schon. Gemeinsam bringen wir ihn zu Bett, der Körper wiegt soviel wie ein Schiffsrumpf. Wir ziehen ihm die Hausschuhe aus, lockern den Kragen und dekken ihn zu. Er atmet röchelnd, und sein Atem verbreitet einen Dunst nach dem Formalin, das er für seine Präparate verwendet.

Dann sind wir wieder in der Stube. Aviaja schläft im Zimmer neben seinem. Die Tür steht offen, ein Streifen Lichts fällt auf die Tapete, und ich rieche den Lavendelduft ihres Bettzeugs. Sie weint. Sie hat ihr Gesicht versteckt, damit ich es nicht sehe, aber ihre Schultern verraten sie. Als ich mich vorlehne, um meine Hand auf ihren Arm zu legen, dreht sie sich weg und flüchtet in ihr Zimmer. Die Tür fällt hinter ihr ins Schloß.

Im Tabakschrank finde ich eine Flasche, entkorke sie. Schenke mir selbst einen Cognac ein und lasse ihn im Glas kreisen, während meine Gedanken sich wie ein Mühlrad drehen und die Uhr schlägt. Ich knöpfe die Jacke auf, lasse mich zwischen die Lehnen des Sessels sinken und starre vor mich hin. Von seinem Winkel aus hat sich der Totenaffe des Raumes bemächtigt, die ausgestopften Vögel und sein ganzes verdammtes Bestiarium werfen Schatten, als der Docht in einer der Lampen zu blaken beginnt. Ehe das Licht ausgeht, habe ich meinen Entschluß gefaßt. Ich ziehe aus, und das kann gar nicht schnell genug passieren!

Eine Diele knarrt, und die Tür zu Aviajas Zimmer öffnet sich. Sie steht im Zimmer. Mit gelöstem Haar und nackt wie die Seehunde, die sie schufen. Sie legt einen Finger an die Lippen, und ich folge ihr nach. Leise und mit klopfendem Herzen steigen wir hoch in den Turm. Stufe für Stufe lassen wir die Treppe hinter uns, sie öffnet die Tür zu meiner Kammer und führt mich zur Pritsche. Die Sintflut bricht in uns beiden los, alle Deiche werden fortgespült.

Erst als die Nacht um ist, halten wir einander in den Armen und starren in den kristallenen Himmel, während die Musik der Gestirne in unseren Gliedern ausklingt und der Gesang der Nachtigall verstummt. Ehe wir uns wieder trennen, hat sie versprochen, mir ans Ende der Welt zu folgen.

In Gestalt von Märchen werden lange Geschichten kurz und aus den Personen Drachen und Prinzessinnen. Ich habe tief in die Glaskugel geblickt. Vater war kein Drache, nur ein alter Mann mit einer lebenslangen Enttäuschung im Hintergrund. Bei der Scheidung trug er keine Schuld. Dennoch tötete ich ihn, und das hat noch keinen geadelt. Aber ich bereue nichts. Non serviam. An dem Tag, an dem alle Sünden bekannt worden sind, sind wir weder Mann noch Frau, Jungfrau oder Einhorn. Nur Eunuchen. Deshalb riechen alle Heiligen nach Krypta.

Ich blinzele. Bis zu dem Augenblick, wo sich der Pfarrer vor dem Altar erhebt und sich der Gemeinde zuwendet, war es in der Kirche vollkommen still. Jetzt beginnt er mit der Messe.

Und ich vermisse den Klang des Kyrieeleison, bei dem während des Rituals der gesamte Chor seine Worte wie ein Echo wieder aufgreift, damit die Seele ihre Wanderung aufnehmen kann. Das Wunder der Transformation. Hättet Ihr Augen wie ich, sähet Ihr durch die Gestalt des Lehms und das vergoldete Bändchen des Blumenkranzes hindurch. Ihr sähet weiter als bis ins Tal der Tränen – den Leutnant sähet Ihr, königsblau und schlank, der seine Braut zum Altar führt.

Endlich kommt der Chor aus der Sakristei, Schulkinder und weißgekleidete Konfirmanden, tuschelnd kommen sie in ihren langen Gewändern und sehen verlegen aus, besonders die Männer, während sie sich aufstellen und sich gegenseitig auf die Zehen treten. Ein Junge und ein Mädchen halten jeder einen Palmenzweig, zwischen ihnen steht Oda, den Blick fest auf die Orgel gerichtet. Sie ähnelt der Luciabraut, die sie früher einmal gewesen ist.

Santos ist auf der Empore aufgetaucht. Der Frack des vorigen Kantors bauscht sich um seine Gestalt. Er nickt und setzt sich an die Tasten. Nachdem er die Finger warm geknetet hat, lehnt er sich vor, prüft die Register und ändert eine einzelne Einstellung. Die Orgelpfeifen türmen sich, steigende und fallende Treppen über seinem Kopf.

Stille senkt sich herab. Er schließt die Augen, fällt mit dem Oberkörper nach vorn und beginnt zu spielen. Schon bei den ersten Tönen des Adagios füllt sich die Kirche mit Segeln –

25. Kapitel, worin die Musik spielt

Das Segeltuch kräuselt sich, aber als das Schiff sich in einer Dünung zur Seite neigt und auf uns zu steuert, füllt es sich wieder. Es ist Herbst, goldener Oktober. Wir stehen auf der Anlegebrücke und halten uns ganz fest an den Händen. Aviajas Rock bläht sich unter dem Mantel, und das Wasser spritzt an den Pfählen auf. Als Gischt hochschlägt, treten wir einen Schritt zurück, und ich spüre das kalte Wasser durch das Stiefelleder. Auf See nennen wir so etwas einen »Köter«. Aviaja lacht, als ich ihr das erzähle.

Unsere Liebe steht im Zenit. Wir leben sie aus an Orten, wo uns niemand erreichen kann – segeln mit der Jolle hinaus, legen uns auf den Boden und lassen das Boot von Wind und Wellen treiben. Wir lieben uns bei Wellengang und Meeresstille, während die Seeschwalben am Himmel schreien und das Salzwasser von unserer Haut tropft. Anschließend springen wir ins Wasser und tollen dort weiter herum.

Oder wir rudern an Land, ziehen die Jolle hoch auf den Strand und suchen uns eine Kuhle, die die Sonne für uns angewärmt hat. Im Schutze eines Hochsitzes haben wir unsere Umarmungen ausgetauscht. Wir haben Nächte auf Moospolstern zugebracht und sind vom Äsen der Rehe erwacht, die nackt waren wie wir. Noch verstecken wir unsere Gesichter vor ihm. Wir wohnen in einem Glashaus und weigern uns, den ersten Stein zu werfen.

Ich habe um sie geworben und ein Ja bekommen. Ich bin unsicher, was das Gesetz dazu sagt, war im Büro und habe das ganze Archiv durchsucht, um ihre Adoptionspapiere zu finden. Jemand hat sie weggenommen. Statt dessen haben wir uns unsere eigene Zeremonie gestaltet, heiraten vor der Jungfrau und dem Kind und der Mutter der Meere, und ich selbst bin es, der die Worte sagt: »bis daß der Tod uns scheidet« und den Ring auf ihren Finger schiebt.

Sie legt ein Gelübde ab, das uns für immer verbindet. Wenn ich zuerst sterbe, wird sie – wenn sie selbst den Tod näher kommen spürt – für mich eine Seelenmesse abhalten lassen, damit wir uns auf der anderen Seite wieder vereinigen können. Im Gegenzug gelobe ich ihr Treue bis zum Jüngsten Tag. Ein Rosenkranz wird getauscht und besiegelt das Versprechen.

Ich schüttele mich in meiner Seemannsjacke. Der Wind kommt von Land. Dort draußen brassen sie die Segel, die »Narwal« krängt und wirft sich auf die andere Seite. Mit jedem Kreuzen nähert sie sich der Anlegebrücke. Dies ist Ejnarsens letzte Fahrt. Ich habe ihn im Verdacht, den letzten Augenblick hinauszuzögern, er braucht doch ziemlich lange fürs Kreuzen. Frisches Wasser und Proviant wurden gebunkert. Alles ist klar für die Fahrt. Ein Seemann geht an Land, ein anderer steht bereit.

Aviaja trippelt unruhig und beißt sich auf die Knöchel. Jetzt oder nie werden wir von hier ziehen. Wir haben uns entschlossen, es ihm zu sagen. Aber er hat sich in seinem Zimmer eingeschlossen und will keine Menschenseele sehen. Mit jedem Schritt, den wir aus dem Gebüsch heraustreten, zieht er sich zwei zurück.

Wie innere Gezeiten verläßt ihn die Kraft. Er hat seine aufrechte Haltung eingebüßt, die Haare stehen ab, sie sind mittlerweile völlig weiß. Er dreht sich um sich selbst – nichts sehen, nichts hören. Nur der dritte Affe schreit auf: wenn er einen seiner Anfälle bekommt. Kurz darauf versinkt er wieder in Apathie und in sich selbst verstärkende Hinfälligkeit. Oder er greift zur Flasche und treibt seine Habsucht an den Rand des Abgrunds.

Aviaja, die ihn wie ein schwieriges Kind gepflegt hat, kann seine Launen mittlerweile nicht mehr zufriedenstellen. Ich habe einen Vertrag mit einer Haushälterin gemacht, die gewillt ist, hier herauszuziehen, ein Bursche kann sich um den Rest kümmern. Schlimmer ist es nicht. Davon versuche ich jedenfalls Aviaja zu überzeugen. Sie zögert, und letztendlich verstehe ich sie gut. Ich wünschte, ich selbst hätte diese Gefühle ihm gegenüber.

Das Schiff ist jetzt nahe genug, daß wir winken können. Ejnarsen greift in die Wanten und streckt die Krücke empor. Die »Narwal« wendet wieder, und das Manöver benimmt uns den Atem, der letzte Abschnitt des Kreuzens wird mit Schaum vorm Bug zurückgelegt. Im Wind dreht sie auf, die Segel knallen und schlagen, und die Besatzung klettert in den Webeleinen und Rahen herum, um sie zu bändigen. Sie schlagen Zeisinge um das knatternde Tuch, während sie an Fahrt verliert. Ejnarsen meckert, wie sich das für einen Kapitän gehört. Die Fender werden rausgehängt, ich nehme die Leinen entgegen, die auf Kommando geworfen werden, und mache am Ende des Brükkenkopfs fest. Die Leinen werden dichtgeholt, und mit seufzendem Rumpf legt das Schiff an.

Zum dritten Mal nun ist ein Schiff in mein Leben gekommen.

Die »Narwal« liegt in Lee und wiegt sich in der kleinen Bucht hinter Krageholmen. Der Kapitän geht an Land. Er verläßt sein Schiff, ohne ein einziges Mal zurückzuschauen. Unter dem Arm trägt er Rollen mit Seekarten und in der Hand einen Mahagonikasten, der den Sextanten enthält.

Kurz darauf haben wir uns in der Stube niedergelassen. Er rollt eine Seekarte nach der anderen aus, wir stecken die Köpfe zusammen, und er geht die großen Segelschiffrouten mit mir durch. Gürtel, wo Windstille herrscht, Meeresströmungen und Orkanlöcher. Wir gehen bis auf den tosenden 40. Breitengrad hinunter, im Süden Kap Hoorn. Rasch sind wir in der Sundastraße, dann in Shanghai, Thailand und Ceylon, wo die Teeklipper fahren. Ich verliere mich in die Unendlichkeit der Reisen.

Plötzlich schaut er auf und fängt Aviajas Blick mit einem bernsteingelben Schimmer im Auge ein.

»Was habt ihr mit Bertelsen angestellt?«

Sie schielt zur geschlossenen Tür hinüber.

»Er schläft. Es geht ihm nicht so gut.«

Ich komme ihr zu Hilfe. Aviaja kann nicht lügen.

»Er bat mich, Grüße auszurichten und Dank zu sagen für all die Jahre. Ich soll Ihnen dies hier geben.«

Ich überreiche ihm einen braunen Umschlag. Der enthält einen größeren Betrag, Geld, das ich aus der Kasse genommen, gebündelt und für ihn vorbereitet habe. Er zählt es nicht, steckt es ins Wams und brummt ein Wort des Danks. Seine Augen ruhen auf mir, lange genug, um mir das Blut in die Wangen schießen zu lassen. Ich räuspere mich, fummele am Bindfaden der letzten Rolle herum.

»Was haben wir hier?«

Er nimmt seinen Blick zurück und zieht die Schleife auf. Als er die Karte aufrollt, bedeckt Grönland den halben Eßtisch. Er winkt Aviaja zu sich.

»An einem Ort hier oben bist du geboren, unter der Mitternachtssonne, wo die Hunde Tag und Nacht heulen.«

Er zeigt an die Decke.

»Von dort stammt auch der Kajak. Sie nennen es das ›Land der Menschen‹ ...«

Er setzt seinen Finger auf Kulusuk und Ammassalik. Mit dem hornigen Fingernagel zeichnet der Kapitän eine Linie an der Ostküste entlang bis nach Nanortalik, geht nach Westen und wieder hoch bis Nuuk, Sisimiut und bis ganz im Norden nach Thule. Sie spricht Ejnarsen die Namen nach, der sie der Reihe nach aufsagt. Er berichtet ihr von den Tieren, die gefangen werden, und sie schaut auf.

»Es gibt hier Seehunde«, sagt sie verwundert, »manches Mal nehmen sie mir den Fisch weg. Ich habe sie vom Boot aus gesehen, wenn sie ihre Köpfe aus dem Wasser stecken. Als ich klein war, glaubte ich, daß sie zu mir sprechen würden in einer Sprache, die ich vergessen hatte.«

Beim Sprechen ist sie weit weg. In diesem Moment hätte ich sie beide umarmen mögen. Er hat eine Sehnsucht in ihr angerührt, die ganz tief in ihr steckt. Der halbe Sieg ist gewonnen. Jetzt *muß* sie los, ihre Kumpane rufen nach ihr. Es beginnt unter dem Meereis wie ein Flüstern und reicht bald wie ein Trompetenstoß von einem Ende des Ozeans zum anderen.

Ihr ganzes Gesicht verändert seine Form. Aviaja trägt in sich das Echo der Welt, die sie als Kleinkind verlassen hat. Andere Sirenen gibt es nicht. Ich selbst höre sie nicht, weil die Ohren des Reisenden verstopft sind und er nur sein Ithaka sucht, um mit dem fertig zu werden, was er doch nicht haben will. Die Fahrt geht weiter. Er ist dazu verdammt, seine Heimat zu verlassen und seine Kerze an beiden Enden anzuzünden.

Jetzt will Ejnarsen, daß Gläser auf den Tisch kommen, und Aviaja erwacht aus ihrer Trance. Holt den Branntwein, der in der vorigen Saison mit Walnüssen angesetzt wurde. Der Kapitän erhebt sich, klemmt die Krücke unter den Arm. Dann nimmt er den Kasten mit dem Sextanten, reicht ihn ohne ein Wort an mich weiter. Ich begreife, daß die Übertragung stattgefunden hat. Ich öffne den Deckel. Da liegt das Instrument, poliertes Messing. Ich fahre mit dem Finger über den Silberbeschlag mit der Gradeinteilung.

Wir prosten einander zu, und der Branntwein reißt ein Loch in den Hals, wo zuvor der Kloß gesessen hat. Ich habe von diesem Augenblick so lange geträumt, wie ich denken kann.

Ejnarsen macht Miene zu gehen. Er ist nicht der Mann, der die Qual in die Länge zieht. Ein ganzes Menschenleben liegt da in dem Kasten, und wir respektieren das. Wir nötigen ihn nicht. Aviaja ist draußen und spannt an. Dieses Mal darf sie ihn allein in die Stadt fahren. Sie haben genug, worüber sie sprechen wollen. Er dreht sich auf der Schwelle ein letztes Mal um.

»Paß gut auf sie auf!« sagt er.

Und ich bleibe mit dem Gefühl zurück, daß er mehr ahnt, als wir glauben. Damals wußte ich nicht, ob er das Schiff meinte.

Stunden vergehen, ehe ich den Wagen vor dem Haus vorfahren höre. Hinter seiner Tür ist es noch immer still. Ich sitze in meiner neuen Würde mit der Mütze vor mir am Tisch und notiere, was Ejnarsen mir zu den Segelrouten gesagt hat. Wo

Proviant übernommen und wo gebunkert werden kann, welche Häfen sicher sind und wo es günstig ist, auf die Werft zu gehen. Ein Schiff segeln kann jeder, gut darin wird man erst durch die Kenntnis der Details.

Sie kommt ins Zimmer, zeigt fragend auf die Tür, und ich schüttele den Kopf. Mir fällt eine Veränderung an ihr auf, vielleicht Worte, die zwischen ihr und dem Kapitän gewechselt wurden, als sie unter sich waren. Die Karte von Grönland liegt noch immer dort. Ich tauche die Feder in die Tinte, schwebe ein bißchen über den Fjorden, ehe ich um Kulusuk einen Ring schlage.

»Aviaja, wenn du willst, so wird das Schiff dorthin segeln. Der Rest der Welt kann warten.«

Dies ist das zweite Mal, daß ich sie weinen sehe.

Wer den Kompromiß wollte, sie oder ich, spielt heute keine Rolle mehr. Worte und Taten kreuzen sich und schaffen neue Labyrinthe, in denen die Lebenden sich verlieren. Sich zu verlaufen ist in Ordnung. Aber wenn man erst die Fäden entwirren will, ist es zu spät, und das Schiff ist schon davongesegelt.

In den folgenden Tagen mache ich mich mit der Mannschaft bekannt, richte den Salon des Kapitäns nach meinen Vorstellungen ein, segele die »Narwal« auf einer Probefahrt. Auf dem Krähenschloß herrscht der Irrsinn. Sie setzt ihm die täglichen Mahlzeiten vor die Tür, aber er rührt sie nicht an, bis wir aus dem Zimmer sind. Nur die Teller, die leer zurückkommen, berichten uns, daß er lebt.

Ich nehme Aviaja mit zu der Insel, auf der die Seehunde leben. Wir fahren morgens los, eine Fahrt von zwölf Seemeilen, wir haben also den ganzen Tag für uns. Beim Leuchtfeuer gehen wir vor Anker, schwimmen an Land. Nur wir zwei. Wir lieben uns ein letztes Mal zwischen den Seehunden, die sich auf den Felsen sonnen. Anschließend liegen wir lange einfach nur da, und ich kitzele sie mit einem Grashalm unter der Nase. Sie niest, richtet sich auf dem Ellenbogen auf. In der Ungeduld meines Herzens verlange ich eine Antwort von ihr. Sie seufzt und meidet meinen Blick. Mit einem kaum hörbaren Flüstern kommt dann:

»Ich kann nicht mit dir ziehen.«

»Aviaja . . .«

»Vater will es nicht.«

»Hast du es ihm erzählt?«

Sie nickt.

»Warum hast du das nicht früher gesagt? Ich kann die Mannschaft nicht ewig hinhalten.«

»Ich will so gerne. Ich müßte einfach noch Zeit haben.«

»Was hat er gesagt?«

»Daß ich noch einige Jahre warten solle.«

»Aviaja, auf diese Weise tötet er uns. Wir werden warten müssen, bis er stirbt . . .«

»Er liebt dich!«

Ich werde wütend, springe auf und trete nach einem Stück Treibholz.

»Er ist verrückt!«

Sie schaut zur Erde. Schweigt lange. Ich versuche es wieder. Wende ihr den Rücken zu. Sie soll meinen Zorn nicht sehen. Dieser Zorn ist seit dem Bruch mein ständiger Begleiter gewesen. Wenn er da ist, gibt es nichts sonst.

»Zieh mit mir. Um der Liebe willen, um deinetwillen . . .«

»Ich kann nicht. Vater hat nein gesagt.«

Ich explodiere.

»Selbstverständlich hat er nein gesagt. Haben wir das nicht die ganze Zeit gewußt?«

Schweigen. Ich drehe mich zu ihr um. Herausfordernd. Kreise mit den Händen, um sie aufzufordern, weiterzusprechen.

»Du verstehst nichts. Ich spreche nicht von deinem Vater, er will mich immer noch nicht sehen. Es ist Ejnarsen.«

Jetzt verstehe ich keinen Ton, da hat sie recht. Sie zögert. Dann kommt es. Langsam öffnen ihre Augen meine:

»Ejnarsen ist mein Vater . . .«

Ich bin baff, starre sie mit offenem Mund an. In derselben Sekunde wird mir alles klar, ich schlucke. Sie greift nach meiner Hand, streichelt sie.

»Das ist nicht so schlimm, Jonas. Vater meint es gut mit uns. Er ist der einzige Freund des Bernsteinkönigs. Er sagt, es fällt auf uns zurück, wenn wir jetzt davonziehen. Fahr allein und komm zurück, dann wird alles wieder gut. Das hat er uns versprochen.«

»Wie lange hast du das gewußt?«

»Seit vorgestern.«

Ich nicke. Nicke und nicke, wie der Chinese im Märchen. Alle Nachtigallen sind verstummt. Ich kann weder »P« sagen noch die Trommel schlagen.

»Dann muß es wohl so sein«, sage ich nur und kassiere dafür einen überraschten Blick, bevor ich ins Wasser springe und zum Schiff zurückschwimme. Sie holt mich unterwegs ein. Kaum bin ich an Bord geklettert, bin ich auch schon auf der Brücke.

»Anker lichten«, brülle ich in die Flüstertüte, »wir stechen morgen in See!«

In der Kirche hat Santos sich von der Orgelbank erhoben, kaum daß der letzte Ton der Introduktion verklungen ist. Er steht vor dem Notenständer, Oda und dem Chor zugewandt, seine Hände schweben in Kopfhöhe. Er blättert um, senkt abrupt die Hände, und die ersten Vokalharmonien erklingen.

Sie stehen auf wackeligem Grund. Dem Komponisten fällt es nicht leicht, seinen Ärger zu verbergen. Er senkt die rechte Hand und beginnt Odas Partie, er formt ihre Stimme mit den Fingern und zieht sie vor, vor den Chor. Sie kann das Ganze tragen, der Gesang erhebt sich und gibt den Einsätzen der anderen Raum.

Holdselig lächelt er zu ihr hinunter, und ihre Erleichterung ist spürbar. Der Blick flackert nicht länger, sie schielt zu dem Jungen und dem Mädchen, die die Palmzweige halten, gibt ihnen mit den Augenbrauen ein Zeichen und läßt das Lächeln weitergehen. Dann legt sie den Kopf zurück und singt aus vollem Herzen.

Santos dirigiert mit fliegenden Händen und Haaren. Odas Sopran steigt auf wie der einsame Vogel über den Bergen, und er beginnt unter dem Loch in den Wolken zu kreisen, aus dem das Licht hervorquillt. Ich spitze die Ohren. Die Bilder der Musik überschwemmen mich mit Erinnerungen an den Regenwald, durch den ich einmal auf einem Flußdampfer gereist bin. Der Chor ist der Strom, seine Wirbel und Kaskaden, sein langer Lauf unter Baumkronen, von denen die Lianen dicht herabhängen. Oda ist die Sirene, ein plötzlicher Schrei, der sich über die Bäume erhebt. Die Stimmen der Flußdelphine erstehen in der Kirche als Flöten wieder.

So etwas hat man in diesen Breitengraden noch nie zuvor gehört, auch nicht in der Kirche meiner Kindheit. Mein Respekt vor Santos, dem Meister dieser farbigen Messe, steigt.

Allmählich ändert die Landschaft mit ihrem Zikadengesang, unterstützt von den Männerstimmen, ihren Charakter. Ein drohender Ton dringt in die pastorale Idylle ein. Unvermittelt dreht Santos sich um, der Orgel zu, wo er – über die Tasten gebeugt und ohne sich zu setzen – einen Akkord anschlägt. Das Jüngste Gericht. Er landet mit einem solchen Donnerschlag im Kirchenschiff, daß die Bauern und Fischer auf ihren Bänken zusammenzucken.

Ein tiefes Dröhnen des Basses füllt die Orgelpfeifen. Erst als der Akkord verklungen ist, wendet Santos sich wieder dem Chor zu. Von allen Menschen weiß allein Oda, warum er die Pforte zur Hölle so zuschlägt, aber alle spüren sie die Leidenschaft, die das Werk vorantreibt.

Mit rotflammenden Hieben peitscht er die Teufel hervor. Die Seele frohlockt. Ich muß mich beherrschen, nicht in Santos zu fahren. Er windet sich vor dem Notenständer, während er seine Geschichte aufs neue durchlebt. Die Scham, die zum Tag des Zorns wurde. Der Haß, der zur Flamme wurde.

Draußen war der Himmel wie kalter, blauer Firnis, eine Kalkmalerei des Fegefeuers – jetzt verändert er sich. Ich sehe, wie die ersten Wolken angewirbelt kommen und sich zu einer immer dicker werdenden Düsternis versammeln, die sich vor den Kirchenfenstern niederläßt. Es fühlt sich an, als würden die Mauern vereisen. Viele drehen sich zur Tür am Ende des Kirchenschiffs um. Sie ist vom Wind aufgesprungen, und das anhaltende Klopfen muß wohl von einem Zweig herrühren, der dagegenschlägt.

26. Kapitel,
worin das Schiff segelt

Aviaja klopft an meine Tür. Ich weiß, daß sie es ist, aber ich lasse sie nicht ein. Sie fleht mich an, ruft meinen Namen, aber ich lasse sie nicht ein. Ich habe meine erste Nacht auf dem Schiff verbracht, habe schlaflos in der Kapitänskoje gelegen und auf das Morgengrauen gewartet. Sie ist genauso breit, daß meine Schultern hineinpassen. Das Lager erinnert mich – wenn die Vorhänge zugezogen sind – an einen Sarg.

Erst als ich ihre Schritte die Leiter hinauf verschwinden höre, ziehe ich den Vorhang beiseite und stehe auf. Ich warte geraume Zeit, bevor ich die Kajütentür aufschließe, die Leiter hochklettere und die Nase aus der Luke stecke. Sie ist weg, wieder von Bord gegangen. Ich springe auf Deck, rechtzeitig, um sie zwischen den Dünen verschwinden zu sehen. Sie hat den Mantel eng um die Schultern gezogen und geht mit gesenktem Kopf gegen den Wind.

Die Sonne ist aufgegangen, und es weht ein kräftiger ablandiger Wind. Die Strömung zieht hinaus. Weiter draußen werden die Seen zu Wellen mit Schaumkronen. Ich mustere die Mannschaft und gebe den Befehl: Klarmachen zum Auslaufen. Das geht im Nu, sie sind tüchtig, sie kennen das Schiff besser als ich und können es im Schlaf segeln. Ich vergeude keine Zeit, springe selbst an Land, um die Vertäuungen zu lösen. Ich bin ebenso schnell wieder an Bord, wie die »Narwal« vom Brückenkopf wegtreibt. Der größte Teil der Besatzung ist im Rigg, um Segel zu setzen.

Die Vorsegel knallen und werden dichtgeholt. Der Jager hebt den Steven an, und nachher, als die Segel sich mit Wind füllen, fliegt er dazu. Ich stehe auf der Brücke und starre zum

Land hinüber. Oben auf den Dünen mache ich Aviajas einsame Gestalt aus. Der Wind ist umgesprungen. Ich betrachte sie, ohne mit der Wimper zu zucken. Der Zipfel ihres Schals weht mit ihren Haaren weg vom Kopf. Der Wind bläst von hinten in Richtung Meer.

Neben dem Rudergänger ist für Ejnarsens Holzbein ein Loch in die Planken gebohrt. In den Wanten sind zu beiden Seiten Ringe angebracht, in denen er sich beim Ausschau Halten einhaken kann. Hier kann er sich festhalten, selbst wenn das Meer aufgewühlt ist und turmhohe Brecher über Deck spülen.

Wir sind gerade richtig in Fahrt, als ich den Bernsteinkönig auf die Brücke humpeln sehe. Er weiß alles, das kann ich an seinen Bewegungen erkennen. Plötzlich ist er so beweglich, sein Stock dröhnt über die Bohlen. Als er am Ende der Anlegebrücke angelangt ist, hebt er den Stock, schüttelt ihn in der Luft und fängt an zu rufen und zu schreien, verflucht mich in die heißeste Hölle, enterbt mich und was weiß ich. In diesem Moment sehe ich rot. Eine bessere Erklärung habe ich nicht.

Die »Narwal« ist gebaut, um durchs Packeis zu segeln, und hat einen verstärkten Steven. Ich schubse den Rudergänger zur Seite, lege das Ruder hart um und wende das Schiff. Ich steuere auf die Brücke zu, erst im allerletzten Augenblick drehe ich bei, spüre den Stoß gegen die Planken, der an der Kupferhaut reißt. Ich sehe, wie er zwischen zersplittertem Holz untergeht, nach einem Pfahl greift und sich daran festklammert, wobei er in dem kalten Wasser um sich schlägt und spritzt. Ich drehe schnell bei, weg von der Küste.

Ich drehe mich ein letztes Mal um. Gerade rechtzeitig, um zu sehen, wie Aviaja gerannt kommt und ins Wasser springt.

Der Rudergänger ist blaß, bis in seine Seele erschüttert, wie auch die übrige Mannschaft. Aber keiner sagt etwas. Das wilde Manöver muß ich ganz allein verantworten. Außer ihrem Kapitän bin ich auch der Sohn des Reeders. Der erbärmliche Trottel an meiner Seite verhält sich still, zittert aber am ganzen Körper. Ich überlasse ihm das Ruder, gehe hinunter ins Kartenhaus, um den Kurs festzulegen. Noch ist die Wut kalt, noch weiß ich, was ich tue, und ich bereue nichts.

Dann sehe ich die Fotografie. Sie liegt auf dem Kartentisch. Aviaja hinter Glas und im Silberrahmen, und sie betrachtet mich mit unergründlichem Ernst. Sie hat mir einen letzten Gruß hinterlassen, mit Tinte fein säuberlich schräg über das Bild geschrieben. Ich fühle mich im Solarplexus getroffen, so wenige Worte, so verteufelt wahr, daß ich kleinlaut werde. Ich drehe die Fotografie um und lege sie mit der Rückseite nach oben beiseite.

Der Zorn verbrennt Brücken, aber die Scham zermalmt die Seele. Ich sinke über der Seekarte zusammen, schluchze wie verrückt. Es ist geschehen. Ich setze meine Totenmaske auf und segle. Nach diesem Tag kann ich niemals mehr nach Hause zurückkehren.

Immer mehr drehen sich nach dem Klopfgeräusch um. In den Reihen wächst die Unruhe, indessen singt sich der Chor durch das Offertorium und gerät aus dem Takt. Dissonant fallen die Vokalharmonien auseinander, nur Oda hält noch die Stimme, etliche singen nicht länger, sondern gaffen wie die stummen Fische. Santos dirigiert weiter, eine verbitterte Falte zwischen den Augenbrauen ist seine einzige Reaktion auf den Krach.

Der Küster sieht den Pastor fragend an, und die Nonnen bekreuzigen sich, während die Fischer von der Mission ihre Häupter entblößen und die Hände zum Gebet falten, nachdem sie sich gegenseitig beredt angeschaut haben. Der Gast kommt – was sonst konnte man wohl erwarten, nachdem der Gemeindepfarrer dem Beelzebub seine Kirche geöffnet hat?

Es rüttelt an den Scheiben. Es klingt wie große Hagelkörner, und das Licht hat diesen kupfernen Glanz angenommen, der einem Gewitter vorausgeht. An dem Heulen draußen hört man, wie der Wind an Stärke zunimmt. Der Ton hat sich am Ende des Kirchenschiffs zu einem insistierenden Donnern gewandelt. Etliche der Gemeindemitglieder haben sich in den Bankreihen erhoben und der Kirchentür zugewandt.

Als sie aufspringt und das Sausen des Windes die Dorfkirche erfüllt, geht ein Ruck durch die Gemeinde. Etwas poltert durch den Mittelgang, und Odas Stimme verstummt. Die Schubkarre des Totengräbers ist es, die – vorneweg der Schaft des Spatens – mit dem naßkalten, nebligen Luftzug hereinrauscht. Notenblätter erheben sich von den Notenständern auf der Empore, mischen sich wirbelnd mit Blättern und kleinen Zweigen.

Plötzlich ist Santos umgeben von einem Schwarm weißer Flügel und versucht, die Blätter einzufangen. Die Kriegsfregatte dreht sich an ihrer Kette einmal um sich selbst. Als die Karre umkippt, fegt die Windhose alleine zum Altar weiter. Ungläubig sieht man, wie Aviajas Urne für einen Moment über dem Katafalk schwebt, ehe sie auf dem Fußboden zerbirst. Rosen, Maiglöckchen und Immergrün werden aus dem Gebinde gerissen und gehen in die Luft, der heulende Ton ist gleichzeitig draußen und drinnen, die Blumen wirbeln, alles wirbelt.

Die staunenden und leichenblassen Kirchgänger sehen, wie sich die Asche vom Fußboden erhebt. In einem gräulichen Schleier vereint sie sich mit den Blumen, sie zögern einen Augenblick vor dem Altar, wo der Pastor mit flatterndem Haar im Meßgewand steht. Er brüllt gegen den Sturm an: »Schließt die Tür!« Aber der Küster ist zur Salzsäule erstarrt. Keiner riskiert einen Blick, einige haben ihre Gesichter in den Händen verborgen, andere wiegen sich ekstatisch.

Asche und Rosen erheben sich auf einer Kegelspitze unter dem Gewölbe, drehen sich sekundenlang mit der Windhose. Gemeinsam bilden sie eine Figur – halb Brummkreisel, halb Ballerina –, tänzeln auf den Zehenspitzen und neigen sich dem Ausgang zu. Auf diese Weise vereint, verlassen wir die Gemeinde nach einer letzten Pirouette und verschwinden mit der Windhose hinaus über das Meer.

In der Kirche herrscht die Stille nach dem Sturm. Das Unwetter hat sich verzogen, jäh wie es gekommen ist. Mit einem fernen Grollen ahnt man es noch am Horizont. Neblig-kalte Meeresluft schwebt noch unter dem Gewölbe. Der Katafalk ist geplündert, auf dem Fußboden liegt in Scherben die Urne.

Erde von der Schubkarre, gemischt mit dem Blütenstiel eines Maiglöckchens – läßt sie wie einen heruntergefallenen Blumentopf aussehen.

Die Salzsäulen erwachen eine nach der anderen zur Tat. Der Küster schließt die Tür. Das Licht des Himmels blendet auf und fällt durch die Fenster der Apsis, strömt wieder unter die Kreuzgewölbe und spiegelt sich auf den Hüten der Frauen und den entblößten Köpfen der Männer. Die Verklärung des soeben Geschehenen setzt ein, sie wird von Bank zu Bank geflüstert. Arm war das Kirchspiel bis heute, arm an Wundern.

Einen Moment lang ist der Pfarrer unschlüssig. Dann hebt er die Arme, nickt Santos zu, der auf der Orgelbank Platz nimmt. Dieses Mal klingt der Pastor, als ob er selbst in Gesang ausbrechen könnte.

»Heilig, heilig ist Gott, der Herr der himmlischen Heerscharen. Gelobet seist Du, der da kommt im Namen des Herrn. Hosianna in der Höhe!«

Wie eine Fanfare wird das Sanctus in den Raum geschmettert. Oda singt, und die Orgel antwortet ihr. Der Chor ist stumm, die Noten in alle Winde zerstreut. Sie brauchen nur einander. Der Rest formt sich wie ein Duett dieser beiden. Rhythmisch arbeitet er mit den Registern, läßt die Streicher mit Flügelhorn und Flöten abwechseln, lockt Töne hervor, die wie Vorhänge von Nordlicht aus den Pfeifen wabern.

In Abständen dreht Santos den Kopf und sucht ihren Blick, oder er läßt die Register sein und spielt nur mit den Pedalen, während er seinen Körper auf der Orgelbank windet und sie anfeuert. Im Triumph der Töne vergessen sie alles andere. Sie steht auf den Zehenspitzen und schleudert den Gesang aus sich heraus. Ein Springbrunnen an Kraft erhebt sich in ihr. Sie läßt den Körper wachsen, gewichtslos in dem Jubel, den sie gemeinsam entfesseln. Steht da ohne jede Gestik, die Arme an den Seiten, in ihrem weißen Gewand. Sie, die über die Musik selbst erhaben ist, öffnet nur den Mund und läßt sie frei herausströmen.

Da verstummt auch die Orgel, und sie singt weiter – solo –,

während Santos sie von der Bank aus dirigiert. Sie haben sich von der Partitur entfernt... Sie steht zwischen den Palmzweigen, legt dem Jungen und dem Mädchen die Hand auf den Kopf. Mit dem Glanz von Trompeten, in den Arabesken der Stimme kreisend, ergreift sie das Thema und singt das Agnus Dei zu Ende.

In der Schlußsequenz setzt Santos Chor und Orgel gleichzeitig ein, während er Odas Sopran über allem in der Schwebe hält. Die Mehrstimmigkeit der Vokale verflicht sich mit dem Klang der Orgelpfeifen, die sich vom tiefen Grund der Bässe an wiegenden Fäden emporranken. Und die ganze Zeit liegt zuoberst die Stimme des Soprans, in immer kleineren Kreisen schwebend – wie die Taube einer Deckenmalerei, deren ausgebreitete Schwingen schließlich wieder eins werden mit der Sonne.

Als die Messe fertig und auch das letzte Nachklingen vom Gewölbe verschluckt ist, lächelt Santos ihr zu, befreit. Im langsamen Verklingen breitet sich Stille aus. Die Kinder des Kirchspiels sitzen ganz still da, wettergegerbte Gesichter, blasse Frauen und rotwangige junge Mädchen. Es ist ihnen peinlich, sich in die Augen zu sehen. Auf dem Gemälde, das die Musik geschaffen hat, ist die Farbe noch feucht.

Santos ist hinter dem Notenständer stehengeblieben. Er sucht den Blick des Pfarrers und bekommt als Antwort ein Neigen des Kopfes. Er räuspert sich, und der Chor richtet sich unwillkürlich wieder in Reih und Glied aus, als ob nun eine Coda kommen würde.

»Ich habe ihr einen Antrag gemacht«, beginnt er, und seine Stimme klingt ein bißchen brüchig, verglichen mit Odas klarer. Dann strömen die Wörter, jetzt beinahe akzentfrei, wo ihm die Musik zu Kopf gestiegen ist:

»... und Oda hat ja gesagt! Das soll vor dieser Versammlung verkündet werden, und der Pastor hat versprochen, uns aufzubieten. Im September soll die Hochzeit sein – wenn niemand etwas einzuwenden hat.«

Schon bei dem Gedanken gruselt es Oda. Nachdem der Pfarrer gesprochen und keiner Einwendungen gemacht hat, ist sie sichtlich erleichtert, erhebt ihre Augen zu Santos. Ihre Blicke treffen sich, und beide strahlen sie. Das Unwahrscheinliche geschieht. Der eine oder andere aus der Gemeinde erhebt sich. Plötzlich stehen alle auf und klatschen. Oda errötet von den Haar- bis zu den Zehenspitzen, die unter dem Rock hervorschauen.

Das kann einen ja ordentlich verlegen machen, zum Glück verstummt das Klatschen nach und nach. Der eine oder andere erinnert sich daran, daß man in der Kirche nicht klatscht.

Der Küster öffnet die Kirchentür. Die Menschen treten aus den Reihen, sammeln sich im Mittelgang und gehen langsam hinaus. Die vier Schwäne am Ende des Kirchenschiffs sind die ersten, die von Bord gehen, nickend, unter ihrem weißen Kopfputz sprechen sie miteinander Latein, streiten sich eifrig über das Ritual der Heiligenverklärung. Nach ihnen kommt die Gemeinde. Die Kirche leert sich nach und nach. Keiner spricht ein Wort, aber mit ihrem Schweigen beschützen sie ein Wunder, das die Menschen der Gegend immer erinnern werden.

Draußen steht der Totengräber, verlegen dreht er die Mütze in der Hand. Er weist vom Kirchhügel zum Horizont, wo man die Windhose noch ahnen kann. Wie eine Säule trudelt sie dort draußen, wo Himmel und Meer eins werden.

Asche und Rosen, welch ein Tango für die Engel! Die Braut führt, und mit der Eile des Windes brausen wir über den Himmel, nach einander haschend wie in der ersten Zeit des Verliebtseins. Wellenkämme fliegen unter uns, bald sind wir oben, bald unten. Sie taucht meine Füße in Schaum und schüttelt das Fell der Zaubertrommel – hei, wie das saust! Sie hält mich fest mit dem Band ihres Amuletts – Aviaja, die die Elemente zähmt, mit derselben Kraft zähmt sie ihren Geliebten.

Mein Rückgrat ist ihre Klapper, sie wäscht mich in den tosenden Wellen, und das Gebiß klappert. Kastagnette ist das Wort, Luftgeister haben keinen Platz in dieser Welt, nur das Fleisch tanzt Flamenco. Rasch komme ich unter das Fell, wo die Glieder von allen Säften befreit werden und man auf der anderen Seite als kraftloses Skelett hervorkriecht, von allem befreit. Man sagt, die Tränen der Lebenden würden uns an die Erde binden – deshalb darf niemand ungestraft seine Toten beweinen.

Ich weiß nicht, wie lange wir einen *tupilak* miteinander bilden, bevor die Windhose sich langsam auflöst und die Asche hinuntersinkt. Das Kraftzentrum hört auf, sich zu drehen, wir wirbeln nicht länger, sondern schweben – in langen Schwüngen – über den Wellen. Noch einmal werde ich vergeblich zugreifen und spüren, wie eine geliebte Frau zwischen meinen Fingern zerrinnt.

Als ich auf dem Weg nach unten bin, fällt mein Blick auf den Kajak.

Mir wird in meinem hohen Himmel kalt, denn das zarte Fahrzeug ist umgekippt. Malte ist nirgends zu sehen. Das Unwetter hat ihn überrascht. Ich fühle mich schuldig – weil ich ihn im Sonnengeglitzer festhalten und die Zeit anhalten wollte, damit Malte niemals älter würde als der Junge, der ich einmal war, als das Glück kenterte und mich auf den Grund schickte. Die Gesetze, die für uns gelten, verbieten uns, in die Schicksale der Menschen einzugreifen.

Zwischen uns treiben die Wolken. Sie teilen sich in Wattebäusche auf, als ich tiefer gleite. Jetzt kann ich einen Arm sehen. Er kämpft darum, den Kajak zu wenden, wie er es gelernt hat. Aber er kämpft vergeblich, die Kräfte ebben ab. Die Nägel schlitzen die Bootshaut auf, ein letztes Zucken, als die Hand daneben greift und der Arm ins Meer zurücksinkt.

Der Kajak dreht sich in der Strömung, und die Wellen schlagen über ihm zusammen. Bald wird er Seegras und Tang sein, und ein Aal, der an einem Augenlid nippt, ein wenig am Stirnlappen zupft. Eines Tages wird er an die Küste getrieben werden, die Glieder aufgeschwemmt, die Haut bläulich und über dem Ganzen die Striche einer Kaltnadelradierung. Ein Hund wird an ihm schnuppern, die Füchse an seiner Hand zerren.

Ich durchbreche das Muster, verstoße gegen meinen eigenen Wahlspruch. Zum ersten Mal während dieser Heimsuchung lasse ich es zu, mit den Flügeln zu schlagen. Wie der Elf vor langer Zeit tauche ich, um meinen einzigen Freund zu retten. Beim Aufschlag falte ich die Flügel zusammen, schieße mit einer Milchstraße von Blasen um mich herum durch das Platschen. Ich kann seine Gestalt auf dem Grund erkennen, die Augen sind weit geöffnet, sein Haar treibt, und mit schlaffen Gliedern wiegt er sich über Steinen und Rillen im Sand.

Malte ist ertrunken. Es ist bereits zu spät, das Herz des Jungen schlägt nicht mehr, und die Stille des Todes steigt von seinen Haarwurzeln mit den Blasen auf.

Da überschreite ich die Grenzen, ergreife ihn an seinen Fußknöcheln. Ich stoße mich vom Grund ab und ziehe ihn rückwärts aus dem Meer, indessen stürzt das Salzwasser mit Schleim und Rotz aus seinem Mund. Ich schüttele ihn, klopfe ihm kräftig zwischen die Schulterblätter und puste ihm Atem ein, fülle seine Lungen mit Luft und presse ihn wieder flach. Ich drehe ihn um und klopfe drauflos. Es kommt mir vor wie eine Ewigkeit, bis er endlich einen Schluckauf bekommt und sich aus eigenem Antrieb übergibt. Mit einem Griff unter seine Arme presse ich ihn an mich und fliege mit ruhigen Flügelschlägen an Land.

Unter uns treibt ein Kranz von Blumen um den Kajak.

Als wir auf der Veranda ankommen, ist der Junge immer noch bewußtlos, aber er atmet. Die Luft, die ich in ihn geblasen habe, wogt mit Regenbogenhäutchen zwischen uns hin und her, und waren wir es früher nicht, so sind wir es jetzt: leuchtende Wesen. Ich schleppe die Polster nach draußen, wickle ihn in Decken und lege ihn behutsam auf einen Liegestuhl. Schließlich ziehe ich einen Zipfel der Decke über seinen Kopf, so daß er einem schlafenden Mönch ähnelt. Dann stehe ich einen Moment da und schüttle den Kopf.

Unsere gemeinsamen Stunden sind beinahe um. Niemand kann den Lauf der Zeit aufhalten, das sehe ich jetzt ein. Bald muß er zurück in die Stadt, und mir graut vor seinem Leben. Malte, du kannst nicht immer ein Ferienkind sein.

Er stöhnt im Schlaf. Ich beuge mich vor und streichle seine Hand. Sie ist kalt wie Wasser. Er rutscht unruhig auf dem Liegestuhl herum, sein Kopf fällt zur Seite. Er ist auf dem Weg aus diesem Alptraum heraus, aber der hat Spuren hinterlassen. Ein Leben zu retten ist eine Kleinigkeit, die meisten von ihnen werden jedoch später mit der üblichen Nachlässigkeit verspielt. Lange noch wird er in durchgeschwitzten Laken erwachen, jedesmal, wenn sich das Wasser über seinem Kopf schließt und die Lungen eng werden. Ich tupfe ihm mit dem Ärmel über die Stirn.

Ich stehe als Schutzengel neben Malte, bis er die Augen aufschlägt. Schwupps! bin ich auf meinem Platz im Liegestuhl, schiebe die Mütze in den Nacken, richte den Blick auf meine Füße und wippe mit den Schuhspitzen. Wie ich mich zurücklehne, knackt das Federkleid unter meinem Rücken, dann fügt es sich zum Polster wie ein Muster auf dem Bezug, und ich sehe aus wie ein Sommergast unter anderen.

Er schaut mich verstört an, die Augen flackern. Er kann sich nicht an das erinnern, was geschehen ist. Ich habe die Spur aus seiner Erinnerung getilgt.

»Wer bist du?« fragt er.

27. Kapitel, worin die Reise weitergeht

Er schaut mich an, ist blaß um die Nase. Er hat Schüttelfrost gehabt, während er weg war. Ich habe ihn ausgezogen und die nassen Sachen zum Trocknen über das Geländer gehängt. Unter den Decken ist er nackt. Niest. Bekommt wohl Fieber. Wangen und Augen glühen schon. Er klappert mit den Zähnen. Ich lege ihm meine Hand auf die Stirn. Und das tue ich nicht nur, um zu spüren, ob er Fieber hat, wie er glaubt. Nach einem mächtigen Niesen ist die Hand weg. Ich klopfe mit dem Fingerring auf eine Armlehne:

»Weißt du, daß es solche Stühle sind, in denen die Passagiere den lieben langen Tag auf dem Sonnendeck sitzen, wenn die großen Dampfer auf dem Weg nach Amerika die Wellen durchpflügen?«

Er nickt. Seine Stirn ist noch immer gerunzelt, als wenn er überlege, ob er etwas vergessen habe. Er schaut mich mißtrauisch an.

»Wohnst du hier?«

Ich bleibe ihm die Antwort schuldig. Alle Zimmer im »Strandgaarden« sind schon belegt. Aber es sind nicht diese Details, die uns trennen. Bald habe ich ihn dort, wo ich ihn früher hatte. Dieser Junge kennt kein Ende. Er ist ganz wild auf Geschichten.

Wir sehen die weiße Stadt im Dschungel wieder, wo die Hütten auf Pfählen im Schlamm stehen bis hinunter zum Fluß, ein Kontrast zu den Palästen der Reichen rund um den Marktplatz, wo die Mauern blenden und die Glocken aus offenen Türmen läuten. Hier gibt es Kathedralen aus der Kolonialzeit, eine Oper, gebaut von den Gummibaronen, die seit ihrer Einweihung leergestanden hat. Ich erzähle, wie sie Kautschuk unter das Straßenpflaster legten, um das Geräusch der Pferdewagen zu dämpfen, wenn die Berühmtheiten der Wiener Bühnen sangen. So reich waren sie, daß es bei den Damen der Stadt eine Weile Mode war, die schmutzige Wäsche mit Ozeandampfern und Pferdedroschken nach Paris zu schicken.

Ein Fingerschnipsen, und wir sind dort. Auf dem Markt in Iquitos, wo eine Abteilung Soldaten von der Garnison gekommen ist, um die Nationalflagge bei Sonnenuntergang einzuholen. Der Hornist bläst die Fanfare. Der Offizier steht mit gefälltem Säbel, während ein paar Soldaten – mit hohen, goldbetreßten Mützen – die Fahne zusammenfalten. Anschließend laufen wir ziellos zwischen den Decken der Indianer herum, wo alle Sorten Kräuter ausliegen, dazwischen getrocknete Embryos von Lamas, und einer riesigen Eidechse hat man die Vorderbeine zusammengeschnürt und das Maul zugenäht, damit sie nicht nach der Hand schnappen kann, die sie in den Kochtopf legt.

Hier gibt es Frauen mit Bowlerhüten und Männer, die Schmetterlingen gleichen. Vor einem blinden Harfenspieler bleiben wir stehen. Neben ihm schlägt ein Indianer die Trommel – gekleidet in einen Poncho mit den Mustern seines Bergdorfs. Der Blinde singt mit brüchiger Stimme, und die Saiten klingen wie aus Stahl, in einen Nagelkasten eingespannt.

Der Gesang ist einfach und tief, wir legen Geld in seinen umgedrehten Hut. Ein Kolibri fliegt aus dem Hut auf, wo er ein Nest gebaut hat – so lange ist es her, daß jemand Münzen nach seiner Melodie geworfen hat. Schwirrend steht er in den letzten Strahlen der Sonne genau vor Maltes Nase.

Ich kaufe ihm eine Flöte, geschnitzt aus dem Schenkelknochen eines Kondors, und eine Trommel, die an ein Ameisenei erinnert. In einer Herberge ohne Zimmer mieten wir uns ein. Die Betten sind Hängematten, und wir schwingen in dem offenen Hof unter Sternen, denn die Nacht ist lau. Am nächsten Tag reisen wir weiter.

Ich versetze ihn in Entzücken, indem ich einen Menschen

töte, ein Halbblut, Gesindel mit Hakennase, das während der Fahrt auf dem Flußdampfer das Messer zog und gegen mich richtete und der, nachdem er mein Gesicht verunstaltet hat, außenbords zu den Piratenfischen verfrachtet wurde.

Ich hebe das Kinn und zeige die Narbe.

»Hast du ihn erschossen?« fragt er hoffnungsvoll. Ich zucke mit den Schultern, worauf seine staunende Bewunderung nur noch zunimmt. Malte wird nicht erfahren, was ich tat, aber blutig war es, und mehr sage ich nicht. Meine Hände rochen danach nach rohem Fleisch, und der Geruch ließ sich nicht abwaschen.

Der Junge zupft mich am Ärmel, ich bin in den Topf gefallen. Die Kannibalen von Borneo kochen meinen Schädel und stellen ihn in das Regal zu den Vorvätern.

»Wie heißt du?«

»Das möchtest du wohl gerne wissen!«

Ich kraule ihn unterm Kinn, er zieht den Kopf zurück.

»Laß das!«

Reime und Verse treiben Kinder zum Wahnsinn. Ich foppe ihn noch weiter.

»April April, macht, was er will...«

»Es ist doch gar nicht April«, stellt er trocken fest.

Er sieht mich an. Mit dem gleichen mißtrauischen Blick wie zuvor.

»Kann ich deine Pistole sehen?«

Ich gebe ihm das Messer. Zeige ihm die Feder, die das Stilett vorspringen läßt. Er beherrscht diesen Trick schon bald perfekt. Die Sonne kommt wieder, spielt mit Blitzen auf dem zweischneidigen Messer.

»Behalt es«, sage ich, als er es mir mit einer merkwürdig federnden Armbewegung zurückgeben will. Und schon sind wir wieder Freunde – mit Kindern umzugehen ist so leicht, wenn man sie nur ordentlich behandelt.

»Stimmt es, daß du um die ganze Welt gesegelt bist?«

»Das kannst du wohl glauben.«

»Kennst du den Doktor?«

»In gewisser Weise...«

»Er hat einen Ford T. Er hat mir einen Ausflug damit versprochen.«

Er schnitzt an der Armlehne herum, das Messer rutscht ab. Er schneidet sich in den Daumen und steckt ihn in den Mund. Die nächste halbe Stunde machen wir es uns gemütlich, während er das Blut durch Saugen zu stillen sucht. Bei Pfarrers gibt es Kaffee und Kuchen, die Gesellschaft ist noch nicht zurückgekehrt. Wir haben alles für uns allein.

Er hört vom Leuchtturm bei Dundra Head, vom Krakatau, der in die Luft flog, so daß die Detonation bis nach Alice Springs mitten in Australien zu hören war und sich für mehrere Tage Dunkelheit über den Sund legte, als die Asche des Vulkans herabsank, den Tag zur Nacht machte und den Sommer zu Winter, indem der herabfallende Ruß Sonne und Mond verdeckte. Eine Flutwelle erhob sich und warf Schiffsrümpfe und hellrot gekochte Delphine in Sumatra an Land, und in den Dörfern tanzten die Eingeborenen den Fackeltanz und liefen über glühende Kohlen, weil sie schließlich einen Teil der Fracht bekamen...

Malte gähnt. Er zittert nicht mehr, und vom Fieber ist er schläfrig. Während die Trommeln weiter in der Tropennacht rasen, macht er ein Nickerchen, und ich werde von Erinnerungen heimgesucht, die barfuß auf einem Kohlenbecken tanzen.

Wir haben den tosenden 40. Breitengrad hinter uns gebracht, Kap Hoorn umrundet und sind an der Küste Chiles entlanggesegelt, ohne anzulegen. Erst in Callao verlasse ich das Schiff, um allein nach Peru einzureisen. Als ich nach der Reise auf den Fluten des Amazonas zurückkomme, liegt beim Agenten ein Brief für mich. Er ist von der Reederei, ist durch etliche Hafenstädte gewandert und ein halbes Jahr unterwegs gewesen, ohne mich zu erreichen.

Aus dem Brief geht hervor, daß der Bernsteinkönig nach dem Sturz ins kalte Wasser zum Krüppel geworden ist und Aviaja ihn pflegt. Ich finde eine passende Kneipe im Gäßchen, schicke den Brief dahin, wo der Pfeffer wächst, und ertränke seine Worte im Rinnstein. Danach schließe ich mich erneut der Besatzung an, und die »Narwal« nimmt wieder die Fahrt auf. Wir verlassen Callao mit Kurs auf die Galapagosinseln, wo der kühle Humboldtstrom Schildkrötenpanzer und Seelöwen trägt und man von Deck aus Milliarden von Sardellen beobachten kann, die so pfeilschnell wenden, als wäre es eine einzige Bewegung, die durch das Wasser aufblitzt.

Im Stillen Ozean darf ich allein kreuzen. Eines sind die leuchtenden Korallenriffe, etwas anderes das Schiff, dem unterwegs mehrfach um ein Haar der Proviant und auch das Trinkwasser ausgegangen wäre.

In Siam gehe ich in ein Freudenhaus – das tun alle –, aber die Mädchen erinnern mich mit ihren Mondgesichtern nur an Aviaja, und so mache ich mich ziemlich kleinlaut wieder aus dem Staub. Wenn ich es so sagen darf: Der Tanz ist interessant, nicht das Umkleiden.

Malte erwacht erst in Shanghai. Als wir den Fakir verlassen haben, nehme ich ihn mit, um ihm den Hinrichtungsplatz zu zeigen, wo Scharfrichter in Reih und Glied die Haarschöpfe der Gefangenen hochnehmen und das Schwert sausen lassen. Wie auf Kommando lassen sie die Zöpfe los, und erst dann rollen die Köpfe. Tongefäße stehen da, um das Blut aufzufangen, ein Haufen weggeworfener Schädel liegt zwischen den Scherben der Töpfe. Die zum Tode Verurteilten werden gefesselt in Körben hierhergetragen. Um den Hals haben sie ein Schild, auf dem ihr Verbrechen verzeichnet ist.

Er ist mit mir in Indien, wo die Scheiterhaufen längs des Ganges brennen, die Toten in Fett sieden und verdampfen, während der Rauch der verbrannten Witwen aufsteigt und die Klageweiber heulen. Dann hat er genausoviel von der Welt gesehen wie ich – und ist bereit für das Schlimmere, was noch kommt.

»How do you like your blue eyed boy, Mister Death?« summe ich, als er wieder eingeschlummert ist.

Er steigt in Kapstadt zu, wo wir angelegt haben, um uns zu verproviantieren – der Mann, von dessen Haut große weiße Kontinente und Inseln weggeätzt waren, so daß er einer phantastischen Seekarte glich. Er war Walfänger, ein Pottwal hatte ihn verschluckt, und als die Kameraden den Speck abschälten und den Wal aufschnitten, fanden sie ihn im Verdauungskanal, noch am Leben, aber bis ans Ende seiner Tage vernarbt von dem Säurebad.

Er schifft sich mit einem makabren Reisegepäck ein: einem Sarg, gezimmert aus Mahagoni, und die Mannschaft meckert von dem Moment an, als er seinen Fuß an Deck setzt. Aber er verspricht gute Bezahlung, und mich verlangt nach Gesellschaft – so isoliert, wie ich seit Beginn der Reise gewesen bin. Ich habe keinen einzigen Freund an Bord, sie meiden mich wie die Pest.

Elton Jones nennt er sich. Jeden Abend ist er mein Gast in der Kajüte achtern, und wir nehmen gemeinsam unsere Mahlzeiten ein. Er erzählt mir seine Geschichte, die ihn zu einer lebenden Legende gemacht hat. Den Beweis trägt er auf seiner Haut bei sich, er knöpft das Hemd auf und zeigt mir die Tätowierung von dem Viertel eines Vollschiffs, die auf seiner Brust übriggeblieben ist. Der Rest ist weggefressen. Er hat kreideweiße Flecken im Gesicht.

Das Gerücht macht an Bord die Runde: Er schläft tagsüber in dem Sarg und kommt erst nach Sonnenuntergang heraus. Aberglaube und Geschwätz, zwar verschließt er am Tag seine Tür, aber ich habe ihn in seiner Kajüte rumoren hören, die kein Bullauge hat. Die Sache ist die – er kann auf seiner Haut überhaupt keine Sonne vertragen. Aber ein Gerücht ist ein halsstarriger Köter, wenn es sich erst einmal festgebissen hat. Im übrigen langt er beim Essen ordentlich zu, noch ist der Wein im Glas nicht zu Blut geworden, und die Anzahl der Ratten im Laderaum ist die gleiche geblieben.

Eines Abends – zwischen dem Sauternes und dem Cognac – warnt er mich vor meiner eigenen Mannschaft. Meuterei läge in der Luft. Als alter Seemann weiß er, wovon er spricht. Ich nehme es leicht, glaube ihm aufs Wort, aber – so what? Er scheint mir ein Gentleman zu sein, getrieben von der gleichen Todessehnsucht wie ich.

Die vierundzwanzig Stunden, die er sich in der Speiseröhre eines Wals aufgehalten hat, die waren lang genug, um ihm Einblick in eine andere Welt zu gewähren. Warum sonst sollte er mit seinem eigenen Sarg umherreisen? Er ist mit Sicherheit kein Leichenbestatter, und ich genieße unsere Gespräche enorm. Wie die Eskimos sagen: »Häng einen Mann an seinem Hals auf und schneide ihn ab, wenn er blau geworden ist – dann frag ihn, ob er eine Vision gehabt hat!« Über so etwas können wir zwei aus vollem Halse lachen.

Wir segeln mit Afrika steuerbords bis zur Goldküste, wo wir an Land gehen und Elfenbein laden. Auf den Kanarischen Inseln bunkern wir Frischwasser und füllen unsere Vorratskammern mit Fässern und Säcken, geräucherten Schinken und Sauerkraut. Im dritten Jahr durchpflüge ich nun die Weltmeere, ohne Frieden gefunden zu haben. Vielleicht sehe ich ein, daß man auf diese Weise nicht alt werden kann – ich nähere mich den Dreißig, bedenke meinen nächsten Zug. Dann nehme ich Kurs auf Island. Die Mannschaft protestiert heftig. Sie hatte sich in den Kopf gesetzt, Weihnachten nach Hause zu kommen.

Für einen Mann, der mit den vier Jahreszeiten im Blut geboren wurde, ist es eine Erleichterung, wieder auf der nördlichen Halbkugel zu sein. Die kabbelige See, der rasche Wechsel des Wetters. Nie ist der Himmel so blau wie nach einem Wolkenbruch. Wieder stehe ich mit Südwester und Gummistiefeln auf der Brücke. Die Winde sind auf meiner Seite und treiben uns hin zu Aviajas Land und dem der Menschen. Der alte Walfänger ist mein einziger Mitwisser. Der Fjord, in dem sie geboren wurde, hat angefangen, in meinen nächtlichen Träumen als das Ziel der Reise aufzuleuchten.

In Reykjavík verschwindet Mister Jones wie Tau in der Sonne. Eines schönen Tages ist er einfach weg. Kein einziges Wort zum Abschied, keine einzige Krone zum Lohn. Seine

Kajüte ist aufgeräumt. Als letzten Gruß hat er seinen Sarg dagelassen. Als ich den Deckel abhebe, finde ich die Bezahlung für seine Zeit an Bord in guten englischen Pfund über das Polster gestreut. Am Fußende liegt ein Brief:

»Ich, Elton Jones, unverdaulich bis ins Mark, verschreibe mich hiermit dem Teufel, auch Luzifer genannt, unter folgender Bedingung: Ist er in der Lage, mein ungewöhnlich hartes Lager zu teilen, so sei es besiegelt. Kann er das nicht, bitte ich darum, sein Unterkommandant sein zu dürfen, wenn wir uns zusammen erheben, um Gott und seinen Anhang zu stürzen.«

Ich hebe einen Finger an die Mütze, vermisse den Joker schon. Die Besatzung ist entsetzt und verlangt, den Sarg über Bord zu werfen. Ich behalte mein Souvenir, man muß dem Tod ins Auge sehen, darüber haben wir oft gesprochen. Ein Teil der Mannschaft türmt. Die harten Kerle bleiben.

Wir stechen in See, Kurs Dänemarkstraße. Ziel der »Narwal« ist Kulusuk. Wir fahren mit der Strömung, es ist, als fände sie ihren Weg von allein. Als ich die Seekarte auseinanderfalte, ist das erste, was ich sehe, der Kreis, den ich einmal um den Ort schlug. Damals, um Aviajas Wunsch zu erfüllen – heute habe ich selbst keinen anderen. Die Fahrt ist bitterkalt, und bald tauchen am Horizont die ersten Eisfelder auf.

Die Meuterei kommt, noch ehe ich es ahne.

28. Kapitel, worin der Geist sich rächt

Zu Mittsommer, nach dem großen Hungerwinter, liegen wir im Ammassalikfjord vor Anker. Der Wasserspiegel des Fjordes und die Felsen bilden eine phantastische Schärenlandschaft, in der Kulusuk eine der kleineren Inseln ist. Als ich auf die Sage von dem elternlosen Mädchen stoße, weiß ich sofort, daß ich Aviajas Ursprung gefunden habe. Sie stammte aus einem Ort, den man seither Wohnplatz des Todes nannte, weil die Überlebenden von den Körpern der Toten gegessen hatten. Mehrere Jahre hintereinander folgte Winter auf Winter, die Sommer blieben aus, und das jagdbare Wild verschwand. Die Sonne schaffte es nie richtig, und der helle Frühjahrsmond bekam eine Farbe wie vergilbter Speck. Man aß die Hunde, später nagte man am Fell der Kajaks. Erst dann wandte man sich den Toten zu.

Der Sage zufolge gab es eine Frau mit Namen Naligateq, auch Lungenfresserin genannt. Sie hatte einen schlechten Ruf, sie war hinter den Männern der anderen her. Selbst die größten Geisterbeschwörer fürchteten sie, sie lockte sie mit Tanz und Trommelspiel, vollführte allerlei Streiche, und sowie sie nur ein bißchen lächelten, fiel sie über sie her, schlitzte ihnen den Brustkorb auf, um Lungen und Eingeweide roh zu essen – nur der Mondmann hatte die Macht, sie wieder hineinzustopfen. Wehe demjenigen, der ihr begegnete, denn es fiel schwer, nicht zu grinsen. Beim Tanzen entblößte die Zauberin ihren Schritt, und zwischen den Beinen hatte sie entweder einen Hundekopf oder einen Seebären. Trank man von ihrer Tranlampe, verdunkelte sich das Angesicht des Mondes, und man sah die neue Sonne nie wieder.

Als sie am Wohnplatz des Todes ein Mädchen gebar, kannte keiner den Mann, und man bewarf die Vaterlose mit Schmutz. Danach verging ein Winter und noch zwei weitere, ehe die Zauberin in die Welt der Geister überging.

Aber zwischen ihren Spielsachen hatte das kleine Mädchen einen *tupilak*, den Schädel eines jungen Seehunds, befestigt am Rückgrat des Vogels, den man den Seekönig nennt. Wenn sie an dem Gerippe saugte, bekam sie Kraft und spürte nicht den brüllenden Hunger. Sie erhob sich, und eines Tages kam der Mondmann und führte sie auf den Grund des Meeres in einem Kajak, vor den Schwimmvögel gespannt waren, Seekönige und Eissturmvögel, die Hilfsgeister des Windes. Dann wurde sie »die Schiefmäulige« genannt, die Schwester von Wind und Mond, und es hieß, auch sie sei eine Zauberin.

Es verhält sich wie folgt: All der Unrat, den die Menschen ins Meer werfen, häuft sich an bei der Mutter der Meere – wie Kopfläuse oder Ungeziefer. Deshalb hält sie die Tiere zurück, und in den Siedlungen entsteht Hungersnot. Erst mit dem Tag, an dem sie aufhören oder ein Schamane ihr Haus reinigt, werden die Meere wieder klar, Unrat und Ungeziefer strömen hinaus und werden wieder zu Beutegut für die Menschen.

Zwei Sekunden brauchte ich, um die Mythe zu dechiffrieren: Die Lungenfresserin war Aviajas Mutter, und der Seebär zwischen ihren Beinen war ein alter Bekannter: Ejnarsen!

Ich gehe zu meiner Besatzung und verlange, daß wir auf der Stelle Anker lichten. Sie haben Frauen an Land. Sie maulen, aber ich bekomme meinen Willen, denn er ist stärker als ihrer. Wenn Sagen und Landschaften die gleiche Sprache sprechen, dann hören die Menschen, die einen Sinn dafür haben, zu. Ich fliege über die Felsen: Nordwärts, weiter nordwärts zur Mitternachtssonne, singt es in mir.

Zum ersten Mal macht diese Reise für mich Sinn. Alles, was in Aviaja verborgen war, findet sich hier. Wie besessen verfolge ich diesen Gedanken, kenne weder Rast noch Ruh, ehe ich die Siedlung gefunden habe, wo sie geboren wurde. Man hat mir berichtet, daß ich nach Orten suchen solle, wo die Jäger gezelt et haben, eine Grashütte am Felsabhang, gut hinter den Soden versteckt, ein paar Flecken, wo die Feuerstätten waren und die Spuren von Ruß zeigen, Gräber, auf denen Steine abgelegt wurden, um Bären und Wölfen den Zugang zu verwehren.

Ihnen Karten zu zeigen nützt nichts. Über unsere Flächen und Rechtecke, Längen- und Breitengrade lachen sie nur. Sie gehen nach Landschaften, die in Geschichten eingeschrieben sind, durch die sie jederzeit den Weg finden. Frage ich nach Kompaßrichtungen, bekomme ich die Farben von Moos und Flechten. Ein Berg, der in einer solchen Gestalt aufragt, daß man herzhaft darüber lachen muß, ist so gut wie ein Leuchtturm auf dem Meer. Je nach Jahreszeit sind die Fjorde schiffbar oder nicht, nur vom Wild, das gejagt wird, hängt es ab, ob die Reise einen Sinn hat. Und nur Narren gehen auf Expeditionen, die ihr Ziel ausschließlich in sich selbst tragen.

Nach den ersten vierundzwanzig Stunden auf See sehe ich Narwale. Sie schwimmen vor dem Bug ihrer Namensschwester, zwei große Männchen mit linksgedrehten Stoßzähnen. Ich verberge das Zeichen in meinem Herzen, navigiere mit dem Steuermann nach einer Karte, die ich in Ejnarsens Schubfach gefunden habe. Ich weiß, daß die »Narwal« hier schon gewesen ist, und alle Kurse enden in einem Fjord an der Blossevilleküste. Darauf halte ich zu. Es gibt Stellen, da steigt das Inlandeis bis auf mehrere hundert Meter an, davor liegt die Landschaft, vom Sommer entblößt, Ebenen mit gelbem Mohn, Steinbrech und Polarstern. Felsmassive, *nunatakker*, ragen auf, und dort an Land sehen wir Herden von Moschusochsen über die Ebenen galoppieren wie braune Flecken oder leuchtendweiße Gerippe und Schädel, wo der Schnee geschmolzen ist. In der Abenddämmerung werden die Eisränder blau, und der Nebel verwandelt sie.

Wir halten auf nördlich von Nord, wie man hier oben sagt, kreuzen den Polarkreis. Eisgebirge treiben uns entgegen mit krängenden Gipfeln, von der Mitternachtssonne vergoldet. Die Gletscher kalben und geraten in Bewegung, in den glänzenden Fjorden kracht es, und das Licht geht niemals aus. Alles, wovon ich geträumt habe. Ich stehe auf der Brücke, die Hacke in Ejnarsens Loch gebohrt, und betrachte das Eis. Aber unter Deck schwelt es in der Mannschaft, vor den Klüsen, in der Messe.

Wir erreichen eine steile und sturmgepeitschte Küste. Krause Flechten und Wildwechsel bedecken die Hänge, wo der Schnee geschmolzen ist, ist die Erde rotbraun. In einem Kessel wachsen Krähenbeeren und wilde Blumen. Gebirgsmohn und die weißen Bäusche des Wollgrases. Verlassen finde ich den Wohnplatz des Todes vor, auf der Suche nach Nahrung sind die Menschen südwärts gezogen. Die Fjorde frieren zu, und die fahrbaren Gewässer beginnen sich langsam wieder zu schließen. Der Sommer ist kurz, das Licht zögert hier nicht lange. Weiterhin weigere ich mich umzukehren.

Sie bekommen morgens, mittags und abends Sauerkraut, das hält ihnen den Skorbut vom Leib, was ich inzwischen fast bedaure. Wenn man mit einer Ladung toller Hunde segelt, ist es keine gute Idee, sie ihre Zähne behalten zu lassen. Für die Wasserversorgung schmelzen wir Eisklumpen in dem großen Kupferkessel auf dem Vorschiff. Die Pantry besteht aus einem mit Holz befeuerten Herd mit einer Aufhängevorrichtung für Töpfe und Pfannen. Mir graut vor dem Tag, an dem das Brennholz ausgeht.

Das erste Lebenszeichen, auf das wir in der Ödnis bei einer unserer Expeditionen an Land stoßen, ist ein Steinhaufen. Als wir die Steine entfernen, finden wir ein Fleischdepot, von den Fängern angelegt. Ganze Robben – Klappmützen und Bartrobben und ein einzelnes Walroß, das mit seinen schweren Augen einem schlafenden Bernhardiner mit Fangzähnen gleicht. Das Fleisch ist frisch, wie gestern gefangen, aber keiner kann wissen, wie lange es hier schon liegt. Die arktische Luft bewahrt erstaunlich lange vor dem Verderben. Als wir ein Fell entfernen, kommt ein Bündel Blutwürste zum Vorschein, mit Engelwurz und Steinbeeren in Därmen gespickt.

Ein magerer und entkräfteter Haufen, hängen wir über dem Steingrab. Die Mägen knurren, einigen läuft das Wasser im Mund zusammen. Ansteckende Heiterkeit, endlich ist da etwas, wofür man sich engagieren kann. Der Zahlmeister zückt sein Schnitzmesser und kniet sich als erster hin. Aber ehe er sich ein Stück von der Wurst abschneiden kann, halte ich seinen Arm fest.

Ich appelliere an sie, Aviaja im Hinterkopf: Das Depot ist angelegt, um eine neue Hungersnot zu verhindern, wir müssen es lassen, wie es ist, und mit dem zurechtkommen, was wir an Bord haben. Wir alle brauchen dringend eine Kostveränderung, durchaus, aber trotz allem herrscht keine Notsituation. Sie murren, aber tun, was ich sage. Der Befehl des Kapitäns. Mit einer Hand am Griff meiner Pistole stehe ich da und begegne dem Haß in ihrem Blick.

Als wir in der Schaluppe zurückrudern, sitzt der Haufen auf dem Sprung. Ich verhalte mich ruhig auf meiner Ruderbank. Entblöße ich jetzt meine Kehle, gehen sie auf mich los. Zurück an Bord, lasse ich ein Faß Rum öffnen, das letzte, und gieße Alkohol auf die empörten Gemüter. Eine größere Herausforderung kann ich ihnen nicht bieten. Wenn sie sich doch besinnungslos betrinken und mir eins über den Kopf ziehen würden! Aber sie besaufen sich nur erbärmlich, nörgeln weiter auf dem Unterdeck – bis sie in einer Lache von Erbrochenem umfallen.

Wir zählen nicht länger die Tage und Nächte, sie gehen im Kreis, das kommt von der Mitternachtssonne, die jetzt aber schon merklich näher zum Horizont hin sinkt. Die »Narwal« ankert in einer Bucht vor einem Gletscher mit Spalten, die das Eis wie angelaufene Spiegel erscheinen lassen. Felsmassive türmen sich ringsum und gewähren uns Windschatten. Die Eiskante hängt über. Nur im Logbuch lege ich über die Tage Rechenschaft ab. Im August bekommen wir die Nächte zurück. Ich halte in der Kajüte die Hundewache, schlafe mit der Pistole unter dem Kopfkissen. Der erste Schnee stiebt über die Felsen.

Plötzlich sind sie da, Aviajas Genossen. Sie stehen an Land, deuten auf das Schiff, während die Hunde in den Sielen kläffen. Ich lasse die Schaluppe fieren und rudere zu ihnen hinüber. Gleich darauf rudere ich wieder hinaus – mit einer Einladung an die Besatzung. Wir verstehen einander nicht, aber ihre Mimik ist nicht zu mißdeuten. Sie haben einen Finger in meinen Bauch gebohrt, mir die Zunge entgegengestreckt, so daß die Spitze nach oben wies. Sie winken den Leuten zu und umfassen das Schiff mit einer Handbewegung. Das heißt, wir sollen essen, bis der Magen wieder im Lot ist und die Zunge richtig im Mund liegt.

Als wir am Rand des Eises erscheinen, haben sie ein Zelt aufgebaut, die Dunkelheit ist hereingebrochen. Wir sitzen im Schein der Tranlampen, Fleischstücke machen die Runde, Narwal, glaube ich. Sie essen die Haut als *mattaq*, ölhaltig und mit dem säuerlichen Geschmack von Nüssen. Ihre Gesichter glänzen, und plötzlich sehe ich Aviaja vor mir – zum ersten Mal seit langem.

Ich haue rein, weil es stärkt, aber die Leute würgen und spucken es wieder aus. Bei unseren Gastgebern keine sauren Mienen, sie selbst futtern fröhlich. Wir machen lauter Sachen, die die Menschen zum Lachen bringen. Der Zahlmeister nimmt sein Messer und hält ein Stück Fleisch über die Tranlampe, um es zu rösten. Das qualmt das Zelt voll und stinkt wie angebrannter Huf vom Ziegenbock. Wir bekommen mit Speck eingelegte Wurzeln, wunderbar gegorene Goldhähnchen in Darm, dessen Enden zugebunden sind.

Voller Verachtung schaue ich auf meine Leute, der eine Leckerbissen nach dem anderen geht an ihren langen Nasen vorüber, sie schimpfen laut über die Bewirtung, nennen die Ostgrönländer »Fischfresser«, werden immer wütender und glauben, man wolle sie vergiften. Feige Hunde!

Aber das Freßgelage wird unangefochten fortgesetzt. Unsere Wirte werden vom Freßrausch ergriffen, bald tanzen sie und schlagen die Trommel, nehmen Knochen in den Mund und spreizen damit ihre Wangen, schließlich purzeln sie mit ihren nackten Hintern auf den Fellen durcheinander. Ich bekomme einen neuen Freund, den Großjäger Kivfak, und fühle, daß ich jetzt zu ihrem Kreis gehöre. Er hört gar nicht mehr auf, mir alles mögliche in den Mund zu stopfen.

Als Aviajas Genossen ihm die Hände auf den Rücken binden und mit den Klangscheiben schlagen, erlebe ich meine erste Schamanenreise. Sie ziehen ihm die Bärenfellhosen herunter und kippen ihn vornüber, so daß man ihm in das Arschloch sehen kann. Und unter dem Schlagen der Trommelstöcke und beschwörendem Gesang weitet es sich vor meinen Augen zu einem Fernrohr. Ganz bis hinauf zum Herzen sehe ich, der rote Muskel schlägt am Ende des Rohrs lustig drauflos, während er mit der Zunge spielt. Vor Lachen falle ich auf das Fell.

Das Fest ist auf seinem Höhepunkt. Ich bin aus dem Zelt gekrochen, um auszutreten. In der Polarnacht spannt das Nordlicht eine Iris von Ost nach West. Der Himmel wogt in einer Skala unterschiedlich gefärbter Stangen. Der Anblick an sich ist schon atemberaubend, aber der Ton... man spürt ihn mehr, als daß man ihn hört, vom Hintergrund scheint ein Brummen auszugehen. Ich denke, dort oben rumoren die fliegenden Seelen, und ihr Lichterspiel ist phantastisch.

Ich bleibe lange dort. Stehe und wärme mich an dem Fahrpelz, den ich von Kivfak geliehen habe. Die Nacht hat in meinem Gemüt einen Entschluß geboren. Das Treffen mit Aviajas Genossen ist es, das den Ausschlag gibt.

Als ich wieder hineinkomme und die Darmhaut des Zeltvorhangs hinter mir herunterklappt, hat es Scherereien gegeben. Rum hat den Freßrausch abgelöst, die Männer haben ein paar Flaschen ohne mein Wissen abgefüllt und mit an Land gebracht. Die Eskimos sind bereits vollkommen hinüber und taumeln besinnungslos herum.

Jetzt haben meine Männer die Oberhand, und jetzt pfeift der Wind aus einer anderen Richtung. Ihr Gelächter füllt das Zelt wie rohes Fleisch. Kivfak hat von einem der Männer eine Schnupftabaksdose gestohlen – ich weiß nicht von wem, und es ist mir auch egal. Er hat sich Lampenruß ins Gesicht geschmiert. Er spielt den Clown, und das schneidet mir ins Herz. Das Geschenk des Festes ist nicht länger der schwebende Geist, sondern Feuerwasser.

Eine der Frauen hat ihr Oberteil ausgezogen, der Anblick der kleinen Pelzhosen muß dem Zahlmeister zu Kopf gestiegen sein. Hemmungslos grapscht er nach ihr, sie dreht den Kopf weg, um seinem kratzenden Bart zu entgehen und seiner Fahne. Sie ist in Aviajas Alter, in ihren Augen spiegelt sich der Schrecken. Ich werde fuchsteufelswild, reiße ihn hoch und schüttele ihn.

Er schlägt nach mir. Ich schleudere ihn weg. Kaum ist er wieder auf den Beinen, hat er schon sein Messer in der Hand. Er springt mich an, preßt seinen Arm um meine Kehle. Ich nütze die Kraft, die er selbst beisteuert, aus und kippe ihn vornüber. Er landet auf Kivfak, der in die Asche der Feuerstelle gefallen ist. Der Zorn schlägt in seinem dicken Schädel einen Salto mortale, mit blutunterlaufenen Augen dreht er einen Teller um – und schlitzt Kivfak den Bauch auf.

Ich mache kurzen Prozeß, mit einem Kopfschuß töte ich den Hund, und die Bleikugel bohrt sich in seinen Schädel, wo sie wie eine blaue Beule unter der Haut steckenbleibt. Anschließend schicke ich den Schiffsjungen nach dem Verbandskasten. Ich desinfiziere Kivfaks Messerwunde. Sie ist nicht so schlimm, wie ich befürchtet habe. Zum zweiten Mal in dieser Nacht wird der Geisterbeschwörer gebunden. Dieses Mal nach allen Regeln der Kunst, und als ich fertig bin, reißt er die Augen auf. Er klagt über Schmerzen und bettelt um mehr Feuerwasser.

Im Zelt ist es still geworden. Einer nach dem anderen verlassen mich meine Männer. Sie ziehen ihre Hüte und ihre Jacken und Mäntel an, schleppen den Zahlmeister hinaus. Ich höre, wie der Körper, schwer wie ein Sack, ins Boot fällt. Ich bin allein zurückgeblieben mit den Jägern und ihren Frauen, sehe mich im Kreis um. Auf ihren Gesichter liegt kein Lächeln, da ist niemand, der mir dankt. Mir wird klar, warum. Sie stehen einem ungerächten Totschlag gegenüber.

Am nächsten Tag paddele ich in einem ihrer Kajaks hinaus zum Schiff. Tippa – Kivfaks zwölfjähriger Sohn und schon ein Jäger – begleitet mich. Sobald ich an Bord gestiegen bin, nimmt er den Kajak mit der Wurfleine in Schlepp und paddelt zurück

– ohne ein einziges Mal den Kopf zu wenden und ohne meinen Abschiedsgruß zu erwidern. Er verschwindet um die Landspitze.

Als ich zum Land hinüberschaue, sind die Zelte abgebrochen und die Hundeschlitten bereits abgezogen. Das Land der Menschen liegt öde da.

Über dem Schiff liegt drückend die Abwesenheit der Männer, die unter Deck gegangen sind. Der Zahlmeister steht am Großmast, in Segeltuch eingenäht. Sie haben die Flagge eingeholt und um ihn gewickelt, Gewichte an seine Füße gebunden. Abgesehen vom Danebrog sieht er beinahe wie eine ägyptische Mumie aus. Für einen Moment überlege ich, ob wir hätten Freunde werden können.

Dann gehe ich in meine Kajüte und setze mich an den Kartentisch. Zum ersten Mal in den verdammten drei Jahren drehe ich Aviajas Fotografie um, stelle sie vor mir auf, tauche die Feder ein. Endlich schreibe ich den Brief, den ich schon so lange in mir trage.

Es wird eine Bitte um Verzeihung, banal wie die Liebe. Alles soll wieder gut werden. Ich wünsche nichts weiter, als bis ans Ende meiner Tage mit ihr zusammenzusein. Den Bernsteinkönig nehme ich in Kauf, wenn sie das kann, kann ich es auch. Ich habe das Nordlicht gesehen und die größten Abenteuer ihres Sinns beraubt. Jetzt bin ich bereit. Mit dem heutigen Datum wende ich den Kajak und komme heim. Die Feder jubelt in meiner Hand, ich will nicht sterben, ich will leben, lieben, Kinder in die Welt setzen …

Als der Brief fertig ist, lege ich ihn in einen Umschlag. Ich versiegele ihn mit einem Kuß. Ich habe mein Herz erleichtert, die Adresse steht darauf in der ungeübten Schrift eines Schuljungen. Jetzt muß ich nur noch die Besatzung mustern – wir segeln!

Man beschämt seine Feinde, indem man sich großmütig zeigt, soviel habe ich in diesen Breitengraden gelernt. Sie werden Weihnachten zu Hause sein!

So endet der Tag; ich stecke den Kopf aus der Luke, um die

Leute zusammenzurufen – und bekomme ein Rundholz auf den Schädel. Stichflammen begleiten den Knall. Ich sehe nicht die Hand, die den Schlag ausführt, der Schädel wird zertrümmert, aber ich höre das nicht, denn meine Sinne schwinden zuerst. Kopfüber stürze ich durch das Fernrohr, vorbei an dem roten Herzen, das noch schlägt, und auf der anderen Seite hinaus, Osten für die Sonne, Westen für den Mond. Das Kaleidoskop dreht sich mit kristallenen Sternen, während der Körper ins Wasser sinkt. Die Wärme, die in meinen Adern fließt, wird abgeschreckt, der letzte und innerlichste Atemzug verläßt in einem blendenden Nu den Schädel durch die Öffnung ganz oben.

Ich sterbe nicht von dem Schlag, ich sterbe von dem kalten Wasser, in das sie mich haben gleiten lassen. Aber noch ehe der Tag um ist, habe ich mich ihnen wieder gezeigt. Ich schwimme auf einer Eisscholle, ans Kreuz der Kälte genagelt. Mit ausgebreiteten Armen liege ich schaukelnd vor der Ankerkette, Rauhreif bedeckt mein Gesicht, die Hornhaut ist geborsten. Der Anblick bändigt die Männer an Bord. Am liebsten wollen sie mich treiben lassen, südwärts mit dem großen Eis.

Der Steuermann, der besonnenste des Haufens, bringt sie zum Nachdenken. Wasserleichen mit Schädelbruch schwatzen. Sie haben die Güte, mich wieder herauszufischen und in den Sarg zu legen. Damit haben sie der Reederei gegenüber den Rücken frei und können mir obendrein ein christliches Begräbnis verschaffen – ohne Verhandlung vor dem Seegericht und ohne Leichenschau.

Aber fünfzehn Mann mit Eispickeln reichen nicht aus, um mich unter die Erde zu bekommen. Sie müssen mildere Himmelsstriche abwarten. Der Steuermann macht eine letzte Runde, findet den Brief auf dem Kartentisch. Er ist klug genug, ihn zu verbrennen. Als er das Bild im Rahmen sieht, denkt er an seine Liebste daheim. Seeleute sind sentimental. Er nimmt die Fotografie und legt sie zusammen mit dem Blumenstrauß auf meine Brust. Er liest einen Psalm, dann schließen sie den Deckel und verstauen den Sarg im Laderaum, wo er am Mastfuß festgezurrt wird. Sie machen das Schiff klar zum Auslaufen und lichten den Anker, um in See zu stechen.

Blechköpfe! Man bringt einen toten Seehund nicht eher unter Dach und Fach, als drei Tage vergangen sind und die Seele sich an den neuen Zustand gewöhnt hat. Sonst rächt sie sich. Jeder in diesen Gegenden weiß das. Was für Seehunde gilt, gilt auch für Menschen. Man segelt auch nicht mit einer Leiche als Fracht, hätten sie nur ein wenig abgewartet, dann wäre die Seele über alle Himmelberge auf und davon gewesen.

Nun suche ich sie unmittelbar heim. Verdunkle die Sonne und peitsche einen Sturm auf. Der kommt heulend aus Norden, begleitet von dichten Schneefahnen, er kappt die Wellenkämme und bricht in schweren Sturzseen über Schiff und Mannschaft herein. Der Zahlmeister ist der erste, der abgeht. Der Danebrog weht bald über dem Meeresgrund.

Es gelingt ihnen nicht mehr, die Segel einzuholen, die Masten knicken wie die Streichhölzer um. Nur der Besan bleibt stehen. Da sie nicht länger manövrierfähig ist, sitzt die »Narwal« im Eis fest. Dann verschwindet der Wind, ebenso jäh, wie er gekommen ist. Die Schaluppe wird zu Wasser gelassen, sie evakuieren das Schiff und bringen den Proviant an Land.

Aus dem Segeltuch bauen sie Zelte. Sie bereiten sich aufs Überwintern vor. Ein Monat nach dem anderen vergeht. Als das Eis die Fjorde dichtmacht und die Vorräte bis auf den letzten Schiffszwieback verzehrt sind, versuchen sie es mit der Jagd. Ohne größeres Glück. Der Winter kommt aus Norden und zerfetzt ihre Zelte. Sie drehen die Schaluppe um und suchen im Dunkel Schutz. Sie holen Holz vom Schiff und wärmen sich am Feuer. Die Streichhölzer sind im Nu verbraucht.

Der erste, der auf der Strecke bleibt, ist der Steuermann. Er ist nicht so stark. Die nächsten folgen rasch. Die Überlebenden schauen sich im Kreis um, hüten sich vor Fieber und Erfrierungen, erwachen verwirrt aus dem Schlaf. Wenn sie Durst haben, füllen sie den Mund mit Schnee und Eisstückchen – und lutschen sich so Blasen und Wunden. Sie sind Christenmenschen, sie überschreiten das Tabu des Fleisches nicht, um ihre

Toten stapeln sie Steine auf. Sie wühlen sich durch bis zum Grund und knabbern an den Wurzeln und dem Gras der Grabstätten.

Sie ziehen weiter ins Landesinnere. Von kaltem Brand gequält, finden sie das Depot unberührt.

Die letzten Szenen spielen sich im Schnee bei Mondschein ab. Es ist kurz vor Weihnachten. Die Sonne bleibt jetzt unter dem Horizont, und Dunkelheit regiert. Von dem Haufen sind nur fünf übrig, der harte Kern. Mit Rauhreif im Bart und in den Augenbrauen und dem Atem, der aus dem Schlund dampft, machen sie sich über das Fleischgrab her. Skorbut hat ihre Zähne gelockert, ihnen fehlen Finger und Zehen, die Kälte hat sie ihnen geraubt.

Mit bandagierten Händen rollen sie die Steine zur Seite. Sie liegen auf den Knien und stoßen ein Freudengeheul aus, als die Blutwürste zwischen den erlegten Tieren zum Vorschein kommen. Aber das Fleisch ist voll Reif und klirrt wie Glas. Da starren sie nun in den Paradiesgarten, kraftlos sinken sie zusammen und rufen ihren Schöpfer an. Ich höre sie nicht.

Verflucht seien diejenigen, die mich an meinen letzten Wunsch gebunden haben. Ihr verlängertes Mark gefriert zu einer Ahle. Indessen bewegt sich der Gletscher auf den Schiffsrumpf zu, und eine Lawine begräbt das Schiff in voller Länge unter sich. Ich spüre, wie die Planken knarren, nie gekannte Kältegrade senken sich über mein Lager, und das Wrack wird in die Höhe geschraubt.

In tiefem Frost liege ich, erstarrt in einer Ummantelung aus Zeit und Eis.

Im hohen Sommer kehrten die Jäger zurück. Sie suchten nach dem Schiff, dessen Eisenreichtum gewaltig war. Sie haben es in ihrer Erinnerung bewahrt, viermal mußte man seinen Vogelpfeil werfen, um die Länge abzumessen, allein der Bugspriet war so lang wie ein Kajak. Mit dem beinernen Ende des Paddels und den Körper halb aus dem Sitzloch erhoben, konnte man gerade eben die Reling berühren.

Kivfak sprang vom Schlitten und stolzierte wie ein Stutzer mit dem hohen Hut des Bootsmannes umher. Alles war still und verlassen. Nur die Meereswellen erhoben sich und liefen mit glitzerndem Kamm auf den Eisrand zu. Er schnupperte in die Luft und warf einen Blick auf seine Hunde, die an den Sielen zerrten und winselnd mit erhobenen Schwänzen dastanden.

Sie fanden die Schaluppe und die Gräber, die sich am Grund der kleinen Bucht wölbten. Das Schiff war verschwunden, aber der Gletscher war gewachsen, und die rötliche Sonne hing über den Spalten.

Kivfak, der sogar einen Felsen beschwören konnte, warf schließlich einen Stein ins Wasser. Die Narbe an seinem Bauch zog sich zusammen. Er fiel um, heulte und schrie, während seine Glieder in Krämpfen erstarrten. Der Sohn sprang herbei und vollführte einen Freudentanz. Von dem Tag an würde niemand mehr hungern, denn der Vater hatte einen neuen und stärkeren Helfer gefunden.

29. Kapitel, worin das Eis Risse bekommt

Der laue Augustabend hat sich über die Veranda gesenkt. Die Sonne hängt am Horizont und will gar nicht untergehen, die Abenddämmerung läßt auf sich warten. Am Wassersaum klappern die Steine von einer Dünung weit draußen, und die Schwalben fliegen wieder hoch über dem Strohdach. Malte wälzt sich im Fieber unruhig auf dem Deckstuhl, als Oda kommt, um die Polster hereinzuholen. Das hätte vor dem Kirchgang geschehen sein sollen, sie muß es vergessen haben. Sie schüttelt über sich selbst den Kopf.

Sie hat auf der Wiese Strandastern gepflückt. Ihr Bauch ist deutlich runder geworden. Sie bewegt sich nicht mehr so rasch wie früher, gönnt sich Zeit. Unterdessen geht der Sommer zur Neige. Bald ist die Saison um, die Pension schließt, und alle kehren nach Hause zurück. Was soll dann aus Malte werden?

Sie verscheucht den Gedanken zusammen mit einer Fliege. Jedesmal, wenn sie an das Aufgebot in der Kirche denkt, hört sie den Hochzeitswalzer vor ihrem inneren Ohr. Sie beide haben noch ein Geheimnis, nein, nicht das – das Kleine können ja alle sehen, darüber werden die Leute sowieso reden. Aber sie hat gekündigt! Sie reisen nach Peru! Sie haben einen Platz auf einem Frachtdampfer über den Atlantik bekommen. Für ihre Spargroschen. Santos wird zwar in der Kombüse arbeiten müssen, aber sie müssen ja schließlich auch was zum Leben haben, wenn sie angekommen sind.

Ihr Blick fällt auf die Sachen des Jungen, die über dem Geländer hängen. Geht hin und fühlt. Die sind noch naß. Dann sieht sie ihn, halb begraben unter Decken. Sie beugt sich vor und streicht mit einem Finger über seine Wange. Die ist glühendheiß. Sie weckt ihn vorsichtig, dennoch schreckt er zusammen und blickt sich verwirrt um. Das Messer rutscht von seinem Schoß auf den Fußboden.

»Was hast du denn gemacht?«

Malte hebt das Messer auf. Sie sieht, daß er nackt ist. Er selbst sieht das nicht, beeilt sich zu antworten.

»Nichts!«

Er ist ja völlig verwirrt, sein Blick flackert, und die Wangen glühen hektisch. Aber daran ist sie schon fast gewöhnt. Sie beschränkt sich darauf zu seufzen, während sich Malte in alle Richtungen umschaut und sein Blick auf dem leeren Stuhl hängenbleibt.

»Wo ist der Mann hin?«

»Welcher Mann?«

»Der Doktor.«

»Der Doktor ist mit den anderen beim Pfarrer.«

»Er hat mir die Stirn gehalten.«

»Von wem sprichst du, Malte?«

»Dem Mann. Dem in den Sonntagssachen.«

»Das hast du geträumt. Hier ist niemand. Oh, du hättest in der Kirche dabeisein sollen. Alles ging gut, Gott sei Lob und Dank. Der Pfarrer nannte mich einen Sangesvogel vor dem Herrn, und Santos wurde für die Musik gelobt. Alle waren sie hellauf begeistert. Und jetzt sollen wir zum Fest ins Gemeindehaus, und weißt du was, Malte: Ich soll mit am Tisch sitzen! Ich soll nicht servieren! Du mußt mir beim Umkleiden helfen, ich weiß nicht, was ich anziehen soll.«

Sie streicht über den weißen Rock. Fängt an zu kichern.

»Du siehst gut aus. Wie ein Engel.«

»Du mußt zusehen, daß du jetzt erst mal etwas anziehst! Ehe dir kalt wird. Du hast ja Fieber, das kann ich sehen.«

»Darf ich auf dem Sofa liegen?«

Oda nickt. Malte wickelt sich in die Decken. So stramm, daß er hüpfen muß. Sie wollen gerade hineingehen, als Oda stehenbleibt und Malte strauchelt, als er versucht, die Decken zusammenzuhalten und gleichzeitig den Schatz zwischen seinen Fingern an sich zu pressen.

»Was hast du da?«

Malte zeigt ihr das Messer, läßt die Klinge springen, so daß sie zurückzuckt. Er leuchtet beinahe.

»Das habe ich von dem Mann bekommen.«

»Das glaubst du doch selber nicht, Malte.«

Oda bleibt noch einmal bei den Deckstühlen stehen. Sie sammelt die Kissen ein, schüttelt Maltes, dessen Blumenmuster in der Sommersonne ausgebleicht ist. Das Licht fällt durch das Geländer, entschleiert ein Muster aus lauter Prismen in kräftigen Farben auf dem anderen. Sie hält es vor sich hin, runzelt die Brauen.

»Haben wir neue Kissen?«

Sie verschwinden. Bei jedem von Maltes Hüpfern dröhnen die Bohlen. Ich bete nur, daß er es die Treppe hinunter schafft, ohne umzufallen. Das Sofa im Kapitänssalon ist schnell für ihn fertiggemacht, er bekommt Hagebuttensuppe und Sahnegrütze, und Oda wird vor ihm die Kleider schwingen wie ein Aschenputtel, das zum Ball beim Prinzen will.

Ich bin mit dem Treibholz der Gedanken allein. Es stimmt nicht, daß Engel weiße Flügel haben. Wir haben Federn in allen Farben des Regenbogens, die Ikonenmaler des Mittelalters wußten das, aber dieses Wissen ist verlorengegangen.

Ich bin bei den Naphthalintüten gelandet, und das mögen wir nicht. Ich steige aus dem Schrank heraus, schüttele mein Gewand – es klingt wie ein Schwanengefieder – und kehre zu dem Deckstuhl zurück, um die letzten Strahlen der Abendsonne zu genießen. Als ich die Augen wieder öffne, ist es dunkel geworden, ich befinde mich an einem Ort draußen vor der Küste Neufundlands, über dem Atlantik leuchten die Sterne, und ich höre leise eine Schiffsschraube brummen auf ihrem Weg durch die Nacht.

Das Schiff nach Amerika ist auf seiner Jungfernfahrt. Eine bitterkalte Nacht im April, kurz vor Mitternacht. Das Meer ist spiegelglatt, die Dunkelheit vollkommen, der Himmel sternenklar. Es ist Neumond, nur eine hauchdünne Sichel leuchtet am wolkenlosen Himmel.

Der schwimmende Palast zieht mit einer Geschwindigkeit von 22 Knoten dahin, stetig teilt er auf seinem Kurs die Wassermassen. Weiter vorne wird die Linie des Horizonts plötzlich von einem Eisberg unterbrochen, der durch die Nacht treibt, mit bläulich schimmernden Zacken, mit einem tropfenden Hohlraum und einer dunkleren Zeichnung im Innern, wo das Eis rissig wird.

Im Rauchsalon, der mit Glasmosaiken, tiefen Sesseln und Spiegeln ausgestattet ist, spielen die Herren Karten. Im Palmensaal sind die Tische abgeräumt. Die Wandmalereien sind im Jugendstil ausgeführt, der Koloß ist mit Treppen, Marmorsäulen und Bronzefiguren, die leuchtende Globen tragen, eingerichtet. Es gibt ein türkisches Bad, einen Gymnastiksaal und Tennisräume. Stuckrosetten an den Decken und schwere Samtvorhänge.

Das Menü war erstklassig. Die Mehrzahl der Passagiere hat sich bereits schlafen gelegt. Die wenigsten spüren die Kollision, die wie ein Kratzen unterhalb der Wasserlinie durch den Rumpf geht. Im Ballsaal rieselt ein wenig Stuck, und nur im Maschinenraum, ein paar Meter über dem Kielschwein, tönt eine Sirene, und die roten Lampen leuchten, als Wasser einzudringen beginnt.

Die meisten erwachen von der Stille, als die Schrauben stillstehen.

Ich erwachte nicht, als der Gletscher kalbte, auch nicht vom Tuten des Nebelhorns. Ich erwachte durch das Geräusch von Marmorkugeln an einer eisernen Bordwand. Eine Kollision, die wie ein Dröhnen durch das Eis ging und mich bis weit in meine Kristallstruktur hinein erschütterte. Hundert Jahre waren dahingeflogen, ich erwachte in einem schwimmenden Elfenschloß und sah, daß die Zeit vorangeschritten war, bereits ein Stück ins nächste Jahrhundert hinein.

Ich wurde 1812 geboren, die letzten siebzig Jahre habe ich im Eis zugebracht, jung und ausgezeichnet konserviert, während Aviaja alterte. Hundert Jahre und fünfzehn Tage bin ich geworden, kein Alter für einen Engel. Man spricht immer von dem Schiff, das unterging, nie von den Tausenden kristalliner Formen, die zerquetscht wurden und über das Deck hagelten wie zersprungenes Glas.

Dann geht ein Zischen durch den Rumpf, das sind die Dampfkessel, die den Überdruck entweichen lassen. Es erinnert an Lokomotiven, die auf Gleisen ins Innere des Schiffs fahren. Ich dachte an einen Wal, den ich einmal gesehen hatte, tödlich von einer Harpune ins Herz getroffen. Die Fontäne stand blutig über dem Springloch.

Noch liege ich steif auf dem Polster. Aber über meinem Kopf höre ich schnelle Schritte, und der gesamte Kristallpalast bekommt Risse.

Eine Viertelstunde nach Mitternacht tickt aus dem Marconi-Raum zum ersten Mal ein Mayday mit der Angabe der Position.

Auf dem Bootsdeck beginnen die Seeleute, die Rettungsboote vorzubereiten, entfernen Persennings, schlagen Keile weg und schwingen sie an den Davits nach außenbords. Sie werden an Steuerbord gefiert, Frauen und Kinder zuerst. Besondere Hektik herrscht nicht. Die meisten Boote werden mit viel zuwenig Passagieren zu Wasser gelassen. Kein Mensch hat jemals geglaubt, es sei ernst, als ihn die Katastrophe traf.

Dem Schiffsorchester wird Dampf gemacht. Der französische Cellist bugsiert sein Instrument vom Korridor, wo die Kajüten liegen, zum obersten Deck – der Stachel des Cellos hüpft mit kleinen Stößen über die Planken – und in den Salon, wo sie aufspielen, die ganze Band. Sie spielen mit den Rettungswesten an, das ist ziemlich mühsam, besonders für die Streicher, die aus dem Takt kommen. Sie spielen Ragtime. Einzelne Paare tanzen – näher bei Gott als beieinander.

Alle Lampen sind an, es ist Licht in den strahlenden Reihen der Bullaugen, in den Salons und in der Promenadenhalle mit den großen Glasscheiben. Die Maschinisten halten die Generatoren in Gang, damit die Stromversorgung nicht unterbrochen wird. Die Heizer waten jetzt bis zu den Knien im Wasser. Dann hört das enervierende Zischen schließlich auf, die Kessel stehen nicht länger unter Druck. Eine neue Stille senkt sich herab. Vom Vorderdeck steigt eine Notrakete auf und wirft ihren Sternenregen über das Schiff. Die Veranstaltung hat eben erst begonnen. Bis zum Untergang werden noch Stunden vergehen.

Kurz vor zwei Uhr neigt sich das Schiff unheilvoll. Das Geschirr rutscht aus den Schränken und von den Regalen, Sturzbäche von Porzellan und Silberbesteck, Gläsern und Champagnerflaschen klirren auf Deck. Über den Köpfen der Seeleute fegen Deckstühle und Tonnen vom Sonnendeck. Der Maschinentelegraph klingelt zum letzten Mal. »Abklingeln«, die Leute haben ihre Pflicht erfüllt, sie können gehen.

Nur eine Viertelstunde später ächzt das Schiff wie unter einem Stoß, der den Rumpf erzittern läßt. Es rotiert um seine eigene Achse. Das Vorschiff verschwindet in der Tiefe, das Heck erhebt sich. Die drei Schrauben ragen in die Nacht, während das Wasser in Kaskaden von Phosphor daran herunterströmt. Die Bewegung ruft eine Welle hervor, die die ersten Passagiere über Bord spült. Das Wasser ist eisig kalt und trifft wie frostige Nadeln auf ihre Haut. Die elektrischen Glühbirnen werden immer schwächer, sie bekommen einen rötlichen Schimmer, der sich in Grün verwandelt, als das Licht unter den Wasserspiegel sinkt und zu Säulen von Meeresleuchten wird.

Minuten später steht das Achterschiff fünfzig Meter hoch senkrecht in der Luft, und die Bewegung ist nicht aufzuhalten. Diejenigen, die noch an Bord sind – und das sind die meisten –, klammern sich an die Fahnenmasten achtern, haken sich an Lukenrahmen und Bullaugen ein, sehen, wie der Fußboden zur Wand wird oder das Deck zum Schott, wie es unter Seeleuten heißt.

Sie hängen mit Nägeln und Zehen daran fest, werden abgeschüttelt, oder vom Sog in das Innere des Schiffs gezogen. Zu

Dutzenden stürzen sie ins Wasser, reißen im Fallen andere mit sich. Schornsteine, so hoch wie achtstöckige Häuser, sinken in sich zusammen, als die Leinen bersten. Das Gepäck reißt sich los, Massen von Metall donnern durch den Rumpf und zertrümmern die Schotten. »Als ob tonnenschwere Gegenstände in die Tiefe eines Gewölbes geworfen wurden«, heißt es später von Überlebenden.

Im Inneren des Schiffs wird eine Gruppe vom Flügel getroffen, als sich der Fußboden des Rauchsalons erhebt. Er donnert hinab durch das Glasmosaik, das ein Segelschiff darstellt und jetzt in einem Schauer von Scherben zerschmettert wird, farbige Stückchen hageln über den Deckel, als der Flügel von einer Paneele mit unheilverkündendem Dröhnen aufgehalten wird. Die Lichter gehen erst aus, als sich auch die Kessel und Maschinen losgerissen haben. Ein Ausstoß warmer Luft folgt.

Mehr als zweitausend Seelen waren an Bord, die Besatzung inklusive. Von denen werden gut fünfzehnhundert zerquetscht – wie die Eierschalen in der Pantry. Welch ein Feuerwerk!

Ich erinnere mich aus meiner Zeit als Elf, wie das Hirn selbst der kleinsten Fliegen im Dunkeln wie Feuerfliegen leuchtet. Das sah ich, als ich tot im Harzklumpen hing. Das ist nichts gegen die Seelen, die in dieser Nacht emporsteigen. Es heult und pfeift um mich her – mit Rettungsringen als Abschußrampen.

Niemals, weder früher noch später, habe ich ein solches Inferno gesehen. Auren explodieren am Himmel in zartem Rosa, giftigem Grün, in Fayence, Turmalin und Topas. Sie treiben über das Firmament, hängen in Trauben wie Rauch nach der Himmelfahrt. Einige mit Wasser gemischt zu Aquarellen, andere mit Öl oder Eiweiß angerührt, je nach Substanz der Seele.

Das gesamte Spektrum wird hervorgelockt. Von schreiendem Rot, eisigem Blau bis zum Goldgelb Buddhas. Ein jeder mit seiner eigenen Glasur. Gerade Strahlen und schiefe Strahlen, ein unvergleichlicher Aufstieg, getragen vom Funkenschweif. Einige Fehlschüsse sind auch dabei, aber nur unter den Scheinheiligen. Dann lieber Knallfrösche, Feuerräder oder Knallerbsen!

Diese ist die größte Nacht des Todes in meinem neuen Leben. Ich bin ganz und gar in der Gewalt des Sonnenwindes, presche auf Magnetwellen durch die Atmosphäre, um meine Brüder und Schwestern im Licht zu begrüßen. Herrgott, damals wußte ich es nicht besser ...

Alle Geheimnisse sind meine geworden, ich höre die Musik von Tausenden gesunkener Flügel, ich sehe ein Schiff mit hundert Masten, fünfzig Kathedralen treiben mit aufgelösten Glasmosaiken vorbei. Ich erwache, es ist der weiße Tag im Berg, um mich ist es licht wie nie zuvor. Was wollt ihr mit dem Namen Gottes? Erinnert das Meer die Namen seiner Ertrunkenen?

Das Eis ist längst weitergeglitten, als die Angstschreie der Sterbenden einsetzen.

Noch habe ich meinen letzten Wunsch nicht eingelöst. Ich segele in meinem Kristall, schaukele unter gläsernen Türmen, deren Scheiben das Feuer der Sonne einfangen. Die Winde leiten mich; das Herz der Strömung, das sich weit unten im Golf von Mexiko befindet, hat mich in den Kreislauf geführt. Ich habe die Dänemarkstraße verlassen und von Kap Farvel Abschied genommen, habe Neufundland passiert, wo die Kollision stattfand, und bin mit der Strömung nördlich an den Shetlandinseln vorbeigetrieben.

Indessen schmilzt das Eis zu immer größerer Klarheit, und das Schiff kommt wieder zum Vorschein. Eine Spiegelung nach der anderen durchlebe ich. Erst in der Nordsee, direkt vor dem Bergenfjord, hat sich das Gebirge aufgelöst und das Wrack freigegeben. Ich höre eine Schraube im Wasser – ein Küstenschiff, angetrieben vom Dampf der Neuen Zeit – und spüre, wie sich mein letztes Schiff vom Mastfuß löst.

Das Holz ist dunkel vom Alter, aber niemand sieht das, denn die Bruchstellen sind immer noch frisch. Nägel lösen sich, Bord und Spanten fallen auseinander. In der einen Sekunde ist der Rumpf heil, in der nächsten tanzt er in Bruchstücken auf den Wellen. Das Brett mit dem Namen zwischen der gezackten Flagge gleitet davon. Rasierpinsel, Schalen und Sachen aus ausgekippten Schubfächern schwimmen auf, Navigationsbesteck, Fernrohr und Spiegel gehen auf Grund.

Ganz am Ende, nach allem anderen, schmilzt der Wunsch. Wie eine Meerschnecke sitzt der Eiszapfen am verlängerten Rückenmark. Schließlich taut er und treibt mich voller Verlangen nach Aviaja weiter bis ins Skagerrak. Hier höre ich das Nebelhorn und strande eines schönen Tages an der Küste, wo ich von einem Jungen gesichtet werde.

30. Kapitel, worin es schneit

Jetzt weißt du mehr als am Anfang.

Ich sehe einen Jungen. Am Tag vor dem Tag, an dem die Pension schließt. Malte sehe ich. Er geht mit Ida in den Garten hinterm Haus. Ida spricht – das tut sie schon lange. Aber nur, wenn sie allein sind. Sie sind schön angezogen, denn sie waren in der Kirche zu einer Hochzeit. Die Erwachsenen feiern im »Strandgaarden«, man könnte glauben, die halbe Gemeinde sei dort versammelt.

Klare Septemberluft weht über die Pappeln, dort wo im Frühjahr die Schirme der Holunderblüten saßen und wie Brautsträuße aussahen, sind statt dessen rote Beeren erschienen. Am Haselstrauch sind die Nüsse reif geworden, und in der Weidenhecke sammeln sich die Buntspechte. Der Erdboden ist gefärbt von den ersten Pilzkolonien. Hoch oben am Himmel haben sie die Kraniche ziehen sehen und die Mauersegler.

Sie wollen gerade in die Höhle kriechen, als er den Keim eines Baums sieht, für den er keinen Namen hat. Er ist durch die Erdkruste gestoßen, noch grün. Die Speerspitze des Herzblatts ist dabei, sich zu entfalten. Er hält inne. Ida stolpert ihm in die Hacken, mit einem »Pst!« dreht er sich um, indessen passiert die Bilderreihe des Sommers Revue. Etwas beginnt ihm zu dämmern.

Er verschwendet keine Zeit mit Graben, reißt den Keim mit der Wurzel heraus. Er kratzt die Erde beiseite und ruft Ida dazu. Der Deckel des Schuhkartons leuchtet ihnen weiß entgegen. Zusammen knien sie sich hin. Als sie, jeder von einer Seite, versuchen, den Karton hochzuheben, löst sich die Pappe in feuchte Fetzen auf. Ida trocknet sich die Finger an ihrem Prinzessinnenkleid ab, und Malte schimpft mit ihr.

Dann taucht er in die Watte ein, mit der er den Karton gefüttert hat, ehe er in die Erde kam. Das erste, was er hochhebt, ist die Mütze. Er klopft sie am Schenkel ab, putzt den Anker mit dem Ärmel und reibt die Goldschnüre mit Spucke, bis sie wieder glänzen. Dann dreht er sie um und starrt in den Hutkopf, gedankenverloren.

Es stimmt nicht, daß der Name dort mit Pünktchen geschrieben steht, er ist auf einem Flicken an das Schweißband genäht. Beim Nachdenken, während sich der Blick im Dunst verliert, ehe sich die Erklärung über seinem Gesicht breitmacht, zupft er das Stoffstückchen mit dem Fingernagel ab und liest, ohne sich besonders zu wundern, Ida laut vor: *Jonathan Bertelsen.* Alles kommt an den Tag, zum Schluß die Fotografie im Rahmen. Sie bürsten Erde vom Bild meiner Liebsten. Ida buchstabiert sich durch die Handschrift, die Zunge ist noch immer etwas steif:

Auf ewig dein, Avi-aja.

Ich schlummere einen Augenblick auf dem Stuhl, als ich erwache, ist Oda auf dem Weg über den Atlantik. Die ersten Sterne sind hervorgekommen, jeden Tag wird es lauer. Denk nur, zu Hause wehen jetzt die Oktoberstürme, und hier steht sie auf dem Achterdeck, im Mantel ohne Schal und mit dem Glockenhut, unter dem sich das Haar lockt. Sie hat es abschneiden lassen. Sie hält den Mantel über dem Bauch zusammen, lehnt sich hinaus – das Kielwasser wirbelt Meeresleuchten auf und glitzert mit grünen Funken hinter dem Dampfer wie der Schweif eines Kometen. Mit jeder Meile, die sie sich entfernen, wächst ihre Erwartung. Santos war sehr fürsorglich, er stützt sie, wenn das Schiff schlingert, hält ihr die Stirn, wenn die Seekrankheit sie manchmal überfällt. In allen freien Stunden erzählt er ihr von der weißen Stadt im Dschungel, wo er geboren wurde – und wo sie, wenn alles gutgeht, niederkommen soll. Noch gut zwei Monate sind von der Schwangerschaft übrig, aber es ist, als habe das Kind in ihrem Bauch erst seit dem Hochzeitstag eine Seele bekommen. Ein alberner Gedanke, und sie hat ihn auch nicht laut geäußert.

Santos wäscht in der Schiffsküche ab, er ist dort Küchenmaat geworden. Sie selbst darf keinen Finger rühren, sie läßt die Tage auf dem Sonnendeck vergehen, ißt gut und achtet auf ihren großen Bauch. Er strampelt ja mächtig, der Kleine!

Ich blinzele, der Traum der Sommernacht ist vorbei –

Es ist Winter in Kikhavn. Kalter Nebel treibt vom Meer über die Dünen, der Frost hat sich auf Sand und Felder gelegt. Auf der Wiese ist das Gras zu Glas geworden, kein Windhauch rührt sich, und der Strandhafer steht ganz still. Das Strohdach ist von Klöppelspitzen bedeckt. Der »Strandgaarden« ist geschlossen. Die Gardinen sind vorgezogen, und über die Tür ist ein Brett genagelt.

Ich gehe nach unten. Über den Flügel im Eßzimmer ist ein Laken gebreitet, die Stühle sind in einer Ecke gestapelt, und von den Fensterbrettern sind die Topfpflanzen abgeräumt worden. In den herabhängenden Ecken sammelt sich an den Fenstern der Frost. Vor dem Kamin ist ein Gitter angebracht, und der Holzkorb ist leer. Wenn ich atmete, würde man die Wolke vor meinem Mund sehen. Ich schüttele mich und gehe hinüber in den Kapitänssalon, wo alles wie immer ist, nur der Schreibtisch ist leer geräumt, und auf Frau Svanes Stahlspitze stecken keine Rechnungen.

Ich lege eine Hand auf die Eisenkrone des Kachelofens. Auf dem Deckel springt ein Einhorn, und die Asche ist kalt geworden. Ich sehe mich im Zimmer um, die Standuhr steht, das Pendel hängt herab. Dann höre ich ein Knacken im Barometer. Es ist ein paar Striche gefallen, und vor den Fensterscheiben wird es dunkel.

Es schneit. Die Luft steht still im Raum, Türen und Fenster sind geschlossen, kein Luftzug geht. Der Schnee rieselt gleichmäßig vom Stuckhimmel der Decke. Legt sich auf Schreibtisch und Kachelofen, fällt auf Stühle und Ledersofa, hüllt das Rigg des Segelschiffs ein und verbirgt die Dose mit dem Shag. Die Kacheln verschwinden, eine nach der anderen, die holländischen Mühlen und Schiffe verwischen. Vor lauter Schneetreiben sieht man das Zimmer nicht mehr, ein Eimer Koks wird von schwarz zu weiß verwandelt.

Langsam füllt der Schnee den Raum bis oben hin. Er gefriert auf meinem blanken Scheitel, bildet einen Ring um die Stirn und schenkt mir eine Krone aus Prismen. An den Wänden sammeln sich Schneewehen, die um mich zu Türmen anwachsen. Der Sextant im Fenster erhält eine Glasur, die springenden Hirsche und Löwen der Teppiche werden vom Schnee eingeebnet, und im nächsten Augenblick bedeckt er alles bis hoch an die Paneele. Wirbelnd kommt er aus dem Nichts, während die Zeit ins Rutschen gerät.

Ich drehe die Handflächen nach oben und fange alles auf, was fällt.

Skandinavische Literatur im Carl Hanser Verlag

Inger Christensen

Der Geheimniszustand
Aus dem Dänischen von Hanns Grössel
2000. 136 Seiten

Per Olov Enquist

Der Besuch des Leibarztes
Roman. Aus dem Schwedischen von Wolfgang Butt
2001. 371 Seiten

Die Kartenzeichner
Fragile Utopien. Aus dem Schwedischen von Wolfgang Butt
1997. 312 Seiten

Kapitän Nemos Bibliothek
Roman. Aus dem Schwedischen von Wolfgang Butt
1994. 240 Seiten

Lars Gustafsson

Windy erzählt
Aus dem Schwedischen von Verena Reichel
1999. 132 Seiten

Geheimnisse zwischen Liebenden
Roman. Aus dem Schwedischen von Verena Reichel
1997. 224 Seiten

Die Sache mit dem Hund
Roman. Aus dem Schwedischen von Verena Reichel
1994. 240 Seiten

Die dritte Rochade des Bernhard Foy
Roman. Aus dem Schwedischen von Verena Reichel
1981. 200 Seiten

Peter Høeg

Die Frau und der Affe
Roman. Aus dem Dänischen von Monika Wesemann
1997. 288 Seiten

Der Plan von der Abschaffung des Dunkels
Roman. Aus dem Dänischen von Angelika Gundlach
1995. 296 Seiten

Fräulein Smillas Gespür für Schnee
Roman. Aus dem Dänischen von Monika Wesemann
1994. 480 Seiten

Torgny Lindgren

Die Legende vom Lügen
Roman. Aus dem Schwedischen von Verena Reichel
1989. 280 Seiten

Richard Swartz

Ein Haus in Istrien
Roman. Aus dem Schwedischen von Verena Reichel
2001. ca. 184 Seiten

Tomas Tranströmer

Die Erinnerungen sehen mich an
Aus dem Schwedischen von Hanns Grössel
Edition Akzente 1999. 80 Seiten

Sämtliche Gedichte
Aus dem Schwedischen von Hanns Grössel
Edition Akzente 1997. 264 Seiten

Für Lebende und Tote
Gedichte. Aus dem Schwedischen von Hanns Grössel
1993. 56 Seiten